LES HAUTES MONTAGNES DU PORTUGAL

DU MÊME AUTEUR

Paul en Finlande, Rivages, 1995.
L'histoire de Pi, Denoël, 2004.
Béatrice et Virgile, Flammarion, 2010.

YANN MARTEL

LES HAUTES MONTAGNES DU PORTUGAL

roman

Traduit de l'anglais (Canada)
par
Christophe Bernard

BERNARD GRASSET
PARIS

L'édition originale de cet ouvrage a été publiée par Spiegel & Grau, en 2016, sous le titre :

THE HIGH MOUNTAINS OF PORTUGAL

Aukitz

Jaquette : David Drummond

ISBN : 978-2-246-86181-2

Pour Alice, et pour Théo,
Lola, Félix et Jasper :
l'histoire de ma vie

PREMIÈRE PARTIE

Sans-abri

Tomás décide de marcher.

De son humble appartement de la Rua São Miguel dans le quartier malfamé de l'Alfama jusqu'au majestueux domaine de son oncle dans le secteur cossu de Lapa, c'est une bonne marche à travers une grande partie de Lisbonne. Cela risque bien de lui prendre une heure. Mais le matin est doux et lumineux, et la marche va l'apaiser. Hier, Sabio, l'un des domestiques de son oncle, est venu chercher sa valise et le coffre de bois qui contient les documents dont il a besoin pour sa mission dans les Hautes Montagnes du Portugal, ce qui fait qu'il n'a que sa personne à transporter.

Il tâte la poche de poitrine de sa veste dans laquelle le journal du père Ulisses est glissé, enveloppé d'un tissu soyeux. C'est idiot de sa part de le traîner ainsi, avec une telle désinvolture. Ce serait une catastrophe s'il le perdait. S'il avait un tant soit peu de bon sens, il l'aurait laissé dans le coffre. Mais il a besoin ce matin d'un supplément de soutien moral, comme chaque fois qu'il rend visite à son oncle.

Même dans son agitation, il pense à prendre la canne que ce dernier lui a donnée, plutôt que celle qu'il utilise habituellement. La poignée est en ivoire d'éléphant et le bâton, en acajou d'Afrique, mais elle a surtout ceci d'inusité qu'un miroir de poche rond dépasse sur le côté, juste en dessous de la poignée. Ce miroir est légèrement convexe, et l'image qu'il reflète est assez large. Toutefois cela ne sert à rien, ce stratagème était futile dès le départ ; une canne de marche étant par définition en mouvement constant, l'image restituée par le miroir est ainsi trop vacillante et fugace pour être de quelque utilité que ce soit. Sauf que cette élégante canne, faite sur mesure, est un cadeau de son oncle, et Tomás l'apporte chaque fois qu'il va le voir.

Il descend la Rua São Miguel jusqu'au Largo São Miguel, puis jusqu'à la Rua de São João da Praça avant de prendre par Arco de Jesus – déambulations aisées d'un piéton qui traverse une ville qu'il connaît depuis toujours, une ville de beauté et d'animation, de commerce et de culture, de défis et de récompenses. Sur Arco de Jesus, il est envahi soudain par un souvenir de Dora, qui lui sourit et tend la main pour le toucher. En cela, la canne a son utilité, car les souvenirs de Dora font toujours perdre l'équilibre à Tomás.

« Je me suis dégoté un riche, lui avait-elle dit une fois, alors qu'ils étaient allongés sur le lit dans son appartement.

— J'ai bien peur que non, avait-il répondu. C'est mon oncle qui est riche. Moi, je suis le fils pauvre de son frère pauvre. Papa a été aussi malheureux en affaires que mon oncle Martim a été heureux, dans une proportion exactement inverse. »

Jamais il n'avait dit cela à qui que ce soit, ni parlé de manière aussi claire et honnête de la carrière en dents de scie de son père, des plans d'affaires qui s'étaient effondrés les uns après les autres, le laissant toujours plus redevable à ce frère qui venait chaque fois à sa rescousse. Mais à Dora, il pouvait révéler ces choses-là.

« Oh, tu dis ça, mais les riches ont toujours des coffres pleins d'argent cachés quelque part. »

Il avait ri. « Ah oui ? Je ne me suis jamais représenté mon oncle comme quelqu'un qui fait des mystères sur sa fortune. Et puis si c'est le cas, si je suis riche, alors pourquoi ne veux-tu pas m'épouser ? »

Les gens le fixent tandis qu'il marche. Certains y vont d'un commentaire, parfois moqueur, mais le plus souvent aimable. « Faites attention, vous pourriez trébucher ! » lance une femme inquiète. Il est habitué à recevoir une telle sollicitude ; à part un signe de tête et un sourire aux mieux intentionnés, il ne s'en occupe pas.

Un pas à la fois, il fait son chemin jusqu'à Lapa, ses enjambées libres et détendues, chaque pied haut levé retombant avec aplomb. Une démarche gracieuse.

Il marche sur une pelure d'orange, mais ne glisse pas.

Il ne remarque pas le chien qui dort là, mais son talon se pose juste à côté de sa queue.

Il rate une marche en descendant un escalier tournant, mais se tient à la rampe et reprend pied sans problème.

Et d'autres incidents mineurs du genre.

Le sourire de Dora s'était effacé à la mention du mariage. Elle était ainsi ; d'enjouée, elle devenait en un instant profondément sérieuse.

« Non, ta famille te renierait. Tout repose sur la famille. On ne peut pas tourner le dos aux siens.

— C'est toi, ma famille », avait-il répondu, le regard pointé droit sur elle.

Elle avait secoué la tête. « Non, c'est faux. »

Ses yeux, soulagés pour l'essentiel du fardeau d'avoir à le diriger, se détendent dans son crâne comme deux passagers assis dans des chaises longues à l'arrière d'un navire. Au lieu d'inspecter le sol en permanence, ils regardent ici et là, rêveusement. Ils notent la forme des nuages et des arbres. Ils se précipitent à la suite des oiseaux. Ils observent un cheval qui renâcle en tirant une charrette. Ils se posent sur certains détails architecturaux qu'ils n'ont jamais remarqués. Ils épient la circulation grouillante de la Rua Cais de Santarém. Ce devrait être, somme toute, une délicieuse promenade matinale en cette agréable journée de fin de décembre 1904.

Dora, la belle Dora. Elle travaillait comme servante dans la maison de son oncle. Tomás l'avait remarquée dès sa première visite après qu'elle eut été embauchée. C'était à peine s'il pouvait la quitter des yeux ou la chasser de ses pensées. Il s'était efforcé de se montrer le plus courtois du monde et d'engager avec elle de brèves conversations sur divers sujets anodins. Cela lui donnait l'occasion de contempler son nez fin, ses yeux sombres et brillants, ses petites dents blanches, sa façon de bouger. Voilà tout à coup qu'il venait plus souvent en visite. Il se souvenait précisément du moment où elle avait pris conscience qu'il ne s'adressait pas à elle en tant que servante, mais en tant que femme. Ses yeux s'étaient levés vers les siens, leurs regards s'étaient rivés l'un à l'autre un instant, puis elle s'était détournée – mais pas avant qu'un sourire complice et fugace se fût dessiné sur ses lèvres.

Quelque chose de grand avait alors été libéré en Tomás, et la barrière sociale des classes, du statut, de l'improbabilité et de l'inacceptabilité totales avait disparu. Lors de sa visite suivante, quand il avait donné son manteau à Dora, leurs mains s'étaient touchées, et les deux avaient fait durer le contact. Les choses s'étaient passées très vite par la suite. Il n'avait, jusque-là, connu l'intimité sexuelle qu'avec des prostituées, ce qui avait été terriblement excitant, puis terriblement déprimant. Chaque fois, il s'était enfui, honteux et jurant de ne plus recommencer. Avec Dora, c'était terriblement excitant, point. Elle jouait dans les poils drus de sa poitrine, la tête posée sur lui. Il n'avait pas la moindre envie de fuir où que ce soit.

« Épouse-moi, épouse-moi, épouse-moi, avait-il supplié. Nous serons la fortune l'un de l'autre.

— Non, nous serons juste pauvres et isolés. Tu ne sais pas ce que c'est. Moi, si, et je ne veux pas que tu vives ça. »

Dans cet immobilisme amoureux était né leur petit Gaspar. Sans les vigoureuses supplications de Tomás, Dora aurait été mise à la porte de la maison de son oncle quand on avait découvert qu'elle attendait un enfant. Le père de Tomás avait été le seul à l'appuyer ; il lui avait dit de vivre son amour pour Dora, en parfaite opposition à l'opprobre silencieux de son oncle. Dora avait été reléguée à des tâches invisibles au fond de la cuisine. Gaspar vivait de manière tout aussi invisible dans la maison Lobo, secrètement aimé de son père, qui aimait secrètement sa mère.

Tomás leur rendait visite aussi souvent que la décence le permettait. Dora et Gaspar venaient le voir à l'Alfama quand elle avait congé. Ils allaient au parc, s'asseyaient sur un banc, regardaient Gaspar jouer. Ils étaient, ces jours-là, pareils à n'importe quel autre couple. Tomás était amoureux et heureux.

Alors qu'il passe devant un arrêt, un tramway gronde sur ses rails, un moyen de transport apparu depuis trois ans à peine, d'un jaune brillant et fonctionnant à l'électricité. Des usagers se ruent pour y monter, d'autres se dépêchent d'en descendre. Tomás les évite tous – sauf un, avec lequel il entre en collision. Après une brève interaction au cours de laquelle des excuses mutuelles sont offertes puis acceptées, il poursuit son chemin.

Le trottoir compte plusieurs pavés saillants, sur lesquels il passe toutefois sans difficulté.

Il heurte le pied d'une chaise de café. Un accrochage, rien de plus.

La mort a pris Dora et Gaspar, une étape à la fois, sans fléchir, le médecin que son oncle avait fait venir ayant déployé en vain l'éventail de ses connaissances. Cela avait commencé par un mal de gorge et de la fatigue, suivis par de la fièvre, des frissons, des courbatures, des douleurs en avalant, de la difficulté à respirer, des convulsions, la perte suffocante de l'esprit, des yeux déments – jusqu'à ce qu'ils cèdent, leurs corps aussi gris, tordus et inertes que les draps dans lesquels ils s'étaient débattus. Il avait été là, auprès de chacun d'eux. Gaspar avait cinq ans, Dora en avait vingt-quatre.

Il n'avait pas été témoin de la mort de son père, quelques jours plus tard. Il était dans la salle de musique de la maison Lobo, assis en silence avec l'un de ses cousins, engourdi par le chagrin, quand son oncle était entré, l'air sinistre. « Tomás, avait-il dit, j'ai une terrible nouvelle. Silvestre... ton père, est mort. J'ai perdu mon unique frère. » Les mots n'étaient rien d'autre que des sons, mais Tomás s'était senti physiquement broyé, comme si un énorme rocher lui était tombé dessus, et il s'était lamenté comme un animal blessé. Son père, cet ours chaleureux ! L'homme qui l'avait élevé, qui avait encouragé ses rêves !

En l'espace d'une semaine – Gaspar était mort le lundi, Dora, le jeudi, son père, le dimanche –, son cœur s'était défait tel un cocon qui se rompt. Plutôt qu'un papillon en avait émergé une phalène grise, qui s'était posée sur le mur de son âme, sans plus bouger.

Il y avait eu deux enterrements ; l'un dérisoire, pour une servante de province et son fils bâtard, l'autre somptueux, pour le frère sans le sou d'un homme riche, dont le manque de succès matériel, par discrétion, n'avait point été évoqué.

Il ne voit pas le fiacre qui approche au moment où il descend du trottoir, mais le cocher crie pour le mettre en garde et il s'ôte à toute vitesse du chemin du cheval.

Il effleure un homme debout, dos à lui. Il lève la main et dit : « Mes excuses. » L'homme hausse les épaules avec amabilité et le regarde s'en aller.

Un pas à la fois, tournant régulièrement la tête pour jeter par-dessus son épaule un coup d'œil à ce qu'il y a sur son chemin, Tomás fait à reculons le trajet jusqu'à Lapa.

« Pourquoi ? Pourquoi fais-tu ça ? Pourquoi ne marches-tu pas comme tout le monde ? Ça suffit, ces bêtises ! » lui a crié son oncle à plus d'une occasion. Tomás a trouvé, en guise de réponse, de bons arguments qui justifient sa façon de marcher. N'est-il pas plus sensé de faire face aux éléments – le vent, la pluie, le soleil, l'assaut des insectes, la morosité des inconnus, l'incertitude de l'avenir – avec la protection qu'offrent l'arrière de la tête, le dos de la veste, le fond du pantalon ? Ils sont notre défense, notre armure, conçus pour résister aux caprices du sort. Quand on marche à rebours, ce qu'on a de plus délicat – le visage, la poitrine, les parures vestimentaires – se trouve à l'abri du monde cruel qu'il y a devant, et n'est exposé que quand et à qui on le veut, lorsqu'on se retourne volontairement pour faire voler en éclats son anonymat. Sans oublier les arguments d'une nature plus athlétique. Y a-t-il façon plus naturelle de descendre une pente, soutient Tomás, qu'à reculons ? La pointe du pied touche le sol avec une finesse pleine d'agilité, et les muscles du mollet peuvent en toute précision calibrer contraction et relâchement.

La descente devient par conséquent élastique et se fait sans effort. Et dans l'éventualité où l'on tomberait, y a-t-il façon plus sûre qu'à la renverse, avec le coussin des fesses pour amortir la chute ? Mieux vaut cela que de se casser le poignet en tombant vers l'avant. Et Tomás ne s'entête pas à l'excès non plus. Il fait des exceptions, quand il gravit les longs escaliers tortueux de l'Alfama, par exemple, ou quand il doit courir.

Toutes ces justifications sont balayées du revers de la main, impatiemment, par son oncle. Martim Augusto Mendes Lobo est un homme prospère et impatient. Il sait pourquoi son neveu marche à reculons en dépit des interrogatoires irrités et des explications dissimulatrices de ce dernier. Un jour, Tomás l'avait entendu parler à un ami venu le visiter. Son oncle avait baissé la voix, et c'est cela même qui lui avait fait dresser l'oreille.

« ... une scène des plus ridicules, disait son oncle, *sotto voce*. Imagine-toi ça : devant lui – c'est-à-dire derrière lui –, il y a un réverbère. J'appelle mon secrétaire, Benedito, et nous regardons dans un silence fasciné, nos deux esprits préoccupés par la même question : mon neveu va-t-il le percuter ? À ce moment-là, un second piéton apparaît à l'autre bout de la rue. L'homme voit Tomás qui marche vers lui à reculons. Nous voyons bien à sa façon de pencher la tête que l'étrange façon dont mon neveu avance a piqué sa curiosité. Je sais d'expérience qu'il va y avoir une rencontre d'un genre ou d'un autre – un commentaire, une blague, tout au moins un regard perplexe au passage de Tomás. De fait, quelques pas avant que

Tomás n'atteigne le réverbère, l'autre homme accélère le pas et l'arrête d'un petit coup sur l'épaule. Tomás se retourne. Benedito et moi n'entendons pas ce qu'ils se disent, mais nous observons la pantomime. L'étranger pointe le réverbère du doigt. Tomás sourit, hoche la tête et porte une main à sa poitrine afin d'exprimer sa gratitude. L'étranger lui rend son sourire. Ils se serrent la main. Puis, avec un signe d'adieu, ils se séparent et chacun va de son côté, l'étranger descend la rue et – pivotant sur lui-même, allant de nouveau à reculons – Tomás la remonte. Il contourne le réverbère sans aucun problème.

» Ah, mais attends ! Ce n'est pas fini. Après quelques pas, l'autre piéton tourne la tête pour lancer un regard à Tomás par-dessus son épaule, et on voit très bien qu'il est surpris de constater que mon neveu s'est remis à marcher à rebours. L'inquiétude se lit sur son visage – *Attention, vous allez avoir un accident si vous n'y prenez garde !* –, mais un brin d'embarras, aussi, car Tomás regarde dans sa direction, il l'a vu se retourner pour le fixer, et tout le monde sait qu'il est impoli de fixer quelqu'un. L'homme tourne rapidement la tête, mais trop tard : il entre en collision avec le réverbère suivant. Il le percute comme le battant d'une cloche. Instinctivement, Benedito et moi tressaillons de compassion. L'homme titube et grimace en portant les mains à son visage et à sa poitrine. Tomás accourt pour l'aider – il court *vers l'avant*. On serait porté à croire que sa démarche a alors l'air normale, mais non. Il n'y a pas le moindre rebond dans son pas. Il avance par grandes, par longues enjambées, son torse filant sans à-coups, en ligne droite, comme sur un tapis roulant.

» Un autre échange a lieu entre les deux hommes. Tomás exprime son inquiétude, l'autre écarte tout ça d'un geste tout en continuant à presser une main sur son visage. Tomás ramasse par terre le chapeau de l'homme. Une autre poignée de main, un geste d'adieu plus silencieux cette fois, et le pauvre homme s'en va tout chancelant. Tomás, ainsi que Benedito et moi, le regardons s'éloigner. Ce n'est qu'une fois qu'il a tourné le coin que mon neveu reprend son chemin de sa manière habituelle, à reculons. Mais, visiblement, l'incident l'a troublé, car voilà qu'il heurte de plein fouet le réverbère qu'il avait si bien su éviter une minute plus tôt. Se frottant le derrière de la tête, il se retourne et lui lance un regard noir.

Mais, Fausto, il s'acharne quand même. Peu importe le nombre de fois qu'il se cogne le crâne ou tombe à la renverse, il continue de marcher à reculons. » Tomás avait entendu son oncle rire, et son ami Fausto se joindre à lui. Puis l'oncle avait repris, plus sombrement : « Ça a commencé le jour où son petit garçon, Gaspar, est mort de la diphtérie. Il était né hors des liens du mariage, d'une de mes servantes. Elle a succombé à la maladie elle aussi. Puis, le sort l'a voulu ainsi, mon frère, Silvestre, est tombé raide mort quelques jours plus tard, au beau milieu de la journée, au beau milieu d'une phrase. Déjà que la mère de Tomás est décédée quand il était tout jeune. Son père, à présent. Quand la tragédie frappe ! Il y a des gens qui ne rient jamais plus. D'autres se mettent à boire. Mon neveu, lui, a décidé de marcher à reculons. Il y a de ça un an. Combien de temps durera cet étrange deuil ? »

Ce que son oncle ne comprend pas, c'est que ce n'est aucunement pour manifester son deuil que Tomás marche à rebours, dos au monde, dos à Dieu. C'est pour *protester*. Car lorsque tout ce qui nous était cher dans la vie a été emporté, que peut-on faire sinon protester ?

Il passe par un rond-point. Il quitte la Rua Nova de São Francisco de Paula et remonte la Rua do Sacramento. Il est presque arrivé. Comme il tourne la tête pour regarder par-dessus son épaule – il se souvient qu'il y a un réverbère un peu plus loin –, il lève les yeux vers l'arrière de la grandiose résidence de son oncle, avec ses corniches élaborées, ses moulures complexes et ses fenêtres qui s'élancent vers le ciel. Il sent qu'on l'observe et remarque une silhouette à une fenêtre, au coin du premier étage. Puisque c'est là que se trouve le bureau de son oncle Martim, il est probable que ce soit lui, et Tomás retourne donc la tête et s'efforce de marcher avec assurance en prenant soin d'éviter le réverbère. Il longe jusqu'au portail le mur entourant la propriété. Il pivote sur lui-même dans le but d'atteindre la sonnette, mais sa main s'arrête à mi-hauteur. Il la ramène vers lui. Même s'il sait que son oncle l'a vu et l'attend, il s'attarde. Il prend le vieux journal de cuir dans la poche de sa veste, le sort de son linge en coton, s'adosse contre le mur et se laisse glisser en position assise sur le trottoir. Il contemple la couverture du livre.

Récit de vie
et instructions sur le cadeau
du père Ulisses Manuel Rosário Pinto
humble serviteur de Dieu

Il est on ne peut plus familier avec le journal du père Ulisses. Il en connaît des passages entiers par cœur. Il l'ouvre au hasard et lit.

> Tandis que les négriers s'approchent de l'île pour livrer leur cargaison, il y a beaucoup de comptabilité et de nettoyage à faire. Une fois le port en vue, on lance par-dessus bord un corps après l'autre, à bâbord comme à tribord, certains sont souples et flasques, d'autres gesticulent faiblement. Il s'agit des morts et des malades gravement atteints. On se débarrasse des premiers parce qu'ils n'ont plus aucune valeur, et des seconds parce qu'on craint que la maladie qui les afflige, quelle qu'elle soit, ne se propage et n'altère la valeur des autres. Il arrive que le vent porte jusqu'à mes oreilles les cris des esclaves vivants qui s'insurgent contre leur expulsion du bateau, tout comme il transporte les bruits d'éclaboussures que font leurs corps quand ils touchent l'eau. Ils disparaissent dans les limbes surpeuplés du fond de la baie Ana Chaves.

La maison de son oncle aussi est semblable à des limbes où flottent les vies interrompues avant leur heure. Tomás ferme les yeux. La solitude vient vers lui comme un chien renifleur. Elle lui tourne autour avec insistance. Il la chasse d'un geste, mais elle refuse de le laisser tranquille.

Il est tombé sur le journal du père Ulisses quelques semaines à peine après que sa vie eut été irrémédiablement brisée. Cette découverte s'est faite par hasard, dans le cours de son travail au Musée national d'art ancien, où il occupe les fonctions de conservateur adjoint. Le cardinal-patriarche de Lisbonne, José Sebastião de Almeida Neto, venait tout juste de faire don au musée d'un lot d'objets, ecclésiastiques ou non, amassés au fil des siècles à travers l'Empire portugais. Avec la permission du cardinal Neto, Tomás avait été dépêché par le musée aux Archives épiscopales, situées Rua Serpa Pinto, afin d'y faire des recherches et d'établir la provenance exacte des superbes artéfacts, l'histoire par laquelle un autel, un calice, un crucifix ou un psautier, un tableau ou un livre, avait fini aux mains du diocèse de Lisbonne.

Il n'avait pas trouvé là les archives les plus exemplaires. Les nombreux secrétaires qui s'étaient succédé auprès des archevêques de Lisbonne ne s'étaient de toute évidence pas trop attardés à la question temporelle de l'organisation de ces milliers de papiers et documents. C'est sur l'un des rayons ouverts consacrés au patriarcat du cardinal José Francisco de Mendoça Valdereis, patriarche de Lisbonne de 1788 à 1808, dans une section fourre-tout nonchalamment appelée *Miudezas* – bric-à-brac –, qu'il avait repéré le volume artisanalement cousu, dont le titre, écrit à la main, était encore lisible sur la couverture de cuir brun pourtant décolorée par endroits et grêlée de taches.

De quelle vie s'agissait-il, de quel cadeau ? s'était demandé Tomás. Quelles étaient les instructions ?

Qui était ce père Ulisses ? Quand il avait ouvert le volume, la tranche avait fait un bruit de petits os qui cassent. L'écriture avait jailli, pleine d'une fraîcheur étonnante, l'encre noire contrastant fortement avec le papier ivoire. Le texte en italique, rédigé à la plume, était d'un autre âge. Les pages présentaient une légère bordure jaunie, ce qui indiquait qu'elles n'avaient que très peu été exposées à la lumière depuis le jour où l'on y avait écrit. Tomás doutait que le cardinal Valdereis eût lu le volume ; en fait, considérant qu'il n'y avait aucune note d'archivage sur la couverture ni rien à l'intérieur – pas de numéro de catalogue, pas de date, aucun commentaire –, et que le livre n'apparaissait pas non plus à l'index, il avait la nette impression que *personne* ne l'avait lu.

Il avait examiné la première page, y remarquant une entrée surmontée d'une date et d'un lieu : *17 septembre 1631, Luanda.* Il avait tourné la page avec précaution. D'autres dates. La dernière année consignée, sans jour ni mois, était celle de 1635. Un journal, donc. Tomás relevait çà et là des références géographiques : « les montagnes de Bailundo... les montagnes de Pungo Ndongo... la vieille route de Benguela », tous des lieux qui semblaient situés en Angola portugais. Le 2 juin 1633, un nouveau nom faisait son apparition : São Tomé, la petite colonie insulaire du golfe de Guinée, « cette pellicule tombée du crâne de l'Afrique, à plusieurs longues journées de voyage le long de la côte humide de ce continent pestilentiel ». Les yeux de Tomás s'étaient posés sur une phrase écrite quelques semaines plus tard : *Esta é a minha casa.* « Ici c'est chez moi. » Quatre mots répétés à l'envi sur la page entière. Toute une page saturée de cette courte phrase, dans une écriture serrée, les lignes sans cesse répétées qui fluctuaient légèrement : « Ici c'est chez moi. Ici c'est chez moi. Ici c'est chez moi. » Puis elles s'arrêtaient, faisant alors place à une prose plus habituelle, pour réapparaître un peu plus loin, recouvrant une demi-page : « Ici c'est chez moi. Ici c'est chez moi. Ici c'est chez moi. » Puis encore une fois, toujours un peu plus loin, sur une page et quart : « Ici c'est chez moi. Ici c'est chez moi. Ici c'est chez moi. »

Qu'est-ce que cela signifiait ? Pourquoi cette répétition maniaque ? Tomás avait peut-être fini par trouver une réponse dans un passage du journal où la réitération, qui se poursuivait cette fois sur près de deux pages, était la même que partout ailleurs à une différence près, un débordement à la toute fin, un indice qui montrait que la phrase était en fait une ellipse que l'auteur devait compléter chaque fois dans son esprit. « Ici c'est chez moi. Ici c'est chez moi. Ici c'est chez moi, où le Seigneur m'a placé jusqu'à ce qu'Il me prenne sur Son sein. » Le père Ulisses, de toute évidence, avait été tenaillé par un intense mal du pays.

Puis, à un autre endroit du texte, Tomás avait découvert un curieux croquis, la représentation d'un visage. Les traits avaient été tracés à la hâte, à l'exception des yeux, mélancoliques et méticuleusement dessinés. Il les avait étudiés de longues minutes. Il avait plongé dans leur tristesse. Les souvenirs de son fils perdu depuis peu tourbillonnaient dans ses pensées. Quand il avait quitté les archives, ce jour-là, il avait dissimulé le journal dans sa serviette, parmi des papiers sans importance. Il ne se cachait nullement son intention. Il ne s'agissait pas d'un emprunt informel – c'était un vol pur et simple. Les Archives épiscopales de Lisbonne, après avoir négligé le journal du père Ulisses durant plus de deux cent cinquante ans, n'allaient pas le regretter maintenant, et Tomás voulait l'examiner à loisir, comme il se devait.

Il avait commencé à lire et à retranscrire le journal dès qu'il en avait eu le temps. Il procédait lentement. La calligraphie, facilement lisible, laissait parfois place à des pattes de mouche qui l'obligeaient à deviner que tel gribouillis représentait telle syllabe, tel griffonnage, une autre. Et ce qu'il y avait de plus frappant, c'était que l'écriture, posée dans les premières parties, empirait sensiblement au fil du texte. Les dernières pages étaient à peine déchiffrables. Il y avait des mots qu'il n'arrivait pas à décrypter, malgré tous ses efforts.

Ce que le père Ulisses avait écrit en Angola n'était rien de plus qu'un compte rendu consciencieux d'un intérêt modéré. Il n'était que l'un des laquais de l'évêque de Luanda, lequel « s'assoyait à l'ombre sur le quai dans son trône de marbre », tandis que lui travaillait jusqu'à ce que le saisisse une stupeur apathique, courant partout pour baptiser des bandes d'esclaves. Mais à São Tomé, une force désespérée s'était emparée de lui. Il s'était mis à fabriquer un objet, le cadeau du titre de son journal. Ça lui rongeait l'esprit et prenait toute son énergie. Il mentionnait quelque part être à la recherche du « bois le plus parfait qui soit », des « outils adéquats », et évoquait sa formation à l'atelier de son oncle, quand il était jeune. Il décrivait la façon dont il avait huilé son cadeau à plusieurs reprises en vue d'en favoriser la préservation, ses « mains luisantes, artisanes d'un amour dévoué ». Vers la fin du journal, Tomás avait découvert ces mots bizarres, qui louaient l'imposante nature de la création du père Ulisses :

> Il brille, hurle, aboie, rugit. C'est vraiment le Fils de Dieu qui crie haut et fort et rend son dernier souffle au moment où le rideau du temple se déchire de haut en bas. Il est achevé.

Quelle avait été la formation du père Ulisses, et que produisait-on dans l'atelier de son oncle ? Qu'huilait-il donc de ses mains ? Qu'était cette chose qui brillait et hurlait, aboyait et rugissait ? Tomás ne trouvait aucune réponse claire dans le journal, que des indices. À quel moment le Fils de Dieu avait-il crié haut et fort et rendu son dernier souffle ? Sur la croix, bien sûr. Se pourrait-il alors que l'objet en question soit un crucifix ? se demandait Tomás. Ce devait très certainement être une sculpture quelconque. Mais pas seulement. C'était, selon le père Ulisses, un ouvrage des plus particuliers. La phalène dans l'âme de Tomás avait remué. Il s'était rappelé les dernières heures de Dora. Une fois sur son lit de mort, elle s'était cramponnée des deux mains à un crucifix, et peu importe à quel point elle s'était tournée et retournée, à quel point elle avait crié, elle ne l'avait pas lâché. Il s'agissait d'une effigie en laiton bon marché, qui étincelait faiblement, de taille relativement réduite, du type qu'on pouvait accrocher au mur. Dora était morte en le serrant sur sa poitrine, dans sa petite chambre dépouillée où il n'y avait personne d'autre que Tomás, dans un fauteuil à côté du lit. À l'instant ultime, signalé par l'arrêt spectaculaire de la respiration bruyante, éraillée de son amante (alors que leur fils était parti si tranquillement, comme les pétales d'une fleur qui tombent), il s'était senti pareil à une plaque de glace qui descend une rivière à toute allure.

Au cours des heures qui avaient suivi, tandis que la longue nuit prenait fin et que le jour naissant grandissait, en attendant l'entrepreneur de pompes funèbres qui n'arrivait pas, il avait fui, puis s'était glissé à maintes reprises dans la chambre de Dora, à la fois rebuté d'horreur et attiré par compulsion. « Comment vais-je survivre sans toi ? » l'avait-il implorée à un certain moment. Son attention s'était alors portée sur le crucifix. Il avait jusque-là pris la religion à la légère, pratiquant pour la forme, mais restant indifférent en son for intérieur. Il réalisait maintenant que la question de la foi devait être prise soit avec le plus grand sérieux, soit sans aucun sérieux. Il avait fixé le crucifix du regard, oscillant entre croyance absolue et absolue incrédulité. Avant de s'en remettre à l'une ou l'autre, l'idée lui était venue de garder le crucifix en souvenir. Mais Dora, ou plutôt sa dépouille, refusait de le lâcher. Ses bras et ses mains serraient l'objet avec une puissance inflexible, même quand Tomás avait pratiquement soulevé le corps du lit en tentant de le lui arracher. (Gaspar, au contraire, était si doux dans la mort, comme une grande poupée en peluche.) Avec des sanglots de rage, il avait abandonné. C'est là qu'une résolution – ou plutôt une menace – lui avait traversé l'esprit. Il avait lancé un regard furieux au crucifix et craché : « Toi ! Toi ! Tu vas avoir affaire à moi, tu vas voir ! »

L'entrepreneur de pompes funèbres était enfin arrivé et avait emporté Dora et son crucifix maudit.

Si l'objet que le père Ulisses avait fabriqué était ce que Tomás déduisait des gribouillis, alors c'était un artéfact insolite et saisissant, quelque chose de vraiment extraordinaire. Cela bouleverserait tout simplement la chrétienté. La menace de Tomás serait ainsi mise à exécution. *Mais l'artéfact existait-il toujours ?* Telle était la question qui l'avait obsédé dès le moment où il avait terminé la lecture du journal dans son appartement, après l'avoir subtilisé en douce aux Archives épiscopales. Après tout, l'objet avait peut-être été brûlé ou détruit. Mais dans un âge préindustriel, à une époque où ils étaient fabriqués un par un et distribués parcimonieusement, les biens matériels rayonnaient d'une valeur qui s'est estompée avec la montée de l'industrie moderne. Même les vêtements, on ne les jetait pas. Les légers habits du Christ avaient été partagés entre des soldats romains pour lesquels Il n'était rien de plus qu'un méprisable agitateur juif. Si les vêtements ordinaires passaient de main en main, alors il ne faisait aucun doute qu'un gros objet sculpté avait été conservé, surtout s'il était de nature religieuse.

Comment en déterminer le sort ? Il y avait deux possibilités : soit l'artéfact était resté à São Tomé, soit il avait quitté la colonie. Puisque l'île était pauvre et consacrée au commerce, Tomás supposait qu'il n'y était plus. Il espérait qu'il avait rejoint le Portugal, la mère patrie, sauf qu'il avait tout aussi bien pu atteindre l'un des maints postes de traite et villes le long de la côte africaine. Dans les deux cas, son transport avait été assuré par bateau.

Après la mort de ses proches, Tomás avait passé des mois à la recherche d'un indice sur la création du père Ulisses. Il avait compulsé et étudié, aux Archives nationales de Torre do Tombo, les journaux de bord des navires portugais qui avaient navigué sur la côte ouest de l'Afrique dans les années suivant la mort du prêtre. Il procédait en partant du principe que la sculpture avait quitté São Tomé sur un bateau portugais. Si elle avait été expédiée par un navire étranger, alors Dieu seul savait où elle avait abouti.

Tomás était enfin tombé sur le journal de bord d'un certain capitaine Rodolfo Pereira Pacheco, dont le galion avait quitté São Tomé le 14 décembre 1637, transportant, parmi d'autres marchandises, « une interprétation de notre Seigneur sur la croix, étrange et merveilleuse ». Le pouls de Tomás s'était accéléré. C'était la première référence à quelque objet religieux que ce soit sur laquelle il tombait qui fût en lien avec la colonie déchue.

Le lieu d'embarquement était inscrit à côté de chacun des articles consignés dans le journal de bord du capitaine Pacheco. De très nombreuses marchandises avaient été déchargées au cours d'une escale ou d'une autre le long de la côte des Esclaves ou de la

Côte-de-l'Or, vendues ou troquées contre d'autres. Tomás avait lu le mot adjacent à la croix : Lisboa. La croix avait regagné la mère patrie ! Il avait poussé un cri de joie fort déplacé dans une salle d'étude des Archives nationales.

Il avait mis Torre do Tombo sens dessus dessous à essayer de découvrir où le crucifix du père Ulisses s'était retrouvé, une fois rendu à Lisbonne. Il avait fini par dénicher sa réponse non pas aux Archives nationales, mais aux Archives épiscopales, son point de départ. Et l'ironie du sort s'était montrée encore plus exaspérante. La réponse s'était présentée sous la forme de deux lettres consignées dans les archives du cardinal Valdereis, tout près de l'endroit où Tomás avait trouvé le journal. Si seulement les lettres y avaient été attachées, cela lui aurait épargné beaucoup de travail.

La première avait été écrite par l'évêque de Bragança, António Luís Cabral e Câmara, en date du 9 avril 1804, dans le but de demander au bon cardinal Valdereis s'il avait un présent à offrir à une paroisse des Hautes Montagnes du Portugal dont l'église avait récemment subi un incendie qui en avait détruit le chœur. C'était une « bonne vieille église », disait-il, bien qu'il ne la nommât point ni n'en donnât l'emplacement. Dans sa réponse, dont une copie était jointe à la lettre de l'évêque Câmara, le cardinal Valdereis déclarait : « Je me fais un plaisir de vous envoyer un objet de piété appartenant au diocèse de Lisbonne depuis un certain temps déjà, un singulier portrait de Notre Seigneur en croix qui nous est parvenu des colonies africaines. » Après un journal venu lui aussi des colonies africaines, était-il possible qu'il eût fait référence à une autre représentation du Seigneur que celle du père Ulisses ? Il était incroyable qu'en dépit du fait qu'il l'avait sous les yeux, le cardinal Valdereis fût incapable de voir la chose pour ce qu'elle était. Mais le religieux ne savait pas – il ne pouvait donc pas voir.

Un échange épistolaire avec le diocèse de Bragança n'avait révélé aucune trace d'un objet africain qui aurait transité par leur bureau du temps de l'évêque Câmara. Tomás était contrarié. Voilà qu'une création qui avait été étrange et merveilleuse à son point d'origine n'était plus que singulière une fois à Lisbonne, puis banale entre les mains des provinciaux. Ou alors, on en avait délibérément ignoré la nature. Tomás allait devoir suivre une autre piste. Le crucifix avait été destiné à une église dévastée par le feu. Les dossiers montraient qu'entre le moment où Câmara avait été nommé évêque de Bragança, en 1793, et celui où il avait écrit au cardinal Valdereis, en 1804, des incendies plus ou moins graves s'étaient produits dans plusieurs églises des Hautes Montagnes du Portugal. C'était là les dangers qu'on encourait à éclairer les lieux de culte à la chandelle ou à la torche, à faire brûler de l'encens à l'occasion des grandes fêtes. Câmara affirmait que le crucifix était réservé à « une bonne vieille église ». Quelle église aurait pu avoir droit à une description aussi favorable de la part de l'évêque ? Tomás présumait qu'il s'agissait d'une église gothique, ou peut-être romane. Ce qui voulait donc dire une église bâtie au XVe siècle ou avant. Le secrétaire du diocèse de Bragança ne s'était pas révélé un historien ecclésiastique très enthousiaste. L'obstination de Tomás l'avait mis sur la piste suivante : cinq des églises abîmées par le feu auraient pu être dignes de recevoir la croix, à savoir celles de São Julião de Palácios, de Santalha, de Mofreita, de Guadramil et d'Espinhosela, toutes très éloignées les unes des autres.

Tomás avait écrit au prêtre de chacune. Leurs réponses étaient peu concluantes. Tous couvraient leur église d'éloges, en vantant l'âge et la beauté. Elles étaient toutes, à les croire, des répliques de la basilique Saint-Pierre disséminées dans les Hautes Montagnes du Portugal. Mais aucun n'avait grand-chose d'éclairant à dire sur le crucifix dressé au cœur de la sienne. Tous prétendaient que c'était une émouvante œuvre de piété, mais aucun ne savait à quel moment on en avait fait l'acquisition ni d'où elle provenait. Finalement, Tomás avait conclu qu'il n'y avait rien d'autre à faire que d'aller vérifier lui-même s'il avait vu juste sur la véritable nature du crucifix du père Ulisses. Qu'il eût fini dans les Hautes Montagnes du Portugal, cette région lointaine et isolée, à l'extrême nord-est du pays, n'était qu'un désagrément mineur. Très bientôt, Tomás aurait l'objet devant les yeux.

Une voix le fait sursauter.

« Bonjour, Senhor Tomás. C'est bien pour nous voir que vous êtes ici ? »

C'est le vieux portier, Afonso. Il a ouvert le portail et baisse les yeux vers Tomás. Comment a-t-il fait pour l'ouvrir aussi silencieusement ?

« Oui, en effet, Afonso.

— Quelque chose ne va pas ?

— Tout va bien. »

Tomás parvient à se remettre sur pied et range le livre dans sa poche. Le portier tire sur la corde de la sonnette. La cloche tinte, et Tomás a les nerfs en boule. Il doit entrer, c'est ainsi. Ce n'est pas seulement cette maison, où sont morts Gaspar et Dora, mais toutes les maisons qui exercent désormais cet effet sur lui. L'amour est une maison aux nombreuses pièces, une qui sert à le nourrir, une, à le divertir, une, à le laver, une, à l'habiller, une autre, à lui permettre de se reposer, et chacune pourrait aussi bien être la pièce où l'on rit, où l'on écoute, où l'on confie ses secrets, où l'on boude, la pièce où l'on présente ses excuses ou la pièce où l'on partage son intimité. Et puis il y a bien sûr les pièces destinées aux nouveaux venus de la famille. L'amour est une maison dans laquelle la tuyauterie apporte chaque matin de nouvelles émotions pétillantes et inédites, où les disputes sont évacuées dans les égouts, où les fenêtres lumineuses s'ouvrent pour laisser entrer l'air frais d'une bonne volonté renouvelée. L'amour est une maison aux fondations inébranlables et au toit indestructible. Tomás a déjà eu une telle maison, jusqu'à ce qu'elle soit démolie. Il n'en a plus, maintenant – son appartement d'Alfama est aussi vide que la cellule d'un moine –, et mettre le pied dans un foyer ne fait que lui rappeler qu'il n'est nulle part chez lui. Il sait que c'est ce qui l'a d'abord attiré vers le père Ulisses : une envie commune d'être chez soi. Tomás se souvient des paroles du prêtre à la mort de l'épouse du gouverneur de São Tomé. C'était la seule Européenne de l'île. Il n'y en avait pas d'autre avant Lagos, sur le continent, à quelque huit cents kilomètres. Le père Ulisses n'avait jamais vraiment fait sa rencontre. Il ne l'avait vue qu'à quelques occasions.

> La mort d'un Blanc ouvre une plus grande brèche sur cette île qu'à Lisbonne. Et qu'en est-il d'une femme ! Son trépas est un poids des plus difficiles à porter. Je crains que jamais plus la vue d'une de mes semblables ne m'apporte du réconfort. Jamais plus de beauté, de raffinement, de grâce. J'ignore combien de temps je pourrai continuer.

Tomás et Afonso traversent la cour pavée, le portier gardant par respect un pas de distance entre eux. Puisque Tomás chemine selon son habitude à reculons, ils marchent dos à dos, sur les talons l'un de l'autre. Au bas des marches menant à l'entrée principale, Afonso s'écarte puis s'incline. Comme il n'y a que quelques degrés à monter, Tomás les gravit à rebours. Avant qu'il n'atteigne la porte, celle-ci s'ouvre derrière lui et il entre de dos dans la maison. D'un coup d'œil par-dessus son épaule, il aperçoit Damião, le vieux majordome de son oncle, qui le connaît depuis l'enfance et qui l'attend les bras ouverts, un sourire au visage. Tomás pivote pour lui faire face.

« Bonjour, Damião.

— Menino Tomás, quel plaisir de vous voir. Vous allez bien ?

— Oui, merci. Comment se porte ma tante Gabriela ?

— On ne peut mieux. Sa lumière rejaillit sur nous comme le soleil. »

Parlant du soleil, il brille par les hautes fenêtres sur les nombreux objets qui occupent le hall d'entrée. L'oncle de Tomás a réalisé sa fortune dans le commerce de produits africains, surtout l'ivoire et le bois d'œuvre. Deux énormes défenses d'éléphant ornent un mur. Entre les deux est accroché un somptueux portrait laqué du roi Charles Ier. Sa Majesté en personne s'est tenue devant le tableau quand elle lui a fait l'honneur de sa présence dans sa demeure. Les autres murs sont décorés de peaux de zèbre et de lion, au-dessus desquelles on retrouve des têtes d'animaux naturalisées : lion et zèbre, mais aussi un éland, un hippopotame, un gnou, une girafe. Des peaux ont également été utilisées pour le revêtement des fauteuils et du divan. Des œuvres artisanales africaines sont exposées dans des niches, sur des tablettes : colliers, bustes de bois rustiques, grigris, couteaux et lances, tissus aux couleurs vives, instruments de percussion et ainsi de suite. Divers tableaux – des paysages, des portraits de propriétaires terriens portugais entourés d'indigènes, mais aussi une grande carte de l'Afrique sur laquelle est mis en évidence tout ce qui appartient au Portugal – composent le décor et évoquent quelques personnages. Puis à droite, monté avec art dans de l'herbe haute, le lion empaillé qui traque une proie.

Le hall est un fouillis muséologique, un méli-mélo culturel, chacun de ces artéfacts ayant été arraché au contexte qui lui donnait son sens. Mais, à sa vue, les yeux de Dora se mettaient à briller. Elle s'émerveillait de cette corne d'abondance coloniale, qui la rendait fière de l'Empire portugais. Elle touchait tous les objets à sa portée, sauf le lion.

« Je me réjouis de savoir que ma tante va bien. Mon oncle est-il dans son bureau ? demande Tomás.

— Il vous attend dans la cour. Si vous voulez bien me suivre. »

Tomás fait volte-face pour emboîter le pas à Damião à travers le hall, puis dans un couloir recouvert de tapis et bordé de peintures et de vitrines. Ils empruntent un autre corridor. Damião ouvre devant Tomás deux portes-fenêtres et s'écarte. Tomás sort sur un palier semi-circulaire. Il entend la grosse voix exubérante de son oncle : « Tomás, regarde le rhinocéros ibérique ! »

Tomás lance un regard par-dessus son épaule droite. S'attaquant aux trois marches qui descendent dans la grande cour, il va vite rejoindre son oncle, près duquel il se retourne. Ils se serrent la main.

« Oncle Martim, comme je suis heureux de vous voir. Vous allez bien ?

— Comment pourrais-je aller autrement, quand j'ai l'immense plaisir de voir mon seul et unique neveu ? »

Tomás s'apprête à prendre encore une fois des nouvelles de sa tante, mais son oncle balaie toutes ces mondanités d'une main. « Assez, assez. Eh bien, que penses-tu de mon rhinocéros ibérique ? demande-t-il en pointant ce dernier du doigt. Il fait la gloire de ma ménagerie ! »

L'animal en question se tient au milieu de la cour, à proximité du grand et élancé Sabio, son gardien.

Tomás le contemple. La lumière a beau être douce et laiteuse, l'envelopper d'un halo flatteur, il est à ses yeux d'une monstruosité grotesque. « Il est… magnifique », répond-il.

En dépit de son apparence disgracieuse, Tomás a toujours plaint le destin de cette bête qui errait autrefois dans les régions rurales de son pays. Le dernier bastion du rhinocéros ibérique n'a-t-il pas été, d'ailleurs, les Hautes Montagnes du Portugal ? Quelle étrange emprise a eue l'animal sur l'imagination portugaise. C'est le progrès humain qui a provoqué sa fin. Il a été, en un sens, écrasé par la modernité. On l'a harcelé, chassé jusqu'à ce qu'il disparaisse, aussi ridicule qu'une vieille idée – seulement pour le pleurer et le regretter aussitôt. Il est aujourd'hui matière à fado, l'un des personnages types de cette forme particulière de mélancolie portugaise, la *saudade*. En songeant à la créature depuis longtemps éteinte, Tomás est en effet submergé par la *saudade*. Il est, comme on dit, *tão docemente triste quanto um rinoceronte*, aussi doucement triste qu'un rhinocéros.

Son oncle est content de sa réponse. Tomás l'observe non sans une certaine appréhension. Par-dessus sa forte ossature, le frère de son père s'est fait de sa richesse un coussin sur le corps, une bonne couche d'embonpoint qu'il porte avec fierté. Il vit dans le grand luxe à Lapa. Il dépense des sommes sidérantes pour la moindre nouveauté. Il y a quelques années, c'est de la bicyclette qu'il s'est entiché, un moyen de transport à deux roues propulsé par les jambes de celui qui le monte. Mais dans les rues pavées et vallonnées de Lisbonne, non seulement la bicyclette n'est pas pratique, mais elle est dangereuse. Il n'y a que dans les sentiers des parcs qu'on peut l'utiliser sans encombre, un divertissement du dimanche où le cycliste ne fait que tourner en rond, gênant ainsi les marcheurs, faisant peur à leurs enfants et à leurs chiens. L'oncle de Tomás possède toute une collection de bicyclettes de marque Peugeot. Puis après, ce furent les bicyclettes *motorisées*, qui, en plus de faire beaucoup de bruit, allaient plus vite encore que les bicyclettes à pédales. Et voici maintenant, acquis depuis peu, la plus récente de ses curiosités hors de prix. « Mais mon oncle, ajoute prudemment Tomás, je ne vois qu'une *automobile*.

— *Qu'une automobile*, dis-tu ? répond son oncle. Mais, c'est là le fleuron technique qui redonne son âme à notre pays. » Il pose une semelle sur le marchepied, une étroite plateforme courant des roues avant à celles de derrière. « J'ai hésité. Laquelle devais-je te prêter ? Ma Darracq, ma De Dion-Bouton, mon Unic, ma Peugeot, ma Daimler, peut-être même mon Oldsmobile américaine ? Le choix n'a pas été facile. Mais, parce que tu es mon neveu chéri, et en mémoire du frère qui me manque si cruellement, je me suis finalement décidé pour la meilleure du lot. Tu as ici une Renault quatre cylindres flambant neuve, un chef-d'œuvre d'ingénierie. Regarde ça ! Une création qui non seulement brille de la toute-puissance de la logique, mais qui est aussi pleine de poésie. Débarrassons-nous de l'animal qui souille tant notre ville ! L'automobile, elle, ne dort jamais – comment le cheval pourrait-il faire mieux ? Leur puissance respective ne se compare pas non plus. On évalue à quatorze chevaux-vapeur le moteur de cette Renault, mais ce n'est là qu'une prudente estimation. Il doit plutôt développer dans les vingt chevaux-vapeur. Un cheval de puissance mécanique étant supérieur à un cheval de puissance animale, imagine une diligence à laquelle seraient attelés *trente* chevaux. Tu t'imagines ça, trente chevaux en rangs de deux, qui trépignent et rongent leur frein ? Eh bien, pas la peine : tu les as juste devant tes yeux. Ces trente chevaux ont été compressés à l'intérieur d'une boîte de métal encastrée entre les roues avant. Et quelle performance ! Quelle économie ! Jamais le feu, depuis sa découverte, n'aura été mis à profit de manière aussi innovatrice. Et où sont les déchets qui nous offensent tant chez le cheval ? Il n'y en a pas d'autre qu'un simple nuage de fumée qui se volatilise dans l'air. L'automobile est aussi inoffensive que la cigarette. Retiens bien mes mots, Tomás : on se souviendra de ce siècle comme du siècle de la bouffée de fumée ! »

Son oncle rayonne de fierté et de bonheur devant son gros bidule gaulois. Tomás garde la bouche cousue. Il ne partage aucunement l'engouement passager de son oncle. On peut voir depuis peu quelques-uns de ces engins dernier cri dans les rues de Lisbonne. Au milieu de la circulation animale de la ville, animée, mais somme toute pas très bruyante, les automobiles vrombissent comme d'énormes insectes, un fléau désagréable à l'oreille, pénible à l'œil, malodorant. Tomás ne voit nulle beauté en elles. Et le modèle de couleur bordeaux de son oncle ne fait pas exception. Aucune élégance ni symétrie. L'habitacle lui semble ridiculement surdimensionné par rapport à la piètre écurie où sont fourrés les trente chevaux à l'avant. Le métal de la chose, qu'il y a en quantité, brille très fort – inhumainement, dirait Tomás.

Il se ferait volontiers charrier par une bête de somme plus conventionnelle jusque dans les Hautes Montagnes du Portugal, sauf qu'il effectuera le trajet durant la période de Noël, ayant ajouté aux vacances qui lui sont dues les quelques jours qu'il a mendiés, pratiquement à genoux, au conservateur en chef du musée. Cela ne lui donne au total que dix jours pour accomplir sa mission. La distance est trop grande, le temps, trop limité. Ce n'aurait pas été possible avec un animal. Tomás devra donc user de l'invention disgracieuse que lui offre chaleureusement son oncle.

Dans un fracas de portes, Damião entre dans la cour, avec du café et des pâtisseries aux figues sur un plateau. Un guéridon est apporté pour ce dernier, ainsi que deux chaises. Tomás et son oncle s'assoient. Le lait chaud coule, le sucre est dosé. Le moment serait propice à l'échange de banalités, au lieu de quoi Tomás demande de but en blanc : « Alors, mon oncle, comment ça fonctionne ? »

S'il pose la question, c'est qu'il ne veut pas regarder ce qu'il y a juste derrière l'automobile, en bordure du domaine, à côté du sentier qui mène aux quartiers des serviteurs : la rangée d'orangers. C'est là que son fils l'attendait autrefois, caché derrière un tronc d'arbre pas très épais. Gaspar s'enfuyait en criant dès que son père le repérait des yeux. Tomás courait alors après le petit clown en faisant semblant que ses oncle et tante, ou leurs nombreux espions, ne les avaient pas vus descendre le sentier, tout comme les serviteurs faisaient eux aussi semblant de ne pas le voir lorsqu'il passait dans leurs quartiers. Oui, il vaut mieux parler automobiles que de regarder ces orangers.

« Ah, puisque tu veux savoir ! répond son oncle en bondissant de sa chaise. Laisse-moi te montrer la merveille qui se trouve à l'intérieur. » Tomás le suit jusqu'à l'avant de l'automobile, où l'oncle Lobo retire les crochets du petit capot de métal arrondi qu'il fait ensuite basculer vers l'avant sur ses charnières, révélant ainsi des enchevêtrements de tuyaux et de bulbeuses protubérances de métal étincelant.

« Admire ! le somme son oncle. Un moteur à quatre cylindres en ligne d'une capacité de 3054 cc. Une beauté, un exploit. Observe l'enchaînement : moteur, radiateur, embrayage à friction, boîte de vitesses à train baladeur, entraînement de l'essieu arrière. C'est sous cet alignement que le futur se fera. Mais laisse-moi d'abord t'expliquer les merveilles du moteur à combustion interne. »

Il pointe un doigt censé donner à voir la magie qui prend place entre les parois opaques du moteur. « La vapeur de Moto-Naphta est propulsée par le carburateur dans la chambre à combustion. L'aimant active les bougies d'allumage ; la vapeur prend feu puis explose. Les pistons s'enfoncent ici, ce qui... »

Tomás ne comprend rien. Il regarde bêtement. Une fois les explications triomphales terminées, son oncle s'étire pour saisir un épais livret reposant sur la banquette du poste de conduite, qu'il met dans la main de son neveu. « Le mode d'emploi. Ça éclaircira tout ce que tu n'as pas compris. »

Tomás regarde le manuel. « Mais, mon oncle, c'est en français.

— Oui. Renault Frères est une société française.

— Mais…

— J'ai joint un dictionnaire français-portugais à ton équipement. Tu dois aussi faire de ton mieux pour que l'automobile reste toujours bien lubrifiée.

— *Lubrifiée ?* » Son oncle pourrait tout aussi bien *parler* français.

Lobo ignore l'expression perplexe de son neveu. « Les garde-boue ne sont-ils pas magnifiques ? dit-il en donnant une claque sur l'un d'eux. Devine en quoi ils sont faits ? En oreilles d'éléphant ! Je les ai fait fabriquer sur mesure en souvenir de l'Angola. Même chose pour l'extérieur de l'habitacle : que du cuir d'éléphant, du grain le plus fin qui soit.

— Ça, c'est quoi ? demande Tomás.

— Le klaxon. Pour avertir, alerter, rappeler, attirer, protester. » Son oncle presse le gros bulbe de caoutchouc fixé à l'automobile, à gauche du volant. Un son de tuba avec un léger vibrato éclate par la trompette attachée au bulbe. Un gros bruit, capable d'attirer l'attention. Tomás s'imagine un cavalier qui transporte, à la manière d'une cornemuse, une oie sous son bras et qui serre le volatile à l'approche d'un danger, et ne peut retenir un éclat de rire étouffé.

« Est-ce que je peux essayer ? »

Il presse plusieurs fois le bulbe, se remettant à rire à chaque coup de klaxon. Il s'arrête lorsqu'il se rend compte que son oncle ne trouve pas cela aussi drôle que lui, et s'efforce de prêter attention au charabia automobile qui a repris. Il s'agit plus de vénération que d'éclaircissements. Si le jouet métallique et puant de son parent pouvait ressentir des émotions, il rougirait sûrement de timidité.

Ils en arrivent au volant, parfaitement rond, de la taille d'une grande assiette. S'étirant encore une fois dans le compartiment de conduite, Lobo y pose une main. « Pour faire tourner le véhicule à gauche, tu tournes le volant à gauche. Pour faire tourner le véhicule à droite, tu tournes le volant à droite. Pour aller tout droit, tu le tiens droit. Rien de plus logique. »

Tomás regarde de près. « Mais comment une roue fixe peut-elle tourner à gauche ou à droite ? » demande-t-il.

Son oncle cherche à lire son visage. « Je ne suis pas certain de comprendre ce que tu ne comprends pas. Tu vois le dessus du volant, à côté de ma main ? Tu vois ? Bon. Eh bien, imaginc qu'il y a un point ici, un petit point blanc. Si je tourne le volant de ce côté-*ci* » – il tire sur le volant – « tu vois, le petit point blanc va à gauche. Oui ? Bon, eh bien, l'automobile tournera à *gauche*. Et tu vois que si je tourne le volant de ce côté-*là* » – il pousse sur le volant – « tu vois, le petit point blanc va à *droite*. L'automobile, dans ce cas, tournera à droite. Tu saisis, maintenant ? »

L'expression de Tomás s'assombrit. « Mais regardez » – il pointe du doigt – « au bas du volant ! S'il y avait un petit point blanc là, il irait dans la direction opposée. On a beau, comme vous dites, tourner le haut du volant à droite, on tourne en même temps le bas vers la gauche. Et les côtés ? Qu'on tourne à gauche ou à droite, on tourne vers le haut d'un côté, vers le bas de l'autre. Donc, dans un cas comme dans l'autre, peu importe la direction vers laquelle on tourne le volant, on le tourne à la fois à droite, à gauche, vers le haut et vers le bas. Vous prétendez tourner le volant dans une direction donnée, mais moi, ça m'apparaît comme rien de moins qu'un paradoxe du philosophe grec Zénon d'Élée. »

Lobo fixe le volant d'un air consterné, le haut, le bas, les côtés. Il prend une longue et profonde respiration. « Quoi qu'il en soit, Tomás, tu dois conduire l'automobile de la façon dont elle a été conçue pour l'être. Garde les yeux sur le *haut* du volant. Ne t'occupe pas des autres côtés. Et si nous poursuivions ? Il reste d'autres détails à aborder, l'opération de l'embrayage, par exemple, du levier de changement de vitesse… » Il accompagne son discours de gestes des pieds et des mains, mais nul mot ni mimique n'éveille la moindre compréhension chez Tomás. Qu'est-ce que le « couple », par exemple ? La péninsule Ibérique n'a-t-elle pas déjà connu ses Inès et Pedro ? Et quelle personne saine d'esprit comprendrait quoi que ce soit au « double débrayage » ?

« Je t'ai procuré certaines choses que tu trouveras utiles. »

Son oncle ouvre la portière de l'habitacle, située dans la moitié arrière. Tomás se penche pour jeter un coup d'œil. L'intérieur est relativement sombre. Il en note les particularités. L'habitacle est doté de quelques éléments rappelant un espace domestique, un sofa noir du cuir le plus raffiné, ainsi que des murs et un plafond faits de lattes de cèdre lustrées. Les fenêtres avant et latérales ressemblent à celles d'une maison élégante, munies de vitres transparentes de bonne qualité et de scintillants châssis de métal. La fenêtre arrière, si soigneusement encadrée au-dessus du sofa, pourrait très bien, pour sa part, être une peinture accrochée au mur. Mais les proportions ! Le plafond est trop bas. Le sofa ne saurait accueillir confortablement plus de deux personnes. La taille de chacune des fenêtres latérales ne permettrait pas à plus d'un passager d'y regarder. Quant à la fenêtre arrière, si c'était un tableau, alors ce serait une miniature. On doit se pencher par la portière pour entrer dans cet espace exigu. Où est donc l'opulent espace ouvert de la calèche ? Tomás recule et fixe du regard l'un des rétroviseurs extérieurs. Il serait parfaitement à sa place dans une salle de bains. Et son oncle n'a-t-il pas parlé d'un feu dans le moteur ? Tomás éprouve un sentiment de malaise. Cette minuscule habitation sur roues, où salon, salle de bains et foyer jouent chacun leur petit rôle, est le pathétique aveu que la vie humaine n'est rien de plus que ceci : une tentative de se sentir chez soi tout en fonçant vers l'oubli.

Tomás a également remarqué la multitude d'objets présents dans l'habitacle. Sa valise, dans laquelle sont placés les quelques effets personnels dont il ne saurait se passer. Mais, plus important encore, le coffre contenant ses papiers, toutes sortes de choses essentielles : sa correspondance avec le secrétaire de l'évêque de Bragança et les prêtres de nombreuses paroisses des Hautes Montagnes du Portugal, la transcription du journal du père Ulisses, des coupures de journaux d'archives sur les incendies survenus dans des églises de la région, des extraits du journal de bord du navire portugais rentré à Lisbonne au milieu du XVIIe siècle, ainsi que diverses monographies sur l'histoire architecturale du nord du Portugal. Quand il ne le traîne pas dans sa poche – une folie, se dit Tomás –, c'est habituellement le coffre qui recèle et protège l'inestimable journal du père Ulisses. Mais coffre et valise sont entassés aux côtés des tonneaux, boîtes, sacs et contenants en fer-blanc. L'habitacle est une caverne d'objets qui aurait de quoi combler les quarante voleurs.

« Ali Baba, oncle Martim ! Tout ça ? Je ne fais pas la traversée de l'Afrique. Je pars seulement quelques jours dans les Hautes Montagnes du Portugal.

— Tu t'en vas plus loin que tu penses, répond son oncle. Tu t'aventureras dans des contrées où nul n'a jamais vu d'automobile. Il faudra que tu puisses être autonome. C'est pourquoi je t'ai mis une bonne bâche de toile imperméable et des couvertures, quoique tu ferais peut-être mieux de dormir dans l'habitacle. Cette boîte contient tous les outils dont tu auras besoin. La burette à huile est à côté. Ce tonneau de métal contient cinq gallons d'eau, pour le radiateur, et celui-ci la même quantité de Moto-Naphta, l'élixir de vie de l'automobile. Réapprovisionne-toi le plus souvent possible, parce qu'à un certain point, tu ne devras compter que sur ce que tu auras en stock. Garde l'œil ouvert et recherche les apothicaires, vendeurs de bicyclettes, forgerons et quincailliers. Ils en auront, quoiqu'il soit possible qu'ils appellent ça autrement : essence de pétrole, essence minérale, quelque chose du genre. Sens avant d'acheter. Je t'ai également procuré des vivres. Rien de mieux qu'un conducteur qui a le ventre plein au volant. Voyons voir maintenant si ceci te va. »

D'un sac posé sur le plancher de l'habitacle, l'oncle sort une paire de gants de cuir clair. Tomás les essaie, déconcerté.

Ils sont bien ajustés. Le cuir est d'une agréable élasticité et crisse quand il ferme le poing.

« Merci, dit Tomás en hésitant.

— Prends-en grand soin. Ils ont été fabriqués en France, eux aussi. »

Son oncle lui remet ensuite de grosses lunettes affreuses. À peine Tomás les a-t-il enfilées que Lobo lui tend un manteau beige doublé de fourrure qui lui tombe bien en dessous des genoux.

« Coton ciré et vison, dit-il. De la première qualité. »

Tomás le revêt. Le manteau est lourd et gênant. Pour finir, Lobo lui enfonce sur la tête un chapeau doté de sangles qui s'attachent sous le menton. Il se sent, ainsi ganté, lunetté, emmantelé et chapeauté, comme un champignon géant. « Mais, mon oncle, *pourquoi* un tel costume ?

— Pour conduire, bien sûr. Pour le vent et la poussière. La pluie et le froid. On *est* en décembre. As-tu remarqué le compartiment de conduite ? »

Tomás regarde. Son oncle n'a pas tort. La partie arrière de l'automobile consiste en un habitacle fermé, à l'usage des passagers. Mais le compartiment de conduite, à l'avant, est pour sa part exposé aux éléments, sans autre protection que le toit et le pare-brise. Il n'y a ni portières ni fenêtres sur les côtés. Le vent, la poussière et la pluie y pénétreront donc sans aucune difficulté. Tomás râle intérieurement. Si son oncle n'avait pas encombré l'habitacle de tout cet équipement, l'empêchant ainsi de s'y asseoir, il aurait pu s'y abriter pendant que Sabio aurait conduit la machine.

Son oncle continue. « Je t'ai mis ce qu'on fait de mieux en matière de cartes. Lorsqu'elles ne te seront d'aucune utilité, fie-toi à la boussole. Tu t'en vas en direction du nord-nord-est. Les routes du Portugal sont de piètre qualité, mais le véhicule est pourvu d'un excellent système de suspension – ressorts à lames. Ils supporteront n'importe quelles ornières. Si les routes te font perdre ton calme, bois beaucoup de vin. Il y en a deux outres dans l'habitacle. Évite les auberges en bord de route et les diligences. Ce ne sont pas tes amies. Et c'est compréhensible. On doit quand même s'attendre à un certain degré d'hostilité de la part de ceux dont les moyens de subsistance sont directement menacés par l'automobile. Bon, et pour ce qui est du reste des réserves, tu découvriras par toi-même leur utilité. Nous devrions y aller. Sabio, tu es prêt ?

— Oui, senhor, répond Sabio avec une promptitude toute militaire.

— Laisse-moi juste aller chercher ma veste. Je vais te reconduire jusqu'à la sortie de Lisbonne, Tomás. »

Son oncle rentre dans la maison. Tomás retire le ridicule accoutrement de conduite qu'il remet dans l'habitacle. Lobo ressurgit dans la cour, une veste sur le dos, des gants aux mains, les joues rouges de fébrilité, dégageant une jovialité presque terrifiante.

« En passant, beugle-t-il, j'ai oublié de te demander, Tomás : pourquoi diable veux-tu donc à ce point aller dans les Hautes Montagnes du Portugal ?

— Je cherche quelque chose, répond Tomás.

— Quoi ? »

Tomás hésite. « C'est dans une église, dit-il enfin, sauf que je ne sais pas très bien laquelle, ni dans quel village. »

Lobo l'étudie, debout à côté de lui. Tomás se demande s'il devrait en dire plus. Chaque fois que son oncle vient au Musée national d'art ancien, c'est avec des yeux vitreux qu'il regarde les œuvres exposées.

« Avez-vous déjà, mon oncle, entendu parler de Charles Darwin ? demande Tomás.

— J'ai entendu parler de Darwin, oui, répond Lobo. Quoi, il est enterré dans une église des Hautes Montagnes du Portugal ? » Il rit. « Tu veux ramener sa dépouille, lui offrir une place de choix au Musée national d'art ancien ?

— Non, je suis tombé, dans le cadre de mon travail, sur un journal rédigé à São Tomé, dans le golfe de Guinée. Cette île est une colonie portugaise depuis la fin du XVe siècle.

— Et une colonie bien misérable. J'y ai fait escale, au cours d'un voyage vers l'Angola. Je songeais à y investir dans des plantations de cacao.

— C'était un endroit important à l'époque de la traite d'esclaves.

— Eh bien, aujourd'hui, c'est un producteur de mauvais chocolat. De superbes plantations, par contre.

— Je n'en doute pas. Par un processus de déduction impliquant trois éléments disparates – le journal que je viens d'évoquer, le journal de bord d'un navire qui revenait à l'époque à Lisbonne et l'incendie d'une église d'un village des Hautes Montagnes du Portugal –, j'ai découvert un trésor insoupçonné, que j'ai localisé ou à peu près. Je suis au seuil d'une grande découverte.

— Ah oui ? Et quel est ce trésor, exactement ? » lui demande son oncle sans le lâcher des yeux.

Tomás est fortement tenté de se confier. Durant tous ces mois, jamais il n'a parlé à quiconque de sa trouvaille ni de ses recherches, surtout pas à ses collègues. Il a tout fait durant son temps libre, en privé. Mais tout secret aspire à être dévoilé. Et dans quelques jours à peine, l'objet sera trouvé. Alors, pourquoi ne pas en parler à son oncle ?

« Il s'agit… précise-t-il, d'une statue religieuse, un crucifix, je crois.

— En plein ce dont ce pays catholique a besoin.

— Non, vous ne comprenez pas. C'est un très étrange crucifix. Un crucifix merveilleux.

— Vraiment ? Et que vient faire Darwin dans tout ça ?

— Vous verrez, explique Tomás en rougissant d'enthousiasme. Ce Christ en croix a quelque chose d'important à dire. J'en suis certain. »

Son oncle attend la suite, mais rien ne vient. « J'espère en tout cas que ça fera ta fortune, dit-il. Allons-y. » Il grimpe sur la banquette côté conducteur. « Laisse-moi te montrer comment démarrer le moteur. » Il frappe des mains et rugit :

« Sabio ! »

Sabio s'avance, le regard rivé sur l'automobile, les mains prêtes.

« Il faut tourner, avant le démarrage, le robinet de Moto-Naphta de manière à l'ouvrir – excellent, Sabio. La manette d'accélérateur, là, sous le volant, doit être placée en position de demi-admission – voilà –, et le levier de changement de vitesse, au point mort, comme ça. Tu actionnes ensuite le commutateur de magnéto – ici, sur le tableau de bord. Puis tu soulèves le couvercle du capot – pas besoin d'ouvrir le capot au complet, tu remarques le petit couvercle, à l'avant ? – et tu appuies une ou deux fois sur le flotteur du carburateur pour le submerger. Tu vois ce que Sabio fait ? Tu fermes le couvercle, et il ne reste plus qu'à tourner la manivelle de démarrage. Tu t'assois ensuite sur la banquette, côté conducteur, tu enlèves le frein à main, tu passes en première vitesse, et c'est parti. Un jeu d'enfant. Prêt, Sabio ? »

Sabio se campe vis-à-vis du moteur, les jambes écartées, les pieds solidement plantés au sol. Il se penche et saisit la manivelle, une mince tige qui dépasse à l'avant de l'automobile. Les bras droits, le dos droit, il tire dessus très fort, vers le haut, se redresse puis, une fois qu'il lui a fait faire un demi-tour, la pousse en y mettant tout son poids, avant de la ramener vers le haut à sa position de départ. Il met dans cette rotation une énorme énergie, ce qui fait que non seulement l'automobile est secouée de toutes parts, mais la manivelle fait deux, peut-être trois tours. Tomás est sur le point de lancer un commentaire sur la prouesse du serviteur, quand les tours portent leurs fruits : l'automobile rugit à la vie. Ce n'est, au début, qu'un grondement crépitant qui monte du fond de ses entrailles, pour être bientôt suivi d'une série d'explosions perçantes. Alors que le véhicule se met à trembler et à vibrer, l'oncle crie : « Allez, monte. Je vais te montrer de quoi est capable cette remarquable invention ! »

À contrecœur, mais en un éclair, Tomás se hisse à son côté sur la banquette rembourrée qui occupe toute la largeur du compartiment de conduite. Son oncle exécute une manœuvre des pieds et des mains, tirant ceci, poussant cela. Tomás aperçoit Sabio enfourcher une motocyclette, qu'il démarre du pied. Ce sera un atout de l'avoir avec eux.

Puis, dans un sursaut, *la machine bouge.*

Elle prend rapidement de la vitesse et sort de la cour dans une embardée, s'élançant par le portail ouvert hors du domaine Lobo sur la Rua do Pau de Bandeira, où elle effectue un virage serré à droite. Tomás glisse sur le cuir lisse de la banquette et se heurte à son oncle.

Il n'arrive pas à croire aux secousses qu'il ressent, directement associées au bruit produit, car un tel tressautement à faire s'entrechoquer les os et à détraquer l'esprit ne peut être causé que par un tel bruit. La machine tombera forcément en morceaux, à trépider ainsi. Tomás réalise qu'il n'a pas bien compris l'utilité des ressorts de suspension dont parlait tout à l'heure son oncle. Ils n'ont visiblement pas pour fonction de protéger l'automobile contre les ornières, mais plutôt de protéger les ornières contre l'automobile.

Ce qu'il y a d'encore plus perturbant, c'est le mouvement extrêmement rapide, autonome, de l'engin vers l'avant. Tomás sort la tête sur le côté pour jeter un regard derrière, pensant – espérant – voir les habitants de la maison Lobo, famille et domestiques, pousser la machine et rire de la blague qu'ils sont en train de lui faire. (Si seulement Dora pouvait être parmi eux !) Mais il n'y a personne. Le fait qu'aucun animal ne tire ni ne pousse l'engin lui semble surnaturel. Il y a là un effet sans cause, et cela est si contraire à l'ordre des choses que c'en est inquiétant.

Oh, les sommets alpins de Lapa ! L'automobile – qui tousse, crachote, cliquette, claque, cahote, bondit, ahane, souffle, geint, rugit – file par la Rua do Pau de Bandeira, où les pavés se font sentir en produisant un toc-toc continuel, détonant, puis fait une embardée vers la gauche. La Rua do Prior est si pentue que la voiture ne touche plus à la chaussée, comme si elle tombait d'une falaise. Tomás a l'impression qu'on lui presse les viscères dans un entonnoir. Le véhicule fait, au bas de la rue, un atterrissage forcé qui l'envoie s'écraser au plancher du compartiment de conduite. La machine s'est à peine stabilisée – Tomás a repris sa place, à défaut de son sang-froid – qu'elle s'élance dans la dernière montée de la Rua do Prior jusqu'à la

Rua da Santa Trindade, qui elle aussi descend à pic. C'est là que l'automobile se met à danser gaiement sur les mâchoires métalliques de la voie de tramway, faisant glisser Tomás de plus belle d'un bout à l'autre de la banquette. Tour à tour, il percute son oncle, qui ne semble pas le remarquer, et manque tomber du véhicule de l'autre côté. Il voit, sur les balcons qui défilent, des gens qui les regardent d'un œil mauvais.

Avec une conviction féroce, Lobo prend à droite sur la Rua São João da Mata. Ils dévalent la rue à tombeau ouvert. Tomás est aveuglé par le soleil ; son oncle n'a pas l'air affecté. L'automobile traverse la Rua de Santos-o-Velho d'un bond, pour négocier à pleine vitesse la courbe de Calçada de Santos. Ils débouchent alors sur le Largo de Santos, où Tomás regarde avec nostalgie – et brièvement – les marcheurs qui se livrent aux activités indolentes offertes par son agréable parc. Son oncle contourne ce dernier, puis effectue un brutal virage à gauche qui lance l'automobile sur la très large Rua Vinte e Quatro de Julho. Les eaux clapoteuses de Lapa, formidable Tage, s'ouvrent à droite dans une explosion de lumière, mais Tomás n'a pas le temps de profiter de la vue, alors qu'ils foncent à travers les rues animées de Lisbonne dans un mélange confus de vent et de bruit. Ils font, sur la Praça do Duque da Terceira, le tour du rond-point bondé, à une vitesse telle que le véhicule est propulsé, comme par un lance-pierre, sur la Rua do Arsenal. Le pullulement de la Praça do Comércio n'a rien d'un obstacle, ce n'est qu'un amusant défi. Tomás aperçoit la statue du roi Joseph Ier qui se dresse au centre de la place. Oh ! si seulement son secrétaire d'État, le marquis de Pombal, avait su à quelles horreurs ses rues seraient exposées, il ne les aurait peut-être pas fait reconstruire. Ils poursuivent leur route dans une vitesse rugissante, dans une traînée de couleur. Une circulation hétéroclite – chevaux, charrettes, calèches, fardiers, tramways, hordes de gens et de chiens – suit son cours à l'aveuglette dans la confusion qui les entoure. Tomás s'attend à tout moment à ce qu'une collision se produise, avec un animal, un humain, mais chaque fois son oncle les sauve à la dernière seconde d'une mort certaine par un écart soudain ou un arrêt brusque. À maintes reprises, il sent le besoin de crier, sauf que son visage est trop crispé par la peur. Il presse plutôt ses pieds contre le plancher, de toutes ses forces. S'il croyait que son oncle accepterait qu'on se serve de lui comme d'une bouée de sauvetage, il s'y accrocherait volontiers.

Pendant ce temps, Lobo – quand il n'est pas en train de hurler des insultes à des étrangers – ruisselle de joie, son visage en feu rayonnant d'excitation. La bouche plissée par un sourire, les yeux brillants, il rit avec un abandon démentiel ou mène en criant un monologue d'exclamations : « Incroyable !... Splendide !... Fantastique !... Je t'avais dit, hein ?... C'est comme ça qu'on vire à gauche !... Extraordinaire, absolument extraordinaire !... Regarde, regarde : nous devons bien atteindre les *cinquante* kilomètres à l'heure ! »

Le Tage, pendant ce temps, coule sans se précipiter, paisible et imperturbable, un doux géant en comparaison de la puce extravagante qui sautille sur sa berge.

À côté d'un champ, sur une route de campagne encore fraîche et que nul pavé ne revêt, l'oncle de Tomás immobilise enfin l'automobile. Plus loin derrière eux s'élève la silhouette des immeubles de Lisbonne, telles les dents émergentes d'un petit enfant.

« Regarde la distance que nous avons parcourue – et à quelle vitesse ! » La voix de l'oncle retentit dans le silence reposant. Il est aussi rayonnant qu'un enfant le jour de son anniversaire.

Tomás le regarde quelques secondes, incapable d'articuler un mot, puis tombe pratiquement au sol en sortant du compartiment de conduite. Il chancelle jusqu'à un arbre à proximité pour y prendre appui. Puis il se penche vers l'avant, et c'est là qu'un abondant jet de vomi gicle de sa bouche.

Son oncle fait preuve de compréhension. « Le mal des transports, diagnostique-t-il joyeusement en enlevant ses gants de conduite. Curieuse chose. Certains passagers y sont sujets, mais jamais le conducteur. C'est sans doute parce qu'il est aux commandes du véhicule, peut-être parce qu'il peut anticiper les bosses et les virages qui s'en viennent. Ou bien, c'est que l'effort mental requis par la conduite distrait l'estomac de tout malaise qu'il est susceptible de ressentir. Tout va bien aller une fois que tu seras derrière le volant. »

Il faut un moment à Tomás pour enregistrer les mots. Il ne peut pas s'imaginer tenir les rênes de cet étalon de métal. « Mais Sabio m'accompagne, n'est-ce pas ? » demande-t-il, à bout de souffle, tandis qu'il essuie les commissures de sa bouche avec son mouchoir.

« Je ne te laisse pas Sabio, non. Qui s'occuperait de mes autres véhicules ? Sans compter qu'il s'est assuré que la Renault soit en parfait état de marche. Tu n'auras pas besoin de lui.

— Mais, c'est Sabio qui doit conduire la chose, mon oncle.

— Qui *doit conduire ?* Pourquoi voudrais-tu ça ? Pourquoi quiconque irait déléguer à un serviteur l'exaltation de conduire une si stupéfiante invention ? Sabio est là pour travailler, pas pour s'amuser. »

C'est à ce moment-là qu'apparaît le serviteur, dirigeant en expert la motocyclette crachotante hors de la route pour l'immobiliser derrière l'automobile. Tomás se retourne de nouveau vers son oncle. Quelle incroyable mauvaise fortune que d'avoir un parent assez riche pour posséder plusieurs automobiles, et assez excentrique pour vouloir les conduire lui-même.

« Mais Sabio *vous* fait office de chauffeur, cher oncle.

— Seulement lors des grandes occasions. C'est surtout Gabriela qu'il trimballe. La drôle de petite souris n'ose pas essayer de conduire elle-même. Tu es jeune et intelligent. Tu vas bien te débrouiller. Pas vrai, Sabio ? »

Sabio, debout en silence à côté d'eux, acquiesce d'un signe de tête, mais la façon dont ses yeux s'attardent sur lui donne à Tomás l'impression qu'il ne partage pas entièrement l'assurance insouciante de son employeur. L'angoisse lui retourne l'estomac.

« Oncle Martim, s'il vous plaît, je n'ai aucune expérience dans...

— Regarde bien ! Tu commences au point mort, l'accélérateur à la moitié. Pour partir, tu te mets en première vitesse, puis relâches lentement l'embrayage en même temps que tu appuies sur la pédale des gaz. Quand tu commences à prendre de la vitesse, tu passes en deuxième, puis en troisième. C'est facile. Tu n'as qu'à démarrer en terrain plat. Tu vas t'y faire en un rien de temps. »

L'oncle recule et contemple affectueusement l'automobile. Tomás espère que, durant cette pause, la sollicitude et la bonté lui attendriront le cœur. Au lieu de quoi il y va d'une dernière harangue.

« Tomás, j'espère que tu es conscient que ce que tu as devant les yeux est un orchestre hautement qualifié, qui joue la plus charmante des symphonies. La tonalité du morceau varie plaisamment, le timbre en est sombre, mais éclatant, la mélodie, à la fois simple et emportée, et le rythme se situe quelque part entre *vivace* et *presto*, quoiqu'il convienne aussi à un bon *adagio*. Lorsque c'est moi qui le dirige, cet orchestre, c'est une glorieuse musique que j'entends : la musique de l'avenir. À toi maintenant de monter sur l'estrade, je te passe la baguette. Tu dois te montrer à la hauteur. » Il tapote la banquette du côté conducteur. « Assieds-toi ici », dit-il.

Les poumons de Tomás cherchent soudainement de l'air. Son oncle, d'un geste, indique à Sabio de démarrer le véhicule. Le rugissement du moteur à combustion interne emplit une fois de plus la campagne. Tomás n'a pas le choix. Il a attendu trop longtemps, compris trop tard. Il va devoir se mettre au volant du monstre.

Il grimpe à bord. Son oncle se met de nouveau à pointer du doigt, à expliquer, à hocher la tête, à sourire.

« Tout va bien se passer, conclut-il. Les choses vont s'arranger. Je te verrai à ton retour, Tomás. Bonne chance. Sabio, reste avec lui pour l'aider. »

Avec l'irrévocabilité d'une porte qui claque, l'oncle se détourne et disparaît derrière l'automobile. Tomás tend le cou vers lui. « Oncle Martim ! » crie-t-il. La motocyclette démarre dans une détonation, puis s'éloigne avec un grincement. La dernière chose qu'il voit de son oncle est son ample tour de hanches qui déborde des deux côtés de la svelte machine, puis il disparaît au bout de la route dans un tonnerre de flatulences mécaniques.

Tomás tourne les yeux vers Sabio. C'est alors qu'il réalise que son oncle est parti à motocyclette, et que lui-même va s'en aller avec l'automobile. Comment Sabio retournera-t-il donc des confins nord-est de Lisbonne jusqu'à la demeure de son employeur dans l'ouest de Lapa ?

Sabio parle doucement. « L'automobile peut se conduire, senhor, c'est faisable. Il faut seulement un peu d'entraînement.

— Ce que je n'ai pas du tout ! s'écrie Tomás. Ni entraînement ni connaissance, et ni intérêt ni aptitude non plus. Sauve-moi la vie, veux-tu, et explique-moi encore une fois comment utiliser ce fichu truc-là. »

Sabio passe en revue les détails intimidants de la conduite de cet animal manufacturé. Il instruit Tomás en faisant preuve d'une patience inépuisable, s'attardant longtemps sur l'ordre dans lequel il faut enfoncer les pédales ou les relâcher, tirer ou pousser les leviers. Il lui rappelle comment tourner le volant à droite et à gauche. Il lui apprend à utiliser la manette d'accélérateur, requise non seulement pour démarrer le moteur, mais aussi pour l'arrêter. Il aborde aussi certaines questions dont son oncle Martim n'a pas parlé : la différence que cela fait d'appuyer fort ou non sur la pédale des gaz, l'utilisation de la pédale de frein, l'importance du frein à main, qui doit être actionné dès que l'automobile est à l'arrêt, l'utilisation des rétroviseurs latéraux. Sabio lui montre comment se servir de la manivelle de démarrage. Tomás essaie et sent tourner quelque chose de lourd à l'intérieur de l'automobile, comme un sanglier sur une broche, enduit d'une généreuse quantité de sauce épaisse. À son troisième tour sur la broche, le sanglier explose.

Il cale, encore et encore. Chaque fois, Sabio retourne vaillamment à l'avant de la machine pour en ranimer le rugissement. Puis il propose de faire passer lui-même le véhicule en première. Tomás se glisse côté passager. Sabio effectue les manœuvres nécessaires ; les engrenages consentent avec un soupir, et la machine avance doucement. Le serviteur lui montre du doigt l'endroit où il devrait placer les mains et appuyer du pied. Tomás prend sa place. Sabio s'extrait de la banquette et sort sur le marchepied, lui fait gravement signe de la tête et s'écarte de l'automobile.

Tomás se sent repoussé, rejeté, abandonné.

La route devant lui est droite, et la machine, grognant bruyamment, s'y engage en première. Le volant a quelque chose de dur et d'hostile. Il tremble dans ses mains. Tomás le tourne d'un côté. Est-ce à gauche ? Est-ce à droite ? Il ne saurait le dire. Il est à peine capable de le faire bouger. Comment son oncle s'y prenait-il avec une telle facilité ? Et maintenir la pédale des gaz enfoncée est excessivement fatigant aussi ; il commence à avoir une crampe dans le pied. Au premier tournant, une légère courbe à droite, l'automobile se met à traverser la route et se dirige vers un fossé. L'affolement de Tomás le pousse à faire quelque chose, et il lève le pied qu'il écrase au hasard sur une pédale après l'autre. La machine tousse et s'arrête dans un soubresaut. Dieu merci, le vacarme métallisé cesse en même temps.

Tomás jette un coup d'œil à la ronde. Son oncle est parti, Sabio est parti, il n'y a personne en vue – et sa chère Lisbonne a disparu elle aussi, raclée comme on racle une assiette pour en faire tomber les reliefs d'un repas. Dans un silence plus près du vide que du repos, son petit garçon surgit dans son esprit. Chez son oncle, Gaspar s'aventurait souvent dehors pour jouer dans la cour, avant d'en être chassé par tel ou tel serviteur comme un chat errant. Il rôdait autour du garage, rempli de bicyclettes, de motocyclettes, d'automobiles. L'oncle de Tomás, en matière de conduite, aurait trouvé en son fils une âme sœur. Gaspar regardait les automobiles avec envie. Puis il est mort, et la cour renferme aujourd'hui une parcelle de néant où l'on n'entend pas le moindre bruit. Il y a d'autres parties de la maison de son oncle qui font peser sur Tomás le poids de l'absence de Dora ou de son père, telle porte, telle chaise, telle fenêtre. Que sommes-nous sans ceux que nous aimons ? Ne surmontera-t-il jamais cette perte ? Quand il se regarde dans les yeux en se rasant, il ne voit que des pièces vides. Et il mène ses journées comme un fantôme qui hante sa propre vie.

Pleurer n'est pas nouveau pour lui. Il a beaucoup, beaucoup pleuré depuis que la mort lui a porté un triple coup. Un souvenir de Dora, de Gaspar ou de son père est souvent à la source et à l'épicentre de son chagrin, sauf qu'il y a des fois où il éclate en sanglots sans aucune raison apparente, à la suite d'un événement aussi fortuit qu'un éternuement. La situation actuelle est, à l'évidence, d'une nature très différente. Comment l'effet d'une machine assourdissante et indocile peut-il être comparé à celui de trois cercueils ? C'est étrange, mais il en est pourtant affecté de la même manière, rempli du même sentiment aigu de frayeur, de douloureuse solitude et d'impuissance. Alors, il pleure et halète, son chagrin en concurrence avec une panique latente. Il sort le journal de sa poche et le presse contre son visage. Il peut en sentir le grand âge. Il ferme les yeux. Il trouve refuge en Afrique, dans les eaux au large de la côte équatoriale ouest, dans la colonie insulaire portugaise de São Tomé. Sa douleur cherche l'homme qui va le guider vers les Hautes Montagnes du Portugal.

Il a essayé de trouver des informations sur le père Ulisses Manuel Rosário Pinto, mais l'histoire semble l'avoir complètement oublié. Il n'y a pour seules traces de lui que deux dates, qui lui ont donné ses contours inachevés : le 14 juillet 1603, jour de sa naissance tel qu'attesté par le registre paroissial de São Tiago, à Coimbra, et son ordination à la prêtrise dans la même ville, le 1er mai 1629, à l'église de la Sainte-Croix. Tomás n'a trouvé aucun autre détail sur sa vie, pas même la date de sa mort. La seule chose qu'il reste du père Ulisses dans le fleuve du temps, entraînée loin en aval, est cette feuille de journal.

Tomás l'ôte de son visage. Ses larmes ont taché la couverture. Il en est contrarié. Du point de vue professionnel, cela lui semble inadmissible. Il éponge la couverture à l'aide de sa chemise. Comme c'est bizarre, cette manie qu'on a de pleurer. Les animaux pleurent-ils ? Sûrement ressentent-ils de la tristesse – mais l'expriment-ils par des larmes ? Il en doute. Jamais il n'a entendu parler d'un chat ou d'un chien qui pleure, encore moins d'un animal sauvage. Cela semble être un trait propre à l'homme. Il ne voit pas quelle utilité cela peut bien avoir. Il pleure fort, violemment, même, et puis au bout du compte, quoi ? Une fatigue désespérée. Un mouchoir imbibé de larmes et de mucus. Des yeux rouges que tout le monde remarque. Et pleurer manque de dignité. Les pleurs se situent au-delà des règles d'étiquette et demeurent un idiome personnel, unique à chaque individu dans son expression. La torsion du visage, la quantité de larmes, la qualité des sanglots, la modulation de la voix, le volume des cris, l'effet sur le teint, le jeu des mains, la posture adoptée : on ne découvre ce qu'est pleurer – la personnalité qu'on a dans nos larmes – qu'en pleurant. C'est une drôle de découverte, pour autrui et pour soi.

Mais un sentiment de résolution grandit en lui. Il y a une église qui l'attend dans les Hautes Montagnes du Portugal. Et il doit s'y rendre. Cette boîte de métal sur roues va l'aider, et sa place est donc là, aux commandes. *Esta é a minha casa.* Ici c'est chez moi. Il baisse les yeux sur les pédales, regarde les leviers.

Une bonne heure s'écoule avant qu'il ne reparte. Le problème n'est pas de démarrer l'automobile. Après avoir vu Sabio le faire un si grand nombre de fois, c'est une chose tout à fait jouable. Les bras droits, le dos droit, en forçant des jambes, il tourne la manivelle de démarrage. Le moteur encore chaud semble disposé à redémarrer. Le problème consiste à faire avancer la machine. Peu importe la combinaison de pédales et de leviers à laquelle il se livre, le résultat final est toujours le même : un crissement strident ou un aboiement furieux, souvent même assez agressif, sans que rien ne bouge. Il fait des pauses. Il s'assoit au poste de conduite. Il se tient debout à côté du véhicule. Il va faire de courtes promenades. Assis sur le marchepied, il mange du pain, du jambon, du fromage, des figues séchées, il boit du vin. Un repas sans joie. Il ne peut penser à rien d'autre qu'à l'automobile. Elle est là, sur le bord de la route, détonnant dans le paysage. Les gens qui passent avec leurs chevaux et leurs bœufs la remarquent – et le remarquent, lui –, mais à une telle proximité de Lisbonne, qu'ils en partent ou s'y rendent, les charretiers ne font que presser le pas de leurs animaux, se contentant de saluer Tomás d'un éclat de voix ou d'un signe de la main. Ce qui lui évite d'avoir à s'expliquer.

Enfin. Après d'innombrables efforts infructueux, il appuie sur la pédale des gaz et la machine va de l'avant. Il tourne vigoureusement le volant dans la direction qu'il espère être la bonne. Ça l'est.

Le véhicule est au milieu de la route, il roule. Afin d'éviter les fossés de chaque côté, Tomás doit garder le cap : l'étroit horizon réduit devant lui. Il est épuisant de devoir maintenir une ligne droite vers ce point insondable. La machine cherche constamment à dévier, et il y a des bosses et des trous sur la route.

Il y a des gens, aussi, qui le fixent de plus en plus intensément à mesure qu'il s'éloigne de Lisbonne. Pires encore sont les charrettes et les gros fardiers lourdement chargés de marchandises et de fruits et légumes à destination de la ville. Ils surgissent en face de lui, obstruant l'horizon. Plus ils approchent, plus ils semblent occuper la route. Ils avancent à lente allure, dans le clic-clac des sabots, stupidement, en toute assurance, tandis que Tomás file vers eux. Il doit calculer précisément sa trajectoire de manière à passer à côté d'eux, et non pas *à travers* eux. L'effort lui fatigue les yeux, et il a mal aux mains à force de serrer le volant.

Soudain, il en a assez. Il enfonce une pédale. L'automobile s'arrête brusquement en toussant, ce qui le jette contre le volant. Il descend, exténué, certes, mais soulagé aussi. Il cligne des yeux de stupéfaction. Le fait d'avoir freiné a ouvert le paysage, qui se déploie autour de lui : arbres, collines et vignes à sa gauche, champs texturés et Tage à droite. Il n'a rien vu de tout cela pendant qu'il conduisait. Rien que la route devant qui le dévorait. Quelle chance de vivre dans un pays qui, en tout temps, se plaît à plaire. Pas étonnant qu'on y produise du vin. La route est maintenant déserte et il est seul. Dans la lumière déclinante, toute de finesse et d'opalescence, il est apaisé par la tranquillité d'un début de soirée à la campagne. Un passage du journal lui revient, qu'il récite dans un souffle :

> Je ne viens pas pour guider ceux qui sont libres, mais bien ceux qui ne le sont pas. Les premiers ont leur propre église. L'église de mes fidèles n'a pas de murs, et son plafond s'élève jusqu'au Seigneur.

Tomás s'emplit les poumons et les yeux, absorbe l'église ouverte à perte de vue autour de lui, le doux et fécond charme du Portugal. Il ne sait pas quelle distance il a parcourue, mais il a certainement franchi plus de kilomètres qu'il n'aurait pu le faire à pied. Assez pour une première journée. Il poussera plus avant demain.

Il semble à Tomás que ce serait se donner beaucoup de mal que de construire un abri avec la bâche imperméable. Il décide plutôt de transformer l'habitacle en chambre à coucher, selon la suggestion de son oncle, ce qui le conduit à examiner de plus près la contribution de ce dernier à son expédition. Il trouve : des casseroles et des chaudrons légers, un petit réchaud fonctionnant à l'aide de cubes blancs à base d'alcool solidifié, un bol, une assiette, une tasse, des ustensiles, tous en métal, de la soupe en poudre, des petits pains et des miches, de la viande et du poisson séchés, des saucisses, des légumes frais, des fruits frais et d'autres séchés, des olives, du fromage, du lait en poudre, de la poudre de cacao, du café, du miel, des biscuits et des gâteaux secs, des épices et des condiments, une grande cruche d'eau, le manteau de conducteur et les accessoires qui l'accompagnent, gants, chapeau, affreuses lunettes, six pneus, de la corde, une hache, un couteau bien affilé, des allumettes et des bougies, une boussole, un cahier vierge, des crayons, toute une collection de cartes, un dictionnaire français-portugais, le mode d'emploi de Renault, des couvertures de laine, la boîte d'outils et autres articles de conduite indispensables, le tonneau de Moto-Naphta, la bâche de toile imperméable avec amarres et piquets et plus encore.

Tant de choses ! La sollicitude de son oncle est telle que Tomás éprouve de la difficulté à se faire une place. Une fois la banquette dégagée, il tente de s'y étendre. Mais elle n'est pas très longue – pour y dormir, il faudrait que Tomás se couche en chien de fusil. Par la vaste fenêtre à l'avant de l'habitacle, il jette un œil dans le poste de conduite. La banquette y est un peu dure, mais elle est plate et unie, plus comme un banc, et comme elle n'est pas murée par une portière à chaque extrémité, il pourra s'y allonger.

Il prend du pain, de la morue séchée, des olives, une outre de vin, le manteau de son oncle ainsi que le mode d'emploi de l'automobile et le dictionnaire, puis transfère le tout dans le poste de conduite. Il se couche sur le dos sur la banquette, ses pieds dépassant dehors. Comme son oncle lui a dit de le faire, il s'installe dans le but d'étudier la conduite, le mode d'emploi dans les mains, le dictionnaire posé sur la poitrine.

La lubrification s'avère une affaire sérieuse. Avec effroi, il réalise que les engrenages, l'embrayage et ses disques, le pont arrière, les joints des deux côtés de l'arbre de transmission, les paliers des roues, les joints de l'essieu avant, les paliers du porte-fusée, les axes de liaison, les joints de la bielle directrice, l'arbre de la magnéto, les charnières des portières, et la liste continue – essentiellement, tout ce qu'il y a de mobile dans la machine –, requièrent une lubrification obsessive. Plusieurs de ces pièces nécessitent une injection d'huile tous les matins, avant le démarrage du moteur ; pour certaines, c'est tous les deux ou trois jours, pour d'autres, une fois par semaine, alors qu'il y en a pour lesquelles c'est une question de kilométrage. Tomás voit l'automobile sous un nouvel éclairage : cent poussins qui pépient frénétiquement, cou étiré, bec grand ouvert, tout leur être tremblant d'avidité tandis qu'ils crient pour avoir leurs gouttes d'huile. Comment gardera-t-il le compte de toutes ces bouches suppliantes ? Les directives sur le cadeau du père Ulisses étaient tellement plus simples ! Elles s'étaient révélées n'être rien de plus qu'un appel à ce que les bons artisans portugais, qui au pays avaient accès à la peinture de la plus haute qualité, prissent soin de repeindre son chef-d'œuvre. Entre-temps, il avait dû se contenter de médiocres substituts locaux.

La nuit fraîchit, et Tomás est content d'avoir le manteau de son oncle. Le vison en est doux et chaud. Il s'endort en s'imaginant que c'est Dora. Elle aussi était douce et chaude, et gentille et gracieuse, belle et attentionnée. Mais l'inquiétude l'emporte sur les bons soins de Dora – toutes ces bouches suppliantes ! –, et il dort mal.

Le lendemain matin, après le déjeuner, il trouve le bidon d'huile et suit les directives du manuel phrase par phrase, illustration par illustration, paragraphe par paragraphe, page par page. Il lubrifie l'automobile en entier, ce qui non seulement exige de soulever le capot sur ses charnières et de se fourrer la tête dans les entrailles de la machine, mais aussi de retirer le plancher du poste de conduite afin d'accéder aux parties de son anatomie qui s'y trouvent, et même de ramper au sol pour se glisser *sous* le véhicule. C'est une entreprise exténuante, salissante et fastidieuse. Puis Tomás lui donne de l'eau, pour être ensuite confronté à un problème pressant. Il manque à la machine, que son oncle prétendait être au summum de la perfection technologique, une des réalisations les plus élémentaires de la technologie : la plomberie. Tomás doit utiliser les feuilles d'un arbuste proche.

Le démarrage à froid du moteur est long et pénible. Si seulement il avait plus de force dans les membres... Et puis, il y a l'exaspérante énigme à résoudre pour arriver à mettre la machine au galop une fois qu'elle s'est mise à cliqueter et à souffler. Entre le réveil de Tomás et le moment où l'engin bondit fortuitement en avant, quatre heures passent. Il s'agrippe au volant et se concentre sur la route. Il approche de Póvoa de Santa Iria, une petite ville près de Lisbonne, la plus proche au nord-est de la capitale par cette route, un lieu qui jusqu'à maintenant dormait dans l'atlas de son esprit. Son cœur bat comme un tambour lorsqu'il entre dans la cité.

Des hommes apparaissent, une serviette de table pendant à leur chemise, tenant à la main une cuisse de poulet ou autre chose à manger, et le fixent du regard. Des barbiers aux blaireaux pleins de mousse sortent en courant, des clients aux visages couverts de crème à raser derrière eux, et le fixent du regard. Un groupe de vieilles femmes se signent, et le fixent du regard. Les hommes s'arrêtent de parler, et le fixent du regard. Les femmes interrompent leurs emplettes, et le fixent du regard. Un vieillard lui adresse un salut militaire, et le fixe du regard. Deux femmes rient de peur, et le fixent du regard. D'autres vieillards sur un banc mâchonnent de leurs mâchoires édentées, et le fixent du regard. Les enfants hurlent, courent se cacher, et le fixent du regard. Un cheval hennit et fait mine de décocher une ruade, prenant ainsi son conducteur par surprise, et le fixe du regard. Les moutons, dans un enclos à quelque distance de la rue principale, bêlent de désespoir, et le fixent du regard. Le bétail meugle, et le fixe du regard. Un âne brait, et le fixe du regard. Les chiens aboient, et le fixent du regard.

Au cours de cette insoutenable autopsie visuelle, Tomás en oublie d'appuyer sur la pédale des gaz avec la force nécessaire. La machine tousse une fois, deux fois, puis le moteur cale. Il donne de petits coups secs sur la pédale. Mais rien ne se produit. Il ferme les paupières pour mieux contenir sa frustration. Il les rouvre bientôt et regarde alentour. Devant, derrière, à côté de lui, mille yeux, humains et animaux, sont rivés sur lui. Pas le moindre son ne se fait entendre.

Les yeux clignent, et le silence s'effrite. Imperceptiblement, timidement, la population de Póvoa de Santa Iria afflue vers lui, se pressant de tous côtés contre l'automobile jusqu'à ce qu'ils soient dix, quinze l'un derrière l'autre. Certains ont un visage rayonnant et le bombardent de questions.

« Qui êtes-vous ?

— Pourquoi vous êtes-vous arrêté ?

— Comment ça fonctionne ?

— Combien ça coûte ?

— Êtes-vous riche ?

— Êtes-vous marié ? »

Il y en a quelques-uns qui grommellent et le foudroient du regard.

« N'avez-vous donc aucune pitié pour nos oreilles ?

— Pourquoi nous jetez-vous autant de poussière au visage ? »

Les enfants lancent des questions loufoques.

« C'est quoi, son nom ?

— Qu'est-ce que ça mange ?

— Est-ce que le cheval est dans la cabine ?

— À quoi ressemble son caca ? »

Beaucoup de gens s'avancent pour caresser la machine. La plupart se contentent de la contempler dans un silence bienveillant. L'homme au salut militaire salue de nouveau chaque fois que Tomás regarde de son côté. À l'arrière-plan, les moutons, chevaux, ânes et chiens reprennent leurs concerts respectifs.

Après une heure à bavarder avec les citadins, il apparaît clair à Tomás qu'ils ne s'en iront pas avant que lui-même n'ait quitté leur ville. Il a quelque part où aller ; pas eux.

Il lui faut, à ce moment-là, surmonter sa retenue naturelle. Dans un bourbier de timidité, puisant profondément dans ses réserves intérieures, il descend du poste de conduite, se met debout sur le marchepied et demande aux gens devant la machine de s'écarter. Ils n'ont pas l'air d'entendre ni de comprendre. Tomás les exhorte à se disperser – mais ils continuent de s'approcher doucement, toujours en plus grand nombre. Il se forme une telle cohue autour de l'automobile qu'il doit se faufiler entre les corps pour atteindre la manivelle de démarrage, et jouer des coudes pour se ménager l'espace nécessaire pour la tourner. Des badauds montent à leur tour sur les marchepieds. D'autres s'apprêtent même à grimper dans le poste de conduite, mais un regard glacial les en dissuade. Les enfants, de larges sourires aux lèvres, ne cessent de presser la poire en caoutchouc du klaxon avec une allégresse démente.

Mais, par malchance, après plusieurs allers-retours jusqu'à la manivelle et une nouvelle séance de manipulation de pédales et de leviers, le véhicule fait un saut, pour vite caler encore une fois. Des cris jaillissent autour, les gens devant la machine se tenant la poitrine d'effroi. Les femmes hurlent, les enfants gémissent, les hommes marmonnent. Le militaire ne salue plus.

Tomás braille des excuses, frappe le volant, admoneste l'automobile sans mâcher ses mots. Il sort d'un bond pour aller aider les gens outragés. Il frappe du pied les pneus du véhicule. Il flanque des claques sur les garde-boue en oreilles d'éléphant. Il insulte l'horrible capot. Il tourne avec férocité la manivelle tout en disant à la machine ses quatre vérités. Tout cela ne donne rien. La sympathie de la population de Póvoa de Santa Iria s'est évaporée sous le soleil de l'hiver portugais.

Tomás regagne vite le poste de conduite. Par miracle, l'automobile geint, se secoue et avance timidement. La population se disperse craintivement et la route se dégage. Tomás encourage la machine.

Il la fait résolument rugir jusqu'à la ville suivante, Alverca do Ribatejo, maintenant fermement le pied sur la pédale des gaz. Il ignore les gens et leurs regards rivés sur lui. Il traverse de la même manière la ville d'Alhandra. Puis, après celle-ci, il voit un panneau indiquant Porto Alto vers la droite, en dehors de la route principale, en direction du Tage. Trois ponts rejoignent deux petites îles. Tomás jette un œil de l'autre côté, à la campagne plate et désolée qui s'étend au-delà de la rive orientale du fleuve, et immobilise l'automobile.

Il éteint le moteur et va chercher les cartes du Portugal dans l'habitacle. Il y en a plusieurs, soigneusement pliées et étiquetées, une du pays et d'autres des régions de l'Estrémadure, du Ribatejo, de l'Alto Alentejo, de la Beira Baixa, de la Beira Alta, du Douro Litoral et de l'Alto Douro. Il y en a même des provinces espagnoles voisines de Cáceres, de Salamanque et de Zamora. Il semble que son oncle ait prévu pour lui n'importe quel itinéraire imaginable pouvant mener aux Hautes Montagnes du Portugal, même les plus improbables et indirects.

Il examine la carte du pays. Exactement ce qu'il pensait. À l'ouest et au nord du Tage, le long et à proximité du littoral, le territoire abonde en villages et en villes. L'arrière-pays, à l'est du fleuve jusqu'aux terres bordant l'Espagne, le rassure en comparaison par la rareté de ses communautés. Il n'y a que Castelo Branco, Covilhã et Guarda qui laissent planer le danger urbain. Peut-être arrivera-t-il à les éviter. Et quel automobiliste craindrait sinon de petites agglomérations comme Rosmaninhal, Meimoa ou Zava ? Il n'a jamais même entendu parler de ces villages obscurs.

Il démarre le véhicule, actionne différentes pédales et pousse le levier de changement de vitesse en première. La chance est de son côté. Il vire à droite et roule jusqu'aux ponts. À la lisière du premier, il hésite. C'est un pont de bois. Les trente chevaux lui reviennent à l'esprit. Le moteur n'a quand même pas le *poids* de trente chevaux ? Il n'oublie pas non plus l'expérience du père Ulisses en mer, alors qu'il naviguait de l'Angola vers sa nouvelle mission sur l'île de São Tomé :

> Voyager sur l'eau est une forme d'enfer, d'autant plus dans un négrier fétide et exigu à bord duquel s'entassent cinq cent cinquante-deux esclaves et leurs trente-six gardiens européens. Nous subissons tour à tour des périodes de calme plat, puis de mer agitée. Les esclaves

se lamentent et crient à toute heure du jour et de la nuit. La chaude puanteur de leurs quartiers filtre dans tout le navire.

Tomás poursuit son chemin. Les esclaves ne le tourmentent pas, seulement les fantômes. Et son vaisseau n'a que trois bonds à faire au-dessus d'un simple fleuve. La traversée des ponts se fait toujours dans le même grondement. Il a peur de jeter la machine à l'eau. Après avoir franchi sain et sauf le troisième pont et atteint la rive est, il est trop ébranlé pour continuer sa route. Il se dit que, puisqu'il conduit, il devrait peut-être apprendre à conduire *comme il faut*. Il fait une halte et va prendre dans l'habitacle ce dont il a besoin. Assis derrière le volant, mode d'emploi et dictionnaire à la main, il s'évertue à apprendre le bon fonctionnement du levier de changement de vitesse, de la pédale d'embrayage et de la pédale des gaz. Le mode d'emploi est éclairant, mais la connaissance qu'il en retire est purement théorique. Et c'est dans la pratique que se situe son problème. Passer sans heurt du point mort – commc disait son onclc, mêmc si Tomás ne voit rien de mort là-dedans – à la première vitesse lui paraît d'une insurmontable difficulté. Le reste de la journée, par secousses et sursauts, il avance de quelque cinq cents mètres, la machine rugissant, toussant, vibrant et stoppant. Il jure jusqu'à ce que la tombée de la nuit l'envoie se coucher.

Dans la lumière qui baisse, alors que des doigts glacés se tendent vers lui pour le saisir, il cherche la paix dans le journal du père Ulisses.

Si l'Empire est un homme, la main qui tient un solide lingot d'or est l'Angola, tandis que l'autre, qui fait tinter des sous dans une poche, est São Tomé.

C'est ainsi que le prêtre cite un commerçant qui se sent lésé. Tomás a étudié l'histoire à laquelle le père Ulisses est voué : le prêtre a foulé le sol de São Tomé entre le sucre et le chocolat, c'est-à-dire entre la fin du XVIe siècle, époque où l'île était un important exportateur de sucre, et le début du XXe siècle, alors qu'elle produit aujourd'hui des fèves de cacao. Le père Ulisses allait vivre le reste de sa courte vie à l'aube de trois siècles de pauvreté, de stagnation, de désespoir et de décadence, à une époque où São Tomé était une île aux plantations à demi abandonnées et aux élites adverses qui, pour la plupart, gagnaient leur misérable vie sur le dos des vivants, c'est-à-dire au moyen de la traite d'esclaves. L'île ravitaillait les négriers en eau, en bois, en patates douces, en farine de maïs et en fruits, et exploitait elle aussi les Noirs pour ses propres besoins – la production marginale, mais continuelle, de sucre, de coton, de riz, de gingembre et d'huile de palme –, sauf que les insulaires blancs tenaient avant tout le rôle de marchands d'esclaves. Jamais ils n'auraient pu aspirer à rivaliser avec les vastes, les infinies réserves intérieures de l'Angola, mais le golfe du Bénin était à leur porte, de l'autre côté du golfe de Guinée, et c'était là une côte riche en esclaves. L'île était à la fois un relais idéal pour tout navire qui s'apprêtait à traverser l'Atlantique, voyage infernal qu'on avait fini par appeler *Passage du milieu* – une expression tellement intestinale aux yeux de Tomás –, et un excellent moyen d'accéder par la petite porte au Brésil portugais et à son vorace appétit de main-d'œuvre servile. Et c'est ainsi que les esclaves étaient arrivés, par milliers. « Cette poche tinte d'âmes africaines abasourdies », commente le père Ulisses.

Qu'il se fût rendu à São Tomé à bord d'un négrier n'avait rien d'accidentel. Il avait demandé à exercer la prêtrise auprès des esclaves, pour ainsi se voir confier le salut de leurs âmes. « Je veux servir les plus humbles parmi les humbles, ceux dont l'âme a été oubliée de l'Homme, mais non pas de Dieu. » Il explique la nouvelle mission qu'il doit remplir de toute urgence à São Tomé :

> Il y a un siècle et demi, des enfants hébraïques, âgés de deux à huit ans, furent amenés sur l'île. De ces graines néfastes, une plante abjecte a poussé et a répandu son poison dans tout le sol, polluant ceux qui ne s'en méfiaient pas. Ma mission est donc double – ramener l'âme africaine à Dieu, et en arracher les ignobles et tenaces racines juives. Je passe mes journées au port, sentinelle du Seigneur, à attendre que les négriers apportent leur cargaison. Lorsqu'il y en a un qui arrive, j'y monte et je baptise les Africains, et je leur lis la Bible. Vous êtes tous des enfants de Dieu, leur répété-je sans cesse. Je trace parfois aussi une esquisse.

Tel est son devoir, qu'il remplit avec une diligence inconditionnelle : accueillir les étrangers au sein d'une confession à laquelle ils n'obéissent pas, dans une langue qu'ils ne comprennent pas. À ce point de son journal, le père Ulisses donne l'impression d'être un homme d'Église typique de son temps, imprégné du Seigneur, imbu d'ignorance et de mépris. Mais Tomás sait qu'il n'en sera pas toujours ainsi.

Il s'endort dans un état d'esprit trouble. Il ne trouve aucun réconfort dans la machine, pas plus qu'il n'en trouve à la conduire ou à y dormir.

Au matin, il aimerait bien se laver, mais il ne trouve ni savon ni serviette dans l'habitacle. Après les difficultés automobiles habituelles, il se remet en route. Le chemin, qui traverse un morne et plat paysage de champs labourés, le mène jusqu'à Porto Alto, et la ville est plus grande que ce à quoi il s'attendait. Il a plus de facilité maintenant à mettre le véhicule en marche, mais quelle que soit la contenance que lui confère ce nouveau talent, la voilà sérieusement minée par le déferlement de gens qui surgissent de tous côtés. Les gens le saluent de la main, les gens crient, les gens approchent. Un jeune homme court à la hauteur de la machine.

« Bonjour ! crie-t-il.

— Bonjour ! lui crie Tomás en retour.

— Quelle incroyable machine !

— Merci !

— Vous ne vous arrêtez pas ?

— Non.

— Pourquoi pas ?

— J'ai encore beaucoup de route à faire ! »

Le jeune homme s'éloigne. Un autre prend aussitôt sa place, désireux lui aussi d'entretenir à tue-tête un dialogue avec Tomás. Puis il abandonne, pour être remplacé par un autre. À travers tout Porto Alto, Tomás converse à pleins poumons avec d'enthousiastes étrangers qui courent à côté de l'automobile. Quand il atteint enfin les limites de la ville, il voudrait pousser un cri de victoire pour avoir gardé avec une telle adresse la maîtrise du véhicule, sauf qu'il a la voix trop éraillée.

Une fois en rase campagne, il regarde le levier de changement de vitesse. Il a fait du chemin au cours des trois derniers jours, la machine possède une endurance indéniable – mais les escargots aussi. Le mode d'emploi est clair sur ce point, et son oncle l'a prouvé en pratique à Lisbonne : on n'obtient de véritables résultats qu'à vitesse élevée. Tomás s'exerce mentalement. Au bout du compte, on y va ou on n'y va pas. Pédales, boutons, leviers – on appuie ou on relâche, on pousse ou on tire, selon ce qu'il faut pour chacun. Tomás fait tout cela sans quitter la route des yeux – et sans laisser l'air s'échapper de ses poumons non plus. La pédale d'embrayage picote, on dirait, comme pour lui signaler qu'elle a fait son travail et qu'elle voudrait bien qu'il enlève le pied de sur son dos, ce qu'il fait. La pédale des gaz semble au même instant s'enfoncer très légèrement, comme si, au contraire, elle désirait ardemment qu'il appuie dessus. Il augmente la pression.

Le monstre, une fois en deuxième vitesse, fait un bond en avant. La route disparaît sous ses roues dans un tel tonnerre que Tomás a l'impression que ce n'est plus la machine qui avance dans le paysage, mais que c'est plutôt le paysage qu'on tire en dessous, comme dans ce tour hasardeux où l'on enlève d'un seul coup la nappe de sur une table entièrement mise. Le paysage s'évanouit, et c'est la même menace qui plane, le tour ne fonctionnera que s'il est exécuté à la vitesse de l'éclair. Alors qu'il avait peur plus tôt de rouler trop vite, voilà que Tomás craint maintenant de rouler trop lentement, parce que si quelque chose ne fonctionne pas bien en deuxième vitesse, il n'y aura pas que lui qui trouvera la mort en percutant de plein fouet un poteau télégraphique, ce sera tout ce paysage de porcelaine qui se fracassera avec lui. De la folie pure, et Tomás est une tasse de thé qui cliquette dans sa soucoupe, ses yeux étincelant comme le vernis de la faïence.

Tandis qu'il évolue dans l'espace, à la fois immobile et filant à toute allure, regardant intensément devant lui, il rêve de paysages tranquilles, qui invitent à la méditation, un calme vignoble tel qu'il en a vu un la veille, ou encore un littoral comme en fréquente le père Ulisses, où la moindre petite vague vient s'abattre sur ses pieds tel un pèlerin en prière parvenu à destination. Le prêtre, pourtant, est ébranlé à sa manière, n'est-ce pas ? Tout comme Tomás est en ce moment secoué dans la machine infernale, la main du père Ulisses doit elle aussi trembler de temps à autre, alors qu'il consigne ses pensées angoissées dans les pages de son journal.

Le prêtre est vite désenchanté, à São Tomé. Il n'y est pas plus en harmonie avec le monde naturel qu'il ne l'était en Angola. On y retrouve la même végétation asphyxiante, abreuvée des mêmes incessantes averses, favorisée par les mêmes températures toujours élevées. Il est accablé par la saison des pluies, avec ses trombes d'eau entrecoupées d'intervalles de chaleur humide et étouffante, tout comme il est accablé par la saison sèche, sa chaleur torride cette fois et ses nuages de brume qui dégoulinent à ras le sol. Il se plaint amèrement de cette température de serre « qui fait chanter la feuille verte et mourir l'homme ». Et puis il y a d'autres misères plus secondaires : la puanteur du moulin à sucre, la nourriture exécrable, les invasions de fourmis, des tiques aussi grosses que des noyaux de cerises, une coupure qui s'infecte à son pouce.

Il parle d'un « silence mulâtre », un croisement entre la chaleur et l'humidité de l'île et les malheureux qui l'habitent. Le silence mulâtre s'insinue lentement dans les cinq sens. Les esclaves se renfrognent, il faut les pousser pour qu'ils fassent quoi que ce soit, et ce qu'ils font, ils le font en silence. Quant aux Européens qui vivent à São Tomé, leurs paroles, le plus souvent tranchantes et irritées, sont prononcées, peut-être entendues, mais sont peu susceptibles de susciter une prompte obéissance, puis sont étouffées par le silence. Le travail des esclaves dans les plantations dure du lever au coucher du soleil, sans le moindre chant ni la moindre conversation, avec une pause d'une heure à midi pour manger, se reposer et prendre encore plus profondément conscience du silence. La journée se termine dans la solitude par un repas muet et un sommeil agité. Les nuits sont plus bruyantes que les jours, à São Tomé, en raison des insectes pleins de vie. Puis le soleil se lève, et c'est reparti, en silence.

Deux émotions alimentent ce silence : rage et désespoir. Ou comme l'exprime le père Ulisses, « le feu rouge et le trou noir ». (Comme Tomás connaît bien les deux !) Ses relations avec le clergé insulaire se tendent. Jamais il n'indique la nature précise de ses griefs. Mais peu importe la cause, le résultat est clair : il est de plus en plus coupé de tous. Plus on progresse dans son journal, moins il y est fait mention de ses interactions avec ses concitoyens européens. Et qui d'autre, sinon ? Les barrières du statut social, de la langue et de la culture empêchent tout échange amical entre un Blanc, même un prêtre, et des esclaves. Les esclaves vont et viennent, communiquant surtout avec les Européens de leurs yeux grands ouverts. Quant aux gens de l'endroit, esclaves libérés et mulâtres, ce qu'ils ont à tirer des Européens est incertain. Commercer avec eux, travailler à leur solde, rester hors de leur vue – telle est la meilleure règle à suivre. Le père Ulisses se plaint :

> Les cabanes des indigènes disparaissent du jour au lendemain, et des cercles de vide se forment autour des Blancs isolés comme moi. Je suis un Blanc isolé en Afrique.

Tomás immobilise la machine et décide, après s'être planté le visage au ciel, que l'après-midi est trop frais et nuageux pour aller plus loin. Il ferait mieux de s'installer pour la journée sous le manteau de vison.

Le lendemain, la route continue, presque sans villages, jusqu'à Couço, où un pont traverse la rivière Sorraia. Les aigrettes et hérons, qui jusque-là se tenaient calmement dans l'eau sous l'étroite structure, s'enfuient dans des battements d'ailes. Tomás se réjouit de voir des orangers, seule touche de couleur dans cette journée grise. Il voudrait bien que le soleil se montre. C'est le soleil qui fait un paysage, en fait ressortir la couleur, en définit les contours, lui donne son âme.

À la périphérie d'une ville du nom de Ponte de Sor, il arrête l'automobile. Il prend à pied le chemin de la cité. C'est une bonne marche. Il envoie vigoureusement les pieds en arrière. Il sautille pratiquement à reculons. Mais quelle est cette démangeaison qui le gêne ? Il se gratte le cuir chevelu, le visage et la poitrine. C'est son corps qui réclame d'être lavé. Ses aisselles commencent à sentir, tout comme ses parties intimes.

Il entre dans la ville. Les gens le fixent du regard, fixent sa façon de marcher. Il trouve un apothicaire où il pourra acheter de la Moto-Naphta et faire comme son oncle lui a conseillé, soit se réapprovisionner le plus souvent possible. Il demande à l'homme au comptoir s'il tient le produit. Il lui faut énumérer quelques noms avant que le commerçant au flegme imperturbable ne fasse oui de la tête et ne prenne sur une tablette une petite bouteille en verre d'à peine un demi-litre.

« En avez-vous plus ? » lui demande Tomás.

L'apothicaire se retourne et prend deux autres bouteilles.

« J'en voudrais encore plus, s'il vous plaît.

— Je n'en ai pas plus. C'est tout ce que j'ai en stock. »

Tomás est découragé. À ce rythme, il lui faudra écumer la moindre boutique d'apothicaire de Ponte de Sor aux Hautes Montagnes du Portugal.

« Je vais prendre ces trois bouteilles, alors », dit-il.

L'apothicaire les apporte à la caisse. La transaction est routinière, mais il y a quelque chose qui cloche chez l'homme. Il enveloppe les bouteilles dans une feuille de papier journal puis, quand deux personnes entrent dans la boutique, glisse en toute hâte le paquet vers Tomás. Celui-ci remarque que l'autre le dévisage. Soudain gêné, il se gratte le côté de la tête. « Il y a quelque chose qui ne va pas ? demande-t-il.

— Non, pas du tout », répond l'apothicaire.

Tomás est confus, mais ne dit rien. Il sort de la boutique et se promène dans la ville en tentant de mémoriser la route qu'il devra emprunter.

Mais quand, une heure plus tard, il revient à Ponte de Sor, rien ne va plus. Il se perd terriblement. Et plus il circule dans la cité, plus il attire l'attention de la population. Des foules l'assaillent à tous les tournants. Dans un virage serré, les mains menant une lutte frénétique contre le volant, voilà que le véhicule cale encore.

La légion de curieux et d'indignés fond sur lui. Malgré la cohue, il redémarre l'automobile sans trop de mal. Il croit même pouvoir la faire passer en première. Puis il regarde le volant, sans avoir aucune idée de la direction à prendre. Cherchant à répondre à l'angle diabolique de la rue qu'il a voulu prendre, il avait tourné le volant à maintes reprises avant de caler de plus belle. Il tente de trancher – de ce côté-ci ? de ce côté-là ? –, mais n'arrive à aucune conclusion. Il aperçoit alors un homme grassouillet, dans la cinquantaine, debout sur le trottoir, à la hauteur de ses phares. L'homme est mieux habillé que les autres. Tomás se penche dehors et l'appelle par-dessus le chahut du moteur. « Excusez-moi, monsieur ! Auriez-vous l'amabilité de m'apporter votre aide ? J'ai un ennui mécanique. Un problème compliqué avec lequel je ne vous embêterai pas. Mais dites-moi, la roue, là, celle juste devant vous, tourne-t-elle ? »

L'homme recule et baisse les yeux vers la roue. Tomás saisit le volant et le tourne. L'automobile étant à l'arrêt, cela exige un véritable effort.

« Eh bien, ahane-t-il, est-ce qu'elle tourne ? »

L'homme semble décontenancé. « Si elle tourne ? Non. Si elle tournait, votre voiture avancerait.

— Je veux dire, est-ce qu'elle tourne dans l'autre sens ? »

L'homme regarde derrière. « Dans l'autre sens ? Non, non, elle ne tourne pas dans l'autre sens non plus. Elle ne tourne pas du tout. »

Dans la foule, plusieurs signalent de la tête qu'ils sont du même avis.

« Excusez-moi, je ne me suis pas bien fait comprendre. Je ne veux pas savoir si la roue tourne sur elle-même, comme une roue de charrette. A-t-elle plutôt » – il cherche les bons mots – « a-t-elle pivoté sur place, sur la pointe des pieds, comme une ballerine, pour ainsi dire ? »

L'homme regarde de nouveau la roue d'un air sceptique. Puis il regarde ses voisins de gauche, de droite, mais eux non plus ne hasardent aucune opinion.

Tomás tourne une nouvelle fois le volant de toutes ses forces. « La roue tourne-t-elle de quelque façon que ce soit ? » crie-t-il.

L'homme crie à son tour, et plusieurs se joignent à lui : « Oui ! Oui ! Je vois. Il y a du mouvement ! »

Une voix s'exclame : « Votre problème est réglé ! »

La foule éclate en hourras et en applaudissements. Tomás voudrait que ces gens s'en aillent. Son assistant, l'homme grassouillet, réitère ce qu'il a dit, satisfait de lui : « Il y a eu du mouvement, plus que le coup d'avant. »

Tomás lui fait signe de venir plus près. L'homme s'approche juste un peu.

« Bien, bien, dit Tomás. Je vous suis extrêmement reconnaissant de votre aide. »

L'homme ne risque aucune autre réaction qu'un clignement d'yeux digne de la callisthénie, suivi du plus vague hochement de tête. S'il y avait un œuf cassé sur le dessus de son crâne chauve, le jaune trembloterait peut-être.

« Mais dites-moi maintenant, poursuit Tomás en articulant énergiquement, penché vers l'avant, dans quel *sens* a tourné la roue ?

— Dans quel sens ? répète l'homme.

— Oui. La roue a-t-elle tourné à *gauche* ou à *droite* ? »

L'homme baisse le regard et déglutit de façon bien visible. Un lourd silence se propage dans la foule en attente de sa réponse.

« À droite ou à gauche ? » redemande Tomás, se penchant encore plus près pour tenter d'établir avec l'homme une quelconque complicité.

Le jaune d'œuf tremblote. Une pause. Toute la ville retient son souffle.

« Je ne sais pas ! » finit par s'écrier l'homme d'une voix suraiguë, et le jaune se répand. Il se fraye un chemin à travers la foule et déguerpit. Tomás regarde le notable de la ville, balourd sur ses jambes arquées, descendre la rue à la course ; il en est sidéré. Il a perdu son seul allié.

Un autre homme se prononce. « Ç'aurait pu être à gauche, ç'aurait pu être à droite. Difficile à dire. »

Des murmures d'assentiment s'élèvent. Mais la foule semble plus froide, son indulgence en voie de se changer en une nervosité tendue. Tomás a ôté le pied de la pédale, et le moteur capitule de nouveau. Il sort encore pour tourner la manivelle de démarrage. Il implore la foule devant la machine. « Écoutez-moi, s'il vous plaît ! La machine va bouger, bondir ! Pour le bien de vos enfants, pour votre bien, écartez-vous ! Je vous en supplie ! C'est un engin des plus dangereux. Reculez ! »

Un troisième homme à son côté s'adresse à lui d'une voix calme. « Oh, il y a Demétrio qui se ramène avec sa mère. Il vaut mieux ne pas la mettre en rogne, celle-là.

— Qui est ce Demétrio ? demande Tomás.

— L'idiot du village. Toujours si bien habillé par sa maman. »

Tomás regarde dans la rue et voit le notable de la ville qui revient. Il est en pleurs, son visage couvert de larmes chatoyantes. Une femme toute menue, vêtue de noir, l'entraîne par la main. Elle tient un gourdin.

Elle a les yeux braqués sur Tomás. À tirer ainsi son fils par le bras, elle ressemble à un tout petit chien qui tente de faire accélérer le pas à son maître peu pressé. Tomás retourne s'asseoir du côté conducteur pour se colleter avec les commandes.

Il réussit à faire en sorte que la machine ne bondisse *pas*. Tandis qu'il manipule les pédales, elle grogne en s'inclinant tout simplement vers l'avant, pareille à un énorme rocher qui aurait perdu le minuscule caillou qui le retenait, mais qui n'a pas encore commencé à débouler la pente pour détruire le village en bas. La foule en a le souffle coupé et dégage instantanément un espace autour. Tomás appuie un peu plus fort sur la pédale des gaz. Il s'apprête à tordre le volant comme un fou, peu importe la direction que son instinct choisira, en espérant que ce sera la bonne, quand il est soudainement stupéfait de voir qu'il tourne de lui-même, de son propre gré. Et il se trouve même qu'il tourne dans la bonne direction : le véhicule avance lentement et complète son virage jusque dans la rue transversale. Tomás resterait là à regarder, émerveillé, mais il entend soudain le bruit d'un gourdin de bois sur du métal.

« VOUS OSEZ VOUS MOQUER DE MON FILS ? » s'écrie la mère de l'œuf brisé. Elle a donné sur l'un des feux un coup d'une telle force qu'il s'est cassé net. Tomás en est horrifié – le bijou de son oncle ! « JE VAIS VOUS ÉTOUFFER DANS LE CUL D'UN MOUTON ! »

La machine a, juste à ce moment-là, amené son capot au niveau de la mère en colère. Le gourdin monte et descend. Une vallée, dans un puissant fracas, se creuse sur le capot. Tomás appuierait plus fort sur la pédale des gaz, sauf qu'il y a encore beaucoup de gens alentour. « S'il vous plaît, je vous en adjure, retenez votre bâton ! » supplie-t-il.

Le feu de position s'offre alors à la portée de la femme. Un autre élan. Il s'envole dans une explosion de verre brisé. La forcenée, dont le fils s'obstine dans ses pleurnichements inconsolables, brandit à nouveau son gourdin.

« JE VAIS VOUS DONNER À MANGER À UN CHIEN, PUIS MANGER LE CHIEN ! » hurle-t-elle.

Tomás enfonce la pédale des gaz. La femme rate de peu le rétroviseur extérieur ; son gourdin fait plutôt éclater la vitre de la portière de l'habitacle. Puis, dans un rugissement, Tomás et l'automobile meurtrie s'élancent pour se sauver de Ponte de Sor.

Quelques kilomètres plus loin, à côté d'un massif de buissons, Tomás fait faire une halte à la machine. Il sort en constater les amputations. Il nettoie l'habitacle des éclats de verre. Son oncle sera furieux lorsqu'il verra ce qui a été fait à la gloire de sa ménagerie.

Droit devant se trouve Rosmaninhal. N'est-ce pas là l'un des villages dont il a moqué l'obscurité ? *Rosmaninhal, tu ne peux rien contre moi*, avait-il fanfaronné. Le village lui fera-t-il maintenant payer son arrogance ? Il se prépare à dormir encore une nuit dans la machine. Il ajoute cette fois une couverture au manteau de son oncle. Il extirpe le précieux journal du coffre et l'ouvre au hasard.

Le soleil ne m'apporte aucun réconfort, ni non plus le sommeil. La nourriture ne me rassasie plus, pas plus que la compagnie des hommes. Le simple fait de respirer relève d'un optimisme que je ne ressens pas.

Tomás respire profondément, trouvant pour sa part de l'optimisme là où le père Ulisses en était incapable. Comme il est étrange que ce journal de misère lui apporte une telle joie. Pauvre père Ulisses. Il nourrissait tant d'espoir à son arrivée à São Tomé. Avant que la maladie ne le vide de toutes ses énergies pour le laisser solitaire et sans but, il passait beaucoup de temps à se promener et à observer. Il semble que ces randonnées avaient pour seul objectif de chasser le désespoir – il valait mieux être désespéré sur les chemins et les routes qu'assis dans une hutte surchauffée. Et ce qu'il voyait, il le couchait sur papier.

Un esclave m'a aujourd'hui demandé par des gestes si mes chaussures étaient faites en peau d'Africain. Elles sont de la même couleur. L'homme avait-il été dévoré en plus ? Ses os avaient-ils été réduits en quelque poudre utilitaire ? Certains Africains croient que nous, les Européens, sommes des cannibales. L'idée tient à la difficulté qu'ils ont d'accepter l'usage que nous faisons d'eux : le labourage des champs. Pour eux, la dimension matérielle de la vie, ce qu'on appelle « gagner sa pitance », ne demande pas grand effort. S'occuper d'un potager dans les tropiques ne requiert pas beaucoup de temps et n'occupe que peu de mains. La chasse est plus exigeante, mais c'est une activité de groupe ainsi qu'une source de plaisir, et l'on ne rechigne donc pas à la tâche. Pourquoi l'homme blanc

> capturerait-il alors un si grand nombre d'Africains s'il ne les réservait plus tard à quelque chose de plus important que le jardinage ? J'ai voulu rassurer l'esclave en lui disant que mes chaussures n'étaient pas faites de la peau d'un de ses semblables. Je ne peux pas dire que je l'ai convaincu.

Tomás sait ce que les esclaves et le père Ulisses ne sont pas en mesure de savoir : la demande, dans les champs de canne à sucre du Brésil, est infinie, comme elle le sera aussi plus tard dans les plantations de coton des États-Unis. Un homme ou une femme n'a peut-être pas à travailler très fort pour vivre, mais, dans un système, aucun rouage ne doit à quelque moment que ce soit interrompre sa rotation.

> Peu importe leur provenance – quel territoire, quelle tribu –, les esclaves ont tôt fait de sombrer dans la mélancolie. Ils deviennent léthargiques, passifs, indifférents. Plus les contremaîtres s'efforcent de changer cette attitude en jouant librement du fouet, plus elle s'enracine. Des nombreux signes de désespoir que manifestent les esclaves, celui qui, pour moi, est le plus frappant est la géophagie. Ils grattent le sol pareils à des chiens, se font une boule, ouvrent la bouche, mastiquent et avalent. Je n'arrive pas à décider si manger l'humus du Seigneur est contraire à l'esprit chrétien.

Tomás tourne la tête et regarde les champs qui s'assombrissent autour de lui. Être misérable sur la terre – puis *la manger ?* Le père Ulisses rapporte plus tard avoir lui-même essayé.

Des ténèbres s'épanouissent en moi, une algue qui étouffe l'âme. Je mâche lentement. Le goût n'est pas mauvais, c'est juste désagréable sous les dents. Encore combien de temps, Seigneur, encore combien de temps ? Je ne me sens pas bien, et vois par les yeux d'autrui que c'est pire que ce que je ressens. Marcher jusqu'au village m'épuise. Je vais à la baie, plutôt, et contemple la mer.

Peu importe ce dont souffrait le père Ulisses – et les Européens en Afrique ont eu leur triste lot d'affections : malaria, dysenterie, maladies respiratoires, problèmes cardiaques, anémie, hépatite, lèpre et syphilis, pour ne nommer que celles-là, sans compter la malnutrition –, c'était en train de le tuer à petit feu, dans la douleur.

Tomás s'endort en pensant à son fils et aux fois où, la nuit, après avoir passé la soirée dans la demeure de son oncle, lui-même se faufilait dans la chambre de Dora, dans les quartiers des serviteurs. Il arrivait qu'elle dorme déjà, après une longue journée de travail. Il prenait alors Gaspar endormi dans ses bras. C'était incroyable qu'ils puissent dormir ainsi tous les deux dans n'importe quel chahut. Il tenait son fils abandonné et lui chantait doucement quelque chose en espérant presque qu'il se réveille pour qu'ils puissent jouer.

Le lendemain, Tomás est tiré du sommeil par des démangeaisons à la tête et à la poitrine. Il se lève et se gratte méthodiquement. Le dessous de ses ongles est bordé de noir. Cinq jours depuis qu'il s'est lavé la dernière fois. Il doit vite trouver une auberge, avec un bon lit, un bain chaud. Puis il se souvient du prochain village qu'il lui faut traverser, celui qu'il a méprisé. C'est la crainte de Rosmaninhal qui le pousse à passer ce jour-là en troisième vitesse, pinacle de la mécanique automobile. Il vient à peine de partir qu'il met la machine en deuxième. Sans hésitation aucune, il répète la manœuvre des pieds et des mains, enfonçant plus profondément que jamais le levier de changement de vitesse. Le cadran du tableau de bord clignote d'incrédulité. L'automobile devient pure vélocité. La troisième vitesse, c'est le moteur à combustion interne qui, dans toute son ardeur, se réalise et se transforme en moteur à combustion externe, sifflant à travers la campagne tel un météorite. Curieusement, cela fait moins de bruit qu'en deuxième, comme si même le son ne pouvait tenir le pas à la machine. Le vent hurle autour du compartiment de conduite. La vitesse est telle que les poteaux télégraphiques le long de la route se meuvent, et l'on dirait bientôt qu'ils sont aussi rapprochés les uns des autres que les dents d'un peigne. Et pour ce qui est du paysage environnant, il n'y a plus rien à discerner. Il défile comme un banc de poissons frappé de panique. Dans le monde flou de la Haute Vitesse, Tomás n'a conscience que de deux choses : le grondement et le cliquetis du châssis, et la route devant, d'un si hypnotique attrait que c'est comme s'il était accroché à l'hameçon d'une canne à pêche. Il a beau être en pleine campagne, il est si concentré qu'il pourrait tout aussi bien rouler dans un tunnel. Dans son ahurissement, à peine présent dans le vacarme ambiant, il s'inquiète de la lubrification.

Il s'imagine une petite pièce de moteur qui sèche, chauffe et s'enflamme, puis la machine au complet qui explose dans une conflagration iridescente de bleus, d'orangés et de rouges alimentée par le Moto-Naphta.

Rien ne s'enflamme. L'automobile se contente de claquer, de beugler et de dévorer la route avec un appétit terrifiant. Si le mal règne à Rosmaninhal – ou le bien –, Tomás n'en voit rien. Le village s'estompe dans une traînée. Il aperçoit une silhouette – un homme ? une femme ? – qui se tourne pour regarder dans sa direction et tombe à la renverse.

C'est quelques kilomètres plus loin qu'il fait la rencontre d'une diligence. Son oncle ne l'avait-il pas mis en garde contre celles-ci ? Tomás ralentit et songe à rester derrière jusqu'à ce qu'une autre route s'offre ou que la diligence bifurque. Mais son impatience ne fait que croître sur la route de campagne isolée. Il n'y a aucune comparaison possible entre les trente chevaux emportés de sa machine et les quatre au petit galop de la diligence.

Il appuie sur la pédale des gaz. Étouffant, toussant, tremblant, la machine s'agrippe à la route avec encore plus de détermination. Tomás sent ses mains tirées devant lui, sa tête poussée vers l'arrière. La distance diminue entre l'automobile et la diligence. Il voit le crâne d'un homme pointer sur le dessus de cette dernière. L'homme lui fait signe de la main. La diligence, qui jusque-là se tenait du côté droit de la route, se traîne lourdement jusqu'au milieu. Est-ce là la raison pour laquelle son oncle l'a prévenu contre ces voitures, cette façon imprévisible qu'elles ont de zigzaguer ? Tomás interprète plutôt le geste comme une courtoisie, croyant que la diligence s'ôte pour lui céder le passage, comme un gentleman laisse une femme franchir en premier une porte. Le signe que l'homme lui a fait renforce par ailleurs cette interprétation dans son esprit. Il pousse l'automobile en avant, puis se dirige dans l'espace à la droite de la diligence. Il n'y a pas une pièce de la machine qui ne tremble pas. Les passagers de l'autre voiture, rudement secouée de gauche à droite, d'avant en arrière, s'accrochent au rebord des fenêtres et s'étirent le cou pour le regarder, diverses expressions se lisant sur leurs visages : curiosité, étonnement, peur, dégoût.

Les deux cochers apparaissent, ses collègues en quelque sorte, et il relâche un peu la pédale des gaz. Ils pourront tous se saluer comme des capitaines dont les navires se croisent. Tomás a lu maints journaux de bord d'officiers au fil de ses recherches. Il y a d'ailleurs quelque chose de maritime dans la façon dont la diligence et l'automobile balancent et tanguent. Il lève une main, prêt à faire son salut, un sourire se formant à son visage.

Il lance un regard en contre-plongée sur les conducteurs, et ce qu'il voit le choque. Si un certain nombre d'expressions se lisaient sur le visage des passagers, eux n'en ont qu'une : une parfaite répugnance. L'homme qui s'est tourné vers lui plus tôt pour lui faire signe de la main – ou agitait-il le poing ? – aboie et grogne comme un chien et fait mine de sauter de son siège sur le toit de la machine. Mais celui qui tient les rênes a l'air encore plus furibond. Son visage est rouge de colère et sa bouche s'ouvre dans un cri continu. Il brandit un long fouet dont il se sert pour exciter ses chevaux. Le fouet se soulève et s'enroule dans les airs tel un serpent avant de s'abattre à plat dans un clac net et perçant qui retentit comme un coup de fusil. C'est seulement à ce moment que Tomás se rend compte que les étalons ont été poussés à un plein galop tonnant. Il sent sous lui le sol que leurs efforts font trembler. Malgré l'amortissement assuré par les roues de caoutchouc et les ressorts de suspension, le gros, le merveilleux travail des chevaux lui secoue les os et le laisse ébahi. Il double lentement la diligence, en termes relatifs, de la même façon qu'un homme dans la rue dépasserait une personne âgée qui marche, avec une aisance et un naturel tels qu'il peut tranquillement porter la main à son chapeau pour lui dire bonjour et lui adresser un bon mot. Mais du point de vue de quelqu'un qui se tiendrait au bord de la route, la diligence et l'automobile fendent l'air à une vitesse fantastique, comme si le vieux marcheur et l'homme dans la rue évoluaient sur les toits de deux trains express se faisant la course sur des voies parallèles.

Le silence qui, dans son intense concentration, enveloppe Tomás, explose tout à coup dans un martèlement de sabots au galop, mêlé au grincement criard de la diligence toute chancelante, aux cris des cochers, aux hurlements stridents des passagers apeurés, au claquement du fouet, au rugissement de l'automobile. Il enfonce la pédale des gaz au plus profond. L'automobile se lance en avant, pas très vite.

Un autre bruit, vif et métallique, lui perce les oreilles. Le cocher a cessé de fouetter les chevaux et cingle à présent le toit de la machine. Tomás fait la grimace, comme si les coups l'atteignaient lui-même dans le dos. L'assistant du cocher a les bras levés. Il y a au-dessus de sa tête un coffre en bois à armature de métal, et il a l'air lourd. L'homme le jette violemment sur l'automobile, et il percute le toit comme une bombe. Puis un bruit de frottement se fait entendre quand il retombe en glissant avec son contenu. Les chevaux, à moins de un mètre de Tomás, soulèvent une tempête de poussière et l'écume est projetée en quantité de leurs bouches. Ils ont les yeux exorbités de terreur. Ils dévient jusqu'à se rapprocher encore plus de lui. Le cocher les envoie sur l'automobile ! *La mort m'attend*, pense Tomás.

Mais les bêtes abandonnent juste au moment où la machine atteint sa pleine vitesse. Elle avance résolument, et Tomás parvient à la stabiliser pour la ramener au centre de la route, frôlant de si près le premier cheval à droite qu'il le voit dans le rétroviseur latéral écarter la tête pour éviter d'être heurté par l'arrière de l'habitacle.

Dès qu'il les a dépassés, les chevaux épuisés vacillent jusqu'à ce que leur course s'interrompe. Les cochers continuent de crier derrière lui. Il observe par le rétroviseur latéral les passagers qui sortent de la diligence, échangeant cris et gesticulations avec eux.

La rencontre a bouleversé Tomás, qui souhaite s'arrêter, sauf que la peur d'être rattrapé le pousse à continuer. Il reporte toute son attention sur la route tandis que son malheureux vaisseau va de l'avant. Son estomac se soulève comme une mer houleuse. Il se tortille sous l'effet de ses démangeaisons.

Il évalue sa situation. Depuis combien de jours est-il sur la route ? Il réfléchit et compte. Un, deux, trois, quatre – quatre nuits. Quatre nuits et cinq jours, sur les dix qui lui ont été alloués. Dix jours seulement. Et il n'est même pas encore sorti de la province de Ribatejo, il n'a pas fait le quart du trajet jusqu'à sa destination. Comment a-t-il pu s'imaginer pouvoir remplir sa mission en aussi peu de temps ? L'idée est risible. Il s'est laissé leurrer par la promesse du tapis volant de son oncle. Le conservateur en chef du Musée national d'art ancien ne tolérera pas qu'il soit en retard. S'il manque une seule journée de travail, il sera renvoyé, c'est aussi simple que cela. Tel est le monde dans lequel il vit, un monde où il n'est rien de plus qu'un rouage insignifiant et remplaçable. Ses relations avec le conservateur en chef, le gestionnaire des collections et les autres conservateurs ne sont pas meilleures que celles qu'entretenait le père Ulisses avec l'évêque et le clergé de São Tomé. Quelle joie y a-t-il dans un environnement de travail où les collègues ne mangent jamais ensemble, mais s'assoient plutôt dans un isolement aigri ? Il a parfois l'impression de pouvoir associer la moindre misère que le père Ulisses a connue à São Tomé à l'une de celles qu'il vit au musée. Le même ennui. Un travail d'une nature aussi solitaire, que viennent déranger des rencontres tendues. Le même inconfort physique, dans son cas les interminables journées passées dans les salles d'entreposage dans des sous-sols humides qui sentent le renfermé ou dans des greniers chauds et poussiéreux. La même misère étouffante. La même piétinante tentative de trouver du sens.

Je découvre de petits autels sacrés dans les plantations, dans des endroits reculés. Ils sont grossièrement érigés en bois ou en boue cuite, des coquilles et des fruits en putréfaction éparpillés autour. S'ils sont détruits – pas de ma main –, ils réapparaissent ailleurs. Je me réjouis quand je tombe sur l'un d'eux. Les esclaves, qui dans leurs villages natals pratiquent divers arts et métiers manuels, ne font rien d'autre ici que le travail obligatoire des champs. Nulle métallurgie, nulle menuiserie, nul tressage de paniers, nul façonnage d'ornements, nulle confection de vêtements, nulle peinture corporelle, nul chant, rien. Sur cette île à la verdure excessive, ils sont aussi productifs que des mules. Seulement en ces autels sacrés vois-je un vestige de leurs anciennes vies, une main tendue vers la prégnance.

Tomás est assailli par le doute. Sa quête est-elle aussi « une main tendue vers la prégnance » ? Il croit que le cadeau du père Ulisses aurait plu à Gaspar, en raison de sa sensibilité d'enfant, mais il doute que Dora eût approuvé. Cela l'a toujours tenaillé, le fait qu'il puisse, au nom de la vérité, poser des gestes qui l'auraient contrariée. Mais le trésor existe ! Lui-même ne fait que mettre au jour ce qui est déjà là. Il supplie Dora dans son esprit, implore son pardon. *C'est une élévation de toute la création, mon amour. Il n'y a pas de profanation.* Mais il sait que Dora ne le croirait pas, qu'il perdrait le débat. Il n'ose toujours pas stopper la machine, et pleure en conduisant.

Aux abords du village d'Atalaia, il s'arrête enfin. Il monte sur un garde-boue afin d'évaluer les dommages infligés au toit. La vue a quelque chose de décourageant. Le coffre que l'autre a jeté a fait une énorme bosse. Et le fouet, habilement lancé, a lui aussi causé d'importants dégâts. La brillante peinture bordeaux est veinée de fissures. De grandes écailles sont sur le point de se détacher. Tomás regarde à l'intérieur de l'habitacle et voit que les panneaux de cèdre se sont fendus et saillent comme des os cassés.

Il entre dans Atalaia à pied, en quête de Moto-Naphta. Il trouve une petite boutique qui vend un peu de tout. Il énumère les différents sobriquets du carburant, puis la boutiquière hoche enfin la tête et lui sort une petite bouteille. Tomás en redemande. La boutiquière est surprise. Mais quoi ! Une automobile ne carbure pas seulement à quelques tasses de nourriture. C'est un monstre insatiable. Il achète tout ce qu'elle a : deux bouteilles.

De retour à la machine, il se met, en même temps qu'il nourrit la bête affamée de toute la Moto-Naphta qu'il a pu trouver jusqu'à présent, à examiner d'un œil distrait l'étiquette d'une des bouteilles vides. C'est un produit contre les puces et les poux ! *Tue la vermine et ses œufs sans aucune pitié*, affirme l'étiquette. *Appliquer généreusement. Ne pas ingérer. TENIR LOIN DES FLAMMES.*

Comment se fait-il que les boutiquiers et apothicaires ne lui aient pas demandé pourquoi il avait besoin d'autant de bouteilles de ce liquide infect ? Ce qu'il a acheté en guise de carburant pour la machine, ils le lui ont vendu dans le but d'éliminer les parasites. Ils l'ont pris pour une tornade de vermine, avec, lui dansant sur la tête, toute une civilisation de poux, de puces et de tout le reste. Pas étonnant qu'ils l'aient regardé de travers. Il reste planté là. Mais bien sûr. Bien sûr ! Il n'y a pas d'autre explication. Les boutiquiers et apothicaires avaient raison. Il a le corps qui démange d'un peu partout, c'est à le rendre absolument fou, et c'est parce qu'il *est* une tornade de vermine, avec, lui dansant sur la tête, toute une civilisation de poux, de puces et de tout le reste.

Il regarde son autre main. La bouteille qu'il tient à l'envers vient de finir de se vider dans un gargouillis. C'était sa dernière. Combien en avait-il ? Quinze, à peu près. Certaines tintaient dans l'habitacle depuis presque le début du voyage, à côté d'un tonneau plein. Voilà qu'il n'en a plus, ou en tout cas pas qu'il puisse atteindre. Il attrape la petite ouverture ronde du réservoir comme s'il était possible de l'étirer. Mais non. Entre sa souffrance et une pleine baignoire de ce qui pourrait l'en soulager se dresse un étroit volet qu'il ne peut ouvrir.

Il se demande : *Qui m'a touché ? Qui a touché mes vêtements ? Qui m'a transmis ces parasites ?* Le contact a dû se faire à Póvoa de Santa Iria ou à Ponte de Sor. Aux deux endroits, il s'est frotté à des gens – s'y est buté, même – alors qu'il secourait la machine des masses qui l'entouraient.

Il s'épuise à se gratter éperdument.

Le ciel s'obscurcit. Il se met à pleuvoir, et Tomás se réfugie dans l'automobile. Le pare-brise est strié, marbré de gouttes à travers lesquelles il distingue difficilement la route. Quand la pluie se change en une averse plus régulière, il se questionne : son oncle n'a rien dit sur la capacité de la machine à fonctionner dans ces conditions. Il ne croit pas qu'elle devrait rester sur la route. Il va laisser la pluie passer.

Le crépuscule descend, puis les ténèbres se répandent comme des miasmes. Des diligences, dans son sommeil, galopent droit sur lui, de tous côtés. Il a froid. Ses pieds dépassent du compartiment de conduite, dégoulinant d'eau de pluie. Ses démangeaisons le réveillent de temps à autre.

La pluie tombe encore au matin. Tomás est trop transi pour avoir envie de s'y laver. Il se mouille juste une main pour s'en essuyer le visage. Il n'y a, pour le réconforter, que le souvenir du père Ulisses qui lui aussi souffrait de la pluie sur l'île. Les déluges s'y abattaient avec une insistance telle que les esprits se désaxaient. Alors qu'est ce léger crachin européen, en comparaison ?

Il ne surgit, sur cette route déserte, qu'un paysan de temps en temps, qui à tout coup s'arrête pour une longue conversation. Certains arrivent par la route, seuls ou tirant un âne, tandis que d'autres viennent des terres, seigneurs campagnards exploitant leurs minuscules fiefs. La pluie n'a pas l'air de déranger qui que ce soit.

La réaction est la même d'un paysan à l'autre. Ils inspectent les roues du véhicule, qu'ils trouvent petites et délicates. Ils jettent un œil aux rétroviseurs latéraux, qu'ils trouvent ingénieux. Ils regardent les commandes, qu'ils trouvent intimidantes. Ils scrutent le moteur, qu'ils trouvent insondable. Tous estiment que l'ensemble est une merveille.

Il n'y en a qu'un, un berger, qui ne montre aucun intérêt. « Puis-je m'asseoir avec vous un moment ? demande-t-il. Je suis trempé et j'ai froid. »

Déjà ses moutons encerclent le véhicule, retenus en otage par un petit chien qui court en rond et jappe sans arrêt. Leur bêlement est perpétuel, désagréable. Tomás acquiesce de la tête, l'homme fait le tour de l'automobile et monte à côté de lui, dans le compartiment de conduite.

Tomás voudrait bien qu'il dise quelque chose, mais le bourru ne prononce pas un mot, il ne fait que regarder devant lui. Plusieurs minutes s'écoulent. Le silence s'accompagne du chuintement régulier de la pluie, des bêlements des moutons, des jappements du chien.

C'est Tomás qui finit par parler. « Laissez-moi vous raconter pourquoi je suis sur la route. Le trajet a été pénible jusqu'à présent. Je suis à la recherche d'un trésor perdu. J'ai mis un an à déterminer où il pourrait bien se trouver – et maintenant, je sais. Ou presque. Je brûle. Quand je le trouverai, je l'apporterai au Musée national d'art ancien de Lisbonne, mais il sera digne d'un grand musée de Paris ou de Londres. La chose en question est – enfin, je ne peux pas vous le dire, mais en tout cas, c'est un objet impressionnant. Ça va soulever une tempête. Grâce à lui, je vais redonner à Dieu ce qu'Il mérite après ce qu'Il a fait à ceux que j'aimais. »

Le vieux péquenaud, pour seule réponse, jette un coup d'œil dans sa direction, puis hoche la tête. Il n'y a que les moutons qui, dans une explosion de *bêêê* fluctuants, ont l'air d'apprécier sa confession de première importance. Le troupeau n'a rien d'une crémeuse volute de ruminants molletonnés. Ces créatures-là ont la face osseuse, des yeux globuleux, des toisons en bataille et le derrière crotteux.

« Dites-moi, demande Tomás au berger, que pensez-vous des animaux ? »

Le berger lui lance un autre regard, sauf qu'il parle cette fois. « Quels animaux ?

— Eh bien, ceux-là, par exemple, répond Tomás. Que pensez-vous de vos moutons ? »

L'homme dit enfin : « C'est mon gagne-pain. »

Tomás réfléchit un moment. « Votre gagne-pain, oui. Vous touchez ici à quelque chose d'essentiel. Sans vos moutons, vous n'auriez aucun moyen de subsistance, vous mourriez. Cette dépendance engendre une sorte d'égalité, n'est-ce pas ? Pas individuellement, mais sur le plan collectif. Vous et vos moutons, en tant que groupe, êtes aux extrémités de la balance, et quelque part entre les deux, il y a un point d'appui. C'est à vous de maintenir l'équilibre. Et en ce sens, nous ne valons pas mieux qu'eux. »

L'homme ne répond pas. Tomás est, à cet instant, pris de féroces démangeaisons. C'est tout son corps qui le démange désormais. « Si vous voulez bien m'excuser, j'ai quelque chose à faire », dit-il au berger. Il passe à l'arrière par le marchepied de l'habitacle. Il peut voir par la large fenêtre le derrière de la tête du berger. Se tordant, se débattant, Tomás livre combat à ses démangeaisons, ses ongles labourant puissamment les insectes qui le persécutent. Il ressent une intense satisfaction. À aucun moment le berger ne se retourne.

Puis pour bloquer la pluie, Tomás couvre la fenêtre cassée d'une couverture qu'il fixe au cadre en refermant la portière dessus. La pluie sur le toit se transforme en un crépitement monotone. Il se fait une place sur le sofa de cuir, parmi les réserves éparses, se couvre d'une autre couverture et se met bien en boule…

Il se réveille en sursaut. Il ne sait vraiment pas s'il a dormi cinq ou cinquante-cinq minutes. Il pleut toujours. Mais le berger est parti. Jetant un œil par les fenêtres sillonnées de pluie, il aperçoit une forme grise et vaporeuse – le troupeau de moutons. Il ouvre la portière de l'habitacle pour aller se tenir sur le marchepied. Le berger est au milieu de ses bêtes, l'air de marcher sur un nuage. Le chien sautille ici et là comme plus tôt, mais Tomás ne l'entend plus. Le troupeau descend la route, avant d'affluer vers un des côtés pour prendre un chemin qui s'enfonce dans la campagne.

Tomás observe à travers la pluie le troupeau de plus en plus petit. Juste comme il commence à disparaître derrière une crête, le berger, qui n'est plus qu'un point noir, s'arrête et se retourne. Cherche-t-il un mouton égaré ? S'est-il retourné pour le regarder ? Tomás lui fait un vigoureux geste de la main. Il ignore si l'homme a remarqué son adieu. Le point noir s'évanouit.

Il retourne dans le compartiment de conduite. Il y a, sur la banquette côté passager, un modeste paquet. Un bout de pain, un gros morceau de fromage blanc et un tout petit pot en terre, scellé et rempli de miel, le tout enveloppé de tissu. Un cadeau de Noël ? Quand est Noël, exactement ? Dans quatre jours ? Il réalise qu'il est en train de perdre le fil du temps. Peu importe, c'est vraiment gentil de la part du berger. Il est touché. Il mange. C'est bon ! Il ne se rappelle pas avoir jamais mangé de pain aussi savoureux, de fromage aussi goûteux, de miel aussi délicieux.

La pluie cesse et le ciel s'éclaircit. En attendant que le soleil hivernal sèche la route, il lubrifie la machine avec l'huile. Puis, avec impatience, il se remet en route. Il atteint les limites de la petite ville d'Arez, où il entre à pied. Il se réjouit de trouver un apothicaire décent.

« Je vais prendre tout ce que vous avez en stock. J'ai des chevaux gravement infestés de poux, informe-t-il l'homme derrière le comptoir quand ce dernier lui sort la petite bouteille habituelle de Moto-Naphta.

— Dans ce cas, vous devriez peut-être aller voir Hipólito, le forgeron, dit l'apothicaire.

— Pourquoi en aurait-il ?

— Les chevaux, c'est son affaire, ceux qui sont gravement infestés de poux comme les autres, je crois. Et vos pieds ?

— Mes pieds ?

— Oui. Quel est le problème ?

— Il n'y a aucun problème avec mes pieds. Pourquoi y aurait-il un problème ?

— J'ai vu comment vous marchez.

— Mes pieds sont en parfaite santé. »

Traversant le village à reculons, sur ses pieds en parfaite santé, Tomás trouve la forge d'Hipólito au bout d'un chemin. Il est étonné de découvrir que le forgeron possède un gigantesque tonneau de Moto-Naphta. La joie lui fait tourner la tête. Cette réserve lui permettra non seulement de rassasier l'automobile en carburant, mais aussi d'apaiser son corps ravagé.

« Mon bon monsieur, je vais en prendre beaucoup. J'ai douze chevaux gravement infestés de poux.

— Oh, vous ne devriez pas utiliser ça sur des chevaux. Ça leur ferait un grand tort. C'est très dur pour la peau. Il vous faut une poudre qu'on mélange à de l'eau.

— Comment se fait-il que vous ayez autant de Moto-Naphta, alors ? À quelles fins ?

— C'est pour les automobiles. Un nouvel engin.

— Parfait ! J'en ai une aussi, et il se trouve qu'elle a désespérément besoin d'être nourrie.

— Pourquoi ne l'avez-vous pas dit plus tôt ? dit le joyeux gaillard.

— Je ne pensais qu'à mes chevaux. Les pauvres bêtes. »

Le drame des douze chevaux affligés de Tomás émeut Hipólito le forgeron, qui entre dans de tendres, d'interminables détails sur la façon dont on doit mélanger la poudre à poux à de l'eau chaude, l'appliquer localement, laisser sécher, puis brosser et peigner minutieusement, du dessus de la tête à l'arrière et au bas du corps. C'est là une tâche qui requiert beaucoup de temps, mais le cheval ne mérite rien de moins que le meilleur traitement qui soit.

« Amenez-moi vos chevaux, et je vous aiderai, ajoute Hipólito dans un élan d'amour pour ses camarades équins.

— Je ne suis pas du coin. Je n'ai que mon automobile ici.

— Alors, c'est que vous avez fait beaucoup de chemin pour un remède qui ne convient pas. J'ai de cette poudre juste ici. Douze chevaux, vous dites ? Six boîtes devraient suffire, huit pour être sûr. Et vous aurez aussi besoin de cette trousse de brosses et de peignes. Ils sont de la plus haute qualité.

— Merci. Vous ne vous imaginez pas mon soulagement. Dites-moi, depuis combien de temps vendez-vous de la Moto-Naphta ?

— Oh, depuis six mois à peu près.

— Et comment vont les affaires ?

— Vous êtes mon premier client ! Je n'ai jamais vu une automobile de ma vie. Mais c'est le moyen de transport de l'avenir, dit-on. Et moi, je suis futé en affaires, vous pouvez en être sûr. Le commerce, je comprends ça. C'est important d'être à jour. Personne ne veut acheter ce qui date d'hier. Il faut toujours être le premier à faire connaître un produit, à lui donner de la visibilité. C'est comme ça qu'on s'approprie le marché.

— Comment avez-vous emporté cet immense tonneau jusqu'ici ?

— En diligence. »

Le cœur de Tomás tressaille à ce mot.

« Mais vous savez, ajoute Hipólito, je ne leur ai pas dit que c'était pour les automobiles. Je leur ai dit que c'était pour traiter les chevaux qui ont des poux. Ils ne goûtent pas tellement ça, l'automobile, ces cochers.

— Ah oui ? Et y a-t-il des diligences censées arriver bientôt ?

— Oh, d'ici une heure à peu près. »

Tomás retourne à la machine au pas de course, mais en courant vers *l'avant.*

Quand, dans le rugissement habituel, il ressurgit chez le forgeron à bord de la Renault de son oncle avec l'air inquiet d'un braqueur de banque, Hipólito est surpris, ahuri, médusé, enchanté de l'invention que son client vient d'amener jusqu'à son atelier et qui vibre avec un bruit métallique.

« Alors, c'est ça ? crie-t-il. Quel gros machin bruyant ! Plutôt moche, mais non dépourvu d'une certaine beauté, je dirais. Ça me fait penser à ma femme. »

Tomás coupe le moteur. « Tout à fait d'accord. Je veux dire, pour ce qui est de l'automobile. Pour être honnête avec vous, moi je la trouve moche, point final.

— Mmm, vous avez peut-être raison », concède le forgeron, l'air songeur, se disant peut-être que l'automobile détruira son négoce et son mode de vie. Son front se plisse. « Oh, bon, les affaires sont les affaires. Où met-on la Moto-Naphta ? Montrez-moi. »

Tomás s'empresse de le lui indiquer du doigt. « Ici, ici, ici et ici. »

Il fait remplir le réservoir par Hipólito, ainsi que le tonneau et toutes les bouteilles en verre de lotion contre la vermine. Il dévore les bouteilles des yeux. Il meurt d'envie de s'en vider une sur le corps.

« Vous reviendrez ! lance Hipólito après que Tomás lui a payé son carburant, les huit boîtes de poudre à poux pour chevaux et la trousse de brosses et de peignes haut de gamme. Souvenez-vous, d'avant en arrière et de haut en bas, en commençant par le dessus de la tête. Pauvres bêtes !

— Merci, merci ! » crie Tomás en s'en allant à toute vitesse.

Il quitte la route après Arez pour prendre un chemin d'abord bien balisé. Il croit que sa carte, où les voies secondaires sont vaguement indiquées, le ramènera sur la route une fois qu'il aura passé la grande ville de Nisa, qu'il espère contourner en faisant ce détour. La qualité des chemins, déjà mauvaise au départ, ne fait qu'empirer. Il y a des roches partout. Tomás se fraye un passage du mieux qu'il peut. La terre s'élève et retombe comme la houle, ce qui fait qu'il ne peut jamais voir très loin. Est-ce ainsi que le père Ulisses se sentait quand il a pris la mer en direction de l'île, enfermé en plein air ?

Puis, au beau milieu de ces méandres océaniques, le chemin disparaît tout simplement. Sa surface régulière et son orientation claire laissent place à quelque chose de plus rocheux, d'uniforme et de mal défini, comme si c'était une rivière qui s'ouvrait sur un delta, pour ainsi emporter Tomás à la dérive. Il continue, mais finit par entendre la voix de la prudence qui, d'un ton insistant, lui suggère de rebrousser chemin.

Il fait faire demi-tour à la machine, sauf que c'est pareil d'un côté ou de l'autre. La confusion le gagne. Partout autour de lui, le même paysage de campagne, pierreux, sec, silencieux, avec à perte de vue des oliviers d'un gris argenté, des nuages blancs et bulbeux qui bouillonnent haut dans le ciel. Il est perdu, naufragé. Et la nuit approche.

Mais, en définitive, ce n'est pas cette situation délicate, le fait qu'il soit perdu, qui le pousse à jeter l'ancre pour la nuit. C'est une autre circonstance, plus personnelle : les immenses armées de minuscules parasites qui se livrent au saccage de tout son corps. Il n'en peut tout simplement plus.

Ayant atteint un point élevé du terrain, il immobilise le véhicule, dont le devant bute légèrement contre un arbre. L'air, parfumé du fertile labeur des arbres, est extraordinairement doux. Tout est silencieux autour de lui, il n'y a aucun son d'insectes, d'oiseaux, de vent. Ses oreilles ne perçoivent que les quelques bruits qu'il fait lui-même. Et en l'absence de bruit, ses yeux relèvent plus de choses, en particulier les délicates fleurs d'hiver qui bravent çà et là le sol rocailleux. Roses, bleu pâle, rouges, blanches – Tomás ne sait pas de quelles espèces elles sont, juste qu'elles sont magnifiques. Il prend une profonde inspiration. Il n'a aucun mal à s'imaginer que cette terre était autrefois le dernier avant-poste du légendaire rhinocéros ibérique, sauvage et errant à sa guise.

Quelle que soit la direction où ses pieds le portent, il n'aperçoit aucune trace de présence humaine. Il cherchait un endroit à l'abri des regards pour s'occuper de son problème, et voilà qu'il l'a trouvé. Le moment est venu. Il retourne à l'automobile. Aucun être humain – aucun être d'aucune sorte – ne pourrait supporter de telles démangeaisons. Mais avant d'occire ses ennemis à l'aide de sa potion magique, il cède une dernière fois au petit plaisir de se gratter.

Il lève les dix doigts en l'air. Ses ongles noircis reluisent. Puis, avec un cri de guerre, il se jette dans la mêlée. Il se ratisse la tête – le dessus, les côtés, la nuque –, ainsi que les joues et le cou, recouverts de barbe. Il procède vite, fermement, avec entrain. Pourquoi fait-on des bruits d'animaux dans nos moments de douleur ou de plaisir ? Il l'ignore, mais il en fait, et des grimaces d'animaux, aussi. Il lâche des *AAAAHHHHH !* et des *OOOOHHHHH !* Il se débarrasse de sa veste, déboutonne sa chemise et l'enlève, arrache son maillot de corps. Il attaque les ennemis à son torse, à ses aisselles. Son entrejambe est un cataclysme de démangeaisons. Il déboucle sa ceinture, puis baisse pantalon et sous-vêtement sur ses chevilles. Il gratte vigoureusement la touffe autour de son sexe, les doigts comme des griffes. A-t-il jamais ressenti pareil soulagement ? Il fait une pause pour savourer. Puis il reprend. Il descend le long de ses jambes. Il y a du sang sous ses ongles. Qu'importe. Les vandales se sont regroupés dans le sillon de ses fesses. Parce que là aussi, il a du poil. Il est poilu partout. Cela a toujours été pour lui la source d'un vif embarras, cette forêt de poils noirs et drus qui jaillit de sa peau blafarde sur toute la surface de son corps. Dora se plaisait à passer les doigts dans la toison de sa poitrine, ce qui le réconfortait, mais sinon il trouve sa pilosité repoussante. Il est un singe. D'où le soin qu'il met à se couper les cheveux, à se raser. Il est d'habitude un homme propre et soigné, modeste et discret. Mais là, ses démangeaisons lui ont fait perdre la tête. Son pantalon lui gêne les chevilles. Il fait voler ses chaussures, retire ses chaussettes, tire sur un ourlet et puis sur l'autre. C'est mieux – voilà qu'il peut lever les jambes. Il s'attaque des deux mains au sillon de ses fesses. Il poursuit la bataille : ses mains volent en tous sens, il sautille d'un pied sur l'autre, fait des bruits, des grimaces d'animaux, lâche des *AAAAHHHHH !* et des *OOOOHHHHH !*

Il en est à son pubis, ses mains vibrant comme les ailes d'un colibri, avec au visage un rictus de satisfaction particulièrement simiesque, quand il aperçoit le paysan. Juste un peu plus loin. Qui le regarde. Le paysan regarde l'homme nu qui saute un peu partout en se grattant frénétiquement avec des bruits d'animaux à côté de son étrange charrette sans chevaux. Tomás se fige sur-le-champ. Depuis combien de temps l'autre l'observe-t-il ?

Que peut-on faire dans un tel moment ? Que peut faire Tomás pour ne pas perdre sa dignité, son humanité, même ? Il efface l'expression animale de son visage. Il se tient droit. Le plus solennellement possible – en se baissant vite de-ci de-là pour ramasser ses vêtements –, il retourne à l'automobile et disparaît à l'intérieur de l'habitacle. Il reste immobile comme une statue, sous le coup d'une profonde mortification.

Une fois le soleil couché, le ciel d'un noir d'encre, les ténèbres et l'isolement commencent à lui peser. Une humiliation totale, inconditionnelle, ne constitue pas un remède à la vermine. Il est toujours couvert d'insectes déchaînés. Il peut quasiment les entendre.

Il ouvre prudemment la portière. Il lance un regard dehors. Il jette un coup d'œil à la ronde. Il n'y a personne. Le paysan est parti. Tomás allume un bout de chandelle. Il n'a nulle part où le poser sans risquer d'endommager le luxueux intérieur, et débouche donc une des bouteilles de Moto-Naphta pour l'y planter. L'effet est joli. L'habitacle donne une impression de confort, vraiment pareil à un tout petit salon.

Toujours nu comme un ver, Tomás sort. Il prend une boîte de poudre à poux pour chevaux ainsi que deux bouteilles de lotion de Moto-Naphta. Il va faire encore mieux que ce que lui a suggéré Hipólito. Il va mélanger la poudre à de la Moto-Naphta plutôt qu'à de l'eau, pour une concoction ainsi deux fois plus mortelle. Sans compter qu'il ne lui reste plus d'eau. Toute l'eau du tonneau qu'il y a dans l'habitacle a fini dans sa personne ou dans l'automobile. Il ne lui reste plus qu'une outre de vin. Il mélange la Moto-Naphta et la poudre dans un chaudron jusqu'à ce que la pâte ne soit ni trop liquide ni trop épaisse. L'odeur est terrible. À l'aide de ses doigts, il se met à s'enduire de cette pâte. Il fait la grimace. Il a la peau sensible à force de s'être gratté. La pâte le brûle. Mais il endure la douleur, car c'est là un coup fatal qu'il porte à la vermine. *Appliquer généreusement*, est-il indiqué sur l'étiquette de la bouteille. Il en met, en met. Après s'être recouvert la tête et le visage, il applique le mélange sous ses aisselles, sur sa poitrine et son ventre, sur ses jambes et ses pieds. Il se badigeonne le pubis d'une couche épaisse. Là où la pâte lui tombe du corps, il en étale une double quantité. Pour enduire son postérieur, il en place une bonne dose sur le marchepied puis s'y assoit. Voilà. La tête droite, les bras serrés contre le corps, les mains ouvertes sur le torse, il reste assis sans bouger. Le moindre mouvement, même sa respiration, non seulement fait se détacher la pâte, mais augmente la sensation de brûlure.

La brûlure est infernale. Il essaie de s'y faire, mais n'y arrive pas. C'est comme si la pâte avait consumé sa peau et qu'elle lui passait à présent à travers la chair. Il est en train de rôtir vif. Mais la vermine aussi. Elle et ses œufs meurent par milliers. Il faut que Tomás supporte l'agonie un peu plus longtemps, jusqu'à ce que le moindre parasite soit exterminé. Il sera ensuite sur la voie du rétablissement. Il continue d'attendre, grésillant à petit feu.

C'est alors qu'un *BOUM* fracassant se produit. Tomás est projeté du marchepied, autant sous l'effet de la peur et de la surprise que par la force de l'explosion. Il se retourne pour regarder, ayant tout oublié de la vermine et de sa douleur. L'automobile est en feu ! Là où il n'y avait au bout de la bouteille de Moto-Naphta qu'une flamme vacillante courent à présent de grandes nappes de feu partout à l'intérieur de l'habitacle. Et c'est quand il sent un picotement sur son occiput que Tomás réalise que le feu a bondi de l'habitacle jusque sur sa tête. En un instant, il se propage à sa barbe, à sa poitrine, à tout son corps. *POUF !* fait son pubis, forêt de flammes orangées.

Tomás hurle. Heureusement pour lui, la poudre à poux n'est pas inflammable. Mais il a des accès de douleur à la tête, à la poitrine et au pénis – partout où le feu, alimenté par la Moto-Naphta, a traversé poudre et poil pour atteindre sa peau nue. Il sautille en se donnant des claques sur le corps pour étouffer les flammes. Puis il se tient là, un panache de fumée s'élevant de lui.

La machine brûle toujours. Il court vers elle. Ce faisant, il ramasse par terre la couverture mouillée dont il s'est servi la veille pour recouvrir la fenêtre cassée de l'habitacle et empêcher ainsi la pluie d'entrer. Il plonge dans l'habitacle. À coups de couverture, à pleines poignées de poudre à poux, il parvient à éteindre les flammes.

Il tire le coffre hors de la voiture et l'ouvre. Le journal du père Ulisses, qui se trouvait à l'intérieur, n'a pas été abîmé. Il manque pleurer de soulagement. Sauf que l'habitacle est dans un de ces états ! Le cuir du sofa : grillé, croustillant. Les panneaux latéraux : calcinés. Le plafond : noir de suie. Hormis le pare-brise, toutes les fenêtres ont explosé, il y a des éclats de verre partout. La nourriture, les fournitures automobiles, ses vêtements : roussis, brûlés. Tout est couvert de cendre et de poudre à poux carbonisée. Et la puanteur !

Tomás finit ce qu'il reste de vin rouge, enlève les éclats de verre de la banquette du compartiment de conduite et se couche nu sur la couverture en se couvrant du manteau de vison. La douleur tenaille son corps, son oncle lui crie après dans ses rêves. Il gèle toute la nuit, même si ses blessures brûlent.

Dans la lumière du matin, il s'habille avec précaution. Peu importe le soin qu'il met à enfiler ses vêtements, ils râpent sa peau à vif. Il balaie et nettoie l'habitacle du mieux qu'il peut. Il ouvre le coffre encore une fois pour inspecter le journal. Il ne veut pas perdre ce qui le lie au père Ulisses. Il en est venu à voir en ce dernier un homme que sa souffrance a élevé. Un homme dont l'exemple est à suivre. Car souffrir sans rien faire, c'est ne rien être, tandis que souffrir et faire quelque chose, c'est devenir quelqu'un. Et c'est ce que Tomás fait : quelque chose. Il doit pousser jusqu'aux Hautes Montagnes du Portugal et mener sa quête à bien.

Mais il se heurte alors à un problème inattendu : l'arbre juste devant l'automobile. Il n'y a pas suffisamment d'espace pour le contourner. Tomás n'a jamais rencontré cette situation avant. Il y a toujours eu assez de place devant le véhicule pour faire usage du volant et avancer. Il s'exclame, invective, jure. Il essaie enfin de réfléchir à une solution et, de toute évidence, il n'y en a qu'une : couper l'arbre. Il y a une hache dans le dépôt d'articles essentiels à l'intérieur de l'habitacle. Tomás vient de la voir, recouverte de suie. C'est sans doute pour cette raison précise que son oncle, toujours prévoyant et plein d'égards, la lui a fournie. À la grande marche du progrès s'ajoute apparemment la malheureuse nécessité d'abattre tous les obstacles sur son chemin. Mais l'arbre est si gros, le tronc si épais, Tomás a tellement mal !

Il hésite. C'est finalement la vue de son coffre de papiers, dans l'habitacle où il vente légèrement, qui canalise ses énergies disséminées. Il va chercher la hache.

Il se tient face au côté de l'arbre opposé à celui qui bloque l'automobile. Il soulève la hache et s'élance. Il cogne, cogne et cogne. L'écorce s'envole sans difficulté, mais la pâle pulpe de l'arbre est caoutchouteuse et résistante. La hache, si affûtée soit-elle, rebondit en ne laissant qu'une toute petite marque chaque fois. De toujours frapper au même endroit exige de plus une dextérité qui manque pour l'essentiel à Tomás. Et chaque élan fait frotter un vêtement râpeux sur sa chair endolorie.

Il ne tarde pas à être baigné de sueur. Il se repose, mange, se remet à la tâche. La matinée s'écoule ainsi. Puis c'est le début de l'après-midi qui file.

Il a fait, à la fin de l'après-midi, une large entaille dans le côté du tronc. Elle s'étend sur plus de la moitié de l'arbre, qui n'a pourtant pas l'air de vouloir tomber. Les paumes lacérées de Tomás sont en sang. Mais la douleur dans ses mains masque à peine celle qu'il ressent partout ailleurs. Il est si épuisé qu'il peut à peine se tenir debout.

Il ne peut pas cogner plus longtemps. L'obstacle doit être aboli – tout de suite. Tomás décide d'utiliser son poids pour faire basculer l'arbre. En plaçant un pied sur le marchepied et l'autre au bord du capot, il atteint la première branche. Empoigner l'écorce est un supplice, mais il parvient à enrouler une jambe autour d'une autre branche et à se hisser. Après tout le mal qu'il a eu avec la hache, la facilité relative avec laquelle il grimpe l'encourage.

Il se déplace le long d'une branche. Il se tient sur deux branches, en fait. Bien sûr, quand l'arbre tombera, il tombera avec lui. Mais ce n'est pas très haut, et il se tiendra prêt.

Il se met à balancer le tronc d'avant en arrière, ignorant l'insoutenable tiraillement dans ses paumes. La cime de l'arbre danse et danse. Il s'attend à tout moment à entendre un craquement aigu, à se sentir chuter sur une courte distance, jusqu'au sol.

Au lieu de quoi l'arbre cède avec une élasticité caoutchouteuse et toute de silence. Il se renverse lentement. Tomás tourne la tête et voit le sol approcher. L'atterrissage se fait en douceur. Ses pieds toutefois glissent de la branche et se posent sur le sol à l'endroit précis que l'arbre a choisi pour y appuyer sa branche la plus lourde. Il glapit de douleur.

Il se dégage en tirant énergiquement. Il remue les orteils. Pas d'os fracturés. Il se retourne pour regarder l'automobile. Instantanément, il voit du sol ce qu'il n'a pas vu durant les longues heures passées à besogner debout : la souche est trop haute. L'automobile, le dessous, ne passera pas par-dessus. Il aurait dû couper beaucoup plus bas. Mais même s'il l'avait fait, l'arbre est de toute façon resté attaché à la souche. Il s'est abattu sans casser. Le point où il s'accroche au tronc est tordu d'une manière telle qu'il résistera encore plus à la hache. Et même si Tomás réussissait à couper le reste, et en supposant que la souche soit plus courte, *serait-il capable de tirer l'arbre de là ?* Cela ne semble guère imaginable. Il ne s'agit pas exactement d'un arbrisseau.

Ses efforts ont été futiles. L'arbre se moque de lui. Toujours pris dans les branches, il s'affale en sanglotant. Il ferme les yeux et s'abandonne au chagrin. Il entend la voix juste avant qu'une main touche son épaule.

« Mon ami, vous êtes blessé. »

Il lève le regard, surpris. Un paysan est apparu de nulle part. La chemise qu'il porte est d'un blanc des plus voyants. Tomás ravale son dernier sanglot et s'essuie le visage du revers de la main.

« Vous avez vraiment été projeté loin ! dit l'homme.

— Oui », répond Tomás.

L'homme regarde l'arbre et l'automobile. Tomás a cru qu'il voulait dire qu'il avait été projeté loin de l'arbre (ce qui n'a pas du tout été le cas ; il est *dans* l'arbre, comme un oiseau dans son nid). Mais le paysan voulait dire de l'*automobile*. Il pense sans doute que Tomás a percuté l'arbre avant d'être catapulté hors du véhicule, jusque dans les branches.

« J'ai mal aux pieds et aux mains, dit Tomás. Et j'ai si soif ! »

Le paysan lui passe un bras autour de la taille. Il a beau être petit, c'est un homme puissant, et il soulève Tomás de terre. Il le soutient jusqu'à la machine et le pose sur le marchepied. Tomás se masse les chevilles.

« Quelque chose de cassé ? demande l'homme.

— Non. Juste des contusions.

— Tenez, de l'eau. »

L'homme sort une gourde. Tomás y boit goulûment.

« Merci. Pour l'eau, et de votre aide aussi. Je vous suis extrêmement reconnaissant. Je m'appelle Tomás.

— Moi, c'est Simão. »

Simão contemple l'arbre tombé, les fenêtres cassées, l'habitacle brûlé, les nombreuses bosses et égratignures de l'automobile. « Quel terrible accident ! s'exclame-t-il. Une si puissante machine ! »

Tomás espère qu'il n'a pas remarqué la hache au sol.

« Dommage pour l'arbre, ajoute Simão.

— Est-il à vous ?

— Non. C'est l'oliveraie de Casimiro, ici. »

Pour la première fois, Tomás perçoit l'arbre non pas comme un obstacle dressé en travers de son chemin, mais comme un être à part entière. « Quel âge avait-il ?

— À en juger par son apparence, de deux à trois cents ans. C'était un bon arbre, qui donnait quantité d'olives. »

Tomás est atterré. « Je suis désolé. Casimiro va être très en colère.

— Non, il comprendra. Il nous arrive tous des accidents.

— Dites-moi, ce Casimiro, est-il d'un certain âge, visage rond et cheveux grisonnants ?

— Oui, ça lui correspond. »

Tout comme cela correspond au paysan de la nuit dernière qui a observé la danse de la vermine à laquelle Tomás s'est livré. Ce dernier craint que Casimiro ne voie sous un éclairage moins clément les événements qui se sont déroulés dans son oliveraie.

« Pensez-vous que la machine fonctionnera toujours ? demande Simão.

— Je suis sûr que oui, répond Tomás. C'est du solide. Sauf qu'il faut que je la fasse reculer. C'est là tout le problème.

— Mettez-la au point mort, je vais pousser. »

Encore ce terme. Tomás n'est pas convaincu que la mort du véhicule lui permettra de reculer, mais Simão semble savoir de quoi il parle.

« Elle l'est déjà, dit Tomás. Il n'y a que le frein à main à enlever. »

Il remet ses chaussures et monte dans le compartiment de conduite. D'une main endolorie, il enlève le frein à main. Rien ne se passe. Il doute que la solution miracle de Simão ait plus de succès que la sienne – couper l'arbre.

« Venez », dit Simão.

Tomás le rejoint devant l'automobile. L'idée de pousser est absurde. Mais pour faire preuve de politesse envers l'homme qui lui est si obligeamment venu en aide, il appuie une épaule contre la machine.

« Un, deux, trois ! » crie Simão, et il pousse, et Tomás aussi, quoique pas très fort.

Mais, à son étonnement, l'automobile bouge. Il est si étonné, en fait, qu'il en oublie de suivre et tombe la face contre terre. Le véhicule est, en quelques secondes, à trois fois sa longueur de l'arbre.

Simão rayonne. « Quelle stupéfiante machine !

— Oui, en effet », dit Tomás, incrédule.

Il ramasse discrètement la hache au moment de se relever. Puis, en la collant contre sa jambe, il la rapporte dans l'habitacle. Simão est toujours à contempler le véhicule, avec une admiration démesurée.

Tomás ne demanderait pas mieux que de passer la nuit là où il se trouve en ce moment, mais l'idée que Casimiro survienne et qu'il faille lui expliquer l'assaut lancé contre son olivier de deux cent cinquante ans l'en dissuade fortement. En plus, il est perdu. S'il prend le parti de passer la nuit ici, il sera toujours perdu au matin.

« Je me demandais, Simão, si vous pourriez m'aider à trouver mon chemin pour sortir d'ici. Il semble que je me sois perdu.

— Où voulez-vous aller ? À Nisa ?

— Non, j'en reviens juste. Je me dirige vers Vila Velha de Ródão.

— Vila Velha ? Vous êtes vraiment perdu, alors. Mais ça ne fait rien. Je connais le chemin.

— Merveilleux. M'aideriez-vous à démarrer ? »

Vu l'état dans lequel sont ses mains, Tomás éprouve un malaise à la simple idée d'avoir à tourner la manivelle. Il imagine par ailleurs que Simão y prendra plaisir. Et il ne se trompe pas. Le visage du paysan se fend d'un large sourire.

« Oui, bien sûr. Que voulez-vous que je fasse ? »

Tomás lui indique la manivelle et le sens dans lequel la tourner. Quand la machine prend vie dans une explosion, Simão aurait tout aussi bien pu être frappé par la foudre – cela aurait eu sur lui le même effet. Tomás lui fait signe de monter, et le paysan se rue à bord. Il place le véhicule en première et, quand celui-ci se met à avancer, jette un coup d'œil à son passager. Le visage de Simão confirme ce qu'il suspectait déjà après avoir observé son oncle : la machine transforme les hommes adultes en petits garçons. Une grande joie métamorphose les traits burinés du paysan. Il se mettrait à glousser et à hurler que Tomás n'en serait pas surpris.

« De quel côté allons-nous ? » demande-t-il.

Simão montre une direction du doigt. Il rectifie régulièrement sa trajectoire, et l'esquisse d'un sentier a tôt fait d'apparaître. Puis surgit un chemin en bonne et due forme, plus régulier, bordé d'un accotement. Ils roulent avec de plus en plus de facilité, de plus en plus vite. L'enchantement de Simão ne diminue en rien.

Une bonne demi-heure plus tard, ils rejoignent une vraie route, bénie soit-elle.

« Je n'aurais jamais cru être aussi heureux de voir une route un jour, dit Tomás. Alors, de quel côté se trouve Vila Velha de Ródão ? »

Simão indique la droite.

« Merci beaucoup, Simão. Vous avez été d'une aide inestimable. Je dois vous récompenser. » Tomás plonge la main dans la poche de sa veste carbonisée.

Simão secoue la tête. Non sans difficulté, comme s'il avait perdu sa langue au fond de son corps, il dit : « Ma récompense est d'avoir eu la chance de monter à bord de ce formidable chariot. C'est moi qui vous remercie.

— Ce n'est rien. Et je m'excuse de vous avoir éloigné comme ça de votre chemin.

— Ce n'est pas si loin, à pied. »

Le paysan quitte à contrecœur son côté de la banquette, et Tomás pousse la machine plus avant. « Merci, merci encore », crie-t-il.

Simão agite la main jusqu'à ce qu'il ne soit plus visible dans le rétroviseur latéral.

Peu après, la machine s'étant mise à tirer d'un côté et à émettre un *plop-plop*, Tomás se rend compte qu'il y a quelque chose qui ne va pas. Il appuie sur une pédale et sur une autre.

Il lui faut faire à quelques reprises le tour du véhicule avant de s'apercevoir que le pneu avant droit est – il cherche l'expression – à plat. La circularité de la roue n'est plus aussi circulaire. Il y avait quelques pages qui traitaient de cette éventualité dans le mode d'emploi. Il les a sautées quand il lui est apparu que les roues, du moins quand leur circularité était conforme, n'avaient pas à être lubrifiées. Il en blêmit. C'est que c'est un sérieux travail d'ingénierie. Il le voit très bien, avant même d'avoir traduit du français, en détail.

Comprendre la nature et le fonctionnement du cric, l'assembler, trouver l'endroit où le placer sous l'automobile, soulever le véhicule, déboulonner et enlever la roue, la remplacer par la roue de rechange qui se trouve sur le marchepied, bien visser la nouvelle roue, tout remettre en place – un automobiliste chevronné pourrait y arriver en une demi-heure. Cela lui prend, de ses mains inexpérimentées et douloureuses, deux heures.

Enfin, ses mains douloureuses et souillées, son corps courbaturé et trempé de sueur, la tâche est accomplie. Il devrait se réjouir de pouvoir ainsi reprendre sa route, sauf qu'il ne ressent qu'un profond épuisement. Il se retire dans le compartiment de conduite et regarde fixement devant lui. La tête lui démange encore, tout comme la barbe indésirable qui pousse sur son visage. « Ça suffit ! Ça suffit ! » murmure-t-il. Quel effet exerce la souffrance sur un homme ? L'ouvre-t-elle ? S'en trouve-t-il plus éclairé ? Dans le cas du père Ulisses, il semble que la réponse à ces questions ait longtemps été non. Tomás repense à un incident révélateur :

> Aujourd'hui, j'ai assisté à une bagarre sur une plantation. Deux esclaves se sont affrontés. Les autres se tenaient ici et là, l'air stupéfait. Objet de la dispute, une femme observait, impassible, indifférente. Peu importe qui gagnerait, elle perdrait. Beuglant sans arrêt leur galimatias dans leur langue natale, les deux se sont livré combat, d'abord avec des mots et des gestes, puis avec les poings, puis avec des outils. Cela a vite dégénéré, des orgueils blessés aux corps meurtris, des saignements et contusions au massacre sauvage, jusqu'à ce qu'il y ait un esclave mort, le torse fendu, couvert de profondes entailles, la tête à demi sectionnée. Après quoi les autres, et la femme aussi, sont retournés à leur travail de peur que le contremaître n'arrive sur les lieux de l'incident. L'esclave victorieux, le visage apathique, a jeté un peu de terre sur le cadavre, puis est retourné comme les autres couper de la canne. Aucun d'eux ne viendra faire des aveux ou expliquer, accuser ou défendre. Il n'y aura que le silence et le sarclage de la canne à sucre. La décomposition du corps sera rapide, d'abord sous l'action des insectes, puis des charognards, oiseaux et bêtes, encore accélérée par le soleil et la pluie. Du mort, il ne restera bientôt qu'une masse informe. Ce ne sera que si le contremaître lui marche directement dessus que sa noirceur tailladée révélera des os blancs, une chair rouge en putréfaction. Le contremaître saura alors où est l'esclave qui était porté disparu.

Sur cette scène effroyable, le père Ulisses n'a qu'une seule chose importante à dire :

Telles étaient les plaies du Seigneur, semblables aux blessures de l'esclave mort. Ses mains, ses pieds, son front où la couronne d'épines avait percé la peau, et surtout la plaie qu'avait laissée à son flanc la lance du soldat – d'un carmin très, très brillant, qui attirait le regard.

Telle fut la souffrance du Christ : « d'un carmin très brillant » et « qui attirait le regard ». Mais la souffrance des deux hommes qui se sont battus à mort devant ses yeux ? Ils ne sont pas dignes du moindre mot. Pas plus que les autres spectateurs, le père Ulisses ne va venir faire des aveux ou expliquer, accuser ou défendre. Il semble avoir été sourd et aveugle à la souffrance des esclaves. Ou, pour être plus exact, il semble n'y avoir vu rien de bizarre : *ils souffrent, mais moi aussi – et alors ?*

Le terrain se met à changer tandis que Tomás continue de rouler. Le Portugal qu'il connaît est un pays d'une beauté solennelle. Un pays qui attache beaucoup de valeur au bruit du travail, humain et animal. Un pays au grand sens du devoir. Quelque chose de sauvage commence à faire intrusion dans le paysage. De grands affleurements de pierres rondes. Une végétation vert foncé, sèche et rabougrie. Des troupeaux errants de chèvres et de moutons. Tomás voit dans ces protubérances de roc l'augure des Hautes Montagnes du Portugal, comme les racines qui sortent du sol pour annoncer l'arbre lui-même.

Il est agité. Il approche de Castelo Branco, une ville proprement dite, la plus grande sur cette route qu'on a voulue rurale. Il est frappé par une idée : il traversera la ville en pleine nuit. Il évitera ainsi les gens, car ce sont eux, le problème. Rues, avenues, boulevards – il peut s'accommoder de tout cela, sans personne pour le dévisager, crier et s'agglutiner. S'il traverse Castelo Branco à, disons, deux heures du matin, à fond de train, en troisième vitesse, il est probable qu'il ne rencontrera qu'un travailleur de nuit ou un ivrogne ici et là.

Près de Castelo Branco, il gare l'automobile et se rend jusqu'à la ville à pied, à reculons comme toujours. Il demande à un homme en charrette s'il peut monter avec lui, ce qui tombe bien, car la distance s'avère somme toute considérable. L'homme veut savoir s'il a vu l'étrange véhicule plus loin sur la route. Tomás dit que oui, sans mentionner toutefois qu'il en est lui-même le conducteur. L'homme parle de la machine en termes à la fois émerveillés et inquiets. C'est la quantité de métal qui l'étonne, dit-il. Cela lui rappelle un coffre-fort.

À Castelo Branco, Tomás établit l'itinéraire à suivre. Il est heureux de découvrir que la route qui continue vers le nord du pays permet d'éviter la ville en grande partie, puisqu'elle la contourne par le nord-ouest. Seule la jonction est plus délicate.

Tomás sert à trois apothicaires son histoire de chevaux victimes de poux, ce qui lui permet de se procurer dix bouteilles de Moto-Naphta, en plus de – fâcheux corollaire – trois boîtes de poudre. Il transporte tout cela dans deux sacs au poids également réparti. Il décide de louer une chambre pour la journée afin de pouvoir s'y laver et s'y reposer, mais les deux hôtels qu'il trouve refusent de le laisser entrer, tout comme le restaurant où il cherche à prendre un repas. Les propriétaires le regardent de la tête aux pieds, examinent son visage roussi, ses cheveux brûlés – l'un d'eux se pince le nez –, pour tous finir par lui montrer la porte. Il est trop fatigué pour protester. Il achète à manger chez un épicier et se sustente sur un banc de parc. Il boit de l'eau à une fontaine, goulûment, asperge son visage et sa tête, frotte la suie dont est recouvert son cuir chevelu. Il voudrait avoir pensé à apporter les deux outres à vin, qu'il aurait pu remplir d'eau. Puis il retourne à l'automobile à rebours, en regardant Castelo Branco s'éloigner.

Il attend dans l'habitacle que la nuit tombe, feuilletant négligemment le journal pour passer le temps.

Au début, la provenance des esclaves à São Tomé préoccupait et intéressait le père Ulisses – il notait l'origine des nouveaux arrivants dans son journal : « de la tribu des Mbundu », ou « de la tribu des Chokwe ». Il restait toutefois plus vague sur l'origine de ceux qui ne venaient pas de la sphère d'influence du Portugal en Afrique. L'île de São Tomé, avantageusement située, voyait des négriers de toutes les nationalités – néerlandaise, anglaise, française, espagnole –, ce qui fait que le père avait fini par se lasser en raison du trop grand nombre d'esclaves. Ceux-ci recevaient de sa part une bénédiction toujours plus affaiblie, dans un état croissant d'anonymat. « La provenance d'une âme, écrivait le prêtre, a-t-elle de l'importance ? Les exilés de l'Éden sont tous différents les uns des autres.

Une âme est une âme, et l'on se doit de la bénir et de la guider dans l'amour de Dieu. »

Mais un jour, quelque chose changea. Le père Ulisses nota, dans une fébrilité qui lui ressemble peu :

Je me trouve au port au moment où un négrier hollandais décharge sa marchandise. Quatre des captifs attirent mon regard. Je les vois de loin qui traînent des pieds sur la passerelle, enchaînés et menottés. Quelles pauvres âmes. Ils marchent d'un pas alangui, le dos courbé, leur volonté brisée. Je sais comment ils se sentent. Mon épuisement est similaire au leur. J'ai encore de la fièvre. Jésus a tendu la main à tous, Romains, Samaritains, Syrophéniciens et autres. Je dois faire de même. Je veux m'approcher, mais je suis trop faible, et le soleil est trop brillant. Un marin du navire passe à côté de moi. Je lui fais signe. Je pointe du doigt, le questionne, et il me répond que les captifs viennent du fin fond du bassin du Congo, qu'ils ont été capturés dans un raid, et non pas troqués par une tribu. Trois de sexe féminin, et un petit. Mon néerlandais n'est pas très bon, et je ne comprends pas tout ce que le marin dit. Je crois qu'il emploie le mot « troubadour ». Ils sont destinés à être des genres d'artistes. Le marin ne cherche pas par ce mot à porter un jugement. Quoi ? lui dis-je. Tout droit sortis des jungles du Congo pour aller divertir l'homme blanc du Nouveau Monde après son repas ? Cela le fait rire.

J'ai appris que les quatre captifs étaient à présent emprisonnés sur la plantation de Garcia. La mère du petit s'est attaquée à un contremaître et a été durement battue pour cette offense. Ils refusaient de s'habiller, et ils offraient, paraît-il, un bien médiocre divertissement. Leur sort sera bientôt fixé.

Bien que je sois faible au point de ne pouvoir rester longtemps sur mes pieds, je me suis rendu aujourd'hui chez Garcia, où je me suis faufilé pour aller voir les captifs dans leur sombre et chaude cellule. La rebelle a succombé à ses blessures. Son corps était toujours là, son petit à ses côtés, sans force, presque inconscient. Il y avait des fruits pourrissant sur le sol. Les deux qui restent sont-elles en train de se laisser mourir de faim ? Je leur ai parlé en sachant qu'elles ne me comprendraient pas. Elles ne m'ont pas répondu, ni même eu l'air de m'entendre. Je les ai bénies.

J'y suis retourné. Quelle puanteur ! Le petit est très certainement mort. Au départ, je n'ai pas connu plus de succès qu'hier auprès des deux survivantes. Je leur ai lu l'Évangile selon Marc. J'ai opté pour Marc parce que de tous les évangiles, c'est le sien le plus humble, c'est celui qui révèle le Messie le plus humain, un Messie rongé par le doute et l'angoisse en même temps qu'il irradie d'une bonté pleine de tendresse. J'ai lu jusqu'à ce que la fatigue, la chaleur et l'odeur fétide aient presque raison de moi. Puis je suis resté assis en silence. J'étais sur le point de partir lorsqu'une des captives, la plus jeune, une adolescente, a remué. Elle a rampé pour aller s'appuyer contre le mur, de son côté des barreaux. Je lui ai chuchoté : « *Filha, o Senhor ama-te. De onde vens tu ? Conta-me sobre o Jardim do Éden. Conta-me a tua história. O que fizemos de errado ?* » Elle n'a pas eu la moindre réaction. Un moment s'est écoulé. Puis elle a tourné la tête et m'a regardé dans les yeux. Elle ne m'a que très brièvement regardé avant de s'éloigner. Elle s'est doutée qu'elle n'avait rien à gagner de ma proximité ou de l'intérêt que je lui portais. Je n'ai pas dit mot. Je n'avais à la bouche aucune de ces paroles toutes faites comme en disent les prêtres. Je suis transformé. J'ai vu. Je vois. Ce bref regard m'a fait voir une misère qui, jusque-là, n'avait jamais résonné dans mon cœur. J'étais entré dans cette cellule en me croyant chrétien. J'en suis ressorti en sachant que j'étais un soldat romain. Nous ne valons pas mieux que les animaux.

Quand j'y suis retourné aujourd'hui, elles étaient mortes. Leurs corps avaient été emportés et brûlés. Elles sont libres, désormais, comme elles auraient dû l'être de tout temps.

L'entrée suivante, accusatrice et farouche, expose dans ses grandes lignes l'ultime division entre le père Ulisses et les autorités civiles et religieuses de l'île. Le prêtre avait fait une scène à la cathédrale, interrompant la messe de ses cris et de ses protestations. Les conséquences ne s'étaient pas fait attendre longtemps.

J'ai été convoqué par l'évêque aujourd'hui. Je lui ai dit que j'étais allé à la rencontre de l'être inférieur, pour découvrir qu'il était notre égal. Nous ne sommes pas mieux que lui, ai-je dit. Nous sommes pires, en fait. Il m'a crié qu'il existe des hiérarchies d'anges au paradis et de damnés en enfer, et qu'il existe donc des hiérarchies ici sur terre. Il ne faut pas brouiller les frontières. Puis j'ai été congédié, frappé de la plus dure foudre qui soit, l'excommunication. Je ne suis plus, aux yeux de l'évêque, un homme d'Église. Mais je continue quand même à sentir la main du Seigneur qui me soutient.

Tomás est stupéfié, comme chaque fois qu'il lit ce passage. Exclure de la communion de Dieu les pirates anglais et français ou les marins néerlandais, guère plus que des mercenaires, voilà qui est une chose – mais un prêtre portugais ordonné ? Ce semble être une mesure extrême, même selon les normes de São Tomé. Quoique dans tout endroit où l'on vit de l'esclavage, un émancipateur enfiévré risque d'être vu d'un mauvais œil.

C'est à ce moment-là que le père Ulisses évoque pour la première fois le cadeau. Tomás lit toujours la phrase avec une certaine agitation.

> Je sais quelle est ma mission, à présent. J'offrirai au Seigneur ce cadeau avant que la mort m'emporte. Grâce à Dieu, j'ai fait un croquis chez Garcia, lorsque j'ai rendu visite à cette misérable dans sa cauchemardesque prison. Ses yeux ont ouvert les miens. Je témoignerai de l'horreur que nous avons causée. Quelle chute nous avons faite de l'Éden !

Tomás tourne la page et contemple pour la millième fois le croquis en question. C'est ce dessin, avec ses yeux envoûtants, qui l'a lancé dans ses recherches.

La nuit est tombée sur la campagne, et l'heure est venue de traverser Castelo Branco. Il allume l'unique feu de position qui reste et en ajuste la large mèche. La flamme dansante jette un chaleureux cercle de lumière. Celle du phare survivant, d'un blanc éclatant, siffle comme un serpent en colère. La protection de cristal de verre concentre le faisceau vers l'avant. Si seulement la lumière n'était pas à ce point asymétrique. Son cyclope a une apparence plutôt piteuse.

Il passe en revue l'itinéraire qu'il empruntera. Il a en tête une série de repères. Partout où une décision s'impose, il a pris un détail en note – une maison, une boutique, un bâtiment, un arbre. Puisqu'il n'y aura pas foule à cette heure de la nuit, il pourra s'orienter correctement, à son aise.

Quelle que soit l'impression qu'il a de conduire une sorte de luciole – la luminosité du véhicule confère une certaine crédibilité à l'image quand il s'éloigne du côté illuminé –, elle se dissipe lorsqu'il démarre la machine. Son rugissement trépidant fait plutôt penser à un dragon, un dragon qui, cependant, ne cracherait que de petites flammes frêles.

Et pas seulement frêles : complètement inefficaces. Les lumières, éblouissantes de proche, ne sont que de simples trous d'épingle dans la nuit impénétrable. Le phare fait seulement ressortir, et pas très bien, les aspérités de la route juste en dessous du nez de l'automobile. Tout ce qui se trouve au-delà – ornières, tournants – surgit pour lui faire une effroyable surprise, en perpétuelle mutation.

Son seul recours – tout à fait illogique, il le sait, mais il ne peut s'empêcher de s'y adonner encore et encore – consiste à presser le klaxon, comme si la nuit était une vache noire bloquant la route et que quelques *tut-tut* pouvaient la chasser du chemin.

Il s'en tient à la première vitesse tandis qu'il roule à l'aveuglette en direction de Castelo Branco.

La lumière du soleil, au Portugal, est souvent nacrée, vacillante, amicale, elle chatouille. On retrouve de riches poches d'obscurité, denses et nourrissantes, dans les ombres des maisons, les cours de restaurants modestes, du côté caché des gros arbres. Elles se répandent dans la nuit, prenant leur envol, pareilles à des oiseaux. La nuit, au Portugal, est une amie. Tels sont les jours et les nuits que Tomás a surtout connus. Il n'y a que dans sa lointaine enfance que la nuit a couvé des choses terrifiantes. Il tremblait et criait. Chaque fois son père venait à sa rescousse, titubant, à moitié endormi, jusqu'à son lit, où il le prenait dans ses bras. Tomás s'endormait contre sa grosse poitrine chaude.

Il n'y a pas, à Castelo Branco, de ces réverbères qui éclairent les nuits de Lisbonne. Chacun des repères de Tomás, si nets durant le jour, est à présent voilé. Les rues se dressent comme les tentacules d'un calmar géant. Jamais Tomás ne trouve la route qui longe la ville par le nord-ouest. Au lieu de quoi, Castelo Branco couve des choses terrifiantes. Il essaie de s'en tenir à une même direction jusqu'à ce qu'il atteigne les limites de la ville, n'importe quelles limites, sauf que toutes les rues qu'il prend le ramènent à un carrefour, où toutes les possibilités le replongent dans les profondeurs urbaines. Et pires encore sont les gens. Comme les maisons et bâtiments qui l'entourent, ils surgissent brusquement des ténèbres, leurs visages figés soudain par la blanche lumière de la machine borgne. Certains restent pétrifiés et hurlent d'effroi, un effroi qui se communique à Tomás, d'autres se retournent et prennent leurs jambes à leur cou. Il est vrai que, dans le silence de la nuit, l'automobile fait beaucoup de bruit et que Tomás continue de donner d'incessants coups de klaxon – simple alerte. Il n'y a au départ que très peu de gens autour, mais tandis qu'il parcourt la ville, à la manière d'une créature aveugle en fuite au fond de l'océan, ils sont de plus en plus nombreux à ouvrir soudainement leurs volets, à se précipiter dans les rues, ébouriffés, mais l'œil perçant. Tomás passe en deuxième vitesse et les distance. Puis, en faisant une nouvelle fois le tour de l'agglomération, il croise d'autres attroupements. Il les voit, et eux aussi le voient. Ils accourent dans sa direction, il vire dans une autre rue. Puis il passe en troisième.

S'il ne peut s'échapper, alors c'est qu'il doit se cacher. Après une série de virages, il arrête subitement la machine au milieu d'une avenue déserte. Il se dépêche de souffler les flammes du feu de position et du phare. L'ombre et le silence l'engloutissent. Il écoute. Les hordes de la nuit le trouveront-elles ? Il s'aventure dehors. Il jette un œil aux coins et regarde dans les rues. Rien d'autre qu'une obscurité inoffensive : on dirait bien qu'il les a semées.

Il passe le reste de la nuit à marcher dans Castelo Branco afin d'établir encore une fois l'itinéraire qu'il suivra dès l'aube.

Au cours de son exploration nocturne, il tombe sur une place toute simple, avec son lot d'arbres, de bancs et, au centre, une unique statue enveloppée de ténèbres. Il sursaute en voyant quelque chose bouger, puis réalise ce que c'est. Un marché s'est tenu ce jour-là sur la place. Les étals des commerçants sont encore érigés, et sous les tables les produits avariés qu'on a jetés, fruits, légumes, peut-être même de la viande, jonchent le sol. Des chiens errants rôdent parmi les détritus. Sous le grand dôme de la nuit, dans le calme aquatique d'une ville qui s'est rendormie après un bref dérangement, Tomás les observe prendre ce que d'autres ont rejeté. Ils vaquent à leurs affaires en se fourrant le museau ici et là, flairant avec espoir pour trouver de temps en temps quelque chose qu'ils mangent alors avec reconnaissance. Il y en a quelques-uns qui lèvent les yeux et le fixent du regard avant de reprendre leurs fouilles. Ils l'acceptent, et il les accepte lui aussi.

Revenu à l'automobile, il ressent la même gratitude qu'une créature marine repliée dans la coquille qui la protège. Il s'étend dans l'habitacle pour faire une courte sieste. Mais hélas, la marche et sa nuit blanche l'ont grandement éprouvé. Il dort plus longtemps qu'il le voulait. Au coup de klaxon que donne un passant effronté, il se réveille en sursaut, pour tout de suite voir les visages qui se pressent par les ouvertures des fenêtres de l'habitacle, les yeux exorbités rivés sur lui, les nez reniflant l'air. Il lui faut pousser contre la portière afin que les gens de l'autre côté s'écartent suffisamment pour qu'il puisse se glisser dehors. Il se met debout sur le marchepied et inspire l'air frais de la journée qui s'amorce. C'est une bonne chose d'avoir échappé à la nuit, mais il semble que la population entière de Castelo Branco déferle maintenant pour venir frapper contre l'automobile telle l'eau bleu vif de l'océan, grondant comme des vagues. Sa fuite – avec les mêmes cris d'exhortation que d'habitude, la même incompréhension bornée, la même surprise quand l'automobile avance d'un petit coup, la même course contre la foule – l'exténue complètement. Il roule jusqu'à ce que sa tête branlante s'abatte sur le volant.

Il se réveille en milieu d'après-midi et fait un calcul embrumé. Pour chaque jour que lui permet de confirmer un souvenir – le premier jour, les ponts, Ponte de Sor, la diligence et ainsi de suite –, il lève un doigt. Très vite, il a tous les doigts d'une main en l'air. Puis tous les doigts de l'autre, moins un. Neuf, si son calcul est bon. C'est aujourd'hui son neuvième jour sur la route. Sa maigre ration de temps est presque épuisée. Dans deux jours, à la première heure, le conservateur en chef du musée attendra son retour. Il se tient la tête dans les mains. Castelo Branco n'est même pas à mi-chemin de sa destination finale. Devrait-il abandonner sa mission ? Mais même s'il le faisait, il ne sera pas de retour à Lisbonne à temps. Y retourner maintenant serait un double échec, et dans son travail, et dans sa mission. En poursuivant jusqu'aux Hautes Montagnes du Portugal, il n'échouera au moins qu'au travail. Et si sa mission est couronnée de succès, peut-être lui redonnera-t-on son emploi. Il continuera donc, il persévérera. C'est la seule chose sensée à faire. Mais la nuit approche. Il persévérera demain.

Lorsque le paysage change, le climat change aussi. L'hiver, à l'intérieur des terres portugaises, est froid et humide, et la cage de métal qu'est l'habitacle ainsi que les courants d'air qui soufflent par les fenêtres cassées ne font qu'en empirer la morsure. Tomás sort. Au-delà de la faible lueur qui éclaire la route, tout n'est qu'obscurité. Il se demande : les animaux connaissent l'ennui, mais connaissent-ils aussi la solitude ? Il ne croit pas. Pas ce genre de solitude, du corps et de l'âme. Il appartient à une espèce solitaire. Il retourne au sofa pour s'y allonger, enveloppé dans le manteau de vison et trois couvertures. Peut-être dort-il par moments, mais si tel est le cas, il rêve alors qu'il est dans l'habitacle d'une automobile, à tuer le temps par une nuit froide. Qu'il soit éveillé ou qu'il dorme, il reste donc dans le même état de misère. Une question le préoccupe au fil des heures : a-t-il manqué Noël ? Est-ce déjà passé ?

Il est heureux au matin de remettre la machine en marche. Les terres continuent de s'assécher, le tissu des cultures qui s'effiloche, la charpente de roc de plus en plus exposée. Le nouveau paysage surgit devant lui, lumineux, l'affirmation de la géologie simple et franche.

Il commence à perdre régulièrement son chemin. Jusque-là, grâce aux cartes, à l'indulgence des routes, à la chance, il ne s'était jamais perdu très longtemps. Les choses changent après Castelo Branco. Après Castelo Branco, les jours s'estompent dans un brouillard de temps. Il entre par désespoir dans un village et trouve un habitant de l'endroit. « S'il vous plaît, il y a trois jours que je cherche Rapoula do Côa. Où est-ce donc ? Dans quelle direction ? » Le vieux villageois regarde, consterné, l'homme malodorant et inquiet dans sa machine malodorante et inquiétante (qu'il a vue la veille et l'avant-veille rugir à travers le village), puis répond timidement : « Vous *êtes* à Rapoula do Côa. » Perdu ailleurs, Tomás demande à un habitant où se trouve Almeida, quand ce dernier sourit en s'écriant : « *¿ Almeida ? No está aquí, hombre, Almeida está del otro lado de la frontera.* » Tomás fixe la bouche de l'homme, horrifié d'entendre le grognement de l'espagnol remplacer la susurration du portugais. Il retourne à plein régime au Portugal, dans la crainte que la frontière qu'il n'a même pas remarquée ne se dresse comme une chaîne de montagnes infranchissable.

La boussole n'est d'aucune utilité. Peu importe la route, elle pointe toujours vers les étendues sauvages, son aiguille tremblante comme lui.

Il y a différentes façons de se perdre, mais le sentiment qu'on éprouve quand on est perdu est toujours le même : paralysie, colère, léthargie, désolation. Une meute d'enfants sauvages, quelque part passé Macedo de Cavaleiros, bombarde la machine de pierres, elle entaille la peau d'éléphant, cabosse le capot de métal et, pire que tout, fait voler le pare-brise en éclats, ce qui fait que Tomás doit maintenant fendre les mugissements du vent froid vêtu du manteau, des lunettes et du chapeau de conduite, sans les gants fins, par contre, qui ont brûlé dans l'incendie de l'habitacle. Encore une crevaison, et il doit cette fois *réparer* le pneu, puisque celui du marchepied est déjà crevé lui aussi.

Il atteint enfin, un bon après-midi, sa destination. Invisiblement – mais c'est ce que la carte indique –, il pénètre dans les Hautes Montagnes du Portugal. Il le sait à la légère élévation du terrain, aux précipices de plus en plus hauts au bord de la route. Il déborde de joie. Bientôt, bientôt, il trouvera l'église qu'il cherche et son exceptionnelle finesse d'esprit sera brillamment démontrée. Sa mission est presque accomplie. Ce qu'il affirme en marchant à reculons depuis un an, son indignation, son désespoir, il l'affirmera désormais à l'aide d'un crucifix comparable à nul autre. Un grand sourire illumine son visage.

La route a tôt fait de s'aplanir. Tomás, déconcerté, regarde à gauche, à droite. Il constate qu'il est en train de traverser ce qui représente un acte de vanité nationale. Tous les pays meurent d'envie de faire étalage de ce scintillant joyau qu'on appelle une chaîne de montagnes, et c'est ainsi que ce désert stérile, trop peu élevé pour être alpin, mais trop en altitude pour qu'on puisse y faire pousser quoi que ce soit, s'est vu paré de son titre prestigieux. Il n'y a pas la moindre montagne dans les Hautes Montagnes du Portugal. Que de simples collines, rien *trás os montes.* Il s'agit d'une vaste steppe accidentée, pratiquement sans arbres, fraîche, sèche et blanchie par un soleil limpide et impassible. Alors qu'il s'attendait à de la neige et à du roc, Tomás découvre une herbe courte et envahissante, d'un jaune doré, qui s'étend à perte de vue, interrompue à l'occasion par des parcelles de forêt. Les seuls sommets qu'il voit sont d'étranges rochers criblés de trous, d'une taille géante, détritus laissés après quelque remue-ménage géologique. Des ruisseaux coulent de-ci de-là, d'une vivacité inattendue. La steppe est une étape, un lieu temporaire à partir duquel on repart vers ailleurs. Des générations de misérables ont, au cours de l'histoire, fui son sol pauvre pour émigrer vers des parties plus tempérées du monde, et Tomás se rend compte que lui aussi souhaite la traverser rapidement. Les villages qu'il rencontre concentrent la solitude ressentie dans les grands espaces qui les séparent. Tous les hommes et femmes qu'il croise – il ne voit aucun enfant – ont l'odeur du temps et respirent l'isolement. Ces gens vivent dans des maisons de pierres carrées, simples et solides, aux toits de lauzes, où les surfaces habitables sont bâties au-dessus des abris d'animaux, les deux groupes vivant ainsi dans une dépendance mutuelle, les humains recevant chaleur et moyens de subsistance, les animaux, nourriture et sécurité. La région n'apporte pas grand-chose à l'économie. On n'y retrouve que de petits champs de seigle rustique, de grands potagers, des châtaigniers, des ruches, une abondance de poules, des porcheries et des troupeaux errants de chèvres et de moutons.

Les nuits sont d'un froid que Tomás ne connaissait pas au Portugal. Il dort enveloppé de couvertures, vêtu du plus de vêtements possible. Il taille la bâche imperméable en pièces et les utilise pour boucher tant bien que mal les fenêtres cassées. Ce procédé rend l'habitacle très sombre. Il y fait brûler des chandelles pour le chauffer. Il se réveille un matin dans un paysage enneigé. Il est midi passé avant que la neige ait suffisamment fondu pour qu'il ose reprendre sa route. Il fait si froid, maintenant qu'il n'y a plus de pare-brise, qu'il doit ralentir quand il roule.

Il y a des moments où il reconnaît une beauté solennelle au paysage. C'est souvent moins une question de géographie que de température et de jeu de lumière. Il ne se perd plus autant qu'il se perdait plus au sud, parce qu'il y a moins de villages et de routes. Les routes, toutefois, sont des horreurs pleines d'ornières, construites il y a longtemps par un gouvernement dynamique, mais oubliées depuis de tous les autres. En fait, la région entière donne une impression d'amnésie administrative. Et pourtant, des églises ont été édifiées dans les Hautes Montagnes du Portugal, comme partout ailleurs au pays. La géographie réclame son histoire à cor et à cri. Tomás étudie la carte et y repère les cinq villages de São Julião de Palácios, Santalha, Mofreita, Guadramil et Espinhosela. Si ses recherches remplissent leur promesse – et il le faut, il le faut –, il trouvera dans l'un d'eux, rejetée par les caprices de l'histoire, la création tourmentée du père Ulisses.

Il prend d'abord la direction du village de São Julião de Palácios. Le crucifix de bois de son église n'a rien d'extraordinaire. Même chose pour la pièce maîtresse dans celle de Guadramil.

C'est sur le chemin d'Espinhosela que cela se produit.

Il s'éveille dans une aube mordante. L'air est lumineux, sec et sans odeur, sans rien de la luxuriance de l'air côtier du Portugal. Il marche au bord de la route où le gravier crisse avec une netteté desséchée. Le cri d'un oiseau le fait sursauter. Il lève les yeux. À cet instant précis, une colombe et un faucon entrent en collision. Il y a déséquilibre dans les airs, des plumes qui virevoltent et retombent, puis un impressionnant virage incliné tandis que le faucon reprend son vol maîtrisé, la colombe broyée entre ses serres. Il bat des ailes et prend de l'altitude. Tomás le regarde s'évanouir au loin.

La route sur laquelle il roule, à peu près une heure plus tard, est plate et dégagée, tout comme les terres de chaque côté. C'est alors que, au-dessus du museau du capot, l'enfant fait son apparition – sa main, plus précisément. Le spectacle est si étrange, si inattendu, que Tomás n'arrive pas à croire ce qu'il a vu. Était-ce une branche ? Non, c'était une petite main, aucun doute là-dessus. Si un enfant s'accrochait à l'avant de l'automobile pour se lever, c'est là que sa main apparaîtrait. Et s'il s'accrochait à l'avant de l'automobile et glissait, il tomberait alors sous la machine en mouvement. Quel bruit fait un corps renversé par une automobile ? C'est clairement ce qu'il vient d'entendre : un bruit sourd, bref et mou.

Son esprit se meut à la façon tour à tour lente et brusque d'un esprit troublé. Il doit s'assurer que l'enfant va bien. Peut-être est-il blessé. Ou du moins apeuré. S'il y avait bien un enfant. Il sort la tête du compartiment de conduite et regarde par-dessus son épaule.

Il voit derrière lui, qui s'amenuise, une petite masse inerte.

Il arrête la machine et descend. Il enlève son chapeau et ses lunettes. Il est hors d'haleine. La masse est loin, là-bas. Il s'y dirige à reculons. Chaque fois qu'il tourne la tête, elle est plus près, et sa poitrine se resserre. Il accélère le pas. Son cœur bat la chamade. Il se retourne pour courir vers l'avant.

C'est bel et bien un enfant. Un garçon. Peut-être cinq ou six ans. Vêtu de vêtements trop grands pour lui. Un paysan à grosse tête, aux cheveux étonnamment blonds, au visage harmonieux, charmant, seulement strié de saleté. Et comment un Portugais peut-il avoir des yeux pareils – si bleus ? Il y a de l'atavisme là-dedans, une trace de l'étranger. Leur fixité épouvante Tomás.

« Mon garçon, ça va ? Mon garçon ? »

Il prononce ce dernier mot plus fort, comme si la mort était un problème d'ouïe. Les yeux du garçon ne clignent pas. Son visage pâle reste figé dans une expression grave. Tomás s'agenouille et lui touche la poitrine. Il ne sent rien qui palpite. Une petite rivière de sang apparaît sous le corps, et coule au sol comme font les rivières.

Tomás frémit. Il lève la tête. Une brise souffle. Quelle que soit la direction dans laquelle il regarde, tout est d'une majestueuse normalité : une végétation sauvage ici, des champs labourés là-bas, la route, le ciel, le soleil. Tout est à sa place, et le temps s'écoule avec la même discrétion qu'à l'habitude. Puis, en un instant, sans crier gare, un petit garçon a mis tout cela sens dessus dessous. Les champs remarqueront sûrement ; ils se lèveront, se dépoussiéreront et s'approcheront pour venir jeter un œil soucieux. La route se lovera comme un serpent, fera de tristes déclarations. Le soleil, dans sa désolation, s'assombrira. Même la gravité en sera bouleversée, et les objets se mettront à flotter d'hésitation existentielle. Mais non. Les champs ne remuent pas, la route reste à sa place, dure et fixe, le soleil du matin continue de briller dans sa froideur imperturbable.

Tomás repense au dernier endroit où il s'est arrêté. C'était seulement à quelques kilomètres derrière. Il y a fait une courte sieste, le front contre le volant, le moteur encore en marche. L'enfant aurait-il pu, durant cette pause, alors qu'il avait la tête baissée, grimper à l'avant de l'automobile sans qu'il le remarque ?

Les enfants jouent.

C'est là quelque chose que Gaspar aurait très bien pu faire, grimper sur une machine chaude et vibrante, juste pour voir.

« Je suis désolé, petit », murmure Tomás.

Il se relève. Qu'y a-t-il d'autre à faire sinon s'en aller ?

Il s'éloigne à sa manière habituelle, l'enfant restant ainsi à sa vue. Il est étourdi par l'horreur. Une horreur qu'une main saisit, pour la fourrer dans une boîte et en fermer le couvercle. S'il s'en va assez vite, rien ne sera arrivé de tout cela. L'accident, pour l'instant, n'existe qu'en lui, c'est une marque secrète, une encoche faite nulle part ailleurs que sur sa sensibilité. Tout, en dehors de lui, est indifférent. Voyez : le vent souffle, le temps passe. Et ce n'était qu'un accident. C'est *arrivé*, c'est tout, sans qu'il en ait eu l'intention ni qu'il ait été conscient de rien.

Il se retourne et se met à courir. Quand il arrive devant l'automobile pour tirer sur la manivelle de démarrage, il voit que le petit couvercle du capot est ouvert. Il est situé tout à l'avant, hors de vue du conducteur, conçu afin qu'on puisse accéder au moteur sans avoir à soulever le capot. L'enfant y a-t-il vu la porte ronde d'une maison de poupée ? Pourquoi faut-il que les enfants soient si curieux ? Tomás essaie de voir la façon dont le garçon se sera tenu. Il a peut-être posé les pieds là, ses mains ont dû s'agripper à ceci. Le bord du châssis, la base de la manivelle, les extrémités des ressorts de suspension, les minces tiges qui tiennent les phares en place, le rebord du couvercle ouvert – tant de possibilités pour un petit singe. Un perchoir plutôt confortable, peut-être même enivrant, quand la chaude et bruyante machine s'est mise en mouvement – mais la peur et la fatigue se seront alors fait sentir. Une telle vitesse, un tel tremblement, le sol défilant en dessous comme des flots.

Tomás referme le couvercle et tourne la manivelle. Il s'empresse de regagner le compartiment de conduite, fait passer la machine en première. Il s'arrête. Il considère ce qu'il y a devant lui, ce qu'il y a derrière. Puis, dans une forte secousse, la machine se met en branle. Tomás appuie davantage sur la pédale. L'automobile prend de la vitesse. Il passe en deuxième, en troisième. Il regarde dans le rétroviseur latéral. L'image est vacillante, mais il peut quand même distinguer la masse. Il reporte les yeux sur la route devant.

Il ne va pas très loin. La route grimpe en serpentant dans une forêt de pins. Il freine, éteint le moteur, reste assis. Puis il lève les yeux pour regarder par la fenêtre sans vitre. Il voit, à travers les arbres, la route où il se trouvait plus tôt. Il en est déjà loin, mais rien n'attire le regard comme le mouvement. Il aperçoit une minuscule silhouette, juste une petite tache. La silhouette court. Il reconnaît un homme dans les éclats de lumière jaillissant entre ses foulées rapides. L'homme court et puis s'arrête. Il pique vers l'avant. Durant longtemps, plus rien ne bouge. Puis l'homme se relève, soulève le paquet sur la route et retourne là d'où il est venu.

L'être intérieur de Tomás tombe en chute libre. Avoir été victime d'un vol, puis en avoir commis un. Dans les deux cas, un enfant a été pris. Dans les deux cas, sa bonne volonté et son cœur en peine n'y peuvent rien changer. Il y a la souffrance et il y a la chance, et encore une fois, le voilà à court de chance. Il sent soudainement qu'il est avalé, comme s'il était un insecte en détresse sur l'eau et qu'une immense gueule l'engloutissait.

Au bout d'un long moment, il détourne les yeux. Il met l'automobile en prise et poursuit sa route.

L'église d'Espinhosela ne recèle nul trésor, ni non plus celle de Mofreita. Il ne reste que l'église de Santalha. Si le crucifix du père Ulisses n'y est pas, que fera-t-il ensuite ?

Il commence à se sentir malade en chemin. La douleur lui vient par vagues, et à chacune il lui semble sentir l'exact contour de son estomac à l'intérieur duquel il est pris de crampes. Puis le soulagement vient – jusqu'à ce que le frappe la prochaine crampe. C'est la nausée qui monte ensuite. L'attaque est violente. Il a la bouche inondée de salive, dont le goût, la seule présence, empire son mal de cœur. Il immobilise le véhicule d'où il sort à la hâte, tremblant et couvert de sueur froide. Il tombe à genoux. La vomissure lui jaillit de la bouche, un torrent blanc qui va éclabousser l'herbe. Il y a une horrible odeur de fromage putride. Tomás en reste haletant. Puis ses haut-le-cœur reviennent, d'une force irrésistible, et ses vomissements reprennent. La bile, une fois que c'est terminé, lui brûle la gorge.

Il retourne à l'automobile en titubant. Il s'examine dans le rétroviseur latéral. Il est dépenaillé, un air paniqué se lit sur son visage. Il a les cheveux collants et emmêlés. Ses vêtements sont tellement sales qu'ils en sont méconnaissables. Il ressemble à une brochette de viande rôtie. Son estomac se contractant et se dilatant, il passe une nuit lugubre et sans sommeil, hanté par deux yeux bleus, par un petit visage triste et sérieux. Il prend conscience que c'est à cause du petit qu'il est malade. L'enfant pousse en lui.

Il entre ce matin-là dans un village du nom de Tuizelo. La journée est ensoleillée, mais la place est déserte. Il descend de l'automobile et boit à la fontaine érigée au milieu. Il devrait se laver, mais n'en trouve pas la volonté, et n'y voit pas non plus le moindre intérêt. Il part plutôt à la recherche d'un endroit où acheter quelques vivres. Dans ces petits villages des Hautes Montagnes du Portugal, où les habitants survivent en grande partie grâce à un mélange d'autarcie et de troc, il a découvert qu'une maison privée peut parfois faire office de magasin de fortune – ce qu'on ne retrouve même pas à Tuizelo, où il n'y a que de grands potagers et des animaux errants. Le village est en fait plein d'animaux : chats, chiens, poules, canards, moutons, chèvres, vaches, ânes, oiseaux chanteurs. En retournant à l'automobile, Tomás est assailli par une nouvelle crampe d'estomac. Il s'arrête le temps de se remettre d'aplomb, et entrevoit l'église du village. C'est un bâtiment trapu, très simple, mais pas laid pour autant. Ses pierres pâles luisent non sans un certain charme au soleil. Tomás est d'opinion que la modestie architecturale est ce qui convient le mieux au sentiment religieux. Seuls les chants ont à s'élever dans une église ; tout ce qu'il pourrait y avoir de plus sophistiqué n'est qu'arrogance humaine déguisée en foi. Une église comme celle de Tuizelo, sans hauts arcs en ogive, sans voûtes à nervures, sans arcs-boutants, reflète avec plus d'exactitude la nature véritablement humble de celui qui se réfugie entre ses murs. Elle n'apparaît pas sur la liste de Tomás – mais sa visite le distraira peut-être de ses maux de ventre et de sa douleur coupable.

Les deux portes qu'il essaie d'ouvrir sont verrouillées. Il aperçoit une femme au moment de s'éloigner. Elle le regarde, debout à quelque distance.

« Le père Abraão est parti à la pêche pour la journée, dit-elle. J'ai la clé, si vous voulez. »

Tomás hésite. Il lui reste de la route à faire. Et beaucoup d'incertitude à l'horizon. Mais c'est elle qui offre. Et il ne manque pas non plus de remarquer qu'elle est très belle. Une beauté paysanne, qui lui remonte le moral tout en le lui sapant. Lui aussi, autrefois, avait une belle femme dans sa vie.

« Ce serait très gentil de votre part, senhora. »

Elle lui dit s'appeler Maria Dores Passos Castro, et lui demande de l'attendre. Elle disparaît au coin. Tomás s'assoit sur la marche de l'église en attendant qu'elle revienne. Il y a quelque chose de soulageant à n'être abordé que par une seule femme. Il est heureux qu'aucune foule ne se soit jetée sur lui dans ce village perdu.

Senhora Castro revient. Elle sort une clé de fer massive. « Le gardien de l'église est mon mari, Rafael Miguel Santos Castro, mais il est parti pour la semaine. » Avec force entrechoquements et grincements, elle déverrouille la porte qu'elle ouvre sur l'église. Elle s'écarte pour laisser passer Tomás.

« Merci », dit-il.

L'intérieur est sombre, parce que les fenêtres sont étroites et qu'il arrive de dehors où le soleil brille très fort. Il marche jusqu'au centre de la nef, dans l'unique allée entre les rangées de bancs. Son estomac le préoccupe. Si seulement l'enfant pouvait cesser de pousser ! Il craint de vomir dans l'église. Il espère que Senhora Castro ne le suivra pas de trop près. Ce qui n'est pas le cas ; elle se tient plus loin et le laisse tranquille.

Ses yeux s'habituent à la lumière feutrée. Des pilastres de pierres que relient des moulures arquées bordent les murs de stuc blanc qui l'entourent. Les chapiteaux, dans le haut des pilastres, ont quelque chose d'ordinaire. Outre un banal chemin de croix en images, les murs sont nus, et il n'y a pas de vitraux aux fenêtres. Tomás traverse la nef à reculons. Tout est sobre et épuré. Il voit l'église comme ce qu'elle veut être : un abri, un refuge, un port. Il est si las...

Il prête attention aux étroites fenêtres, aux murs épais, au plafond à voûte d'arête. Le style roman est arrivé tard au Portugal, et il a pris fin tard aussi. On dirait bien que c'est là une petite église romane tout ce qu'il y a de plus typique, laissée intacte par le temps, et qu'aucune main n'a retouchée. Une église oubliée, vieille de sept siècles.

« De quand date le bâtiment ? demande-t-il.

— Du XIIIe siècle », répond la femme.

Tomás est content de savoir qu'il a bien identifié l'église. Il recule lentement dans l'allée, ses pieds retombant avec précaution. Les transepts se révèlent, n'abritant aucune surprise. Tomás se retourne de manière à faire face à l'autel, se laissant tomber sur un banc de la deuxième rangée. Il prend de longues et profondes respirations. Il parcourt l'autel du regard ainsi que le crucifix au-dessus. Ce n'est pas là le symbole classique, excessivement sentimental qu'il a retrouvé presque partout. Il semble dater du début de la Renaissance. Les traits tirés du Christ, ses bras allongés et ses jambes écourtées montrent que l'artiste a maladroitement voulu corriger les déformations qu'on perçoit lorsqu'on regarde d'en bas une sculpture placée en hauteur. Les bras étirés et les jambes raccourcies donnent au corps une apparence normale quand on y lève les yeux. Ce n'est pas une œuvre de Mantegna ou de Michel-Ange, mais n'empêche qu'elle est expressive, surtout le visage, d'une éloquence émotionnelle presque baroque. C'est une digne tentative, du début du XVe siècle environ, de rendre l'humanité du Christ tout en jouant avec la perspective.

Tomás va vomir. Il serre les dents. *Mon enfant, arrête !* Il se lève et reprend son équilibre. Il descend l'allée à reculons puis, comme il s'apprête à se retourner vers la porte, balaie une dernière fois l'église du regard. Une paix se fait alors sentir en lui, qui non seulement calme les perturbations de son corps, mais aussi les rouages irréfléchis de son cerveau.

De mettre un pied devant l'autre a pour lui quelque chose de contre nature, sauf qu'il ne veut pas quitter le crucifix des yeux. Il marche vers l'avant. Le crucifix ne remonte pas à la Renaissance. Il est plus récent. Tomás connaît en fait avec certitude l'année de sa création : 1635. Il est donc bel et bien de style baroque – ce qu'on pourrait appeler le baroque africain. C'est indubitablement le crucifix du père Ulisses qu'il regarde. Le voici, venu de la lointaine île de São Tomé. Oh, quelle merveille ! Ce que le père Ulisses a écrit dans son journal correspond parfaitement à ce qu'il a confectionné de ses mains. Les bras, les épaules, le corps qui pend, les jambes recroquevillées, et par-dessus tout le visage ! Maintenant que Tomás comprend ce qu'il voit, le crucifix brille et hurle en effet, il aboie et rugit. C'est réellement le Fils de Dieu qui crie haut et fort et rend son dernier souffle au moment où le rideau du temple se déchire de haut en bas.

« Excusez-moi », lance Tomás à Senhora Castro.

Elle avance de quelques pas.

Il pointe du doigt, le bras tendu. Il pointe le cœur même de l'église et demande : « Qu'est-ce que c'est que ça ? »

La femme paraît déroutée. « C'est Notre Seigneur Jésus-Christ.

— Oui, mais de quelle manière est-il représenté ?

— Souffrant sur la croix.

— Mais quelle *forme* a-t-il prise ?

— Celle d'un homme, répond-elle simplement. Dieu nous aime tant qu'Il nous a donné Son fils.

— Faux ! crie Tomás en souriant malgré le fait que le moindre muscle de son abdomen se tord. Ce que vous avez ici est un chimpanzé ! Un grand singe. C'est clair sur l'esquisse – la pilosité du visage, le nez, la bouche. Son créateur lui a mis moins de poils, mais les traits sont facilement reconnaissables une fois qu'on sait. Et ces jambes courtes, ces longs bras, ce n'est pas qu'ils sont stylisés, ils sont simiesques ! Les chimpanzés ont les membres exactement ainsi, longs en haut, courts en bas. Vous comprenez ? Durant toutes ces années, c'est à un chimpanzé crucifié que vous avez adressé vos prières. Votre Fils de l'Homme n'est pas un dieu – *c'est un grand singe en croix !* »

Tout est terminé. Ce Christ en croix, une fois exhibé et connu du public, moquera tous les autres. Tomás chuchote ce qui ne regarde que lui : *Voilà. Tu as pris mon fils, maintenant je prends le Tien.*

Il voudrait que son rire soit gai, mais sa victoire est gâchée par une émotion qui l'envahit en un clin d'œil : une tristesse abyssale. Il lutte. Voici la vérité sur Jésus de Nazareth, la réalité biologique. Toute la science tend vers la matérialité de notre condition. Soit dit en passant, le crucifix est d'une beauté à couper le souffle, et à Tomás reviendra la gloire de l'avoir découvert et apporté au musée. Mais sa tristesse, pourtant, s'intensifie rapidement. Il fixe du regard le grand singe crucifié du père Ulisses. *Pas un dieu – qu'un simple animal.*

Tandis qu'il s'enfuit de l'église, une main sur la bouche, un verset de l'Évangile lui retentit inopinément dans la tête. Jésus a été arrêté après avoir été trahi par Judas, les disciples l'ont fui et abandonné, et Marc écrit : *Un jeune homme le suivait, n'ayant qu'un drap sur le corps. On l'arrête, mais lui, lâchant le drap, s'enfuit tout nu.*

N'est-il pas, maintenant, lui-même tout aussi nu ?

Senhora Castro le regarde s'en aller, frappée par son étrange démarche à reculons ; à croire que c'est le vent qui l'aspire hors de l'église. Elle ne se lance pas à sa poursuite. Elle s'approche plutôt de l'autel et jette un regard au crucifix. Qu'est-ce qu'il a dit, cet homme ? *Un grand singe ?* Le Jésus qu'elle voit a de longs bras parce qu'il est accueillant, et le visage tiré parce qu'il est malheureux. Elle n'a jamais rien vu de curieux dans ce crucifix. L'artiste a fait de son mieux. Du reste, elle porte plus attention au père Abraão. Et elle prie les yeux fermés. Ce n'est qu'un crucifix. Et si c'est un grand singe, soit – c'est un grand singe. Il n'en reste pas moins le Fils de Dieu.

Elle se dit qu'elle ferait mieux d'aller voir si l'étranger va bien.

Tomás est appuyé contre l'automobile, agité de violents haut-le-cœur. Du rectum à la gorge, il n'est plus qu'un unique muscle pris de contractions, à la merci de l'enfant qui l'essore de l'intérieur comme un torchon mouillé. Il voit, du coin de l'œil, un prêtre apparaître sur la place, une canne à pêche dans une main et trois poissons enfilés sur sa ligne dans l'autre.

Le père Abraão voit Maria Passos Castro, le visage perplexe, il voit l'une de ces nouvelles voitures à la mode dont il a entendu parler (quoique celle-ci soit en très mauvais état), et il voit, juste à côté, un étranger débraillé, soulevé, sans que rien ne sorte, par de puissants haut-le-cœur.

Tomás monte dans le compartiment de conduite. Il veut s'en aller. Hébété, il regarde le volant. Il doit faire virer la machine à droite pour éviter le mur qu'il y a tout près. Dans quel sens doit-il dans ce cas tourner le volant entre ses mains ? Le chagrin le submerge avant qu'il trouve la réponse à son interrogation. Le volant a fini par avoir raison de lui pour de bon. Il se met à pleurer. Il pleure parce qu'il se sent horriblement malade. Il pleure parce qu'il en a assez de conduire, au point qu'il en a mal à l'âme, il est à bout de forces. Il pleure parce que son supplice n'est qu'à demi terminé ; il lui faut encore retourner à Lisbonne. Il pleure parce qu'il n'est ni lavé ni rasé. Il pleure parce que, depuis des jours, il est en terres étrangères et que, depuis des nuits, il dort dans une automobile froide et exiguë. Il pleure parce qu'il a perdu son emploi, et que fera-t-il désormais, comment gagnera-t-il sa vie ? Il pleure parce qu'il a découvert un crucifix dont la découverte ne lui est plus d'aucune importance. Il pleure parce que son père lui manque. Il pleure parce que son fils et son amoureuse lui manquent. Il pleure parce qu'il a tué un petit garçon. Il pleure parce que, parce que, parce que.

Il pleure comme un enfant, reprenant son souffle, pris de hoquets, le visage en larmes. Nous sommes des animaux apparus par pur hasard. Voilà ce que nous sommes, et nous n'avons que nous, rien d'autre – il n'y a pas de relation plus élevée. Bien avant Darwin, un prêtre, lucide dans sa folie, a fait la rencontre de quatre chimpanzés sur une île d'Afrique laissée à elle-même, puis a pris conscience d'une terrible vérité : nous sommes des singes qui se sont élevés, et non pas des anges déchus. La solitude étrangle Tomás.

« Père, j'ai *besoin* de vous ! » crie-t-il.

Le père Abraão jette son équipement de pêche par terre et court à la rescousse de cet étranger digne de pitié.

DEUXIÈME PARTIE

Sur le chemin de la maison

Eusebio Lozora récite trois *Notre Père*, lentement. Puis il se lance ensuite, en toute spontanéité, dans une supplique et des louanges. Ses pensées vagabondent, mais lui reviennent, ses phrases s'interrompent en plein milieu, mais reprennent. Il loue le Seigneur, puis Lui chante les louanges de son épouse. Il Lui demande de les bénir, elle et leurs enfants. Il Lui demande Son soutien et Sa protection de tous les instants. Puis, parce qu'il est médecin, pathologiste en plus, donc enraciné dans le corps, mais aussi croyant et enraciné dans la promesse de Dieu, il répète les mots « le corps du Christ » une vingtaine de fois peut-être, après quoi il se relève de sur ses genoux et retourne à son secrétaire.

Il se considère comme un praticien minutieux. Il inspecte le paragraphe qu'il vient de rédiger de la même façon qu'un fermier se retournerait vers un sillon fraîchement ensemencé pour s'assurer qu'il a fait du bon travail, parce qu'il sait que, si oui, le sillon produira une récolte – dans son cas, c'est une certaine compréhension qu'il tente de cultiver.

L'écriture est-elle à la hauteur de ses exigences élevées ? Est-elle juste, claire, concise, définitive ?

Il est en train de rattraper le retard qu'il a accumulé dans son travail. C'est le dernier jour de décembre de l'an 1938, auquel il reste en fait quelques heures seulement. Un Noël morne a été célébré par devoir, mais Eusebio n'est pas d'humeur festive. Son secrétaire est couvert de papiers, certains bien en vue, d'autres placés de manière minutieuse et révélatrice selon leur importance, d'autres prêts à être rangés.

Son bureau est silencieux, tout comme le couloir à l'extérieur. Bragança ne compte même pas trente mille habitants, mais l'Hôpital São Francisco, où Eusebio occupe le poste de pathologiste en chef, est le plus grand de l'Alto Douro. Il y a d'autres parties du bâtiment qui sont éclairées, pleines de bruits et grouillantes d'activité – le pavillon des urgences, où les gens entrent en hurlant et en pleurant, les salles de soins, où les patients sonnent et retiennent le personnel infirmier par d'interminables conversations –, mais le pavillon de pathologie, établi au sous-sol, en dessous de tous ces étages plus animés, est généralement très calme, comme tous les pavillons de pathologie. Eusebio souhaite qu'il en reste ainsi.

Ajoutant trois mots, en raturant un autre, il apporte la touche finale à son paragraphe. Il le relit une dernière fois. Selon son opinion, les pathologistes sont les seuls médecins à savoir écrire. Les autres disciples d'Esculape tirent leur triomphe du rétablissement de leurs patients, et les mots qu'ils peuvent être amenés à écrire – un diagnostic, une prescription, des directives de traitement – ne sont pour eux que d'un intérêt passager. Dès qu'ils voient un malade remis sur pied, ces médecins du rétablissement passent au cas suivant. Et il est vrai que chaque jour des patients repartent de l'hôpital d'un pas joyeux. Un simple accident ou un petit accès de telle ou telle maladie, se disent-ils. Mais Eusebio, lui, accorde une importance accrue à ceux d'entre eux qui ont été gravement malades. Lorsque ces patients quittent l'hôpital, il note leur démarche chancelante et leurs cheveux ébouriffés, leur air désespérément humble et la terreur sacrée dans leurs yeux. Ils savent, avec une inéluctable certitude, ce qui les attend un jour. Il y a de nombreuses façons par lesquelles la petite flamme de vie peut s'éteindre. Un vent froid nous poursuit tous. Et lorsqu'on apporte un bout de chandelle la mèche mouchée, c'est lui ou encore son collègue, le Dr José Octávio, qui fait office de médecin traitant – du moins à l'Hôpital São Francisco, à Bragança, au Portugal.

Tout cadavre est un livre avec une histoire à raconter, tout organe, un chapitre, les chapitres unis les uns aux autres par un récit commun. Il est du devoir professionnel d'Eusebio de lire ces histoires, en tournant les pages avec son scalpel, et d'écrire à la fin de chacune un compte rendu. Ce qu'il écrit dans son rapport doit refléter en toute exactitude ce qu'il lit dans le corps. Il en résulte un genre de poésie froide. Comme n'importe quel lecteur, c'est la curiosité qui le pousse à continuer. Qu'est-il arrivé à ce corps ? Comment ? Pourquoi ? Il cherche l'absence obligée et pleine de ruse qui finit par avoir raison de nous tous. Qu'est-ce que la mort ? Il y a le cadavre – sauf que c'est là la conséquence, et non pas la chose en soi. Quand Eusebio trouve un ganglion largement hypertrophié ou un tissu d'une rugosité anormale, il sait qu'il est sur la piste de la mort. Comme c'est curieux : la mort se présente souvent sous le déguisement de la vie, une masse de cellules irrégulière, exubérante – ou elle laisse un indice avant de fuir les lieux, comme un meurtrier, une arme encore fumante, une croûte sclérotique sur une artère. Toujours, Eusebio tombe sur son œuvre comme si elle venait juste de tourner le coin, l'ourlet de sa robe disparaissant dans un bruissement.

Il se renverse dans son fauteuil pour s'étirer. Le fauteuil craque, comme de vieux os. Sur sa table de travail placée le long du mur, celle où se dresse son microscope, Eusebio remarque un dossier. Qu'est-ce que cela fait là ? Et qu'est-ce qu'il y a là, sur le plancher en dessous – encore un dossier ? Puis ce verre sur son secrétaire – tellement sec qu'il amasse la poussière. Eusebio croit fortement à l'importance d'une bonne hydratation. La vie est humidité. Il devrait laver le verre et le remplir d'eau fraîche. Il secoue la tête. Assez de ces pensées éparses. Il a devant lui beaucoup de choses dont il se doit d'assurer la préservation, non seulement à l'aide de plaques de verre et de solutions, mais aussi par les mots. Pour chaque cas, il lui faut reconstituer en un tout homogène et cohérent les antécédents cliniques du patient, les révélations de l'autopsie, les résultats histologiques. Il est nécessaire de s'appliquer. *Concentre-toi, mon vieux, concentre-toi.*

Trouve les mots. D'autres rapports restent en outre à terminer. Dont celui qu'il n'a pas cessé de remettre à plus tard. Il faut que ce soit fait ce soir. Un corps broyé ayant passé plusieurs jours à demi exposé à l'air, à demi submergé dans une rivière, ce qui en a favorisé à la fois le gonflement et la putréfaction.

Il sursaute quand on frappe bruyamment à la porte. Il regarde sa montre. Vingt-deux heures trente.

« Entrez », lance-t-il, l'exaspération s'échappant de sa voix comme la vapeur d'une théière.

Personne n'entre. Mais il sent une présence troublante de l'autre côté de la porte en bois massif.

« J'ai dit entrez », relance-t-il.

La poignée ne tourne toujours pas. La pathologie n'est pas un art médical tellement soumis aux urgences. Les malades, ou plutôt les échantillons qu'on prélève sur eux par biopsie, peuvent presque toujours attendre au lendemain matin, et comme les morts sont encore plus patients, il est improbable qu'il s'agisse là d'un secrétaire lui apportant un cas pressant. Les bureaux des pathologistes ne sont pas non plus situés là où le grand public pourrait les trouver facilement. Qui alors, à pareille heure, et la veille du jour de l'an en plus, peut bien s'être faufilé dans le sous-sol de l'hôpital pour venir à sa recherche ?

Il se lève, dérangeant du même coup quelques papiers. Il fait le tour du meuble, saisit la poignée, ouvre la porte.

Une femme dans la cinquantaine, aux jolis traits et aux grands yeux bruns, se tient devant lui. Elle a un sac à la main. Il est surpris de la voir. Elle le toise.

D'une voix suave et profonde, elle attaque : « Pourquoi m'aides-tu si peu, ignores-tu à ce point mes gémissements ? Le jour, j'appelle, et tu ne réponds pas ; la nuit, et je ne trouve nul repos. Je coule comme de l'eau. Mon cœur est pareil à la cire, il fond dans ma poitrine. J'ai la bouche sèche comme un tesson d'argile. Ô mon chéri, viens vite à mon aide ! »

Bien qu'une petite part d'Eusebio soupire, une plus grande part encore sourit. La femme à la porte est son épouse. Elle vient de temps à autre le voir à son bureau, mais rarement aussi tard. Elle s'appelle Maria Luisa Motaal Lozora, et Eusebio a l'habitude de ses lamentations. Elles sont en majeure partie tirées du psaume 22, son préféré. Elle n'a, en vérité, aucune raison de souffrir au sens où on l'entend normalement. Elle est en bonne santé, mentale et physique, habite une belle maison, n'a pas le moindre désir de quitter son mari ou la ville dans laquelle ils vivent, elle a des amis proches, ne s'ennuie jamais vraiment, ils ont trois enfants adultes, heureux et en santé eux aussi – bref, elle a tout ce qu'il faut pour mener une bonne vie. Sauf que la femme d'Eusebio, sa chère épouse, est une théologienne amateur, un prêtre manqué, et elle prend très au sérieux les paramètres de l'existence, son lien à Job, à l'étreinte de la vie.

Elle se plaît beaucoup à citer le psaume 22, surtout la première phrase : « Mon Dieu, mon Dieu, pourquoi m'as-tu abandonné ? » Il n'en reste pas moins, réagit Eusebio en pensée, que la plainte s'ouvre par « Mon Dieu, mon Dieu ». C'est bien qu'il y ait quelqu'un pour écouter, à défaut d'agir.

Lui-même, avec sa femme, doit avant tout faire preuve d'une grande écoute. Sa bouche a beau être sèche comme un tesson d'argile, jamais elle ne cite la phrase du psaume 22 qui suit – « et la langue s'attache à mon palais » –, car ce ne serait pas vrai. Jamais la langue ne s'attache au palais. Maria croit ardemment à la parole. Pour elle, écrire équivaut à faire un bouillon, et lire, à le siroter, alors que la parole est le poulet rôti dans son entier. Donc, elle parle. Elle parle tout le temps. Elle se parle à elle-même seule chez elle, seule dans la rue, et parle constamment à Eusebio depuis le jour de leur rencontre, il y a trente-huit ans. Sa femme est une conversation permanente, qui ne s'arrête jamais véritablement, où il n'y a que des accalmies de temps en temps. Mais elle ne profère pas non plus de bêtises, pour lesquelles elle n'a aucune patience. Elle s'irrite parfois des causeries ineptes qu'il lui faut endurer avec ses amis. Elle leur sert gâteau et café, puis écoute leur bavardage pour râler plus tard : « Des cochons d'Inde. Je suis entourée de cochons d'Inde. »

Eusebio en déduit que sa femme a dû lire sur le sujet, et qu'il y a quelque chose chez ces bestioles qui a éveillé son ressentiment ; leur petitesse, le fait qu'ils soient absolument inoffensifs et sans défense, qu'ils aient peur de tout et se contentent de ronger quelques graines sans rien attendre de plus de la vie. Comme pathologiste, il aime bien les cochons d'Inde. Ils sont, en effet, petits à tout point de vue, surtout face à l'impitoyable et fortuite cruauté de la vie. Chaque corps qu'il ouvre lui murmure : « Je suis un cochon d'Inde. Me réchaufferas-tu contre ton sein ? » Sa femme dirait que ce sont des bêtises. Elle n'a aucune patience pour la mort.

Quand ils étaient jeunes, Maria a toléré un certain temps les roucoulements amoureux qu'il affectionnait tant. En dépit de la brutalité de sa profession, Eusebio est un cœur tendre. Lorsqu'il l'a rencontrée la première fois – à la cafétéria de l'université –, il n'avait jamais vu créature plus séduisante que cette fille sérieuse d'une beauté qui l'avait embrasé. Ses oreilles s'emplissaient de musique quand il la voyait, et le monde devenait éclatant de couleur. Son cœur, empli de reconnaissance, battait la chamade. Mais Maria ne tardait pas à rouler des yeux et à lui dire de couper court à ses gazouillis. Eusebio avait clairement compris que sa mission consistait à l'écouter, à lui répondre avec à-propos et à ne pas l'embêter avec des frivolités. Elle était un sol riche, le soleil et la pluie ; et lui n'était qu'un fermier qui cultive. Il était essentiel, mais rien de plus qu'un figurant. Ce qui ne lui posait aucun problème. Il l'aimait alors, et l'aime encore aujourd'hui. Elle est tout pour lui. Elle reste un sol riche, le soleil et la pluie, et lui se réjouit d'être resté le fermier qui cultive.

Sauf qu'il espérait ce soir abattre du travail. Il semble bien qu'il n'en sera pas ainsi. La Conversation l'attend.

« Bonsoir, mon ange, dit-il. Quelle joyeuse surprise ! Qu'y a-t-il dans ton sac ? Tu ne faisais quand même pas des courses : il n'y a pas un seul magasin ouvert à cette heure. » Il se penche pour embrasser sa femme.

Elle ignore la question. « La mort est une porte difficile à franchir », dit-elle doucement. Elle entre. « Eusebio, que s'est-il passé ? s'exclame-t-elle. Ton bureau est un vrai bordel. Mais c'est indécent. Où tes visiteurs sont-ils censés s'asseoir ? »

Eusebio embrasse la pièce du regard. Il constate partout un désordre embarrassant. Les pathologistes, dans le cadre de leurs fonctions, ne reçoivent habituellement pas de ce genre de visiteurs qu'on doit faire asseoir ou pour qui le rangement a de l'importance. Les visiteurs qu'il reçoit sont le plus souvent étendus à plat, sans une plainte, sur une table, de l'autre côté du couloir. Il prend la chaise devant le microscope et la place en face de son secrétaire. « Je ne t'attendais pas ce soir, mon ange, dit-il. Tiens, assieds-toi.

— Merci. » Maria s'assoit et dépose sur le plancher le sac qu'elle a apporté.

Eusebio ramasse une partie des papiers sur son secrétaire, les fourre dans le dossier le plus près, met celui-ci par-dessus d'autres dossiers, qu'il laisse tomber sur le plancher. Du pied, il pousse la pile hors de vue, sous le meuble. Puis il chiffonne d'autres petits papiers qui traînent, balaie du bord de la main de honteuses accumulations de poussière, se faisant de l'autre main une pelle qu'il vide dans une corbeille à côté de son fauteuil. Voilà qui est mieux. Il s'assoit à son tour et regarde la femme en face de lui. Un homme et son épouse.

« J'ai enfin trouvé la solution, il faut que je t'en parle », dit Maria.

La solution ? Il y avait un problème ?

« Vas-y, alors », dit Eusebio.

Elle hoche la tête. « J'ai d'abord essayé par le rire, parce que c'est quelque chose que tu aimes, dit-elle sans la moindre trace de gaieté. Tu m'as vue, les livres que je lisais. »

Il réfléchit. Oui, voilà qui expliquerait l'assortiment d'ouvrages qu'elle a commandés auprès de son libraire de prédilection à Coimbra, au cours des quelques derniers mois. Des pièces d'Aristophane, de Shakespeare, de Molière, de Lope de Vega, de Georges Feydeau, des volumes encore plus imposants de Boccace, de Rabelais, de Cervantès, de Swift et de Voltaire. Elle les a tous lus en affichant la plus sombre expression. Lui-même n'est pas un lecteur aussi accompli. Il ne savait pas trop pourquoi elle lisait tous ces bouquins, mais, comme toujours, il la laissait faire.

« L'humour et la religion ne font pas très bon ménage, poursuit-elle. Peut-être le premier attire-t-il l'attention sur les maintes fautes de la seconde – tout ce qu'il y a de prêtres ignoblement immoraux, de monstres ayant fait couler le sang au nom de Jésus –, mais l'humour n'apporte aucune lumière sur la vraie religion. Il ne sert que ses propres fins. Pire, l'humour comprend mal la religion, qui laisse peu de place à la légèreté – et n'allons surtout pas croire que la légèreté et la joie sont la même chose. La religion regorge de joie. La religion *est* joie. Rire avec légèreté de la religion revient donc à passer à côté de l'essentiel, ce qui peut aller si on est d'humeur à rire, mais pas si on a envie de comprendre. Tu me suis ?

— Je crois que oui, malgré l'heure tardive, répond-il.

— J'ai ensuite essayé les livres d'enfants, Eusebio. Jésus n'a-t-il pas dit que nous devions recevoir le Royaume de Dieu comme un petit enfant ? J'ai donc relu les livres que nous lisions autrefois à Renato, Luisa et António. »

Viennent alors à l'esprit d'Eusebio des images de leurs trois enfants quand ils étaient petits. Ils avaient vécu dans la volubilité de leur mère comme les enfants qui vivent sous un climat pluvieux : ils sortaient en courant jouer dans les flaques d'eau, hurlant et riant, sans se soucier de l'averse. Jamais Maria n'avait pris ombrage de leurs interruptions enjouées. Eusebio ramène avec peine son attention sur sa femme.

« Ces livres ont fait remonter nombre de souvenirs heureux – et une certaine tristesse que nos trois enfants soient maintenant adultes –, mais ne m'ont apporté aucune illumination d'ordre religieux. J'ai poursuivi mes recherches. C'est alors que la solution m'est apparue, chez ton auteur favori.

— Vraiment ? Comme c'est intéressant. Quand je t'ai vue, le nez dans ces Agatha Christie, j'ai cru que tu prenais une pause de tes lourdes études. »

Ils sont tous deux de fervents admirateurs d'Agatha Christie. Ils ont lu tous ses livres, à commencer par son tout premier, *La Mystérieuse Affaire de Styles*. Grâce aux bons soins du Círculo Português de Mistério, ils reçoivent chacun des romans policiers dès sa traduction, ce qui ne tarde jamais, car les lecteurs portugais sont insatiables. Mari et femme savent qu'il ne faut pas déranger l'autre quand il est absorbé par le dernier livre arrivé. Une fois qu'ils l'ont terminé tous les deux, ils revisitent le cas ensemble, discutant des indices qu'ils auraient dû saisir et des avenues qu'ils ont prises pour parvenir à la solution avant de s'apercevoir que c'était là des culs-de-sac. Le détective vedette d'Agatha Christie est Hercule Poirot, un petit Belge vaniteux à l'air bizarre. Mais Poirot a, dans sa tête en forme d'œuf, l'esprit le plus vif et le plus observateur qui soit. Sa « matière grise », comme il appelle toujours son cerveau, opère avec ordre et méthode et perçoit ce que personne d'autre ne perçoit.

« *Mort sur le Nil* était une telle merveille d'ingéniosité ! dit Eusebio. Son prochain livre devrait paraître bientôt.

— Sans doute.

— Et quelle solution as-tu donc trouvée chez Agatha Christie ?

— Laisse-moi d'abord t'expliquer le chemin que j'ai emprunté, répond Maria. C'est un chemin sinueux, tu dois bien écouter. Commençons par les miracles de Jésus. »

Les miracles de Jésus. L'un des sujets qu'elle affectionne le plus. Il jette un regard sur l'horloge à côté du microscope. La nuit sera longue.

« Un problème avec ton microscope ? lui demande sa femme.

— Non, pas du tout.

— Ce n'est pas en y regardant que tu comprendras les miracles de Jésus.

— C'est vrai.

— Et l'avenir ne te sera pas épargné parce que tu fixes l'horloge.

— Vrai aussi. As-tu soif ? Puis-je t'offrir un verre d'eau avant de commencer ?

— Dans *ce* verre ? » Elle lance un regard désapprobateur au verre sale posé sur le secrétaire de son mari. « Je propose de le laver.

— Ce ne serait pas une mauvaise idée. Ça va pour l'instant. Mais ça tombe à point que tu parles d'eau – nous y reviendrons. Maintenant, sois attentif. Les miracles de Jésus – il y en a tellement, n'est-ce pas ? Pourtant, si on y regarde de plus près, on s'aperçoit qu'ils se classent en deux catégories. La première regroupe les miracles dont *bénéficie le corps humain*. Ils abondent. Jésus donne la vue à l'aveugle, l'ouïe au sourd, la parole au muet, la faculté de marcher à l'estropié. Il guérit les fièvres, traite l'épilepsie, exorcise les maladies psychologiques. Il débarrasse les lépreux de leur affection. Une femme souffrant d'hémorragies depuis douze ans touche sa robe, et voilà que ses saignements cessent. Et, bien sûr, il ressuscite les morts – la fille de Jaïre, le fils unique de la veuve de Naïm, qui tous les deux viennent de mourir, mais aussi Lazare, éteint depuis plus de quatre jours et dont le corps empeste la mort. Nous pourrions appeler ça les miracles *médicaux* de Jésus. Ils représentent l'écrasante majorité de ses œuvres miraculeuses. »

Aux mots de « corps qui empeste la mort », Eusebio repense à l'autopsie qu'il a pratiquée plus tôt dans la journée. Le corps bouffi, ramolli des noyés est une abomination pour les yeux et le nez, même quand ils y sont entraînés.

« Mais il n'y a pas que les miracles médicaux dont bénéficie le corps humain, enchaîne Maria. Jésus remplit les filets des pêcheurs. Il multiplie le poisson et les miches de pain de manière à nourrir des milliers de personnes. À Cana, il change l'eau en vin. En soulageant la faim, en étanchant la soif, Jésus agit encore ici pour le bien du corps. Même chose lorsqu'il calme une tempête en train de couler le bateau où se trouvent ses disciples, qu'il sauve ainsi de la noyade. Et aussi quand il demande à Pierre de payer l'impôt du Temple à l'aide de la pièce trouvée dans la bouche du poisson ; il lui épargne le passage à tabac qu'il aurait subi s'il s'était fait arrêter. »

Maria a joui de son corps, songe Eusebio, et lui, du sien. S'aimer et y prendre plaisir – y a-t-il plus grande joie ? Ils étaient pareils à des oiseaux au printemps. Leurs relations charnelles se sont modérées au fil des ans, mais la satisfaction en est restée – le confort d'un nid chaud et robuste. L'amour renouvelé qu'il éprouve pour Maria brûle en lui. Quand ils se sont rencontrés, elle ne lui a pas dit que son nom était Légion, qu'en elle grouillaient tous les prophètes et apôtres de la Bible, sans compter beaucoup des Pères de l'Église. Même au moment d'accoucher de leurs enfants – le supplice, disait-elle, s'était chaque fois déclenché comme si une assiette s'était cassée en elle –, alors que lui-même était assis dans la salle d'attente à écouter ses halètements, cris et gémissements, elle discourait de religion. Le médecin et les infirmières sortaient de la salle avec une expression pensive. C'est Eusebio qui devait leur faire penser de l'informer du nouveau-né. Même pendant qu'elle souffrait et qu'eux étaient à la tâche, elle les poussait à réfléchir. Comment avait-il fini avec une femme à la fois si belle et profonde ? Méritait-il une telle chance ? Il sourit en lui faisant un clin d'œil.

« Arrête ça, Eusebio, murmure-t-elle. Le temps presse. Bon, pourquoi Jésus laisse-t-il le corps humain bénéficier de ses miracles ? Il accomplit ceux-ci, bien sûr, pour impressionner les gens autour de lui – et ça *marche*. Ils sont subjugués. Mais pourquoi Jésus, pour montrer qu'il est le Messie, guérit-il les infirmités et nourrit-il les ventres vides ? Après tout, il pourrait aussi bien s'envoler comme un oiseau, ce que le diable l'a d'ailleurs sommé de faire, ou jeter des montagnes à la mer, comme il le dit lui-même. Ça, ce serait des miracles dignes d'un messie. Pourquoi alors accomplit-il des miracles *corporels ?* »

Eusebio garde le silence. Il est fatigué. Pire, il a faim. Il se souvient du sac aux pieds de sa femme. Peut-être devrait-il laver le verre dans le petit évier de son bureau et, en retournant s'asseoir, tenter de jeter un œil dedans. Sa femme lui apporte d'habitude quelque chose à manger quand elle vient lui rendre visite.

Elle répond elle-même à sa question. « Si Jésus accomplit ces miracles, c'est parce qu'ils apportent le soulagement là où nous en avons le plus besoin. Tous, nous souffrons dans nos corps et puis nous mourons. Tel est notre destin – comme tu le sais très bien, mon cher, toi qui passes tes journées à découper de la charogne humaine. En nous guérissant et en nous nourrissant, Jésus nous rejoint dans notre faiblesse. Il nous allège du lourd fardeau de la mortalité. Et cela laisse en nous une impression plus profonde que toute autre démonstration de pouvoir, qu'il s'agisse de voler dans les airs ou de lancer des montagnes à la mer.

» Maintenant, la *seconde* catégorie de miracles de Jésus. Elle en contient un seul. Sais-tu lequel ?

— Dis-moi.

— La marche sur l'eau. Il n'y a aucun autre miracle de cette sorte. Jésus dit à ses disciples de monter à bord du bateau et de partir. Ils larguent les amarres, tandis que lui va sur la montagne pour prier. Le jour arrive à sa fin. Les disciples luttent contre un vent violent en tirant de toutes leurs forces sur les rames – mais il n'y a pas de tempête ; leurs corps ne sont pas en danger. Après une longue nuit de labeur, alors que le nouveau jour se lève, ils aperçoivent Jésus qui s'avance vers le bateau en marchant sur la mer. Ils sont terrifiés. Jésus les rassure : "C'est moi, ne craignez rien." Matthieu, dans sa version de l'histoire, raconte que Pierre demande au Seigneur s'il peut se joindre à lui. "Viens", dit Jésus. Pierre descend du bateau et marche vers lui sur l'eau, mais c'est alors que le vent lui fait peur et qu'il se met à couler. Jésus lui tend la main et le ramène à bord. Le vent retombe.

» Pourquoi Jésus a-t-il marché sur l'eau ? Était-ce dans le but de sauver une âme de la noyade, pour le bien d'un corps humain ? Non – Pierre s'est attiré des ennuis *après* son apparition sur l'eau. Était-il poussé par quelque autre élan ? Jésus a entrepris de bon matin sa marche miraculeuse, seul et venant des rivages éloignés, et personne ne l'a vu en mer sinon ses disciples, qu'on ne pouvait pas apercevoir de la terre. En d'autres mots, le miracle n'obéissait à aucune nécessité *sociale*. Qu'il ait marché sur l'eau n'a rien apporté de particulier ni donné d'espoirs précis à qui que ce soit. Pourquoi un miracle à ce point atypique dans des documents aussi sobres et réduits à l'essentiel que les Évangiles ? Et ce miracle unique en son genre n'aurait pu être tenu caché. Il apparaît dans deux des évangiles synoptiques – chez Marc et Matthieu – *et* chez Jean, ce qui en fait l'un des seuls à se retrouver et chez les premiers, et chez le second. Qu'est-ce que ça signifie, Eusebio, *qu'est-ce que ça signifie ?* Dans un moment de lucidité, j'ai compris. »

Il se ranime. Il en est toujours ainsi. Elle parle, parle, parle, et puis voilà soudainement qu'il est accroché, comme le poisson d'un récit biblique. Qu'a-t-elle compris ?

« J'ai compris que le miracle de Jésus marchant sur l'eau ne veut pas dire grand-chose pris au pied de la lettre. Mais si on y voit autre chose que ce qui est dit – si on le prend, en d'autres mots, comme une *allégorie* –, alors il s'ouvre. La nage est une invention moderne – les gens du temps de Jésus ne savaient pas nager. S'ils tombaient en eau profonde, ils coulaient et se noyaient – telle est la vérité littérale. Mais si on prend l'eau comme expérience de la vie, c'est aussi là une vérité religieuse. Les hommes sont faibles et, dans leur faiblesse, ils coulent. Jésus ne coule pas. Un homme qui se noie lève les yeux, bien sûr. Et que voit-il ? Tandis qu'il est avalé par d'étouffantes ténèbres, il voit au-dessus de lui la lumière limpide, l'air pur du salut. Il voit Jésus, debout au-dessus de ceux qui sont aux prises avec leur faiblesse, pour leur offrir la rédemption. Voilà qui explique la mésaventure de Pierre sur l'eau : il n'est qu'humain et, pour cette raison, il coule. Lu ainsi, comme une allégorie de notre faiblesse et de la pureté de Jésus, du salut qu'il nous offre, le miracle prend un tout autre sens.

» Mais bon, je me suis demandé pourquoi ce miracle exigerait une lecture allégorique et pas les autres. Les miracles dont bénéficie le corps humain gagneraient-ils eux aussi à être lus de la même façon ? Je n'y avais jamais réfléchi avant. Pauvre femme stupide que je suis, j'y avais toujours vu une vérité de faits. Jésus, dans ma tête, avait bel et bien guéri la lèpre, la cécité, d'autres infirmités et maladies, et il avait bel et bien nourri des gens par milliers. Mais peut-on réduire ainsi le Seigneur à un médecin ambulant, à un marchand de petits pains ? Je ne crois pas, non. Les miracles dont jouit le corps humain ne peuvent que signifier quelque chose de plus grand.

— Quoi ? demande docilement Eusebio.

— Eh bien, que pourraient-ils être sinon des symboles du Royaume éternel ? Chacune des cures miracles de Jésus nous offre un aperçu de la place qui nous revient ultimement, *si on a la foi*. Ayez la foi, et vous serez affranchi de votre mortalité, nourri à jamais. Comprends-tu l'importance de ce que je dis ? »

Eusebio risque un signe de tête. La voix de Maria est chaude, onctueuse, réconfortante. « Le miracle de Jésus marchant sur l'eau nous guide dans la lecture de l'ensemble des Écritures. Les Évangiles perdent de leur importance, leur message s'en trouve diminué si on se contente de les lire comme les reportages de quatre journalistes. Mais si on comprend qu'ils sont écrits dans une langue composée de métaphores et de symboles, ils gagnent alors en profondeur morale et en vérité. C'est là, n'est-ce pas ? le langage que Jésus lui-même employait. De quelle manière enseignait-il au peuple ?

— Il est dit dans les Évangiles : "Il ne leur parlait pas sans parabole."

— Exact. La parabole de la brebis égarée, du grain de moutarde, du figuier, du levain, du semeur, du fils prodigue et ainsi de suite. Que de paraboles ! »

Du mouton à la sauce à la moutarde, accompagné d'une compote de figues et d'un verre de vin – que de paraboles comestibles ! pense Eusebio.

« Une parabole est une allégorie prenant la forme d'une simple histoire. C'est une valise qu'on doit ouvrir et défaire pour en voir le contenu. Et la seule clé qui permet de la déverrouiller et de l'ouvrir grand, c'est l'allégorie.

Un seul des miracles de Jésus, pour finir, reste vrai et littéral, pilier de notre foi : sa résurrection. Une fois que c'est clair, on peut commencer à dégager du sens de toutes les histoires qu'il a racontées et qui ont été racontées à son sujet. Tel est le fondement de la chrétienté : un seul et unique miracle entouré d'histoires qui le soutiennent, comme une île entourée par la mer. »

Eusebio tousse un peu. « Tu n'as pas, dis-moi, partagé ces idées avec le père Cecílio ? »

Le père Cecílio est le prêtre du coin – et il exaspère Maria. En sa présence, le pauvre a toujours l'air de la poule du poulailler qui n'a pas pondu assez d'œufs.

« Pour que nous nous fassions excommunier ? Ce crétin-là est l'incarnation même du littéralisme qui fait insulte à ma foi. Il est aussi bête qu'un bœuf.

— Mais il a de bonnes intentions, avance Eusebio d'un ton apaisant.

— Les bœufs aussi.

— C'est captivant, tout ce que tu as dit là.

— Je n'ai pas terminé. J'étais en pleine recherche, si tu te le rappelles bien. Il y a un problème.

— Oui, et tu en as trouvé la solution.

— Oh, comme mon cœur bat ! J'ai soif maintenant, si tu veux bien désinfecter ce verre. »

Maria se penche et sort du sac une bouteille de vin rouge qu'elle pose sur le secrétaire. Eusebio se fend d'un large sourire. « Maria, bénie sois-tu ! » Il se dépêche de l'ouvrir. Il lave le verre avec soin pendant que le vin décante.

« Je n'ai pas d'autre verre, dit-il. Prends celui-ci, et moi je boirai au goulot.

— Ce serait inconvenant. Partageons-le.

— D'accord. » Il leur verse de cet élixir. Le vin reluit comme une luciole. Eusebio se pourlèche à l'idée de le descendre d'un trait, mais il offre le verre à sa femme. « Toi d'abord, mon ange. »

Maria prend une petite gorgée méditative. Elle ferme les yeux pour apprécier l'effet exercé goutte à goutte sur sa personne. Elle ronronne et rouvre les paupières. « Il est bon. »

Elle passe le verre à Eusebio. Il prend une grosse gorgée, grogne de plaisir, fait cul sec. « Oh ! En effet. Rien qu'un peu plus. » Il remplit le verre juste au-dessus de la moitié, à peu près.

Maria prend une autre gorgée. « Ça suffira pour moi, dit-elle. Bonne année.

— Pardon ?

— À quoi sert de regarder une horloge si tu ne remarques même pas l'heure qu'il est ? Regarde les deux aiguilles. Il est minuit. Nous voilà en 1939.

— Tu as raison. Bonne année à toi, mon ange. En espérant qu'elle apportera ce que tu désires. »

Il finit le verre et se rassoit. C'est à son tour à présent de reluire comme une luciole, et son esprit volette de-ci de-là, chaotiquement, tandis que sa femme reprend :

« Pourquoi Jésus se serait-il exprimé en paraboles ? Pourquoi aurait-il raconté des histoires et laissé autrui parler de lui par des histoires ? *Pourquoi la Vérité utiliserait-elle les outils de la fiction ?* Les histoires riches en métaphores nous viennent de ces écrivains qui jouent de la langue comme d'une mandoline dans le but de nous divertir, romanciers, poètes, dramaturges et autres artisans d'*inventions*. N'est-il pas par ailleurs extraordinaire qu'il n'existe aucun récit *historique* significatif sur Jésus de Nazareth ? Un obscur représentant du gouvernement vient de Lisbonne à Bragança, un petit homme pincé qui n'a rien à dire, et c'est dans tous les journaux, qu'on archive ensuite jusqu'à la fin des temps. Ou toi, ton travail, Eusebio. Quelqu'un meurt, quoi de plus ordinaire – tu rédiges un rapport, immortalisant ainsi un mortel tout à fait ordinaire. Et, à côté, on a le Fils de Dieu qui descend sur terre, voyage un peu partout, rencontre un peu tout le monde, laisse à tous une puissante impression, se fait assassiner – *et personne n'écrit rien ?* De cette grande comète divine qui a percuté la planète, le seul effet a été *un tourbillon de contes oraux ?*

» Il existe des centaines de documents signés par des auteurs païens du Iᵉʳ siècle de l'ère chrétienne. Jésus n'est mentionné dans aucun d'entre eux. Aucune personnalité romaine qui lui était contemporaine – aucun fonctionnaire, général, administrateur, historien, philosophe, poète, scientifique, marchand, aucun écrivain d'aucune sorte – ne fait mention de lui. On ne retrouve pas la moindre référence à lui dans les inscriptions publiques ou correspondances privées ayant survécu jusqu'à nous. Jésus n'a laissé derrière aucun acte de naissance, compte rendu de procès, certificat de décès. Un siècle après sa mort – cent ans ! –, seules deux références païennes sont faites à Jésus, une par Pline le Jeune, sénateur et écrivain romain, l'autre par Tacite, historien romain. Une lettre et quelques pages – c'est tout ce que nous ont transmis les bureaucrates zélés et les fiers administrateurs d'un empire dont la nouvelle religion serait fondée sur Jésus, dont la capitale deviendrait la capitale de son culte. Les Romains n'ont pas remarqué l'homme qui allait faire d'eux des chrétiens. Ça me semble aussi improbable que si les Français n'avaient pas remarqué leur Révolution.

» Si les Juifs de l'époque en avaient plus à dire sur Jésus, ça s'est perdu. Il n'y a rien sur les pharisiens qui ont conspiré contre lui, rien sur le sanhédrin, le conseil religieux qui l'a condamné. L'historien Flavius Josèphe fait deux brèves références à lui, mais plusieurs dizaines d'années après sa crucifixion. La somme des documents historiques de sources non chrétiennes sur Jésus de Nazareth ne fait pas plus qu'une poignée de pages, et tout est de seconde main. Rien de tout ça ne nous dit non plus quoi que ce soit que nous ne savions déjà de sources chrétiennes.

» Non, non, non. Les documents historiques ne nous sont d'aucune aide. Tout ce qu'on sait du Jésus de chair et d'os nous vient de quatre *allégoristes*. Encore plus étonnant, ces ménestrels du langage n'ont jamais rencontré Jésus. Matthieu, Marc, Luc et Jean, peu importe qui ils étaient, n'ont été témoins de rien. Comme les Romains et les Juifs, ils ont écrit sur Jésus des années après son passage sur terre. Ils étaient des scribes inspirés qui ont consigné et organisé des contes oraux qui circulaient depuis des décennies. Jésus est donc parvenu jusqu'à nous par de vieilles histoires qui ont surtout subsisté grâce au bouche à oreille. Quelle façon désinvolte et risquée de faire entrer quelqu'un dans l'histoire.

» Plus étrange encore, c'est comme si Jésus avait voulu qu'il en soit ainsi. Les Juifs sont des lettrés obsessionnels. Chaque doigt d'un Juif est un crayon. C'est à peine si Dieu *parle* au reste d'entre nous, et eux reçoivent des tablettes de pierre gravées. Sauf qu'on est ici en présence d'un Juif important qui a préféré le vent au mot écrit. Qui a préféré les remous des contes oraux aux faits consignés. Pourquoi une telle approche ? Pourquoi ne s'est-il pas imposé comme le grand messie militaire que les Juifs espéraient ? Pourquoi le narratif plutôt qu'une marque dans l'histoire ? »

Sa femme l'a guidé le long d'une suite de majestueux corridors. Eusebio pressent qu'ils sont sur le point d'entrer dans la salle de bal, avec sa vaste piste de danse, ses chandeliers étincelants, ses hautes fenêtres.

« Je crois que, une fois de plus, Jésus cherche à nous être profitable. Une histoire est un mariage où nous, les auditeurs, sommes le marié qui regarde sa future épouse descendre l'allée. C'est ensemble, dans un acte de consommation imaginaire, que nous faisons naître l'histoire. Cet acte nous implique entièrement, comme le ferait tout mariage, et puisque aucun mariage n'est tout à fait pareil à un autre, chacun de nous interprète l'histoire à sa façon, la comprend à sa façon. Une histoire nous interpelle de la même manière que Dieu nous interpelle, à titre d'individus – *et nous aimons ça.* L'esprit humain bénéficie des histoires. Jésus a foulé la terre avec la calme assurance qu'il resterait avec nous et nous avec lui, pourvu qu'il réussisse à nous toucher avec ses histoires et à laisser une marque sur notre imagination saisie de surprise. Et c'est ainsi qu'il est venu, non pas en menant la charge à cheval, mais tranquillement à dos d'histoires.

» Imagine, Eusebio, qu'on t'invite à un festin où une table splendide t'est présentée, avec les vins les plus fins et la nourriture la plus délicieuse qui soient. Tu manges et bois à satiété. Te retournerais-tu alors vers ton hôte pour le questionner sur les animaux de ferme que tu viens d'engloutir ? Tu pourrais le faire, et apprendre ainsi quelque chose sur eux – mais cette information serait-elle comparable au festin dont tu t'es régalé ? Nous devons abandonner la recherche d'un Jésus historique, qui est réductrice. On ne le trouvera pas, de toute façon, car ce n'est pas là – ni *ainsi* – qu'il a choisi de laisser sa marque. Jésus nous a raconté des histoires, c'est à travers elles qu'il a perduré. La foi qui est la nôtre est la foi en son histoire, au-delà de laquelle il n'y a pas grand-chose. La parole sacrée est une histoire, et vice versa. »

Maria respire profondément. Un sourire illumine son visage. « Bon, les histoires sont toujours avec nous. Et c'est ainsi que j'en arrive à la solution, Agatha Christie. »

Elle se penche et sort du sac à ses pieds une pile de livres qu'Eusebio connaît bien : *L'Homme au complet marron*, *Le Train bleu*, *Les Sept Cadrans*, *L'Affaire Protheroe*, *Pourquoi pas Evans ?*, *Drame en trois actes*, *Meurtre en Mésopotamie*, *Mort sur le Nil*, *Le Mystérieux Mr Quinn*, *A.B.C. contre Poirot*, *Le Couteau sur la nuque*, *Le Meurtre de Roger Ackroyd*, *La Mystérieuse Affaire de Styles*, *Miss Marple au Club du Mardi*, *Le Chien de la mort*, *Cinq heures vingt-cinq*, *Le Crime de l'Orient-Express*, *Témoin muet*, *La maison du péril.* Tous ces livres cartonnés aux jaquettes de couleur vive se retrouvent sur son secrétaire, exception faite des quelques-uns qui tombent sur le plancher avec un bruit sourd.

« J'ai d'abord été frappée par l'idée alors que je relisais *Le Crime de l'Orient-Express*. J'ai remarqué que le train arrivait de l'est. Il y a dans l'histoire treize passagers principaux, parmi lesquels un monstre, un Judas. J'ai remarqué également qu'ils sont issus de tous les milieux et de toutes les nationalités. J'ai noté qu'un des enquêteurs, assistant d'Hercule Poirot, porte le nom de Dr Constantine. L'histoire de Jésus n'est-elle pas elle aussi une histoire orientale, popularisée par un autre Constantin ? Jésus n'avait-il pas douze disciples, parmi lesquels un Judas ? La Palestine n'était-elle pas à l'époque un Orient-Express de nationalités diverses ? On commente souvent le fait qu'Hercule Poirot soit d'origine étrangère. À maintes reprises, c'est lui qui sauve la situation. L'étranger dont l'intervention s'avère salvatrice – n'est-ce pas là une façon de concevoir Jésus ? Ces observations m'ont poussée à examiner les autres romans d'Agatha Christie sous un nouvel éclairage.

» Je me suis mise à relever certaines choses dans le désordre. Il y a du sens dans le moindre petit incident – les histoires d'Agatha Christie sont des récits aux détails révélateurs, ce qui explique la langue directe, sobre, les paragraphes et chapitres courts et nombreux, comme dans les Évangiles. Seul l'essentiel est raconté. Les romans policiers, comme les Évangiles, résultent d'une distillation.

» J'ai constaté l'absence quasi totale d'enfants chez Agatha Christie – car le meurtre est un divertissement résolument adulte –, de la même façon qu'ils sont pratiquement absents des Évangiles, lesquels s'adressent eux aussi à une sensibilité mature.

» J'ai observé que les détenteurs de la vérité sont toujours traités avec mépris et suspicion. Il en était ainsi pour Jésus, bien sûr. Mais prends la vieille Miss Marple. Elle sait toujours, et tout le monde en est surpris. Même chose pour Hercule Poirot. Comment se fait-il que ce petit homme ridicule sache tout ? Mais c'est comme ça. Le triomphe de l'humble, autant chez Agatha Christie que dans les Évangiles.

» Le péché le plus grave – prendre une vie – est toujours au cœur des histoires d'Agatha Christie, de la même façon qu'il est au cœur de celle de Jésus de Nazareth. Dans les deux cas, on retrouve de nombreux personnages succinctement présentés, toujours avec le même objectif : faire défiler tous les suspects pour que le lecteur puisse ainsi voir qui cède à la tentation du diable, qui résiste. La force d'âme côtoie la faiblesse, dans les Évangiles comme chez Agatha Christie. Et dans les deux cas, la lumière arrive de la même manière : on nous livre les faits, neutres en eux-mêmes, puis une interprétation qui vient leur donner un sens. Le procédé est identique dans les paraboles de Jésus – exposition, explication –, et aussi dans la Passion ; sa mort et sa résurrection nous sont expliquées par Paul, qui leur donne leur sens après coup. Et le procédé est finalement le même pour le dénouement des romans d'Agatha Christie : Hercule Poirot résume les faits avant de nous dire ce qu'ils signifient.

» Note ici le rôle vital du témoin. Ni Jésus ni Hercule Poirot n'ont daigné prendre la plume. Tous les deux se contentent de vivre dans la parole "orale". Le témoignage est donc une nécessité – sinon comment saurions-nous ce qu'ils disent et font ? Mais c'est aussi une *conséquence*. Chacun des deux hommes, dans son domaine respectif, accomplit des choses à ce point incroyables que les gens sentent le besoin d'en être témoins. Ceux qui ont rencontré Jésus ont passé le reste de leur vie à parler de lui à leur famille, à leurs amis, aux étrangers, jusqu'à ce que leur témoignage atteigne les oreilles de Paul, et plus tard celles de Matthieu, de Marc, de Luc et de Jean. Même chose pour Arthur Hastings, le narrateur du genre Watson qu'on retrouve dans beaucoup des histoires d'Hercule Poirot, un narrateur non moins fidèle que ceux des Évangiles.

» Mais tous les témoins sont, dans une certaine mesure, d'une fiabilité douteuse. Nous le voyons très bien chez Hastings, sur qui Poirot a toujours quelques longueurs d'avance, jusqu'à ce qu'il l'aide de ses limpides explications à y voir plus clair. C'est alors que nous réalisons qu'il n'y a pas que lui d'obtus. Nous aussi avons raté des indices, compris de travers le plus important, mal saisi ce que signifiaient les choses. Nous aussi avons besoin d'Hercule Poirot pour y voir plus clair. Pareil pour Jésus. Lui aussi était entouré d'un certain nombre d'Arthur Hastings qui rataient continuellement des indices, comprenaient de travers le plus important, saisissaient mal ce que signifiaient les choses. Lui aussi devait tout expliquer à ses disciples afin qu'ils puissent y voir plus clair. Et les disciples ont quand même mal compris, ils n'ont quand même pas su s'entendre sur ce que Jésus avait dit et fait. Regarde les Évangiles : *il y en a quatre*, tous légèrement différents les uns des autres, tous en *contradiction*, comme le sont toujours les témoignages.

» Dans les romans d'Agatha Christie, le meurtrier est presque immanquablement plus proche qu'on croyait. Souviens-toi, *L'Homme au complet marron*, *Les Sept Cadrans*, *Drame en trois actes*, *A.B.C. contre Poirot* et, surtout, *Le Meurtre de Roger Ackroyd*, pour ne nommer que ceux-là. On distingue très bien le mal de loin, mais plus il est près, plus grande est notre myopie morale. Les contours s'estompent, le centre se discerne plus difficilement. De là la réaction que nous avons à la révélation du coupable : "*Et tu, Brute ?*" C'est ainsi que les disciples ont dû réagir quand Judas, ce bon Judas Iscariote, cher ami et compagnon de voyage, s'est révélé être un traître. Comme nous sommes aveugles au mal près de nous, comme nous sommes prêts à regarder ailleurs !

» Parlant d'aveuglement, il y a ce drôle de phénomène. On lit Agatha Christie sous l'emprise de l'obsession. Il faut continuer. On veut connaître le coupable, savoir comment il a procédé, pourquoi il a fait ça. Puis voilà qu'on apprend tout. On est ébahi par la complexité d'exécution du crime. Oh, la froideur d'esprit du meurtrier, la fermeté de sa main ! Notre avide curiosité satisfaite, on repose le livre – pour aussitôt en oublier le coupable ! N'ai-je pas raison ? La victime, elle, on ne l'oublie pas, par contre. Agatha Christie peut se permettre d'intituler ses romans *Le Meurtre de Roger Ackroyd* ou *L'Affaire Protheroe* sans craindre de perdre l'intérêt de ses lecteurs. La victime est donnée, et elle nous reste en tête. Mais comme le meurtrier s'évanouit vite de notre esprit ! On prend un roman policier d'Agatha Christie – elle en a tellement écrit – et on se demande : *Est-ce que je l'ai lu, celui-là ? Voyons voir. Ça c'est la victime, oui, je me souviens, mais qui est le coupable ? Oh, j'ai oublié.* Il faut relire une centaine de pages avant de se rappeler qui a volé une vie humaine.

» On fait preuve de la même amnésie envers les Évangiles. La victime nous reste en mémoire. C'est évident.

Mais son assassin ? Si on allait voir le premier passant dans la rue et qu'on lui disait : "Vite, dites-moi, *qui a tué Jésus ?*" je parie qu'il resterait pantois. Qui a tué Jésus de Nazareth ? À qui la responsabilité ? Judas Iscariote ? Bah ! Un simple instrument, un accessoire. Il a trahi Jésus en le remettant à ceux qui étaient à sa recherche, mais il ne l'a pas tué. Ponce Pilate, dans ce cas, le procurateur romain qui l'a condamné à mort ? Pas exactement. Il n'a fait qu'obéir à la tendance. Jésus n'avait à ses yeux commis aucun méfait, il a cherché à le relâcher, préférant faire crucifier Barabbas, pour en fin de compte céder devant une foule en colère. Pilate a choisi de sacrifier un innocent plutôt que de se retrouver aux prises avec une émeute. C'était donc un faible, lui aussi accessoire au meurtre, mais ce n'est pas vraiment lui le meurtrier.

» Qui, alors ? Les Romains, de manière plus générale ? Jésus a en effet été mis à mort par des soldats romains obéissant à des ordres romains conformément à la loi romaine dans une province romaine. Mais a-t-on jamais entendu parler d'un meurtre aussi nébuleux ? Peut-on accepter, d'un point de vue théologique, que le Fils de Dieu ait été assassiné par les serviteurs anonymes d'un empire depuis longtemps disparu, dans le but d'apaiser une tribu belliqueuse de l'endroit ? Pas étonnant, si tel est le cas, que personne ne se souvienne du coupable.

» Ah ! mais bien sûr : ce sont les Juifs qui ont assassiné Jésus ! On connaît la chanson, hein ? Un groupe de vieux sages manipulateurs, de concert avec les autorités romaines, a conspiré pour ainsi se débarrasser d'un coreligionnaire problématique. (Et la haine des Juifs nous est restée, mais pas celle des Italiens – qu'est-ce qui a bien pu se passer pour qu'on en arrive là ? Tu parles d'une honte !) Mais si ce sont bel et bien des Juifs qui portent la responsabilité, alors lesquels ? Comment s'appelaient-ils ? On a Caïphe, le grand prêtre. Et les autres ? Il n'y en a aucun qui soit nommé. Et à dire vrai, à l'instar de Judas ou Pilate, Caïphe n'a joué qu'un rôle accessoire. Les Juifs ne pouvaient pas éliminer ouvertement un des leurs – tu te souviens des Dix Commandements ? Caïphe devait par conséquent trouver quelqu'un d'autre pour faire le travail à leur place. C'est ainsi que lui et le reste des sages ont attisé la foule, et c'est la foule qui a tranché contre Jésus. C'est en elle que repose la véritable culpabilité, la culpabilité concrète. Si la foule avait crié pour qu'on redonne sa liberté à Jésus et que Barabbas soit crucifié, Pilate l'aurait exaucée, Caïphe se serait trouvé dans une impasse et il aurait fallu que Judas rende son argent taché de sang.

» Il semble donc que nous y sommes : c'est *une foule* qui est responsable du meurtre de Jésus de Nazareth. Pour le dire précisément, c'est une foule qui a voulu sa mort, une foule victime d'un coup monté par des officiels pour la plupart anonymes, et manipulée par des sages pour la plupart anonymes. Puis ce sont des soldats anonymes qui ont exécuté Jésus. Mais tout a commencé par une foule, et y a-t-il quelque chose de plus anonyme ? Une foule n'est-elle pas anonyme par définition ? Vu ainsi, c'est clair : tous ces Juifs et Romains coupables ne sont, dans la plus pure tradition d'Agatha Christie, que des hommes de paille, de fausses pistes. Pas surprenant qu'un esprit grossier comme il y en a tant puisse croire le premier Juif venu responsable de l'assassinat de Jésus – c'est plus tangible. Mais dans la réalité théologique, l'assassin de Jésus s'appelle Anonyme. Et qui est Anonyme ? »

Maria s'interrompt. Après quelques secondes de silence, Eusebio prend conscience dans un sursaut que sa femme attend qu'il réponde à sa question.

« Oh ! Je ne sais pas trop. Je n'ai jamais…

— C'est toi et moi qui sommes cet Anonyme, c'est nous tous. Nous avons assassiné Jésus de Nazareth. Nous sommes la foule. Nous n'avons pas de nom. Ce n'est pas la culpabilité des Juifs qui traverse toute l'histoire, mais notre culpabilité à tous. Sauf que nous oublions ça très vite. La culpabilité n'est pas quelque chose qui nous est agréable, hein ? Nous préférons la cacher, l'oublier, la déformer de manière à la présenter sous un éclairage plus favorable et la rejeter sur autrui. Et c'est ainsi qu'en raison de l'aversion que nous avons pour la culpabilité, il nous est difficile de nous souvenir de qui a tué la victime des Évangiles, comme nous avons du mal à nous souvenir de qui a tué la victime dans un roman d'Agatha Christie.

» Et au bout du compte, n'est-ce pas là la façon la plus simple de décrire la vie de Jésus, comme un roman policier ? Une vie a été prise, la victime était parfaitement innocente. Qui est le coupable ? Qui avait un mobile ? Qui a eu l'occasion de passer à l'acte ? Qu'est-il arrivé au corps ? Qu'est-ce que tout ça voulait dire ? Il fallait pour résoudre le crime un détective exceptionnel, et il s'est présenté, l'Hercule Poirot du Ier siècle, quelques années après le meurtre : Paul de Tarse. La chrétienté commence avec Paul. Ses lettres sont les premiers documents chrétiens. On y retrouve l'histoire de Jésus, des années avant celui des Évangiles. Paul a juré de faire la lumière sur son affaire. À l'aide de ses *petites cellules grises*, il a joué au détective, écoutant les témoignages, étudiant de près le compte rendu des événements, rassemblant des indices, examinant le moindre détail. Il a fait une grosse percée, sur la route de Damas, sous la forme d'une vision. À la fin de son enquête, il a tiré la seule conclusion possible. Puis il a écrit et prêché, et d'un messie raté, Jésus est devenu le Fils de Dieu ressuscité qui a pris sur lui le poids de nos péchés. Paul a clos l'affaire Jésus de Nazareth. Et tout comme la résolution du crime dans un Agatha Christie apporte une sorte d'allégresse, tout comme le lecteur est frappé par la formidable ingéniosité de l'auteur, la résurrection de Jésus provoque une puissante allégresse chez le chrétien – une joie indélébile, même –, qui remercie Dieu de sa formidable ingéniosité ainsi que de sa compassion sans bornes. Parce que la résurrection de Jésus, pour l'absolution de nos péchés, est la seule solution possible au problème tel que Paul le concevait, le problème d'un Dieu aimant, mis à mort contre toute attente, avant de ressusciter. C'est une solution dont Hercule Poirot applaudirait vivement la logique.

» Le monde des Évangiles est dur. Beaucoup de souffrance, souffrance du corps, souffrance de l'âme. C'est un monde d'extrêmes moraux où ceux qui sont bons ne sont que bons et où ceux qui sont mauvais s'obstinent à l'être. Le monde d'Agatha Christie est dur dans une égale mesure. Qui parmi nous mène une vie aussi parsemée de meurtres que celles d'Hercule Poirot et de Jane Marple ? Et derrière ces meurtres, tant de fourberie ! Il n'en est pas ainsi dans notre monde, tu es d'accord ? La plupart d'entre nous ne connaissent jamais un tel degré de bien ni de mal. Nous évoluons dans un juste milieu. Mais il se produit tout de même des meurtres, et parfois à grande échelle, pas vrai ? Il n'y a pas si longtemps que la Grande Guerre a pris fin. Les Espagnols, à côté, s'abandonnent en ce moment même au fratricide. Et voilà qu'il court des rumeurs insistantes sur une nouvelle guerre d'un bout à l'autre de notre continent. Le crime qui symbolise notre siècle est le meurtre, Eusebio. Anonyme est bel et bien encore parmi nous. Ce juste milieu dans lequel nous évoluons est une illusion. Notre monde est dur, lui aussi, mais nous nous cachons dans un abri fait de chance et d'yeux fermés. Que feras-tu lorsque tu seras à court de chance, qu'on t'ouvrira les yeux de force ?

» Ce qu'il y a de triste, c'est que, malgré ce que les médecins disent, il n'y a pas de mort naturelle. Toute mort est ressentie par quelqu'un comme un meurtre, comme le vol injuste d'un être cher. Et même les plus chanceux d'entre nous rencontreront au moins un meurtre au cours de leur vie : le leur. Tel est notre destin. Nous vivons tous un roman policier dont nous sommes la victime.

» Le seul genre littéraire moderne qui se joue dans un registre moral aussi élevé que les Évangiles est le roman policier, jugé mineur. Si on place les livres d'Agatha Christie par-dessus les Évangiles et qu'on les tient ensemble à la lumière, on aperçoit correspondance et congruence, équivalence et concordance. On trouve des motifs communs, des similarités narratives. Une même transparence morale irradie des Évangiles et du roman policier. Et c'est là ce qui explique pourquoi Agatha Christie est l'auteur la plus populaire de l'histoire du monde. Elle suscite un intérêt aussi grand et est aussi largement diffusée que la Bible, parce qu'elle est un apôtre moderne, de sexe féminin – il était temps, alors que ça fait deux mille ans que les hommes disent n'importe quoi. Et ce nouvel apôtre répond à la même question à laquelle Jésus a répondu : Que doit-on faire de la mort ? Car les romans policiers se résolvent toujours à la fin, le mystère se dissipe en toute élégance. Il faut faire la même chose de la mort dans nos vies : la résoudre, lui donner du sens, la mettre en contexte, aussi difficile que ça puisse être.

» N'empêche qu'il existe aussi une différence entre les Évangiles et Agatha Christie. On ne vit plus à un âge de prophétie et de miracle. Jésus n'est plus parmi nous comme il l'était pour les gens qui peuplent les Évangiles. Les Évangiles de Matthieu, de Marc, de Luc et de Jean sont des récits de la *présence*. Les romans d'Agatha Christie sont des évangiles de l'*absence*. Ce sont des évangiles modernes destinés à des gens modernes, des gens plus suspicieux, moins portés à croire. Et c'est ainsi que Jésus est présent par fragments seulement, par traces, voilé et masqué, occulté, dissimulé. Sauf que, regarde, il est là, dans le nom de famille même de l'auteur. Mais il rôde, surtout, il murmure. »

Un sourire effleure le visage de Maria tandis qu'elle observe la réaction d'Eusebio. Il sourit à son tour, mais reste coi. Il y a, pour être honnête, quelque chose de choquant à se faire dire que Jésus-Christ et Agatha Christie, Paul de Tarse et Hercule Poirot se correspondent aussi étroitement. Le pape à Rome ne sera pas heureux d'entendre qu'il compte un sérieux rival en la personne d'une femme de quarante-huit ans originaire de Torquay, en Angleterre, auteur d'une quantité considérable de romans aussi divertissants que captivants.

Maria reprend la parole ; sa voix douce parvient à Eusebio comme une étreinte. « N'est-ce pas là le grand, le persistant défi de notre temps, de concilier foi et raison ? Il est si difficile – si *déraisonnable* – d'arrimer nos vies à une fine volute de sainteté. La foi est grandiose, mais peu pratique : comment vivre au quotidien une idée éternelle ? Il est tellement plus facile de faire preuve de raison. La raison est pratique, elle rapporte dans l'immédiat, ses rouages sont clairs. Mais, hélas ! elle est aveugle. Et la raison seule ne mène nulle part, surtout pas quand nous devons faire face à l'adversité. Comment réconcilier les deux ? Comment vivre avec foi et raison ? Dans ton cas, Eusebio, je me suis dit que la solution ne pouvait résider que dans des histoires où la raison a la part belle, mais qui nous gardent en même temps près de Jésus. Tu peux de cette façon t'accrocher à ta foi, même si elle fléchit un jour. Et c'est pourquoi je t'offre : Agatha Christie. »

Elle resplendit. Son cadeau de deux mots, enveloppé de multiples rouleaux de paroles, repose à présent sur les genoux de son mari. Celui-ci sait, après des décennies d'expérience, que c'est à son tour d'intervenir. Mais il est étonnamment sans mots. *Quoi ?* Les miracles de Jésus, Jésus profitant au corps humain, Jésus qui marche sur l'eau, Jésus allégoriste, sauvé par d'autres allégoristes, Jésus victime de roman policier, Jésus personnage secondaire chez Agatha Christie – tout ce tortueux raisonnement pour qu'il puisse lire son auteur préféré *dans une plus grande aise religieuse* ? Il parvient à balbutier quelque chose. « Merci, Maria. Je n'avais jamais pensé à Agatha Christie de cette façon. C'est un…

— Je t'aime, l'interrompt sa femme, et j'ai fait tout ça pour toi. Tu ne lis jamais rien d'autre. La prochaine fois que tu seras malade de tristesse à la maison, prends un de ses livres et imagine-toi sur un bateau. Debout sur l'eau à côté de toi se tient Jésus de Nazareth. Il se met à te lire le livre d'Agatha Christie. Le souffle chaud de Dieu qui t'aime émane des pages pour toucher ton visage. Comment pourrais-tu ne pas sourire ?

— Mais, M-M-Maria », s'écrie-t-il. Quel est ce bégaiement qui l'affecte soudain ? Il la regarde, et les raisons de sa reconnaissance lui reviennent, une terre riche, le soleil, la pluie, les cultures. « Mon ange, c'est si gentil de ta part ! Je te remercie sincèrement. »

Il se lève pour faire le tour du secrétaire jusqu'à elle. Elle se dresse elle aussi sur ses pieds. Il la prend dans ses bras. Ils s'embrassent. Elle est froide. Il l'étreint plus fort afin de la réchauffer de son corps. Il parle, la bouche contre son épaule. « Quel merveilleux cadeau. Je suis tellement chanceux de… »

Elle recule et lui tapote la joue. « De rien, mon cher mari, de rien. Tu es un homme bien. » Elle soupire. « Je devrais rentrer. Peux-tu m'aider à remettre les livres dans le sac, s'il te plaît ?

— Bien sûr ! » Il se penche pour ramasser les volumes tombés sur le plancher. Ensemble, ils remplissent le sac de tous les Agatha Christie et font quelques pas jusqu'à la porte du bureau. Eusebio l'ouvre. « Tu as laissé le lait sorti, dit Maria sur le seuil. Trois jours. Il a tourné. Il pue. Je n'ai pas remarqué avant, puisque je n'en bois jamais. Si tu as l'intention de travailler toute la nuit, achètes-en en rentrant. Et du pain aussi. Assure-toi de ne pas en acheter à la farine de lentilles. Ça te donne des gaz. Et je t'ai, pour finir, apporté un petit cadeau. Ne regarde pas tout de suite. Je m'en vais. »

Mais il veut la retenir encore un peu, la remercier du cadeau qu'elle représente dans sa vie, elle qui est depuis trente-huit ans sa chère épouse, il lui reste des choses à lui dire.

« Et si nous priions ? demande-t-il, ce qui d'habitude est un bon moyen de freiner sa femme dans son élan.

— Je suis trop fatiguée. Mais prie, toi. Tu as du travail à faire, aussi. À quoi travailles-tu ? »

Il regarde son secrétaire. Du travail ? Il avait complètement oublié son travail. « J'ai quelques rapports à rédiger. Un des cas est particulièrement désagréable, une femme qu'on a jetée d'un pont. Un meurtre vil. »

Il soupire. Seules les autopsies de bébés et d'enfants sont pires – tous ces organes jouets. Sinon, il n'y a aucune abomination plus grande que le corps humain en décomposition. Deux ou trois jours après le décès, une plaque verdâtre se manifeste sur l'abdomen du cadavre en train de pourrir et se propage à la poitrine et au haut des cuisses. Cette teinte verte a pour cause un gaz que génèrent les bactéries du système intestinal. Celles-ci, quand on est en vie, aident à digérer la nourriture, mais une fois qu'on est mort, c'est le corps qu'elles aident à digérer. La nature pullule d'amis du genre. Ce gaz à l'odeur nauséabonde contient du soufre, dont une partie s'échappe par le rectum – il n'est pas rare qu'on sente le corps en putréfaction avant de le voir. Mais on en a bientôt plein la vue. Une fois que le gaz a fini de décolorer la peau, il commence à faire gonfler le cadavre. Les yeux – aux paupières tuméfiées – sont exorbités. La langue sort de la bouche. Le vagin se retourne, expulsé comme le sont aussi les intestins par l'anus. La couleur de la peau continue de s'altérer. Un corps d'un blanc livide, complètement laissé à la merci d'une putrescence moite et gangreneuse, passera en une seule semaine du vert pâle au mauve, puis à un vert foncé marbré de noir le long des veines. Il se forme ensuite des ampoules suintantes qui éclatent en laissant des flaques de pourriture sur la peau. Le jus de cadavre s'écoule de la bouche, du nez et des autres orifices corporels. Deux des composés chimiques qu'on retrouve dans ces fluides portent respectivement le nom de putrescine et de cadavérine, ce qui en rend très bien les arômes.

Deux semaines après le décès, les enflures distendent le corps, surtout dans l'abdomen, le scrotum, les seins et la langue. Même quelqu'un de très mince prend alors une corpulence dégoûtante. La peau étirée se déchire et se détache par feuilles. Encore une autre semaine, et les cheveux, les ongles et les dents perdent leur prise. La plupart des organes internes se sont alors déjà rompus et ont commencé à se liquéfier, dont le cerveau, lequel n'est plus, dans sa dernière phase solide, qu'une gélatine d'un vert sombre. Tous ces organes se transforment en une rivière gluante et pestilentielle qui s'écoule du squelette.

Au grand air, d'autres organismes que les bactéries jouent également un rôle dans la défiguration du corps. Une foule d'oiseaux viendra picorer la chair morte, ouvrant le passage à nombre d'envahisseurs de plus petite taille, parmi lesquels les mouches, principalement les mouches à viande, avec leur généreuse contribution d'asticots, mais aussi les coléoptères, fourmis, araignées, mites, mille-pattes, guêpes et autres. Chacun continue à sa manière à détériorer le corps. Et ce ne sont pas les seuls mutilateurs non plus : musaraignes, campagnols, souris, rats, renards, chats, chiens, loups, lynx. Ils dévorent le visage, arrachent des morceaux de chair, font disparaître des membres entiers. Tout cela est infligé à un corps qui jusqu'à très récemment était en vie, complet, debout, un corps qui marchait, souriait et riait.

« Comme c'est terrible, dit Maria.

— Oui. J'éviterai ce pont désormais. »

Sa femme acquiesce. « La foi est la réponse à la mort. Au revoir. »

Elle renverse légèrement la tête et ils s'embrassent une dernière fois. Son adorable visage si près du sien ! Son corps contre lui ! Elle s'écarte. Un petit sourire, un regard d'adieu, et elle quitte le bureau pour aussitôt redescendre le couloir. Il sort à sa suite.

« Au revoir, mon ange. Merci de tous tes présents. Je t'aime. »

Elle disparaît dans un tournant. Il regarde le couloir désert, puis retourne dans son bureau en refermant la porte.

La pièce donne à présent l'impression d'être vide et trop silencieuse. Peut-être devrait-il prier, quoiqu'il n'ait pas, comme cela arrive, vu beaucoup de batailles remportées par la prière, aussi dévoué soit-il à Jésus. Il n'est pas non plus à l'âge où l'on se jette facilement à genoux. La génuflexion s'accomplit dans des grognements et des gestes lents, en un précaire jeu d'équilibre où l'on cède parfois d'un coup. Puis voilà que les genoux appuient douloureusement sur un plancher de marbre dur et froid (mais idéal pour nettoyer à la serpillière le sang et le jus de cadavre). Eusebio entreprend de se baisser en s'appuyant au secrétaire. C'est alors qu'il se souvient que Maria a fait mention d'un cadeau. Il regarde le meuble. Elle a dû y mettre le présent pendant qu'il était penché à ramasser les Agatha Christie sur le plancher. Quelques papiers, comme on pouvait s'y attendre, trahissent effectivement une bosse qui n'était pas là plus tôt. Il se redresse et tend la main. Un livre. Il le prend, le retourne.

Rendez-vous avec la mort, d'Agatha Christie. Il fouille dans sa mémoire. Ce titre ne lui dit rien, ni la couverture. Mais il y en a tellement, des titres et des couvertures. Il vérifie la page de copyright : 1938, l'année en cours – du moins, ce l'était encore il y a quelques minutes. Son cœur fait un bond. *Un nouveau Agatha Christie !* Le dernier opus après *Mort sur le Nil.* Le livre a dû arriver dans la journée, du Círculo Português de Mistério. Bénis soient-ils. Et bénie soit sa femme, qui lui a en plus fait le cadeau de le laisser le lire en premier.

Les rapports attendront. Il s'installe dans son fauteuil. Ou plutôt, comme sa femme le lui a suggéré, sur un bateau. Une voix lui vient aux oreilles :

« *Tu vois bien qu'il faut la tuer, non ?* »

Lancée dans le calme feutré de la nuit, la question parut y flotter un instant, avant de s'évanouir au loin, vers les ténèbres de la mer Morte.

La main sur la poignée de la fenêtre fermée à l'espagnolette, Hercule Poirot hésita un peu. Puis, d'un geste décidé, il la ferma, barrant ainsi la voie aux miasmes de l'air nocturne. On l'avait élevé dans l'idée que l'air extérieur doit rester dehors, et que les vents du soir sont particulièrement dangereux pour la santé.

Il tira les rideaux avec soin, et se remit au lit, un sourire indulgent aux lèvres.

« *Tu vois bien qu'il faut la tuer, non ?* »

Pour sa première nuit à Jérusalem, Hercule Poirot, détective, venait de surprendre là une phrase bien étonnante.

« Où que j'aille, décidément, le crime se rappelle à mon bon souvenir », se dit-il.

Eusebio s'arrête. Un Agatha Christie qui s'ouvre à *Jérusalem ?* Celui d'avant se déroulait sur le Nil, il y en a un qui se passait en Mésopotamie – on tourne autour de la Palestine –, et Jérusalem, à présent. Après tout ce que Maria lui a dit, la coïncidence le stupéfie. Elle ne pourra y voir que la confirmation de sa théorie.

Des coups secs à la porte le font sursauter. Le livre dans sa main s'envole comme un oiseau. « Maria ! » s'écrie-t-il. Elle est revenue ! Il se hâte vers la poignée. Il doit lui dire.

« Maria ! » lance-t-il encore en ouvrant.

Une femme se tient devant lui. Sauf que ce n'est pas son épouse. C'est quelqu'un d'autre. Elle est plus âgée. Une veuve vêtue de noir. Une étrangère. Elle le mesure du regard. Une grosse valise défoncée à ses pieds. Elle ne devait quand même pas voyager à cette heure avancée ? Eusebio remarque autre chose. Dissimulée par les rides, estompée par le temps, gâchée par la robe de paysanne noire, mais transparaissant néanmoins : la grande beauté de la femme. Un visage lumineux, une silhouette hors du commun, un port gracieux. Elle a dû être très belle dans sa prime jeunesse.

« Comment saviez-vous que c'était moi ? demande-t-elle, étonnée.

— Désolé, je vous ai pris pour quelqu'un d'autre.

— Je me présente, Maria Dores Passos Castro. »

Maria, oui, d'accord, mais qui est-ce ? Ce n'est pas Maria son épouse, mais une autre. Que veut-elle ? Que fait-elle ici ?

« Que puis-je pour vous, Senhora Castro ? » lui demande Eusebio avec une certaine dureté.

Maria Castro répond par une question. « Est-ce bien vous le médecin qui s'occupe des cadavres ? »

C'est une façon de dire les choses. « Oui, Dr Eusebio Lozora, chef du département de pathologie.

— Dans ce cas, il faut que je vous parle, docteur, si vous avez quelques minutes. »

Il se penche dans le couloir pour voir si son épouse n'est pas au bout. Pas là. Elles ont dû se croiser. Il soupire intérieurement. Encore une femme qui veut lui parler. Se soucie-t-elle aussi de son salut ? Combien de prophètes bibliques l'attendent encore dans la nuit ? Tout ce qu'il veut, c'est faire un peu de travail, mettre ses dossiers à jour. Et depuis quand les pathologistes donnent-ils ainsi des consultations au public, à cette heure indue, en plus ? Il meurt de faim. Il aurait apporté quelque chose à manger, s'il avait pu prévoir qu'il allait travailler jusqu'au matin.

Il est sur le point d'éconduire la vieille femme. Peu importe de quoi elle souffre, c'est un médecin de famille qu'elle devrait consulter, les urgences. Il s'apprête à refermer la porte quand lui revient le fait qu'aucun homme n'était présent à la sépulture de Jésus. Seules des femmes ont visité son tombeau, seules des femmes.

Peut-être qu'un des dossiers sur son secrétaire la concerne ? Un parent, un proche. Il est extrêmement inusité pour lui de faire face aux membres de la famille. Il s'enorgueillit de pouvoir déterminer la cause probable d'un deuil, mais le deuil lui-même, quand il s'agit d'y faire face, n'est ni sa spécialité médicale ni une chose pour laquelle il a du talent.

C'est d'ailleurs pourquoi il a choisi la pathologie. La médecine réduite à la science pure, sans ce harassant contact avec les patients, voilà ce que c'est que la pathologie. Mais avant d'être formé à pister la mort, Eusebio a étudié la vie, et il y a là devant lui une femme bien vivante qui souhaite discuter. C'est à cela que tient, se rappelle-t-il, la vocation à l'origine des arts médicaux : le soulagement de la souffrance.

De la voix la plus douce dont est capable sa carcasse épuisée, il dit : « Je vous prie d'entrer, Senhora Castro. »

La vieille femme ramasse sa valise et entre dans le bureau.

« Je vous remercie infiniment, docteur.

— Tenez, asseyez-vous ici », dit Eusebio en indiquant le fauteuil que son épouse vient à peine de laisser vacant. Son bureau n'est pas moins en désordre, sa table de travail reste jonchée de papiers – et que fait ce dossier par terre dans le coin ? Mais il faudra s'en satisfaire pour l'instant. Il s'assoit en face de sa nouvelle visiteuse, de l'autre côté du secrétaire. Un médecin et sa patiente. Si on fait abstraction de la bouteille de vin rouge qui se dresse entre eux et du roman d'Agatha Christie sur le plancher.

« Comment puis-je vous aider ? » demande-t-il.

Elle hésite, puis se décide. « Je suis venue du village de Tuizelo, dans les Hautes Montagnes du Portugal. »

Ah oui. Les rares habitants des Hautes Montagnes du Portugal viennent de temps en temps à Bragança, car il n'y a nulle part d'hôpital sur cet ingrat plateau, ni non plus de centre de commerce de quelque taille que ce soit.

« C'est à propos de mon mari.

— Oui ? » l'encourage Eusebio.

Elle ne dit rien. Il attend. Il va la laisser se ressaisir. Ses lamentations chargées d'émotion se présenteront déguisées en questions. Il lui faudra enrober de mots bienveillants les explications qu'il lui fournira sur la mort de son époux.

« J'ai essayé de mettre tout ça par écrit, dit-elle enfin. Mais ça a quelque chose de si vulgaire sur papier. Et c'est pire encore d'en parler.

— Ne vous en faites pas », répond-il d'une voix apaisante, non sans trouver cependant son choix de mot bizarre. *Vulgaire ?* « C'est parfaitement normal. Et inévitable. Il en est de même pour chacun de nous.

— Vraiment ? Pas à Tuizelo. Je dirais même que c'est plutôt rare là-bas. »

Les sourcils d'Eusebio se froncent. Cette femme habite-t-elle donc un village d'immortels où seulement quelques rares personnes reçoivent la visite impolie de la Faucheuse ? Son épouse lui dit souvent qu'il passe tellement de temps auprès des morts que les signaux sociaux des vivants lui échappent. Peut-être a-t-il mal entendu ? Ne vient-elle pas de lui demander si c'était lui le médecin qui s'occupe des cadavres ?

« Senhora Castro, la mort est universelle. Nous en faisons tous l'expérience un jour.

— La mort ? Qui parle de la mort ? Je parle de sexe. »

Maintenant que le mot redouté a été dit, Maria Castro est plus à l'aise de poursuivre. « L'amour a surgi dans ma vie sous le déguisement auquel je m'attendais le moins. Celui d'un homme. J'en ai été aussi surprise qu'une fleur qui voit pour la première fois une abeille venir vers elle. C'est ma mère qui, la première, a suggéré que j'épouse Rafael. Elle en a discuté avec mon père, puis ils ont convenu que nous faisions bien la paire. Ce n'était pas un mariage arrangé, pas tout à fait, mais il aurait quand même fallu que je trouve une bonne, une solide excuse pour ne pas l'épouser. Et je n'en trouvais pas une seule. Il nous suffisait de bien nous entendre, était-ce donc si difficile ? Je le connaissais depuis toujours. C'était un des garçons du village. Il avait toujours été là, comme une roche dans un champ. J'ai dû poser le regard sur lui la première fois quand j'étais une bambine, et lui, plus âgé que moi, m'avait peut-être fixée des yeux quand j'étais bébé. C'était un garçon élancé, au visage plaisant, plus tranquille et réservé que les autres du village. Je ne crois pas l'avoir côtoyé plus de vingt minutes en tout et pour tout avant qu'il nous soit proposé de passer le reste de nos vies ensemble.

» Nous avions, quand j'y repense, déjà un souvenir en commun. C'était peut-être arrivé un ou deux ans plus tôt. Je faisais une course et je l'avais croisé sur mon chemin. Il était en train de réparer une clôture. Il m'avait demandé de tenir quelque chose pour lui. Je m'étais penchée, approchant ainsi ma tête de la sienne. Juste à ce moment-là, une bourrasque de vent avait soulevé une masse de mes cheveux qu'elle lui avait jetée au visage. J'avais senti la douce flagellation, et reculé la tête en attrapant les dernières mèches qui lui ruisselaient sur le visage. Il souriait, le regard fixé droit sur moi.

» Je me souviens aussi qu'il a joué de la flûte à bec, un petit truc en bois. J'en aimais le son, un pépiement semblable à celui d'un oiseau au printemps.

» Il a donc été suggéré que nous nous unissions, et je me suis dit pourquoi pas ? Il allait bien falloir que je me marie un jour ou l'autre. Personne n'a envie de passer toute sa vie dans la solitude. J'allais faire de mon mieux pour être là pour lui. Je le regardais sous un nouveau jour, et l'idée de l'épouser me réjouissait.

» Son père était mort quand il était jeune, et c'est donc sa mère qu'on a consultée. Elle était du même avis, et on pouvait supposer que lui aussi. Tout le monde se disait *pourquoi pas ?* Les choses se sont passées vite. Une cérémonie de routine. Le prêtre nous a adressé ses discours pieux. Aucun argent n'a été dépensé dans quelque célébration que ce soit. On nous a installés dans une cabane que l'oncle de Rafael, Valério, nous avait donnée en attendant que nous trouvions mieux.

» Nous étions seuls pour la première fois depuis la cérémonie. C'est à peine si la porte s'était refermée que Rafael s'est retourné pour me dire : "Enlève tes vêtements." Je l'ai regardé de travers et j'ai dit : "Non, toi." "D'accord", a-t-il répondu, et il s'est vite déshabillé. Ça avait quelque chose d'impressionnant. Je n'avais jamais vu d'homme nu. Il est venu à moi, puis a posé une main sur mon sein en serrant. "Est-ce que ça te plaît ?" a-t-il demandé. J'ai haussé les épaules et dit : "Ça va." "Et ça ?" a-t-il demandé, et il a serré de nouveau, mais plus doucement, et en pinçant le mamelon. "Ça va", ai-je répondu, mais sans hausser les épaules cette fois.

» Il s'est montré très cavalier après ça. Il s'est placé derrière moi pour me presser contre lui. Je sentais son concombre. Il a glissé la main sous ma robe, tout en dessous, jusqu'à ce qu'elle s'arrête là. Je ne l'ai pas repoussé. Je me disais que c'était ça être mariée, qu'il me fallait tolérer ça.

"Est-ce que ça te plaît ?" a-t-il demandé.

"Je ne sais pas trop", ai-je répondu.

"Et ça ?" a-t-il redemandé en donnant d'autres petits coups de doigt.

"Je ne sais pas trop", ai-je répondu.

"Et ça ?"

"Je ne sais... pas."

"Et ça ?"

» Voilà tout à coup que je ne pouvais plus répondre. Une sensation était en voie de me submerger. Il avait touché un point d'une manière telle que j'en avais la langue desséchée. Oh, que c'était bon ! Qu'est-ce qui se passait ? "Et ça ?" a-t-il redemandé.

» J'ai fait oui de la tête. Il a continué. Je me suis penchée vers l'avant, et lui de même. J'ai perdu l'équilibre et nous nous sommes mis à trébucher un peu partout dans la pièce, renversant une chaise, heurtant un mur, déplaçant une table. Rafael me tenait fermement et nous a entraînés tous les deux au sol, sur le petit tapis que son frère Batista nous avait offert. Pendant tout ce temps, il continuait de sa main, et la sensation ne me quittait pas. Je n'avais aucune idée de ce qui se passait, mais ça grondait en moi comme un train, puis il s'est produit une sorte d'explosion, comme si le train venait de ressortir d'un tunnel à la lumière. Je l'ai laissé gronder à travers moi. J'en ai eu le souffle coupé. Je me suis tournée vers Rafael. “Je vais enlever mes vêtements maintenant”, ai-je dit.

» Il avait vingt et un ans, j'en avais dix-sept. Le désir était pour moi une découverte. Où aurais-je pu le trouver avant ? Mes parents l'exprimaient comme un désert. J'étais l'unique plante qu'ils avaient su générer. Leur existence, pour le reste, n'était qu'aigreur et travail acharné. Et l'Église, m'avait-elle enseigné le désir ? La pensée aurait mérité que j'en rie, si j'avais eu du temps à perdre. L'Église m'avait appris à juger honteuse une chose que je ne connaissais même pas. Et pour ce qui était des gens autour de moi, jeunes et vieux, peut-être avaient-ils laissé échapper des sous-entendus, des allusions dans ma jeunesse – mais leur signification m'avait échappé.

» Alors, voilà : je n'avais jamais désiré. Mon corps était mûr pour cela, mon esprit prêt à apprendre, mais ça restait quelque chose de latent, d'inutilisé, d'insoupçonné. Puis Rafael et moi nous sommes unis. Sous nos vêtements ordinaires et nos manières timides, nous avons découvert de beaux corps, comme de l'or caché sous la terre. Nous étions absolument ignorants dans ce domaine. Je ne savais pas ce qu'était un concombre ni à quoi ça servait. Je ne savais pas ce que ça pouvait faire pour moi ni l'inverse. Et Rafael ne savait rien non plus de mon jardin. Il avait le regard rivé dessus, médusé. *Quelle chose étrange*, ont dit ses yeux. *Et tu as vu ce que tu as, toi ?* ont répondu les miens. *Oui, oui*, ont acquiescé les siens avec ferveur, *comme tout ça est étrange.*

» Mais le plus étrange, c'est que nous savions ce qu'il y avait à faire. Tout est tombé en place. Nous nous sommes touchés en nous questionnant l'un l'autre avant de passer à l'acte, tout d'un même mouvement. Ce qui lui faisait du bien me faisait du bien, ce qui me faisait du bien lui faisait du bien. Il en est parfois ainsi dans la vie, non ? Un timbre prend plaisir à être léché et collé à une enveloppe, et l'enveloppe prend plaisir à ce que le timbre y soit collé. Chacun s'éprend de l'autre sans jamais s'être douté de son existence. Rafael et moi étions timbre et enveloppe.

» Et, à notre stupéfaction, il était, sous le couvert du mariage, parfaitement acceptable que nous nous conduisions de la sorte. Jamais je n'avais imaginé qu'il pouvait être aussi bon d'être Portugaise.

» Je me hâtais autrefois, le long de la crête de la colline, de revenir du village voisin où j'assistais l'institutrice. Il n'y avait pas de sentier à proprement parler, mais c'était là le chemin le plus court jusqu'à notre petite maison. J'escaladais de gros rochers, plongeais dans des haies. Il y avait des murs de pierres, mais dotés de portails. Depuis l'avant-avant-dernier d'entre eux, il arrivait souvent que j'aperçoive Rafael, en bas, dans notre deuxième champ où les moutons broutaient. Il n'était pas rare qu'il me remarque lui aussi, juste au moment où je l'atteignais. Chaque fois, je me disais : *Quelle extraordinaire coïncidence ! C'est à peine si j'ai franchi le portail qu'il m'a vue.* Il ne pouvait pas m'entendre – trop loin –, mais percevant que la couleur du ciel s'assombrissait, conscient de l'heure de la journée, il savait que j'arriverais bientôt, et sans cesse il se retournait en levant les yeux pour ainsi créer les conditions nécessaires à la coïncidence. Il me voyait et se mettait alors à redoubler d'efforts au champ, pressant les moutons dans leur enclos, ce qui faisait japper le chien, ravi de voir son maître faire le travail à sa place.

» Souvent, avant même d'avoir tout à fait terminé sa tâche, il se mettait à courir, et moi aussi. Il avait moins loin à parcourir que moi, mais beaucoup à faire par contre. Il se précipitait dans la cour en criant contre les poules. J'entendais leurs caquètements éperdus tandis que j'approchais. Les volatiles se faisaient lancer dans le poulailler. Puis, il y avait les cochons qui avaient besoin de leur pâtée pour la nuit. Et tout le reste. Il y a toujours quelque chose à faire à la ferme. Je dévalais du sommet de la colline jusqu'à l'arrière de la maison. Je criais en riant : "C'est moi qui vais arriver la première !" La porte avant était la plus près pour lui, alors que c'était celle de derrière pour moi. Quand je n'étais plus qu'à quelques mètres, il abandonnait tout pour foncer – au diable la ferme ! Les portes s'ouvraient en trombe, parfois la sienne d'abord, parfois la mienne. D'une manière ou d'une autre, les deux se refermaient en claquant, faisant trembler notre masure jusque dans ses fondations, et nous nous retrouvions face à face, à bout de souffle, étourdis et ivres de bonheur. Pourquoi une telle urgence ? Pourquoi cette course malséante à travers la campagne ? Pourquoi négliger de la sorte les devoirs de la ferme ? Parce que nous avions trop hâte d'être nus dans les bras l'un de l'autre. Nous arrachions nos vêtements comme s'ils étaient en feu.

» Un jour, quelques mois après mon mariage, ma mère et moi étions occupées à faire des conserves. C'est là qu'elle m'a demandé si Rafael et moi avions déjà partagé notre couche. C'est comme ça qu'elle disait ça. Son mari, mon père, ne l'avait pas touchée pendant les dix-huit premiers mois de leur mariage. Je ne sais pas ce qu'ils ont fait durant tout ce temps. Attendaient-ils, couchés dans le lit, dos à dos et les yeux grands ouverts, de s'endormir dans un silence de mort ? C'était de ses petits-enfants que ma mère se souciait. Sa lignée ne s'était pas beaucoup reproduite. Elle-même était enfant unique, et cinquante-quatre ans de mariage ne lui avaient donné qu'une seule fille. Elle craignait que je ne sois frappée de l'infécondité familiale. Je lui ai dit que oui, Rafael et moi partagions notre couche chaque soir, et quelquefois même dans la journée si nous nous trouvions tous les deux à la maison, le dimanche, par exemple. Le matin aussi, parfois, avant de devoir aller travailler à la presse. Il nous arrivait de partager notre couche deux fois d'affilée.

» Ma mère m'a regardée. "Je veux dire la chose, la *chose*", a-t-elle chuchoté, même si nous étions seules.

» Est-ce qu'elle croyait que je parlais de *siestes ?* Que nous allions au lit tôt chaque soir, et qu'il nous arrivait aussi de faire la sieste durant le jour ? Que nous faisions à l'occasion deux siestes d'affilée ? Nous pensait-elle aussi somnolents et paresseux que des chats ?

» "Oui, oui, mère, ai-je répondu, nous la faisons tout le temps, la chose. Si je le vois dans la demi-heure qui vient, peut-être même la ferons-nous alors."

» Ses yeux exprimèrent surprise, consternation, horreur. *Chaque soir ? Les dimanches ?*

» C'était au siècle passé, rappelez-vous. Les choses ont beaucoup changé depuis. Tout est si moderne, de nos jours. Je pouvais voir dans son esprit les pages de la Bible tourner à toute vitesse. Nous avions fini de mettre les fruits en conserve. J'étais libre de partir.

» "*C'est* mon mari", lui ai-je dit en ouvrant la porte d'un petit coup de hanche.

» Jamais elle n'est revenue sur le sujet. Au moins, maintenant, elle pouvait espérer se voir accorder une bonne dizaine de petits-enfants. Elle irait en faire étalage partout dans le village comme elle l'aurait fait de bijoux raffinés. Et la réponse que j'avais eue pour elle était en plus matière à potin. Telle était ma mère, une prude qui vivait de commérage, comme toutes les prudes. Les hommes du village me regardaient après ça en arborant des sourires qui ne s'effaçaient pas – et plus ils étaient vieux, plus leurs yeux brillaient –, tandis que les femmes, jeunes et vieilles, manifestaient de leur côté un mélange confus d'envie, de mépris et de curiosité. C'est à partir de ce moment que ma mère a commencé à s'annoncer avec tambours et trompettes à cent mètres de chez nous.

» Quant au nombre de petits-enfants, eh bien, ses espoirs ont été anéantis. Je me suis avérée aussi stérile qu'elle. Et considérant la fréquence à laquelle un timbre était apposé sur l'enveloppe, il est surprenant qu'il ne soit pas venu plus de lettres. Il n'en est venu qu'une, en fait, une lettre exquise, tard, tard, tard, un garçon à croquer qui s'est extirpé de moi non pas en pleurs, mais dans des éclats de rire. Sauf qu'avant que j'aie pu présenter notre petit ourson à ma mère, elle avait perdu la raison. J'aurais pu lui mettre une poule caquetante dans les bras, elle aurait eu le même sourire idiot. »

Un vague sourire vient aussi aux lèvres de la vieille femme, dans lequel il n'y a toutefois rien d'idiot.

« Le sommeil, maintenant que je suis vieille, est devenu pour moi un mystère. Je me souviens de ce que c'est, seulement je ne me rappelle pas comment faire. Pourquoi le sommeil m'a-t-il trahie ? Rafael et moi nous y abandonnions si copieusement dans notre jeunesse. En dépit de notre pauvreté, nous possédions un lit confortable, des rideaux, nous obéissions à l'appel de la nuit. Notre sommeil était aussi profond qu'un puits. Chaque matin, nous nous réveillions pour nous émerveiller de ce rafraîchissant phénomène qui nous assommait de la sorte. Mes nuits sont aujourd'hui tourmentées par la tristesse et le souci. Je me couche, fatiguée, puis rien ne se passe. Je reste tout simplement étendue là, mes pensées s'enroulant autour de moi comme un serpent. »

Eusebio parle doucement. « Il n'est pas facile de vieillir, Senhora Castro. C'est là une terrible et incurable pathologie. Tout comme le grand amour. Au début, c'est bien. Une maladie des plus désirables. Sans laquelle on ne voudrait pas vivre. Elle est pareille à la levure qui corrompt le jus des raisins. On aime, on aime, on s'acharne à aimer – la période d'incubation peut être très longue –, et puis vient avec la mort le chagrin d'amour. Il faut toujours que l'amour trouve une fin non désirée. »

Mais où est le corps ? Telle est la question pressante qui reste informulée. Et le corps de qui ? Peut-être n'est-ce pas celui de son mari. Elle est vêtue de noir, comme toute femme du Portugal rural de plus de quarante ans qui a perdu un parent quelque part. La tenue de deuil consiste, chez les campagnardes, en une robe permanente. Peut-être est-elle venue s'informer de quelqu'un de plus jeune. Si tel est le cas, alors n'importe lequel des dossiers à ses pieds pourrait contenir les renseignements qu'elle veut. Il est aussi possible que ce soit le Dr Octávio, son collègue, qui ait traité le cas qui l'intéresse. José est parti depuis maintenant près de trois semaines pour des vacances d'un mois en Angleterre, où il est allé visiter sa fille. De là tout le travail supplémentaire qu'il a en ce moment. Mais tous ses cas sont en règle, ce qui fait que si Maria Castro s'enquiert de l'un d'eux, Eusebio saura trouver le dossier dans le classeur de la pièce à côté.

Il faut en tout cas qu'il y ait un corps, car il est pathologiste. Les insomniaques vont ailleurs, consulter un médecin de famille qui leur prescrira un philtre de sommeil, un prêtre qui les absoudra de leurs péchés. Et les gens pour qui vieillir est un malheur, qui souffrent d'un chagrin d'amour, vont eux aussi ailleurs, chez le prêtre également, ou chez un ami, à la taverne, au bordel même. Ils ne vont pas voir le pathologiste.

« Je me réjouis des joies et m'attriste des problèmes dont vous me faites part, reprend Eusebio. Mais pour quelle raison, exactement, êtes-vous venue me voir ? Êtes-vous ici pour vous informer d'un cas en particulier ?

— Je veux savoir comment il a vécu. » Comment il a *vécu ?* Comment il est mort, elle veut dire.

Un lapsus dû à son âge.

« Qui ?

— Rafael, évidemment.

— Quel est son nom complet ?

— Rafael Miguel Santos Castro, du village de Tuizelo.

— Votre mari, donc. Juste un moment, s'il vous plaît. »

Il se penche et sort les dossiers sous son secrétaire. Où se cache donc la liste de contrôle ? Il trouve la feuille en question, qu'il parcourt minutieusement. Aucun Rafael Miguel Santos Castro parmi les cas en attente.

« Je ne vois nulle part ce nom sur ma liste. C'est mon collègue, le Dr Octávio, qui a dû traiter le cas de votre mari. Je vais devoir aller chercher son dossier. Donnez-moi juste un moment.

— Quel dossier ? demande Maria Castro.

— Celui de votre mari, bien sûr. Tous les patients en ont un.

— Vous ne l'avez même pas encore vu.

— Oh. Vous ne m'aviez pas dit. Dans ce cas, vous allez devoir revenir dans quelques jours, quand il sera rendu ici.

— Mais il est ici.

— Où ? »

Impossible qu'il soit dans la chambre froide. Eusebio est parfaitement au fait de tous les corps qui y sont actuellement entreposés. Est-ce qu'elle veut dire que son mari est ici *dans un sens spirituel ?* Il se questionne, d'un point de vue médical, sur son état d'esprit. Légère démence ?

Maria Castro lui jette un regard parfaitement lucide et répond d'un ton terre à terre : « Juste ici. »

Elle se penche et fait sauter les fermoirs de sa valise. Le dessus de celle-ci s'ouvre d'un coup, et l'unique chose qu'elle contient en glisse comme un bébé en train de naître : le cadavre déchaussé de Rafael Castro.

Eusebio le regarde. Les corps trouvent la mort de diverses façons, mais lui sont toujours acheminés de la même manière à l'hôpital : sur une civière à roulettes, adéquatement préparés et accompagnés d'un rapport clinique. Ils ne déboulent pas d'une valise dans leurs habits du dimanche. Sauf que les paysans ont leurs coutumes à eux, il le sait. Ils vivent avec la mort d'une façon que les citadins ont depuis longtemps mise derrière eux. Il arrive dans la campagne portugaise qu'on enfouisse les morts dans de vieux troncs d'arbres, par exemple. Eusebio, au cours de sa longue vie professionnelle, a eu à examiner quelques cas du genre, dans le but d'établir si les corps étaient morts de causes naturelles et avaient eu droit à des obsèques, et non pas assassinés et dissimulés. (À tous les coups, ils avaient eu droit à des funérailles en bonne et due forme.) Il a de plus travaillé sur des corps de paysans sous les ongles desquels des aiguilles avaient été enfoncées. Aucune cruauté là-dedans ; il s'agissait seulement d'une méthode primitive visant à s'assurer que l'individu n'était bel et bien plus en vie. Et voici à présent une autre façon pratique qu'ont les paysans de composer avec la mort : remplir soi-même le rôle de l'ambulance. Il a dû falloir beaucoup de travail à la vieille femme pour traîner cette valise depuis les Hautes Montagnes du Portugal.

« Depuis combien de temps est-il mort ? demande Eusebio.

— Trois jours », répond Maria Castro.

Ce qui semble assez plausible. Le froid hivernal de la route a bien préservé la dépouille.

« Et comment ? Je veux dire, est-ce qu'il était malade ?

— Si oui, il ne me l'a pas dit. Il prenait un café dans la cuisine. Je suis sortie. Quand je suis revenue, il était sur le plancher, et je n'ai jamais pu le ramener à lui.

— Je vois. » *Infarctus aigu du myocarde, anévrisme cérébral, quelque chose comme ça*, pense Eusebio. « Et que voulez-vous que je fasse de lui, Senhora Castro ?

— Je veux que vous l'ouvriez, que vous me disiez comment il a vécu. »

Encore la même erreur. Peut-être a-t-elle une aversion pour le vrai mot. Quoique, quand on y pense, ce ne soit pas inexact non plus de dire les choses ainsi. En révélant la façon dont on est mort, une autopsie indique souvent aussi celle dont on a vécu. Mais quand même, c'est curieux. Peut-être est-ce là une expression régionale inspirée de la superstition.

« Vous voulez que j'autopsie votre mari ?

— C'est ça, oui. N'est-ce pas votre travail ?

— Oui. Mais on ne commande pas une autopsie comme on commande un repas au restaurant.

— Quel est le problème ?

— Il y a des procédures à suivre.

— Il est mort. Que faut-il de plus ? »

Elle a raison. Qu'on suive le bon protocole ou pas, le corps restera le même. Et on peut la renvoyer avec sa valise, Maria Castro reviendra le lendemain avec son mari. Une auberge de Bragança aura entre-temps le désagrément de découvrir qu'elle compte un cadavre parmi ses clients. Et à la chaleur de la chambre, le corps risquerait d'atteindre au cours de la nuit le point de décomposition, ce qui serait une simple contrariété pour Eusebio, mais un scandale pour les aubergistes. Mais cela, c'est si le couple va à l'auberge. Depuis quand les paysans ont-ils de l'argent à dépenser dans l'hébergement ? Il est plus probable que la vieille femme passera la nuit à la gare, assise sur un banc, ou, pire encore, dehors dans un parc, assise sur sa valise. Le froid ne risque pas de déranger Rafael Castro, ni d'ailleurs sa fidèle épouse – les vieux paysans comme eux sont aussi endurcis que le rhinocéros ibérique de jadis. C'est lui, Eusebio, que cela dérangera. Un simple bout de papier ne vaut pas une telle souffrance physique, pas après un tel chagrin. De plus, ce corps frais est préférable à celui auquel il aura sinon affaire, celui de la femme qu'on a jetée d'un pont.

Maria Castro le regarde, attendant sa réponse. Sa patience pèse au médecin.

Eusebio est pragmatique, à sa manière. Comment s'est-elle exprimée ? Elle s'est mariée « sous la bannière du *pourquoi pas ?* » Pourquoi pas, donc. Cela lui fera quelque chose à raconter à José.

« D'accord, je vais autopsier votre mari. Vous allez devoir attendre ici.

— Pourquoi ?

— Les autopsies ne sont pas des spectacles publics. »

C'est faux, bien entendu. Depuis le début de l'histoire de la médecine elles constituent des spectacles publics. Mais pas *grand public*. À l'intention d'un public spécialisé. Comment sinon les médecins apprendraient-ils leur métier ?

« Je ne suis pas spectatrice. J'ai été mariée à lui pendant soixante ans. Je serai à son côté. »

Il y a dans sa dernière phrase une détermination irrévocable, les mots d'une femme à qui il reste si peu de désirs que ceux qu'elle a encore sont remplis à ras bord de sa volonté.

C'est une chose inconvenante de discuter tard la nuit, encore plus avec une veuve en deuil. Le pragmatisme d'Eusebio lui suggère encore une fois une solution. Il la fera se tenir près d'une chaise. Dès la première incision, par laquelle on ouvre la poitrine, elle se sentira défaillir. Il l'aidera à s'asseoir, puis quand elle se sera remise, il la ramènera dans son bureau, où il la laissera jusqu'à ce qu'il ait terminé.

« Très bien. Comme vous voulez, Senhora Castro. Mais je vous avertis, une autopsie, pour les non-initiés, n'a rien de beau à voir.

— J'ai abattu mon lot de cochons et de poules. Un corps est un corps. »

Sauf pour le tourbillon d'émotions, Eusebio s'en fait la remarque. On n'aime pas ses cochons et ses poules. On ne pleure pas ses cochons et ses poules. On ne se souvient même pas d'eux. Mais il faut laisser Maria Castro le constater par elle-même. C'est exactement là le sens du mot autopsie, du grec *autopsia*, « voir de ses propres yeux ». Elle ne tiendra pas. Même le vieux paysan le plus solide, placé à une telle proximité de la mort, voudra battre en retraite du côté de la vie. Seulement il ne faut pas qu'elle tombe et se fasse mal avant.

« Vous pourriez peut-être me donner un coup de main avec le corps », dit-il.

Rafael Miguel Santos Castro est, quelques minutes plus tard, couché sur le dos sur l'une des deux tables d'opération du service de pathologie. Sans faire d'histoires, Senhora Castro aide Eusebio à retirer tous les vêtements de son mari. Elle lui tapote les cheveux. Elle lui place le pénis bien droit par-dessus le scrotum. Puis elle l'inspecte comme elle inspecterait son potager, contente de voir que tout est en bon ordre.

Eusebio est troublé. C'est ainsi qu'il regardait lui-même un corps lorsqu'il était encore étudiant, intéressé, curieux, partant. La mort n'était alors qu'un amusement impersonnel. Mais c'est là le mari de cette femme. Il regrette d'avoir pris la décision de la laisser assister à l'autopsie. À quoi a-t-il bien pu penser ? C'est la fatigue. Il ne rencontrera aucun problème auprès de l'hôpital ou du collège médical. Il n'y a aucune règle définissant qui a le droit ou non d'assister à une autopsie. C'est lui, le capitaine du navire. Seulement, ce n'est pas quelque chose qu'un proche devrait voir, la nudité brute de l'homme, dans un environnement inévitablement froid et stérile – et cela avant même qu'il ait touché de sa science le corps du paysan. Comment son épouse réagira-t-elle alors ?

Il enfile son tablier et le noue. Il pourrait en offrir un à Maria Castro aussi, mais se ravise. Un tablier ne ferait que l'encourager à venir plus près.

Il regarde son plateau d'instruments. Simples, mais efficaces : quelques scalpels et couteaux affûtés, des pinces et des forceps, une paire de ciseaux incurvés à bout rond, un ciseau biseauté, un maillet de bois, une bonne scie, une balance sur laquelle peser les organes, une règle clairement divisée en millimètres et en centimètres pour les mesurer, un long couteau plat permettant de les découper, diverses éponges ainsi qu'une aiguille et de la ficelle pour recoudre le corps à la fin. Puis le seau à bouillie, au bout de la table. Bien sûr, son outil principal est son microscope, avec lequel il examine les lames où ont été placés les échantillons de fluides corporels et ceux prélevés par excision ou biopsie. C'est là une partie fondamentale de son travail, le travail histologique. Sous le microscope du pathologiste, vie et mort luttent à l'intérieur d'un cercle illuminé, dans une sorte de corrida cellulaire. La tâche du médecin consiste à trouver le taureau parmi les cellules qui jouent le rôle de matadors.

Il aurait dû emmener le corps et revenir quelques minutes plus tard avec des lames en prétendant que c'étaient des échantillons du corps du mari de Maria Castro. Elle n'en aurait rien su. Tout en survolant ces paysages colorés à l'aide du microscope à deux têtes de José, il aurait pu lui servir son baragouin médical. *Ah oui, c'est absolument clair, Senhora Castro. Vous voyez la forme récurrente ici et là. C'est l'architecture classique. Aucun doute là-dessus. Votre mari est mort d'un cancer du foie.* Ou il lui aurait dit, puisqu'elle a évité le mot, que son mari avait *vécu* du cancer du foie. Puis elle serait partie, triste, mais satisfaite, maintenant en mesure de passer à autre chose – et le charcutage de son époux lui aurait été épargné.

Mais il est trop tard pour cela. Elle est là, debout à côté de la table, sans manifester le moindre intérêt pour la chaise qu'il a apportée pour elle.

Peut-être pourrait-il la faire asseoir dans l'alcôve de Senhora Melo. Que feraient-ils, José et lui, sans l'infatigable Senhora Melo ? Son bureau, pas beaucoup plus large que la table sur laquelle repose sa machine à écrire, est attenant au mur qui sépare les deux salles d'autopsie. De chaque côté, à hauteur de sa tête, se trouve une ouverture dans laquelle a été encastré un panneau de paille tissée donnant sur chaque pièce. Les multiples petits trous lui permettent d'entendre ce qui se passe, mais pas de voir. Car si elle voyait les organes dégoulinants et les corps éviscérés, elle hurlerait et perdrait connaissance, et elle est là pour noter ce qui est dit, non pas pour avoir des réactions. Elle tape à une vitesse et avec une précision extraordinaires, et son orthographe latine est excellente. L'aide de Senhora Melo leur permet, à Eusebio et José, d'observer et de décrire ce qu'ils sont en train de faire sans avoir à s'arrêter pour écrire. Ils ont tellement d'autopsies à réaliser. En l'état actuel des choses, un des deux médecins travaille et dicte pendant que l'autre met la dernière main à un corps, prend une pause, puis se prépare au cas suivant. En alternant ainsi, ils peuvent exécuter en toute efficacité autopsie sur autopsie. Parfois, après qu'il s'est confessé au père Cecílio, il semble à Eusebio que Senhora Melo ferait un meilleur confesseur que lui. Bien davantage de dures vérités lui ont été révélées qu'au prêtre.

Eusebio porte normalement des gants de caoutchouc quand il pratique une autopsie – un progrès technologique récent et bienvenu. Il les traite avec grand soin, les lavant tous les jours à l'eau et au savon en plus de les garder humides à l'aide d'une solution de bi-iodure de mercure. Mais voilà qu'il hésite à les sortir. S'il les porte, Maria Castro pourrait penser qu'il éprouve du dédain envers son mari. Il vaut donc mieux revenir à la bonne vieille méthode à mains nues.

Mais il remplacera d'abord le ruban de papier tue-mouches. Les mouches sont, sous le climat du Portugal, un problème tenace. Elles prospèrent comme des colporteurs de contagion. Eusebio s'assure de remplacer régulièrement les spirales jaunes suspendues dans les deux salles d'autopsie.

« Si vous voulez bien m'excuser, dit-il à Maria Castro. Hygiène, ordre, routine – tout ça est très important. » Il prend la chaise prévue pour elle, la place sous la bande utilisée, y grimpe, enlève le ruban parsemé de grosses mouches mortes et le remplace par un nouveau qui colle et qui brille.

Maria Castro le regarde en silence.

Debout sur la chaise, Eusebio jette un coup d'œil à la table d'autopsie. Les corps semblent toujours petits quand ils sont dessus. La table, il est vrai, est conçue de manière à pouvoir accueillir les plus massifs. Et les morts sont nus. Mais il y a autre chose. Cette parcelle de l'être qu'on appelle l'âme – d'un poids de vingt et un grammes selon les expériences du médecin américain Duncan MacDougall – occupe une quantité surprenante d'espace, comme une voix tonitruante. On dirait que le corps rapetisse en son absence. Du moins avant de gonfler sous l'effet de la décomposition.

Chose dont Rafael Castro ne semble pas être affecté, probablement en raison du froid, mais aussi du recroquevillement de son corps qu'on a traîné dans une valise. Eusebio a l'habitude d'être accueilli par les sœurs Mortis à son arrivée au travail. L'aînée, Algor, fait refroidir le sujet à la température de la pièce ; Livor, celle du milieu, y applique soigneusement sa palette de couleurs – un gris jaunâtre sur la moitié supérieure, puis un rouge violacé sur la moitié inférieure où tout le sang s'est déposé ; et Rigor, la cadette, fait raidir le corps à un point tel qu'il est possible de casser les os en forçant les membres. De joyeuses sœurs, éternelles vieilles filles qui ravissent d'innombrables cadavres.

Les oreilles de Rafael Castro, seul indice de *livor mortis*, sont mauve foncé. Et sa bouche est ouverte. Le moment agonique est le dernier coup frappé par le corps à la porte de l'éternité avant qu'elle s'ouvre brusquement. Le corps est pris de convulsions, le souffle se change en un râle dans la poitrine, la bouche s'ouvre, puis c'est fini. Peut-être la bouche s'ouvre-t-elle pour laisser les vingt et un grammes s'échapper. Ou peut-être n'est-ce rien de plus qu'un relâchement des muscles mandibulaires. Quoi qu'il en soit, la bouche est habituellement fermée, car les corps arrivent toujours à Eusebio lavés et préparés, la mâchoire maintenue close par une bande de coton nouée sur le dessus de la tête, les mains attachées ensemble à l'avant, le rectum et, le cas échéant, le vagin remplis d'ouate. Les premières étapes en vue d'ouvrir le livre du corps consistent à couper ces ligatures, à retirer ces bouchons.

La dentition a l'air en bon état, ce qui change du paysan type aux os sains et aux dents pourries.

Il n'y a pas d'étiquette d'identification sur le gros orteil. Eusebio n'a d'autre choix que de croire Maria Castro sur parole quand elle affirme que le mort est bel est bien Rafael Miguel Santos Castro, du village de Tuizelo. Mais il n'a de toute façon aucune raison de douter de sa parole.

Aucun rapport clinique non plus. Celui-ci, un peu comme la jaquette d'un livre, annonce ce qui nous attend. Sauf que la jaquette s'écarte parfois du véritable contenu, et il en va de même d'un rapport. Eusebio, sans rien connaître du cas, découvrira néanmoins ce qui a torturé Rafael Castro et poussé son corps à abdiquer.

Il descend de la chaise. Il regarde les bouteilles sur l'étagère, le long du mur près de la table. Il prend l'huile de phénol. Puisqu'il n'utilisera pas ses gants de caoutchouc, il s'en enduit les mains pour les protéger. Il trouve ensuite le savon de Marseille et le gratte de manière à ce que de fines tranches lui restent collées sous les ongles. Doublée d'un vigoureux lavage de mains et de l'application d'huiles aromatiques, cette précaution lui permet de tendre les bras vers sa femme le soir sans qu'elle ait un mouvement de recul et le repousse.

Il commencera par des mots. Les mots seront l'anesthésiant qui préparera Maria Castro à ce qu'il s'apprête à faire.

« Senhora Castro, laissez-moi vous expliquer un peu ce qui va se passer. Je vais maintenant pratiquer une autopsie sur votre mari. L'objectif en sera de découvrir l'anomalie physique – c'est-à-dire, la maladie ou la blessure – ayant causé son décès. Dans certaines circonstances, lorsque le rapport clinique est très clair, on peut la déterminer assez facilement, par l'examen d'un seul organe, disons le cœur ou le foie. Un corps sain est un spectacle d'équilibre à mille participants, et le déséquilibre grave d'un seul d'entre eux peut faire tomber une vie de la corde raide. Mais dans d'autres cas, comme ici, où nous n'avons aucun renseignement clinique, le cadavre est, eh bien, un roman policier. Inutile de dire que c'est une façon de parler. Je ne parle pas d'un vrai meurtre. Ce que je dis, c'est que le corps se transforme en une maison habitée par des personnages, qui tous nient avoir quoi que ce soit à voir avec la mort, mais voilà qu'on trouve des indices dans quelques-unes des pièces. Le pathologiste joue le rôle du détective aux aguets, qui utilise ses *petites cellules grises* afin de procéder avec *ordre et méthode*, jusqu'à ce que le masque de l'un de ces organes puisse être arraché et que sa véritable nature, sa sombre culpabilité, soit prouvée hors de tout doute. »

Il sourit pour lui-même. Maria, sa Maria, se réjouirait de son analogie. Maria Castro garde simplement les yeux sur lui. Il poursuit.

« Par où commence-t-on ? Par la surface. Avant de faire quelque incision que ce soit, on procède à l'examen de surface du corps. Semble-t-il avoir été convenablement nourri ? Est-il obèse ou, à l'opposé, maigre et décharné ? La poitrine est-elle proéminente, ce qui parfois indique une bronchite ou de l'emphysème, ou bien le thorax est-il en carène, signe de rachitisme infantile ? La peau est-elle d'une pâleur singulière, ou d'une couleur au contraire plus foncée ? Affiche-t-elle des signes de jaunisse ? Éruptions cutanées, cicatrices et plaies, blessures fraîches – tout cela doit être noté, leur ampleur, leur gravité.

» On doit vérifier les orifices corporels – bouche, nez, oreilles, anus – pour voir s'ils renferment des sécrétions ou des anomalies ; même chose pour les parties génitales externes. Finalement, les dents.

» Dans le cas de votre mari, tout semble en ordre. Je regarde ici et ici. Ici. Ici. De l'extérieur, il a l'air d'un homme normal, en santé pour son âge, mort d'une cause interne. Je remarque ici une vieille cicatrice.

— Il avait glissé sur une roche, dit Maria Castro.

— Ce n'est pas d'un grand intérêt. Je ne fais que le prendre en note. La partie externe de l'examen se fait ordinairement assez vite, puisqu'elle ajoute peu à mes conclusions. Les maladies se développent le plus souvent de l'intérieur vers l'extérieur. Le foie, par exemple, flanche avant que la peau ne vire au jaune. Il y a bien sûr des exceptions notables : accidents, cancers de la peau, lésions et autres choses du genre. Il n'est pas rare non plus qu'une mort criminelle se manifeste en premier du dehors, mais nous n'avons pas à nous préoccuper de ça. La peau n'a pas grand-chose à nous dire ici.

» Nous devons maintenant, eh bien, nous devons *entrer* dans le corps, en examiner l'intérieur. On peut dire sans risque de se tromper qu'il n'y a aucune raison d'attaquer une autopsie par une extrémité, disons le pied du patient. En pathologie, les équivalents du roi et de la reine du jeu d'échecs sont le thorax et la tête. Tous deux sont pour ainsi dire essentiels à la partie, et on peut entamer une autopsie par l'un ou l'autre. Le gambit d'ouverture habituel du pathologiste est le thorax. »

Eusebio se maudit mentalement. Pourquoi est-il en train de parler d'échecs ? Cela suffit, ce bavardage !

« Je vais commencer, à l'aide de ce scalpel, par faire une incision en Y sur la poitrine de votre mari, pour descendre ensuite le long de l'abdomen, jusqu'au pubis. Vous remarquerez que le gras sous-cutané est très jaune, et que les muscles, très rouges, ressemblent beaucoup à du bœuf cru. C'est normal. Je suis déjà à la recherche d'indicateurs. L'aspect des muscles, par exemple, qui pourrait nous signaler une maladie cachectique ou toxique, comme la fièvre typhoïde.

» On enlève ensuite le sternum et la partie antérieure des côtes. Pour sectionner ces dernières, je vais me servir du costotome que voici… » – sa femme utilise un sécateur identique dans son jardin, et ne jure que par lui – « … en m'assurant de ne pas endommager les organes en dessous. Les entrailles sont à cette étape exposées en une masse colorée. Je regarde comment les organes se présentent les uns par rapport aux autres.

Ils sont des frères et sœurs qui travaillent tous au sein de la même entreprise familiale. Y a-t-il quelque part une anomalie apparente qui aurait jeté la famille dans le désarroi ? Des gonflements ? Une coloration inhabituelle ? La surface des viscères devrait normalement être lisse et luisante.

» Une fois terminé ce premier survol, je dois inspecter un à un tous les organes. Puisque nous ignorons la cause du décès, j'aurais tendance à sortir d'un bloc tout le contenu thoracique afin de l'examiner d'un coup, avant d'en séparer les composantes pour les étudier séparément.

» J'interrogerai chaque organe à peu près de la même manière. Quelle en est la forme générale ? Est-il ratatiné ou enflé ? Y a-t-il de l'exsudat à sa surface, de la matière qui se serait écoulée ? Si oui, l'exsudat s'effrite-t-il facilement, ou bien est-il au contraire filamenteux et difficile à enlever ? Aperçoit-on par endroits un blanc nacré, indicatif d'une inflammation chronique ? Retrouve-t-on des cicatrices, une certaine rugosité, des rides, si vous voulez, qui sont signes de fibrose ? Et ainsi de suite. Puis, les examens internes. J'inciserai chaque organe – à l'aide de ce couteau – dans le but d'évaluer l'état dans lequel il est à l'intérieur. Le cœur est au centre de multiples possibilités pathologiques, et je mettrai un soin particulier à l'étudier. »

Il s'interrompt. La femme ne dit rien. Peut-être est-elle dépassée. Le temps est venu d'abréger et de résumer.

« Je me pencherai ensuite sur les viscères abdominaux, le petit et le gros intestin, l'estomac, le duodénum, le pancréas, la rate, les reins – je ferai preuve d'une approche rigoureuse. » Il passe une main sur le torse du cadavre. « C'est tout pour le roi. Nous pouvons passer à la reine, c'est-à-dire la tête. Il faudra, pour procéder à l'examen du cerveau et du tronc cérébral de votre mari, lui retirer le cuir chevelu par incision et lui scier la boîte crânienne – mais peu importe. Ce ne sont là que des détails. Il est possible enfin que j'examine les nerfs périphériques, os, jointures, vaisseaux, *et cetera*, si je sens que c'est nécessaire. J'exciserai durant tout ce temps des échantillons – de petits bouts d'organe – que je préparerai dans du formol et scellerai dans de la paraffine avant de les trancher, de les teindre et de les examiner au microscope. Ce travail de laboratoire aura lieu plus tard.

» À ce stade, Senhora Castro, l'essentiel du travail aura été fait sur le corps de votre mari. Je replacerai les organes et remplirai les creux de papier journal. Puis je remettrai le sternum en place et recoudrai la peau ; même chose pour la calotte crânienne. Voilà, le travail est terminé. Une fois qu'il sera rhabillé, ce sera comme si rien n'était arrivé au corps, et personne à l'extérieur de cette pièce n'en saura rien – mais la science saura, elle. Nous saurons avec certitude comment et pourquoi votre mari est mort – ou, comme vous disiez, comment il a vécu. Des questions ? »

La vieille femme soupire et secoue la tête. A-t-elle roulé des yeux ?

« Bon, allez. » Il saisit son scalpel avec réticence. « Voici le scalpel », dit-il.

La lame affilée plane au-dessus de la poitrine de Rafael Castro. Les idées défilent à toute vitesse dans l'esprit d'Eusebio. Il n'a pas le choix. Il va devoir ouvrir le thorax. Mais il se concentrera sur un organe – le cœur. *Oh, voilà qui explique tout. Nous avons notre réponse juste ici. Inutile d'aller plus loin.*

« C'est parti…

— Commencez par le pied », dit Maria Castro.

Il lève les yeux. Qu'est-ce qu'elle a dit ? A-t-elle dit *pé* ou *fé* – pied ou foi ? Qu'est-ce que cela veut dire, *commencez par la foi ?* Veut-elle qu'il prononce une prière avant de se mettre à l'ouvrage ? Il serait heureux de lui faire ce plaisir, même s'il n'a jamais fait une telle chose dans une salle d'autopsie. Le corps du Christ est ailleurs. On a plus simplement affaire à celui d'un homme, ici.

« Excusez-moi, qu'est-ce que vous avez dit ? » demande-t-il.

Maria répète. « Commencez par le pied. »

Elle pointe du doigt cette fois. Eusebio regarde les pieds jaunis de Rafael Castro. Physiologiquement parlant, ils ne pourraient être plus éloignés de l'infarctus aigu du myocarde qu'il a l'intention de lui diagnostiquer.

« Mais Senhora Castro, comme je viens de vous l'expliquer, en utilisant même cet exemple précis, amorcer une autopsie par le pied du sujet n'a aucun sens. Les pieds sont des organes périphériques, littéralement, et du point de vue pathologique aussi. Je ne vois aucun signe de fractures sur ceux de votre mari, ni aucune autre blessure – non, rien du tout –, pas le moindre signe de tumeur cutanée ni d'aucune autre maladie, aucun problème de santé quel qu'il soit, oignons, ongles incarnés, rien. Un léger œdème sur le bord – une enflure –, mais c'est normal chez quelqu'un qui est mort depuis trois jours. Il y a également un soupçon de *livor mortis* autour du talon. Encore là, c'est normal. »

Maria Castro réitère une troisième fois : « Commencez par le pied. »

Eusebio garde le silence. Quelle nuit désastreuse ! Il aurait dû rester chez lui. Non seulement il n'abattra aucun travail, mais il y a en plus une paysanne dérangée dans sa salle d'autopsie. C'est précisément la raison pour laquelle il a pris la voie de la pathologie, pour éviter des situations comme celle-ci. Il peut faire front à l'engorgement et à la liquéfaction des corps, mais pas à l'engorgement et à la liquéfaction des émotions. Que peut-il faire ? Refuser et lui dire d'aller couper le pied de son mari sur sa table de cuisine si elle en a tellement envie ? Il faudrait pour cela refourrer le vieillard dans la valise, nu cette fois. Mais la vieille mégère s'en irait-elle alors sagement ? Il en doute.

Il abandonne. Il fera comme elle veut. Il se sent comme un marchand ambulant qui vend ses marchandises au marché. *Autopsie, autopsie, qui veut une autopsie ? N'hésitez pas, avancez-vous ! Notre offre du jour : payez pour un œil, et obtenez gratuitement l'autopsie de l'autre. Vous, senhor, pourquoi pas un testicule, juste un testicule pour commencer ? Allez, obtenez votre autopsie !* Pourquoi ne pas commencer par les pieds ? Si elle veut que l'autopsie de son mari commence par là, alors il va commencer par là. Tout ce que la cliente désire.

Il soupire et va, scalpel à la main, se placer au bout du corps. Maria Castro se joint à lui.

« Son pied, vous dites ?

— Oui, répond-elle.

— Un en particulier ? »

Elle fait non de la tête. Il est plus près du pied droit. Il le regarde. Il a bien, à l'époque de ses études en médecine, disséqué un pied, il s'en souvient vaguement, mais à titre de pathologiste praticien, outre une excision superficielle à l'occasion, il n'en a jamais touché. Combien d'os, déjà ? Vingt-six, et trente-trois jointures dans chaque pied ? Tous reliés et actionnés par un ensemble de muscles, de ligaments et de nerfs. Un assemblage des plus efficaces, à la fois capable de soutenir et de transporter.

Où devrait-il couper ? *Mieux vaut la surface plantaire que la surface dorsale*, pense-t-il. Moins osseux. Il empoigne la pointe du pied et pousse. Le pied plie, non sans une certaine raideur. Il en examine la plante. La peau calleuse va se rompre, le gras sous-cutané, affleurer, un peu de sang en gelée risque de s'écouler – juste un pied dans lequel on vient de trancher au hasard. Rien là de dégradant pour le corps, c'est pour le pathologiste en service que ça l'est.

Il presse la lame du scalpel sur la tête des métatarses, du côté médial. Puis il la laisse s'enfoncer – aucune importance, ce qu'elle coupe – et appuie vers le talon. Le scalpel tranche sans difficulté de la pointe jusqu'à la voûte, le long du grand ligament plantaire. Eusebio ressort la lame alors qu'elle creuse le coussin de gras du talon.

Une substance épaisse s'échappe de l'entaille. Elle dégoutte sur la table d'autopsie. Une substance blanchâtre et grumeleuse, luisante, mêlée d'un faible écoulement jaune. L'odeur en est très âcre.

« C'est ce que je croyais », dit Maria Castro.

Eusebio regarde avec étonnement. *Mais qu'est-ce que c'est que ça, nom de Dieu ?* Bien qu'il n'ait pas formulé la question à voix haute, Maria Castro y répond.

« De la vomissure », dit-elle.

Il examine de près l'amas suintant. Il le renifle. Apparence gluante, odeur bilieuse – oui, c'est bien de la vomissure, de la vomissure fraîche. Mais comment est-ce possible ? *C'est un pied.* Il a vu la nécrose et la putréfaction sous toutes les formes, mais jamais rien de tel.

« Où d'autre pourrait-elle aller ? dit Maria Castro. C'est l'effet de la gravité. » Eusebio semble avoir besoin d'explications supplémentaires. « L'enfant est mort, voyez-vous », ajoute-t-elle. Elle se tait un moment. Puis c'est alors qu'elle convertit en mots tout le silence qu'elle porte en elle. « Laissez-moi vous raconter comment se déroulent des funérailles à Tuizelo. Il faut d'abord un prétexte. Une vie perdue. Si on veut de bonnes funérailles, il faut que ce soit une vie précieuse, pas un oncle éloigné ou l'ami d'un ami. Prenons par exemple un fils. C'est ainsi que débutent des funérailles, par un éclair qui vous frappe droit dans la poitrine et vous fend l'intérieur en morceaux. Sourd, muet, stupide, on est maintenant prêt à y assister. On vous sert à l'église une cérémonie toute faite, surannée. Une cérémonie qu'on accepte à défaut de savoir quoi faire d'autre. Il y a un corbillard – rien de plus que le chariot de quelqu'un qu'on a déguisé --, la cérémonie, austère, irréelle, suivi d'une mise en terre au cimetière par une journée grise, où tout le monde a l'air mal à l'aise dans ses habits du dimanche, car tout ça est insupportable. Puis c'est fini.

» Les gens s'attardent un peu avant de se disperser. On vous alloue un certain temps, au bout duquel on s'attend à ce que vous reveniez dans le monde, que vous retourniez à votre ancienne vie. Mais pourquoi ? Après des funérailles, de bonnes funérailles, plus rien ne vaut la peine, il n'y a plus d'ancienne vie à laquelle retourner. Il ne nous reste plus rien. On n'a même pas de mots, pas tout de suite. La mort, sur le coup, mange les mots. Les mots dont on a besoin pour en parler viennent plus tard, car comment penser à lui, sinon, le fils, une fois qu'il n'est plus avec nous ?

» Rafael n'a dit qu'une chose aux funérailles. Il s'est écrié : “La taille du cercueil, la taille !” C'est vrai qu'il n'était pas très gros.

» Il n'a pas eu, le jour où il est revenu à Tuizelo, à me dire quoi que ce soit. Il ne le pouvait pas, de toute façon. La détresse lui avait paralysé le visage et cloué la bouche. J'ai su tout de suite. Rien d'autre n'aurait pu le mettre dans cet état. J'ai su juste à le regarder que notre petit chéri était mort. Déjà, les gens du village s'étaient assemblés devant chez nous, où ils s'affairaient en silence. Rafael a couché l'enfant sur la table de la cuisine. J'ai perdu connaissance. J'aurais voulu perdre connaissance à jamais, suivre mon fils pour le protéger, comme le devrait une mère. Au lieu de quoi je suis revenue à moi entourée de vieilles veuves qui puaient. Rafael restait à l'écart. Près, mais à l'écart. Il était dévoré par la culpabilité. Notre fils était mort sous sa surveillance. C'était lui le berger, ce jour-là. Il avait laissé son troupeau s'égarer.

» Nous aimions notre fils comme la mer aime une île, toujours à l'enserrer de nos bras, à le toucher, à nous briser sur son rivage dans nos soins et l'intérêt que nous lui portions. Après qu'il nous eut quittés, la mer n'avait plus qu'elle-même à contempler. Nos bras n'enserraient que le vide avant de trouver le corps auquel ils appartenaient. Nous pleurions sans cesse. S'il restait à la fin du jour une tâche à terminer – le poulailler à réparer, un rang de légumes à désherber –, nous savions alors que l'autre s'était assis pour pleurer. Telle est la nature du chagrin : une créature aux bras nombreux, mais sans beaucoup de jambes, qui titube ici et là à la recherche d'un appui. Le grillage effiloché et la profusion des herbes se sont faits les expressions de notre perte. Je ne peux plus regarder du grillage de basse-cour sans penser au fils que j'ai perdu. Il y a quelque chose dans la trame, à la fois mince et forte, si poreuse, mais solide en même temps, qui me rappelle comment nous l'aimions. Des poules sont mortes plus tard du fait de notre négligence, entre les mâchoires d'un renard qui s'était faufilé dans le poulailler, et la récolte de légumes n'a pas été très abondante – mais c'est ainsi : un fils meurt, et la terre se dessèche.

» Quand il ne se sentait pas bien ou qu'il n'arrivait pas à s'endormir, il se glissait entre nous deux dans notre lit. Cet espace après son départ est devenu infranchissable. Nous ne pouvions plus, Rafael et moi, nous rencontrer qu'en dessous de cet espace, où nous nous donnions la nuit des coups d'ongles d'orteil pareils à des couteaux en vrac dans un tiroir, ou au-dessus, où nous nous fixions sans dire un mot. Jamais Rafael n'a voulu le refermer, car ç'aurait été reconnaître que notre ourson n'allait plus revenir. Il y avait des nuits où je voyais sa main se tendre pour caresser le vide. Puis elle se retirait, comme la patte d'une tortue rentre au fond de sa carapace, et tous les matins, Rafael se réveillait avec les yeux las et ridés d'une tortue qui vit depuis trop longtemps. Il clignait des yeux lentement, et moi aussi.

» Le deuil est une maladie. Il nous a criblés comme la variole, nous a tourmentés de ses fièvres, nous a brisés sous ses coups. Il nous a dévorés comme des asticots et nous a attaqués comme des poux – nous nous sommes grattés jusqu'à frôler la folie. Nous sommes devenus aussi flétris que des criquets, aussi fatigués que des vieux chiens.

» Plus rien ne tournait rond dans nos vies. Les tiroirs fermaient mal, chaises et tables chancelaient, les assiettes s'écaillaient, les cuillères se maculaient de nourriture séchée, les vêtements se tachaient et se déchiraient – et le monde extérieur ne tournait pas plus rond.

» Sa mort n'a pas changé grand-chose à ce monde. N'en est-il pas ainsi de tout enfant ? Il n'y a, quand un enfant meurt, aucun emploi ou poste laissé vacant, aucune dette à rembourser, aucune terre à léguer, à peine quelques possessions à diviser. Un enfant est un petit soleil qui brille à l'ombre de ses parents, et il n'y a que ceux-ci qui soient plongés dans les ténèbres lorsque le soleil s'éteint.

» À quoi sert d'être une mère si on n'a personne à materner ? C'est comme être une fleur sans tête. Le jour où notre fils est mort, je suis devenue une tige dégarnie.

» S'il y a une chose pour laquelle j'en ai longtemps voulu à Rafael, c'est d'avoir attendu une journée avant de revenir à la maison. Il a hésité. Mais une mère a le droit d'être informée sur-le-champ de la perte de son enfant. De la laisser s'imaginer ne serait-ce qu'une minute qu'il est en vie et qu'il va bien quand ce n'est pas le cas est un crime contre la maternité.

» Et puis, il y a cette pensée qui s'enracine dans votre esprit : *comment pourrais-je oser désormais aimer quoi que ce soit ?*

» On oublie l'enfant un bref instant – puis le poignard frappe. Rafael criait “Mon beau garçon !” et s'effondrait. Mais nous vaquions le plus souvent à nos occupations dans une démence silencieuse et pudique. C'est ainsi qu'on réagit. Rafael s'est mis à marcher à reculons. Les premières fois que je l'ai vu faire, sur la route ou dans les champs, j'en ai fait peu de cas. Je pensais que ce n'était que pour un instant, qu'il voulait seulement garder les yeux sur quelque chose. Puis un matin que nous allions à l'église, il a fait le trajet à rebours. Personne n'a rien dit. On le laissait tranquille. Je lui ai ce soir-là demandé pourquoi ça, pourquoi marcher à reculons. Il a dit que le jour de son retour à Tuizelo, il avait vu un homme, un étranger, qui quittait le village. Il était lui-même assis au bout du chariot, avec dans les bras notre petit ourson enveloppé d'un drap. L'étranger allait à pied d'un bon train, courait presque, à reculons. Il avait le visage très triste, a dit Rafael, un visage empreint de douleur et d'angoisse. Il l'avait oublié, jusqu'à ce qu'il découvre vouloir faire la même chose : voilà qui s'accordait à ses émotions, disait-il. C'est ainsi qu'il a commencé à le faire, quand il quittait la maison pour sortir dans le monde. La plupart du temps, il se retournait pour se mettre à marcher à reculons.

» Je savais de quel homme il parlait. Il s'était arrêté pour visiter l'église. Un citadin bizarre, pas très propre et malade. Le père Abraão lui avait parlé, puis il avait pris la fuite. Il avait laissé derrière lui l'engin dans lequel il était venu – une automobile, la première que nous voyions de notre vie. Le voyage de retour a dû lui être ardu, peu importe de quelle région lointaine il venait. Son automobile est restée sur la place durant des semaines, nous ne savions pas quoi en faire. Puis un jour, un autre homme – grand et mince – est venu à son tour au village à pied pour l'emmener sans un mot d'explication. Les gens parlaient sans cesse de l'engin et de son conducteur. Était-ce un simple visiteur – ou un ange de la mort ? Ça m'était égal, moi, ce qu'il pouvait bien être. Je m'étais tournée vers les souvenirs. La mémoire ne nous avait jamais été d'une grande utilité. Pourquoi se souvenir de lui quand on l'a sous les yeux ? La mémoire n'était rien de plus qu'un plaisir occasionnel. Puis voilà tout à coup que c'est tout ce qu'il nous reste. On essaie du mieux qu'on peut de vivre dans les souvenirs qu'on a de lui. On tente de les changer en réalités. On tire les fils d'une marionnette en disant : "Tiens, tiens, tu vois – *il est en vie.*"

» C'est Rafael qui, après sa mort, s'est mis à l'appeler notre ourson. Il disait qu'il hibernait. "Il va finir par remuer, se réveiller, il va être affamé", disait-il, le sourire aux lèvres, associant ainsi un fait – le vorace appétit de notre fils après la sieste – au fantasme de son retour. Je jouais le jeu : ça me réconfortait, moi aussi.

» Il *était* une telle joie. Tout le monde le disait. Imprévu, inattendu – je croyais avoir depuis longtemps passé mes années de fertilité –, il nous était arrivé sans crier gare. Nous le regardions parfois en nous demandant : "Qu'est-ce que c'est que cet enfant ? D'où nous est-il venu ?" Nous avions tous les deux les yeux et les cheveux foncés – comme tous les Portugais, non ? Pourtant, lui avait les cheveux aussi pâles qu'un champ de blé et les yeux – quels yeux ! – d'un bleu vif. Comment s'était-il retrouvé avec de tels yeux dans le crâne ? Une bouffée de l'Atlantique avait-elle au jour de sa conception soufflé à Tuizelo pour venir prendre part à sa création ? Ma théorie est qu'on avait si rarement puisé dans les réserves de notre arbre généalogique que lorsque nous l'avons enfin fait, seuls les meilleurs ingrédients ont été utilisés. C'était lui l'inventeur du rire. Il n'y avait pas de bornes à la joie qu'il apportait, ni aucune limite à sa bonne volonté. Tout le village l'aimait. Tout le monde cherchait son attention et son affection, adultes et enfants. Tant d'amour avait été versé dans ses yeux bleus. Un amour qu'il a pris et redonné, aussi plein de bonheur et de générosité qu'un nuage.

» Rafael était parti aider un ami près de Cova da Lua. Une semaine de travail, un peu d'argent. Il l'avait emmené avec lui, notre petit garçon de cinq ans. C'était censé être une aventure pour lui. Et il allait pouvoir aider. Puis c'est arrivé, pendant que Rafael affûtait les faux sur la meule. Il s'est arrêté pour écouter. Tout était trop silencieux. Il a appelé. Il a cherché dans les environs de la ferme. Puis à l'intérieur d'un cercle toujours plus grand. Pour finir par longer la route en criant son nom. C'est là qu'il l'a trouvé. Et l'autre pied ? »

La question arrive à brûle-pourpoint. Eusebio regarde le pied gauche du cadavre. Il ouvre le talon. De la vomissure en sort également.

« Plus haut ? » demande Maria Castro.

Il n'hésite pas ce coup-ci. Il fait de son scalpel une entaille à la jambe gauche, à côté du tibia, du milieu vers le haut, au genou gauche, entre le condyle médial du fémur et la rotule, aux cuisses et à chacun des quadriceps. Chaque taillade est d'environ cinq ou six centimètres, et de la vomissure suinte de chacune, bien qu'Eusebio remarque qu'elle jaillit avec moins de pression aux cuisses. Il incise le bassin sur la largeur, juste en haut du pubis, une longue incision. Il tire sur la peau. Un nouvel amas de vomissure apparaît. Juste au-dessus, le scalpel touche quelque chose de dur, mais qui ne tient à rien. Eusebio fouille un peu. Il perçoit un miroitement. Il dégage l'objet et le retourne du bout de sa lame. Il s'agit d'une pièce de monnaie

– une pièce d'argent, cinq escudos. Il y en a d'autres à côté, escudos, centavos, à plat sur la vomissure. La maigre fortune d'un paysan.

Eusebio s'arrête. Il se demande s'il devrait laisser les pièces où elles sont ou les extraire.

Maria Castro vient interrompre ses pensées. « Le pénis », dit-elle.

Il saisit le pénis d'une bonne taille de Rafael Castro. Au premier coup d'œil, le corps de la verge et le gland semblent parfaitement normaux. Aucun signe de la maladie de La Peyronie, pas de condylomes ni de papulose bowenoïde. Il opte pour une incision sur la longueur d'un corps caverneux, l'une des deux chambres spongieuses et oblongues qui, remplies de sang, furent pour le couple la source de tant de plaisir. Il tranche le pénis d'un bout à l'autre, le prépuce, le gland. Le scalpel bute encore une fois sur quelque chose de dur, là où ne devrait se trouver rien de tel. Il pose sa lame. Poussant de ses doigts derrière le sexe, les pouces de chaque côté de la coupure, il n'a aucune difficulté à expulser la masse. Elle sort en deux morceaux : deux morceaux de bois, lisses, cylindriques et dotés de trous.

« Oh ! s'exclame Maria Castro. Sa flûte à bec. »

Les deux autres pièces se trouvent dans le second corps caverneux. Parce qu'il est un homme d'ordre et de méthode, Eusebio assemble l'instrument. Puis il le donne à la vieille femme, qui le porte à ses lèvres. Il flotte dans les airs un trille de trois notes.

« Il en jouait si bien, dit-elle. C'était comme s'il y avait un canari dans la maison. »

Elle dépose l'instrument sur la table d'autopsie, près du corps.

Faisant preuve d'une parfaite connaissance de l'anatomie de son mari, telle que vécue, Maria Castro dirige après cela le scalpel d'Eusebio, d'un mot par-ci, d'un geste de la tête par-là. C'est l'autopsie la plus simple à laquelle il se soit jamais livré, car il n'a besoin de rien de plus que de cet instrument tranchant, même pour la tête. Maria Castro évite le thorax et l'abdomen jusqu'à la toute fin, préférant les découvertes distales qu'ils font dans les membres supérieurs, dans la tête et le cou.

L'annulaire de la main gauche est légèrement rembourré de duvet, tout comme le majeur de la main droite, tandis qu'Eusebio trouve du sang dans l'index des deux mains, du sang rouge et frais – le seul qu'il trouve dans tout le corps. Tous les autres doigts contiennent de la boue. La paume de la main droite renferme une coquille d'huître, et celle de gauche, les pages d'un petit calendrier mural. Les bras sont pleins à craquer. Il en extirpe un marteau, une paire de pinces, un long couteau, une pomme, une motte de boue, une gerbe de blé, trois œufs, une morue salée, une fourchette et un couteau. Mais la tête de Rafael Castro s'avère encore plus spacieuse. Il y découvre un carré de tissu rouge, un jouet de bois fait à la main, à l'effigie d'un cheval et d'un chariot muni de roues qui tournent, un miroir de poche, encore du duvet, un objet de bois pas très gros et peint de couleur ocre, que Maria Castro est incapable d'identifier, une bougie, une longue mèche de cheveux foncés et trois cartes à jouer. Il tombe dans chacun des yeux sur un dé ainsi que sur un pétale séché à l'endroit de la rétine. Le cou contient trois pattes de poules et ce qui ressemble à du bois d'allumage : des branches et des feuilles mortes. La langue est pleine de cendre, sauf le bout, dans lequel il y a du miel.

Viennent enfin le thorax et l'abdomen. La vieille épouse hoche la tête, mais non cette fois sans une inquiétude manifeste. Eusebio boucle l'autopsie par l'entaille avec laquelle il s'attendait à commencer, l'incision en Y qui va des épaules au sternum, puis à l'abdomen. Il sectionne la peau le moins possible, tranchant à peine à travers le gras sous-cutané. À cause de la taillade qu'il a faite plus tôt dans le bassin, les cavités abdominales et thoraciques s'ouvrent pleinement à la vue.

Il entend Maria Castro qui halète.

Bien qu'il ne soit pas expert en la matière, il est assez certain qu'il s'agit là d'un chimpanzé, un type de primate africain. Il met un peu plus longtemps à identifier la seconde créature, plus petite et partiellement cachée.

Étroitement serrés dans un repos paisible, un chimpanzé et un petit ours brun, enveloppé dans les bras protecteurs du grand singe, comblent la poitrine et l'abdomen de Rafael Castro.

Maria Castro se penche pour appuyer son visage contre l'ourson. Est-ce donc ainsi qu'a *vécu* son mari ? Eusebio ne dit rien, il ne fait que regarder. Il remarque la face enjouée, bien définie du chimpanzé, son pelage épais et luisant. Il est jeune, conclut-il.

Maria Castro parle calmement. « Le cœur a deux choix : se fermer ou s'ouvrir. Je ne vous ai pas raconté mon histoire en toute honnêteté. C'est moi qui me suis indignée contre la taille du cercueil. C'est moi qui gémissais "Mon beau garçon !" et m'effondrais. C'est moi qui ne voulais pas refermer l'espace dans notre lit. Taillez un peu de fourrure de la créature noire, voulez-vous ? Et allez chercher la valise, s'il vous plaît. »

Le médecin obéit. Il coupe de son scalpel une touffe de fourrure du flanc du chimpanzé. Maria Castro frotte les poils entre ses doigts, les renifle et les presse contre ses lèvres. « Rafael a toujours été plus croyant que moi, dit-elle. Il répétait souvent quelque chose que le père Abraão lui avait dit un jour, que la foi est éternellement jeune, que la foi, contrairement à nous tous, ne vieillit pas. »

Eusebio récupère la valise dans son bureau. Maria Castro l'ouvre, la place sur la table d'autopsie et se met à y transférer un par un les objets trouvés dans le corps de son mari.

Puis elle commence à se déshabiller.

La nudité choquante d'une vieille femme. La chair sapée par la gravité, la peau ravagée par l'âge, les proportions gâchées par le temps – mais quand même l'éclat d'une longue vie, comme une page de parchemin couverte d'écriture. Eusebio en a vu beaucoup, de telles femmes, mais mortes et sans personnalité, et plus abstraites encore une fois ouvertes. Les organes internes, à moins qu'une quelconque pathologie ne les affecte, n'ont pas d'âge.

Maria Castro se dévêt jusqu'à ce qu'elle ne porte plus un seul vêtement. Elle enlève son alliance, le bandeau qui lui retient les cheveux. Puis elle range tout cela dans la valise, qu'elle referme ensuite.

À l'aide de la chaise apportée pour elle par Eusebio, elle monte sur la table d'autopsie. Penchée sur le corps de Rafael Castro, donnant de petits coups de coude par-ci par-là, poussant et se tortillant, se faisant de la place où il ne semblait pas y en avoir, elle s'installe dans le corps de son mari. Durant tout ce temps, elle répète : « Ceci est chez moi, ceci est chez moi, ceci est chez moi. » Elle se place de manière à ce que le dos du chimpanzé soit collé à son devant et que ses bras puissent les enlacer, lui et l'ourson, sur lequel reposent ses mains.

« S'il vous plaît », dit-elle.

Eusebio sait quoi faire ; il est très versé en la matière. Il prend l'aiguille et l'enfile, puis se met à recoudre le corps. C'est rapide, car la peau est molle et il lui suffit de croiser et de recroiser la ficelle en zigzag, quoiqu'il fasse cette fois-ci des points serrés afin d'obtenir une suture plus fine qu'à l'habitude. Il travaille au pubis de Rafael Castro, puis referme la peau de l'abdomen et de la poitrine, jusqu'à chaque épaule. Il fait attention de ne pas piquer les deux animaux ni Maria Castro de son aiguille. Il entend faiblement la vieille femme alors qu'il finalise le torse : « Merci, docteur. »

Jamais il n'a travaillé sur un corps ayant à la fin autant d'incisions. L'éthique professionnelle le contraint à toutes les refermer : d'un côté à l'autre de la tête, le long des bras, dans le cou, sur les jambes et les mains, de part et d'autre du pénis et de la langue. Les doigts exigent un labeur méticuleux. Les yeux offrent un résultat final insatisfaisant – il passe beaucoup de temps à chercher le moyen de refermer les paupières sur son travail bâclé. Il termine par les plantes des pieds.

Finalement, il ne reste qu'un corps sur la table d'autopsie, et une valise sur le plancher, remplie d'objets divers.

Eusebio les regarde encore longtemps en silence. Quand il se détourne, il remarque quelque chose sur une table d'appoint : la touffe de fourrure du chimpanzé. Maria Castro l'a oubliée – ou l'a-t-elle laissée là exprès ? Il la prend et fait la même chose qu'elle : il la renifle et l'effleure de ses lèvres.

Il est complètement épuisé. Il retourne dans son bureau, la touffe de fourrure dans une main, la valise dans l'autre. Il se laisse tomber lourdement dans son fauteuil après avoir posé la valise sur le secrétaire. Il l'ouvre et en fixe le contenu. Il ouvre un tiroir, trouve une enveloppe, y insère les poils de chimpanzé et la met dans la valise. Il aperçoit le roman d'Agatha Christie sur le plancher. Il le ramasse.

Senhora Melo arrive tôt, comme à son habitude. Elle est surprise de trouver le Dr Lozora effondré sur son secrétaire. Son cœur palpite. Est-il mort ? Un pathologiste mort – l'idée, d'un point de vue professionnel, lui semble de mauvais goût. Elle entre. Il est seulement endormi. Elle entend sa respiration, voit ses épaules qui se soulèvent et retombent doucement. Sa couleur est bonne, aussi. Il a bavé sur son secrétaire.

Un détail gênant qu'elle ne partagera avec personne, cette rivière étincelante qui lui sort de la bouche, la petite flaque. Pas plus qu'elle ne parlera de la bouteille de vin vide. Elle la prend et, sans un bruit, va la déposer hors de vue, sur le plancher, derrière le secrétaire. Il y a une grosse valise tout éraflée sur le meuble. Appartient-elle au médecin ?

S'en va-t-il quelque part ? Une valise aussi miteuse peut-elle vraiment être à lui ?

Le Dr Lozora dort sur un dossier. La plus grande partie en est cachée par une de ses mains, mais Senhora Melo peut quand même en lire la première ligne :

Rafael Miguel Santos Castro, 83 anos, da aldeia de Tuizelo, as Altas Montanhas de Portugal

Curieux – ni le nom ni la localité ne lui disent rien. Elle est gardienne des noms, celle qui, avec certitude, relie chacun à sa mort. De plus, c'est écrit de la main du médecin, fugitivement, au lieu d'avoir été rédigé pour l'éternité sur sa machine à écrire. Pourrait-il s'agir d'un cas urgent qui se serait présenté hier soir après son départ ? Ce serait très inhabituel. Elle prend note en passant de l'âge du patient. Quatre-vingt-trois ans, un bon âge à atteindre. Voilà qui la rassure. Malgré les tragédies de la vie, le monde peut encore être un endroit décent.

Elle s'aperçoit que les fermoirs de la valise sont levés. Même si elle ne devrait pas, elle l'ouvre sans faire de bruit, pour voir si elle appartient au médecin.

Il est peu probable qu'un si étrange assortiment d'objets – une flûte, une fourchette et un couteau, une bougie, une robe noire quelconque, un livre, un carré de tissu rouge, une enveloppe et d'autres bagatelles – appartienne au Dr Lozora. Elle referme la valise.

Elle ressort discrètement du bureau, ne voulant pas embarrasser le médecin par sa présence quand il se réveillera. Elle entre dans la minuscule alcôve où elle travaille. Elle aime bien être correctement préparée avant que la journée commence. Le ruban de sa machine à écrire doit être vérifié, il faut remettre du papier carbone, remplir la carafe d'eau. La porte de la salle d'autopsie est ouverte, ce qui ne devrait pas être le cas. Elle y jette un coup d'œil. Retient son souffle. Il y a un corps sur la table ! Un frisson la traverse. Qu'est-ce qu'il fait là ? Depuis combien de temps n'est-il plus dans la chambre froide ? Cela ne va pas du tout. On passe normalement une bonne heure à dicter les rapports finaux avant que l'autopsie débute. Les corps circulent normalement voilés, invisibles pour tous, hormis les médecins.

Elle entre dans la pièce. Ce sera la même chose qu'un corps vivant, se dit-elle, mais mort, c'est tout.

Mais ce n'est vraiment pas la même chose qu'un corps vivant. Le cadavre est celui d'un homme, un vieillard. Jaune et flasque. Osseux. Son pubis poilu et son pénis d'une taille considérable sont découverts dans une indicible obscénité. Mais bien pires encore sont les sutures rudimentaires qu'il a partout, des sutures irrégulières, rouges, grises et jaunes, qui lui donnent l'air d'une poupée de chiffon. Ses mains ressemblent au dessous d'une étoile de mer. Même son pénis est marqué d'horribles coutures. Senhora Melo déglutit, pense s'évanouir, se ressaisit. Elle s'oblige à regarder le visage de l'homme. Mais il n'y a rien d'autre à y lire que son âge. Elle est horrifiée de voir à quel point un corps mort est… Elle cherche le mot. Une relique. Quand elle ressort de la salle sur la pointe des pieds, comme si sa présence risquait de déranger la relique, elle se demande : *Où est la civière à roulettes ? Comment l'a-t-on amené ici ?*

Elle ferme la porte de la salle d'autopsie et prend quelques profondes respirations. Le médecin a clairement besoin d'aide. Il va mal par les temps qui courent. Il est parfois en retard au travail, parfois ne s'y présente pas du tout, y reste parfois toute la nuit. Pauvre homme. La mort de sa femme a été très dure pour lui. Il a écarté d'un geste les inquiétudes des autres médecins, du directeur de l'hôpital en personne. Il allait s'en charger lui-même, disait-il, il allait s'en charger lui-même. Mais quelle charge ! Le Dr Octávio, son collègue, était parti en vacances, sauf que, même s'il avait été là, il aurait refusé de l'autopsier du fait qu'il la connaissait. Procédure normale. La marche à suivre habituelle aurait été d'envoyer le corps à l'hôpital de Vila Real. Mais le Dr Lozora ne pouvait pas supporter la pensée que quiconque le fasse à sa place. Et elle était en train de se décomposer ; il fallait procéder sur-le-champ. C'est ainsi qu'il a lui-même fait l'autopsie de son épouse.

En état de choc, les yeux à l'abri derrière le panneau de paille tissée, Senhora Melo a, de son alcôve, été témoin de toute l'affaire. Elle a fait de son mieux pour coucher sur papier le rapport qui lui venait par intermittence de la salle d'autopsie. Les silences étaient suivis par des pleurs, puis par des éruptions de détermination, et c'est alors que le Dr Lozora parlait. Mais comment enregistrer la douleur, enregistrer des débris ? Ils s'enregistraient d'eux-mêmes en Senhora Melo pendant qu'elle tapait scrupuleusement les paroles du médecin.

Elle connaissait beaucoup de gens pour qui Maria Lozora était une excentrique. Depuis quelque temps, par exemple, elle avait commencé à se promener dans la ville en traînant un sac plein de livres. Et elle pouvait avoir la langue acérée. Son mutisme était de mauvais augure. Le père Cecílio en était terrifié. Il se soumettait sans la moindre objection à ses leçons de religion improvisées, et ne disait rien non plus quand elle se mettait durant ses sermons à lire à la vue de tous un des livres qu'elle avait dans son sac. Mais c'était une femme d'une grande bonté d'âme, toujours prête à aider, à n'importe quelle heure du jour ou de la nuit. On aurait dit qu'elle ne dormait jamais. Combien de fois avait-elle surgi la nuit chez des amis dont les enfants étaient malades, avec un chaudron de soupe et son bon mari le médecin à ses côtés ? Des gens avaient été réconfortés, et des vies avaient même dans certains cas été sauvées, grâce à leur intervention. Ils formaient un duo inséparable, ces deux-là. Assez curieusement, d'ailleurs. Senhora Melo ne connaissait aucun autre couple qui trouvât autant de plaisir dans la compagnie l'un de l'autre.

Et puis, il avait fallu qu'il lui arrive une telle chose ! Elle était allée marcher seule, un soir, comme elle en avait l'habitude. Elle n'était pas à la maison lorsque le Dr Lozora était rentré de l'hôpital. De plus en plus inquiet, le médecin avait rapporté sa disparition à la police plus tard cette nuit-là. Il n'avait aucune idée d'où elle pouvait bien être. C'était une indépendante d'esprit, avait-il dit, et peut-être avait-elle décidé d'aller visiter quelqu'un sans le lui dire. Oui, il avait travaillé jusqu'à une heure tardive ce soir-là.

Un livre avait quelques jours plus tard été retrouvé sur la rive, sous un pont. C'était un roman, *La Maison du péril*, de l'écrivaine anglaise Agatha Christie. Il portait un timbre boursouflé. Le Dr Lozora l'avait formellement identifié, il leur appartenait, à sa femme et lui. On avait fouillé le fleuve et ses berges rocailleuses. D'autres livres d'Agatha Christie avaient été trouvés en aval. Le corps de Maria Lozora avait lui aussi fini par être découvert. Il s'était par malheur coincé entre des rochers, à un endroit qui le rendait très difficile à repérer.

Qui d'autre que Maria Lozora pour déambuler par un mauvais temps pareil ? Et comment était-elle tombée du pont ?

C'était complètement inexplicable – les explications possibles semblaient en fait toutes plus incroyables les unes que les autres. Un suicide ? C'était une femme heureuse et épanouie, avec une famille et des amis, qui n'avait donné aucun signe de détresse mentale ou morale. Et une femme aussi à l'aise avec les mots n'aurait-elle pas par ailleurs laissé une note ? C'était en outre une chrétienne dévote et réfléchie ; les chrétiens du genre ne s'ôtent pas la vie. Personne – ni son mari ou ses enfants, ni son prêtre ou la police – ne trouvait la thèse du suicide convaincante. Un accident, alors ? Elle avait fait une chute mortelle d'un pont muni, en guise de protection, d'épaisses et solides balustrades de pierre dont la hauteur empêchait quiconque de glisser ou de basculer par-dessus. Quelqu'un aurait pu y grimper, mais pourquoi une âme sensée irait-elle faire une chose pareille, sinon dans l'intention de sauter ? Et puisque le suicide avait été rejeté, l'idée qu'elle eût grimpé sur la balustrade de son propre gré l'avait été aussi. Mais si suicide et accident étaient tous les deux exclus, que restait-il ? Un meurtre. De toutes les explications, c'était celle qui paraissait la plus improbable. Qui aurait bien pu vouloir assassiner Maria Lozora ? Elle n'avait aucun ennemi. Elle était appréciée – aimée, même – de tous ceux qui la connaissaient. Et on était à Bragança, pas à Chicago. Il ne se commettait pas de meurtres dans ces parages. Ce n'était pas le genre de ville où l'on hissait des innocentes choisies au hasard pour les lancer en bas des ponts. L'idée était grotesque. Il ne pouvait donc s'agir que d'un suicide ou d'un accident. On tournait en rond. La police appela tout témoin à se présenter, mais personne n'avait rien vu. Il était même venu des experts judiciaires de Lisbonne ; ils n'avaient jeté la lumière sur rien. Les gens adoptaient l'explication qui leur paraissait la plus plausible. Le Dr Lozora avait pour sa part embrassé la théorie du meurtre, tout en n'ayant pas la moindre idée de qui aurait pu s'en prendre à sa femme.

Que la mort de Maria Lozora ne trouve pas l'élégante résolution des romans policiers qu'elle et le médecin aimaient tant désolait Senhora Melo.

Elle perçoit un halètement. Le Dr Lozora est réveillé. Elle l'entend qui se met à pleurer. Il ne sait pas qu'elle est arrivée, qu'il n'est pas seul. Il pleure de plus en plus fort. De puissants sanglots qui se lézardent. Pauvre homme, pauvre homme. Que faire ? S'il se rend compte qu'elle est là, il en sera mortifié. Ce qu'elle ne veut pas. Peut-être devrait-elle faire du bruit pour l'avertir de sa présence ? Il pleure toujours. Elle se lève, et reste immobile sans faire un son. Puis voilà que Senhora Melo s'énerve contre elle-même. N'est-ce pas évident que cet homme a besoin d'aide ? Ne vient-elle pas un instant plus tôt d'avoir cette exacte pensée ?

Elle fait volte-face et se dirige vers le bureau du Dr Lozora.

TROISIÈME PARTIE

À la maison

Lorsque Peter Tovy, à l'été 1981, est nommé au Sénat, transféré de la Chambre des communes pour laisser sa place à un candidat-vedette dans son comté de Toronto, il n'est plus obligé de passer beaucoup de temps dans sa circonscription. Clara, sa femme, et lui achètent un bel et grand appartement à Ottawa, avec une charmante vue sur la rivière. Ils préfèrent le rythme tranquille de la capitale et se réjouissent d'être près de leur fils, de leur belle-fille et de leur petite-fille, qui habitent la ville.

Un matin, Peter entre dans la chambre à coucher et trouve Clara assise sur leur lit, se tenant le côté gauche à deux mains en pleurant.

« Qu'est-ce qui ne va pas ? » demande-t-il.

Clara ne fait que secouer la tête. La peur s'empare de lui. Ils se rendent à l'hôpital. Sa femme est malade, gravement malade.

Et pendant qu'elle lutte pour sa vie, le mariage de leur fils s'effondre. Peter brosse à son épouse le tableau le plus optimiste possible de la rupture. « C'est mieux pour eux, dit-il. Ils ne se sont jamais bien entendus.

Loin l'un de l'autre, ils s'épanouiront. C'est ce qu'on fait de nos jours. »

Elle acquiesce en souriant. Ses horizons se rétrécissent. Sauf que la rupture n'est pas pour le mieux ; elle n'a rien de bon. C'est terrible. Peter observe des partenaires conjugaux se transformer en ennemis acharnés, il voit un enfant devenir un butin de guerre. Son fils, Ben, dépense une quantité astronomique de temps, d'argent et d'énergie dans le combat qu'il livre à son ex-femme, Dina, qui, au grand plaisir des avocats et à la stupéfaction de Peter, contre-attaque tout aussi durement. Il tente de lui parler, de jouer les médiateurs, mais elle a beau avoir un ton aimable et le cœur ouvert au début de chaque conversation, elle finit inévitablement par perdre son calme et par bouillir de rage. Père de l'autre, Peter ne peut qu'être un complice, un conspirateur. « Tu es *pareil* à ton fils », lui a-t-elle craché une fois. À cela près, lui a-t-il alors fait remarquer, qu'il vit en harmonie conjugale avec sa femme depuis plus de quarante ans. Elle lui a raccroché au nez. Sa petite-fille, Rachel, autrefois un joyeux lutin, a des relations de plus en plus tendues avec ses parents, et elle se mure dans une tour adolescente de ressentiment caustique. Peter l'emmène parfois marcher ou manger au restaurant, histoire de lui remonter le moral – et, espère-t-il, le sien –, sans jamais parvenir à la faire sortir de sa maussaderie. Puis, elle déménage à Vancouver avec sa mère, qui l'a « gagnée » dans le combat pour la garde. Il les reconduit à l'aéroport. Quand elles passent les contrôles de sécurité, déjà à se quereller, ce n'est pas une adulte et sa fille en train de grandir qu'il voit, mais deux scorpions noirs se provoquant l'un l'autre, leurs dards venimeux dressés.

Quant à Ben, qui reste à Ottawa, il est désespéré. Pour autant que Peter puisse en juger, il est à la fois brillant et d'une incroyable stupidité. Ben, chercheur en médecine, a, un certain moment, étudié les raisons pour lesquelles les gens se mordent la langue par accident. La perte douloureuse, pour la langue, de l'aptitude à éviter les dents, pareille en cela à un tôlier qui opère de la machinerie lourde, a des racines étonnamment complexes. Peter voit désormais son fils comme une langue qui se jette aveuglement sous des dents, pour en ressortir ensanglantée et s'y rejeter le lendemain, encore et encore, sans la moindre compréhension de soi ni aucune conscience des coûts et des conséquences. Ben est plutôt plongé dans un constant état d'exaspération. Leurs conversations se terminent dans un silence lourd, le fils roulant des yeux et le père restant sans mots.

Au milieu d'un tourbillon de termes médicaux, après l'espoir qui renaît puis s'envole à chaque traitement, après les contorsions, les sanglots, les plaintes, après l'incontinence et la disparition de toute chair, voilà sa belle Clara couchée dans un lit d'hôpital, vêtue d'une horrible blouse verte, les yeux vitreux, à demi clos, la bouche ouverte. Elle est prise de convulsions, un râle s'échappe de sa poitrine, elle meurt.

Peter n'est plus qu'un spectre sur la colline du parlement.

Il prend un jour la parole au Sénat. Un autre sénateur s'est retourné et lève sur lui un regard plus intense que pourrait le justifier le seul intérêt. *Qu'est-ce que tu as à me regarder, toi ?* pense Peter. *C'est quoi, ton problème ?* Qu'il se penche et souffle au visage de son collègue, et son exhalation aura l'effet d'un chalumeau, la peau se détachera. Il n'y aura plus pour le regarder qu'un crâne souriant de toutes ses dents. *On en aura fini avec ton air abruti.*

Sa rêverie est interrompue par le président du Sénat : « Monsieur le sénateur poursuivra-t-il sur la question en cours, ou ?... »

Que la voix du président s'estompe, voilà qui en dit long. Peter baisse les yeux sur ses papiers, pour se rendre compte qu'il n'a aucune idée de ce dont il était en train de parler – aucune idée, et aucune envie de continuer non plus, même si cela lui revenait. Il n'a rien à dire. Il regarde le président, fait non de la tête et se rassoit. Son collègue se détourne après l'avoir dévisagé encore une seconde.

Le whip passe à son pupitre. Ils sont amis. « Comment ça va, Peter ? » lui demande-t-il.

Peter hausse les épaules.

« Tu devrais t'arrêter un peu. Donne-toi un moment. Tu as traversé beaucoup de choses. »

Il soupire. Oui, il a besoin de prendre ses distances. Il n'en peut plus. Les discours, les mascarades de tous les instants, les machinations cyniques, les *ego* gonflés, les conseillers arrogants, les médias sans pitié, les menus détails asphyxiants, la bureaucratie kafkaïenne, l'humanité qui s'améliore à l'échelle microscopique

– autant de marques de la démocratie, reconnaît-il. C'est fou et merveilleux, la démocratie. Mais il en a assez.

« Je vais voir si je peux te trouver quelque chose », dit le whip. Il lui tapote l'épaule. « Tiens bon. Tu vas t'en sortir. »

Il revient le voir quelques jours plus tard avec une proposition. Un voyage.

« En *Oklahoma ?* répond Peter.

— Hé, il arrive parfois de grandes choses dans des endroits perdus. Qui avait entendu parler de Nazareth avant Jésus ?

— Ou de la Saskatchewan avant Tommy Douglas. »

Le whip sourit. Il est Saskatchewanais. « Et puis, c'est ce qui s'est présenté. Quelqu'un s'est désisté à la dernière minute. La législature d'État là-bas a invité des membres du Parlement canadien en visite. Tu sais, tisser des relations, en maintenir, ce genre de trucs. Tu n'auras pas à faire grand-chose. »

Peter ne sait même pas où se trouve exactement l'Oklahoma. Un État marginal de l'Empire américain, quelque part au milieu.

« Juste un changement d'air, Peter. Quatre jours de vacances. Pourquoi pas ? »

Il accepte. D'accord, oui, pourquoi pas ? Il s'envole deux semaines plus tard pour l'Oklahoma, en compagnie de trois autres parlementaires.

Oklahoma City est agréable en mai, il y fait chaud, et leurs hôtes font preuve d'une hospitalité pleine de bonne grâce. La délégation canadienne rencontre le gouverneur, des législateurs, des gens d'affaires. On leur montre le Capitole, leur fait visiter une usine. Un bon repas vient conclure chaque journée. L'hôtel où ils séjournent est majestueux. Pendant toute la durée de la visite, Peter parle du Canada et entend parler de l'Oklahoma dans un brouillard. Le changement de décor, le changement d'air, même – doux et humide –, est apaisant, comme le whip l'avait prédit.

La veille de leur dernière journée complète, laissée libre afin que les invités canadiens puissent se détendre, son attention est attirée par une brochure touristique du Zoo d'Oklahoma City. Il a un penchant pour les zoos, non parce qu'il s'intéresse particulièrement aux animaux, mais parce que Clara s'y intéressait. Elle siégeait, pendant un certain temps, au conseil d'administration du Zoo de Toronto. Il exprime donc le souhait de visiter le zoo de la ville. L'adjointe administrative qui leur sert de contact au Capitole s'informe, et lui revient pour se confondre en excuses.

« Je suis tellement désolée, dit-elle. Le zoo est habituellement ouvert tous les jours, mais il est fermé en ce moment à cause d'importantes rénovations. Je pourrais, si vous êtes réellement intéressé, vérifier si on vous laisserait entrer quand même.

— Non, non, je ne voudrais déranger personne.

— Sinon, suggère-t-elle, il y a un sanctuaire de chimpanzés au sud de la ville, à Norman, ça fait partie de l'université.

— Un sanctuaire de chimpanzés ?

— Oui, il s'agit d'un institut consacré à l'étude des... des singes, je suppose. Normalement, ce n'est pas accessible au public, mais je suis certaine que nous pouvons arranger quelque chose. »

Elle arrange tout. Le mot « sénateur » fait des merveilles à l'oreille des Américains.

Une voiture l'attend le lendemain matin, devant l'hôtel. Aucun des autres membres de la délégation ne souhaite se joindre à lui, et il y va donc seul. La voiture le conduit jusqu'à l'Institut de recherche sur les primates, c'est ainsi que l'endroit s'appelle, un avant-poste de l'Université d'Oklahoma situé au beau milieu d'une campagne broussailleuse et déserte, à dix kilomètres environ à l'est de Norman. Le ciel est bleu, la plaine, verte.

À l'institut, au bout d'une allée de gravier sinueuse, il aperçoit un homme massif à l'air vaguement menaçant, barbe, gros ventre. À côté de lui se tient un autre type, plus jeune, dégingandé, cheveux longs et yeux exorbités ; on voit très bien, à son maintien, qu'il s'agit d'un subordonné.

« Sénateur Tovy ? demande l'homme massif au moment où Peter descend de voiture.

— Oui. »

Ils se serrent la main. « Dr Bill Lemnon, directeur de l'Institut de recherche sur les primates. » L'homme jette derrière Peter un coup d'œil dans la voiture, dont la portière est restée ouverte. « Ce n'est pas une forte délégation que vous avez là.

— Non, il n'y a que moi. » Peter referme la portière.

« Et vous êtes de quel État, déjà ?

— De la province de l'Ontario, au Canada.

— Vraiment ? » Sa réponse semble donner au directeur un prétexte pour se taire un instant. « Eh bien, suivez-moi, je vais vous expliquer brièvement ce que nous faisons ici. »

Le Dr Lemnon se retourne et se met en marche sans attendre Peter. Le subordonné, qui n'a pas été présenté, leur emboîte le pas.

Ils contournent un bungalow, puis quelques cabanes, jusqu'à ce qu'ils atteignent un assez grand étang à l'ombre de peupliers géants. Il y a deux îles dessus, dont une avec un bouquet d'arbres. Dans les branches d'un de ceux-ci, Peter aperçoit quantité de primates filiformes qui se balancent avec une grâce et une agilité extraordinaires. L'autre île est plus grande, une imposante structure de rondins dominant les herbes hautes et les buissons, ainsi que les quelques arbres qui y sont disséminés. De longues perches supportent quatre plateformes de différentes hauteurs, reliées entre elles par un réseau de cordes et de hamacs confectionnés à partir de filets de fret. Un pneu de camion pend à une chaîne. À côté de la structure se trouve une hutte ronde en blocs de ciment.

Le directeur se retourne pour faire face à Peter. Il donne l'impression que ce qu'il s'apprête à dire l'ennuie déjà.

« Ici, à l'IRP, nous sommes à l'avant-garde des études sur le comportement et la communication des primates. Que peuvent nous apprendre les chimpanzés ? Plus que pourrait le croire monsieur Tout-le-monde. Sur le plan de l'évolution, les chimpanzés sont nos plus proches parents. Nous partageons un ancêtre primate. Il n'y a que six millions d'années environ que nous nous sommes séparés. Comme l'a dit Robert Ardrey, nous sommes des singes qui se sont élevés, et non pas des anges déchus. Nos deux espèces ont en commun des cerveaux de bonne taille, une fabuleuse capacité de communication, la faculté d'utiliser des outils, une structure sociale complexe. Prenez la communication. Certains des chimpanzés que nous avons ici connaissent jusqu'à cent cinquante signes, qu'ils peuvent combiner de manière à former des phrases. C'est du *langage*. Et ils sont aussi capables de fabriquer des outils qui les aident à chercher des fourmis et des termites, à ouvrir des noix. Ils sont aptes à chasser en groupe, chacun jouant des rôles différents dans le but d'attraper leur proie. Ils possèdent, en bref, des rudiments de *culture*. Ce qui fait que, quand on étudie les chimpanzés, on étudie un reflet ancestral de l'homme. Dans leurs expressions faciales… »

Ce n'est pas inintéressant, même si c'est exposé quelque peu machinalement, sans chaleur aucune. Le Dr Lemnon paraît contrarié. Peter l'écoute d'une oreille distraite. Il soupçonne que l'assistante de la législature d'État en a rajouté un peu sur son cas. Elle n'a même pas dû mentionner que le sénateur qui viendrait en visite n'était pas américain. Quelques-uns des chimpanzés se montrent sur la grande île. C'est alors que Peter entend une voix qui appelle.

« Docteur Lemnon ! Le Dr Terrace au téléphone. » Il se retourne et voit une jeune femme debout à côté d'un des bâtiments.

Lemnon se ranime dans un sursaut. « Je dois prendre cet appel. Si vous voulez bien m'excuser », grogne-t-il en s'éloignant sans attendre la réponse de son invité.

Peter lâche un soupir de soulagement en voyant l'homme partir. Il se tourne une fois de plus vers les chimpanzés. Il y en a cinq. Ils se déplacent lentement à quatre pattes, la tête basse, le gros de leur poids dans le haut du corps, soutenu par des bras forts et robustes, les membres inférieurs plus courts suivant comme les roues arrière d'un tricycle. Ils sont étrangement noirs dans la lumière du soleil, des taches de nuit mouvantes. Ils parcourent une petite distance, puis s'assoient. L'un d'entre eux grimpe sur la plateforme la plus basse de la structure de rondins.

Ce n'est pas grand-chose, mais il y a quelque chose de satisfaisant à les observer. Chaque animal est semblable à une pièce de puzzle, et peu importe où il s'installe, il trouve sa place, s'insère parfaitement.

Le subordonné est toujours avec Peter.

« Nous n'avons pas été présentés. Peter, dit le sénateur en lui tendant la main.

— Bob. Heureux de faire votre connaissance, monsieur.

— Moi de même. »

Ils échangent une poignée de main. La pomme d'Adam de Bob est proéminente. Elle n'arrête pas de monter et descendre.

« Combien de singes avez-vous ici ? » lui demande Peter.

Bob suit son regard jusqu'à l'île principale. « Des *grands singes*, monsieur. Les chimpanzés sont des grands singes.

— Oh. » Peter pointe l'autre île du doigt, à l'endroit où il a vu les créatures se balancer dans les arbres. « Et eux là-bas, ce sont des singes ?

— Des grands singes aussi. Des gibbons. Ils font partie d'un ordre "inférieur". En règle générale, les singes ont des queues, et les grands singes, non ; et les singes vivent dans les arbres, alors que les grands singes vivent au sol. »

Pendant que Bob finit ce qu'il est en train de dire, le chimpanzé assis sur la plateforme du bas grimpe, en se balançant avec une aise acrobatique, jusqu'à la plateforme du haut. Les autres grands singes, les gibbons dits inférieurs, réapparaissent au même moment dans l'arbre sur leur île, dansant en l'air d'une branche à l'autre.

« La nature comporte bien sûr des tas d'exceptions qui nous obligent à rester vigilants, ajoute Bob.

— Alors, combien de chimpanzés avez-vous ici ? lui redemande Peter.

— Trente-quatre à l'heure actuelle. Nous en faisons l'élevage en vue de les vendre ou de les louer à d'autres chercheurs, ce qui fait que leur nombre varie. Et nous en avons cinq autres qui sont élevés par des familles de Norman.

— Élevés par des familles humaines ?

— Oui. Norman doit être la capitale mondiale de l'adoption interspécifique. » Monsieur Pomme d'Adam se met à rire, jusqu'à ce qu'il se rende compte de l'expression déconcertée de Peter. « L'adoption interspécifique, c'est quand des familles humaines élèvent des bébés chimpanzés comme si c'était des humains.

— Mais dans quel but ?

— Oh, pour plusieurs raisons. On leur apprend le langage des signes. C'est incroyable : nous communiquons avec eux et pouvons ainsi observer comment leur esprit fonctionne. Et il y a beaucoup d'autres recherches comportementales en cours, ici et ailleurs, sur les relations sociales des chimpanzés, les formes de communication qu'ils utilisent, la façon qu'ils ont de structurer leurs groupes, leurs modes de domination et de soumission, leurs comportements maternels et sexuels, leur manière de s'adapter aux changements, et ainsi de suite. Des professeurs et des doctorants de l'université viennent ici chaque jour. Comme dit le Dr Lemnon : ils sont différents de nous, mais drôlement similaires en même temps.

— Et tous les chimpanzés vivent sur cette île ? demande Peter.

— Non. Nous les emmenons ici par petits groupes afin de mener des expériences et de leur donner des leçons de langage des signes, et aussi pour qu'ils puissent se reposer et se détendre un peu, comme c'est le cas du groupe que vous voyez en ce moment.

— Ils n'essaient jamais de se sauver ?

— Ils ne savent pas nager. Ils couleraient comme des pierres. Et même s'ils s'enfuyaient, ils n'iraient pas très loin. Ils sont chez eux, ici.

— Est-ce qu'ils sont dangereux ?

— Ils peuvent l'être. Ils sont forts, et ils ont des couteaux plein la gueule. Il faut savoir s'y prendre avec eux. Mais ils sont la plupart du temps d'une incroyable gentillesse, surtout quand on leur promet des friandises.

— Où sont les autres ? »

Bob pointe un doigt. « Dans l'enceinte principale. »

Peter, présumant que c'est là le prochain arrêt de la visite guidée, fait volte-face et se met à marcher en direction du bâtiment.

Bob accourt derrière lui. « Oh ! Je ne suis pas certain que ça fasse partie de… de la visite, monsieur. »

Peter s'arrête. « Mais j'aimerais bien voir les autres de plus près.

— Eh bien… Euh… Nous devrions peut-être en parler à… Il n'a pas dit…

— Il est occupé. » Peter se remet en marche. La pensée d'agacer le tout-puissant Dr Lemnon lui est agréable.

Bob le suit d'un pas agité, murmurant quelques syllabes hésitantes. « Je suppose que nous pouvons y aller, tranche-t-il enfin quand il voit que Peter ne changera pas d'idée. Nous allons faire vite. Par ici. »

Ils tournent un coin et parviennent à une porte. Ils entrent dans une petite pièce avec bureau et casiers. Une autre porte de métal s'y trouve. Bob sort une clé. Il déverrouille la serrure et ouvre. Peter et lui traversent de l'autre côté.

Si l'île de l'étang donnait une impression de lieu idyllique et ensoleillé, l'intérieur de ce bâtiment sans fenêtre évoque un enfer sombre, moite. C'est l'odeur qui frappe d'abord Peter, des relents de pisse et de misère intensifiés par la chaleur. Bob et lui se trouvent à l'entrée d'un corridor arrondi à la manière d'un tunnel, fait de barreaux de métal qui coupent l'espace autour d'eux en lanières, comme une râpe. De chaque côté sont suspendues, en deux rangées, des cages également en métal. Chacune d'elles mesure environ un mètre et demi de côté et pend au bout d'une chaîne, telle une cage d'oiseau. Les rangées avant sont décalées par rapport à celles situées en arrière, de façon à ce que toutes les cages soient visibles du corridor. Elles sont faites de barreaux d'acier ronds à travers lesquels on voit tout, ce qui n'offre aucune intimité. Il y a sous chacune un grand plateau de plastique jonché des déchets du détenu : nourriture en putréfaction, excréments, flaques d'urine. Bien que certaines cages soient vides, la plupart ne le sont pas et contiennent alors une seule et même chose : un gros chimpanzé noir.

Une explosion retentissante de cris et de hurlements les accueille. Peter est saisi d'une peur brute. Il en a le souffle coupé, se pétrifie sur place.

« Tout un effet, hein ? crie Bob. C'est parce que vous êtes un nouveau venu et que vous "envahissez" leur territoire. » En disant le mot « envahissez », il fait ironiquement des doigts un signe de guillemets.

Peter regarde d'un air ébahi. Certains des chimpanzés ont bondi sur leurs pattes et secouent furieusement leur cage, que des chaînes horizontales, empêchent toutefois de trop vaciller. C'est la façon dont les grands singes sont suspendus en l'air, coupés les uns des autres, coupés de la terre même, qui le met dans un tel état. Ils n'ont rien derrière quoi se cacher, à quoi se tenir ou avec quoi jouer, pas un jouet ni une couverture, pas le moindre brin de paille. Ils pendent tout simplement là dans leurs cages découvertes, image même de l'incarcération. N'a-t-il pas vu des films du genre, où tous les détenus se mettent à huer et à siffler quand un nouveau entre dans le pénitencier ? Il avale fort, puis prend une profonde respiration pour essayer de maîtriser sa peur.

Bob va de l'avant, beuglant de temps en temps un commentaire ou un autre sans se soucier de l'insensé chahut. Peter reste sur ses talons, marchant en plein milieu du corridor, à bonne distance des barreaux. Il a beau voir que les animaux sont bien enfermés – dans des cages et puis derrière les barreaux –, il a peur quand même.

Il y a, toutes les trois ou quatre cages, une épaisse clôture grillagée qui court des barreaux du corridor jusqu'au mur et au plafond, séparant ainsi chaque groupe de cages du suivant. Une couche de confinement de plus. Chacune de ces clôtures est munie d'une porte, au fond, près du mur.

Peter en montre une. « Les cages ne suffisent-elles donc pas ? » crie-t-il.

Bob répond en criant lui aussi : « Ça nous permet de relâcher les chimpanzés afin qu'ils puissent se retrouver ensemble dans des espaces de plus grandes dimensions tout en étant quand même séparés. »

Dans l'obscurité relative de l'enceinte, Peter remarque en effet, d'un côté du corridor, quatre chimpanzés qui se prélassent sur le plancher, près du mur du fond. Les animaux se lèvent en le voyant et commencent à s'exciter. Il y en a un qui fait mine de s'élancer sur les barreaux. Mais, au moins, ils ont l'air plus près de leur nature ainsi – au sol, en bande, dynamiques et pleins de vie. Bob fait signe à Peter de s'accroupir. « Ils aiment bien qu'on se mette à leur hauteur », lui dit-il à l'oreille.

Ils s'accroupissent tous les deux. Bob passe la main à travers les barreaux et salue celui des chimpanzés qui semblait le plus agressif, qui a fait semblant de les attaquer. La bête, après un moment d'hésitation, se presse jusqu'à la grille, lui touche la main, puis retourne à la hâte rejoindre les autres au fond. Bob sourit.

Peter commence à se calmer. *Ils font juste leur truc*, se dit-il. Bob et lui se relèvent et reprennent leur trajet le long du corridor. Le sénateur est maintenant en mesure d'observer les chimpanzés plus posément. Tous affichent divers degrés d'agitation ou d'agressivité ; ils tremblent, grognent, hurlent, grimacent, se meuvent énergiquement. Déchaînés, tous autant qu'ils sont.

Sauf un. Le dernier prisonnier, au bout du couloir, est tranquillement assis dans sa cage, perdu dans ses pensées, l'air de ne pas avoir conscience de ce qu'il y a autour de lui. Peter arrive jusqu'à sa cage et s'arrête, étonné du comportement singulier de la créature.

Le grand singe est assis dos aux autres primates et se présente ainsi de profil à Peter. Son bras droit repose nonchalamment sur son genou plié. Peter remarque le soyeux pelage noir qui recouvre l'animal. Si épais qu'on dirait un costume. Mains et pattes en émergent, glabres et, de toute évidence, très agiles. Peter observe la tête, le front dégarni, quasiment inexistant, les grandes oreilles pareilles à des soucoupes, les arcades sourcilières touffues et proéminentes, un nez qui n'est là que pour la forme, la gueule lisse, protubérante et agréablement rebondie, la lèvre supérieure imberbe, celle du bas légèrement velue. De telles lèvres sont, du fait de leur taille généreuse, hautement expressives. Peter les contemple. Celles de ce spécimen remuent – elles claquent, s'entrouvrent, se referment et se pincent – comme s'il était en conversation avec lui-même.

Il tourne la tête et regarde Peter dans les yeux.

« Il me regarde, dit Peter.

— Ouais, ils font ça, répond Bob.

— Directement dans les yeux, je veux dire.

— Ouais, ouais. C'est le plus souvent un signe de domination, mais celui-là, il est vraiment relax. »

Toujours en regardant Peter, le grand singe avance les lèvres, comme pour en faire un entonnoir. Il en jaillit un *hou hou* haletant, qui atteint les oreilles du sénateur malgré le tapage régnant dans l'enceinte.

« Qu'est-ce que ça signifie ? demande Peter.

— C'est une forme de salutation. Il dit bonjour. »

Le grand singe refait la même chose, articulant cette fois sans émettre de son, comptant plus sur le regard intense de Peter que sur ses oreilles agressées.

Peter est incapable de détacher ses yeux de l'animal. Quelle face attrayante, d'une expression si pleine de vivacité, au regard si intense ! La grosse tête est aussi densément recouverte de poils que le reste du corps, mais le triangle inversé que forment les yeux, le nez et le rond de la bouche est nu, révélant une peau sombre et unie. Outre de vagues ridules verticales sur la lèvre supérieure, le grand singe n'a de rides qu'autour des yeux, des rides concentriques en dessous de chaque orbite, en plus des quelques plis ondulants au-dessus de la voûte aplatie du nez, entre les sourcils saillants. Les cercles concentriques ont pour effet d'attirer l'attention. De quelle couleur sont les yeux ? Peter n'arrive pas à bien les discerner dans la lumière artificielle de l'enceinte, mais ils semblent d'un brun rouille vif, presque rouge, quoique d'une teinte terreuse. Les yeux sont rapprochés l'un de l'autre, le regard est calme. Un regard qui transperce Peter et le fige sur place.

Le grand singe se tourne de manière à lui faire entièrement face. Il a toujours le regard aussi chargé, mais sa posture est décontractée. Il semble se plaire à le dévorer ainsi des yeux.

« Je veux m'approcher », dit Peter. Il est lui-même stupéfait de ce qu'il vient de dire. Où est donc passée sa peur ? Une minute plus tôt, il frémissait de terreur.

« Oh, vous ne pouvez pas faire ça, monsieur », dit Bob, visiblement alarmé.

Il y a, au bout du corridor, une lourde porte de treillis métallique. Il y en avait deux autres du même genre à mi-chemin, de chaque côté. Peter jette un coup d'œil à la ronde ; pas de chimpanzé sur le plancher derrière la porte. Il se dirige vers celle-ci et pose la main sur la poignée. Elle tourne jusqu'au bout.

Les yeux de Bob s'écarquillent. « Ah mais, qui a oublié de verrouiller la porte ? Vous ne devriez *vraiment* pas entrer, le supplie-t-il. Il faut que… Il faut que vous en parliez au Dr Lemnon, monsieur.

— N'importe quand », dit Peter en ouvrant brusquement la porte. Puis il franchit le seuil.

Bob entre à sa suite. « Ne le touchez pas. Ils peuvent être très agressifs. Il pourrait vous arracher la main. »

Peter se tient devant la cage. Son regard est de nouveau rivé à celui du grand singe. Il ressent encore une fois la même attraction magnétique. *Qu'est-ce que tu veux ?*

Le grand singe passe la main à travers les barreaux entre-croisés pour la lui tendre. Elle s'ouvre devant Peter, la paume étroite tournée vers le haut. Peter la fixe, il en fixe la peau tannée, les longs doigts. Aucune incertitude, aucune hésitation. Il lève la main lui aussi.

« Oh là là, oh là là ! » gémit Bob.

Les deux mains s'enveloppent l'une l'autre. Le pouce opposable, court, mais puissant, se distend pour retenir la main de Peter. Le geste se fait sans que le chimpanzé ne tire ni n'agrippe ; il n'y a rien de menaçant. L'animal presse simplement la main de Peter. La sienne est étonnamment chaude. Peter la prend dans ses deux mains, une en coupe pour la lui serrer, l'autre sur son dos velu. Elle ressemble à la main vive d'un politicien, mais immobile et pleine d'intensité. La prise du grand singe se resserre. Il pourrait lui broyer la main, se rend compte Peter, sauf qu'il n'en fait rien et lui-même ne ressent aucune peur. L'animal continue de le fixer droit dans les yeux. Peter ignore pourquoi, mais sa gorge se noue et il se sent au bord des larmes. Est-ce parce que personne depuis Clara ne l'a regardé ainsi, pleinement, avec franchise, les yeux telles des portes ouvertes ?

« D'où il vient, celui-ci ? demande-t-il sans détourner le regard. Est-ce qu'il a un nom ? »

Peter s'aperçoit qu'il pense au singe comme à une personne. Cela lui est venu naturellement. Il n'a rien d'un objet.

« Il s'appelle Odo, répond Bob, qui se balance nerveusement d'un côté à l'autre. C'est un vrai nomade. Il nous a été amené par quelqu'un qui faisait du bénévolat en Afrique pour le Peace Corps. Puis il a été à la NASA pour des essais du programme spatial. Il est ensuite parti au Yerkes, puis chez Lemsip, avant de… »

Une éruption de cris se fait entendre à l'autre bout du corridor. Les chimpanzés, qui pour la plupart s'étaient calmés, se mettent à vociférer de plus belle. C'est encore plus assourdissant que lorsque Peter et Bob sont entrés. Le Dr Lemnon est revenu. « BOB, TU AS INTÉRÊT À AVOIR UNE FOUTUE BONNE EXPLICATION ! » mugit-il.

Peter et Odo se lâchent la main. L'accord est mutuel. Le grand singe se retourne pour reprendre la position dans laquelle il était, présentant son profil au sénateur, les yeux légèrement levés.

Bob a l'air de vouloir grimper dans l'une des cages suspendues plutôt que de retourner dans le corridor. C'est Peter qui sort en premier. La menace que représente le Dr Bill Lemnon apparaît clairement tandis qu'il descend le corridor à grandes enjambées, ses traits colériques illuminés sporadiquement par les ampoules espacées, le vacarme des animaux s'amplifiant au fur et à mesure qu'il approche.

« QU'EST-CE QUE VOUS FAITES ICI ? » lui hurle-t-il.

Tout faux-semblant de cordialité a disparu. Le Dr Lemnon est un grand singe qui affirme sa domination.

« Je vous achète celui-là », dit calmement Peter. Il pointe Odo du doigt.

« Ah oui ? répond Lemnon. Quatre éléphants et un hippopotame avec ça ? Peut-être deux lions et un troupeau de zèbres ? *Vous n'êtes pas dans une animalerie !* FOUTEZ LE CAMP D'ICI !

— Je suis prêt à payer quinze mille dollars. » Oh, le terrible attrait des chiffres ronds. Quinze mille dollars – c'est considérablement plus que ce que sa voiture a coûté.

Lemnon le dévisage, dubitatif, et Bob aussi, discrètement sorti dans le corridor. « Eh bien, eh bien, c'est que vous êtes vraiment sénateur, alors, si vous jetez des sommes d'argent pareilles par les fenêtres. Lequel ?

— Celui-ci. »

Lemnon regarde. « Ah, lui. Il n'y a pas plus "oméga" que celui-là. Il vit au pays des merveilles. » Il réfléchit. « Quinze mille dollars, vous dites ? »

Peter fait oui de la tête.

Lemnon rit. « On dirait bien que nous sommes une animalerie, tout compte fait. Bob, tu as l'œil pour les clients. Monsieur Tovy – pardonnez-moi, *sénateur* Tovy –, vous pouvez avoir votre chimpanzé de compagnie si vous voulez. Le hic, c'est que nous n'avons pas de politique de remboursement. Vous l'achetez, vous vous en lassez, vous voulez nous le redonner – nous le reprendrons, mais il vous en coûtera quand même quinze mille dollars. Compris ?

— Marché conclu », dit Peter. Il tend la main. Lemnon la lui serre, l'air de goûter la meilleure blague du monde.

Juste avant de s'en aller, Peter jette un regard à Odo. Il voit du coin de l'œil que le grand singe tourne la tête. Il le regarde encore une fois. Le chimpanzé le fixe à nouveau. Le sénateur est parcouru d'un léger frisson. *Il est resté attentif à moi durant tout ce temps.* À lui-même autant qu'au grand singe, il murmure : « Je vais revenir, promis. »

Ils remontent le corridor. Une dernière observation s'impose à Peter alors qu'il regarde à gauche et à droite, une chose qui ne l'avait pas frappé en entrant : la grande diversité des chimpanzés. Il aurait cru qu'un chimpanzé donné ressemblerait à peu près à n'importe quel autre. Mais ce n'est pas le cas, pas du tout. Chacun des grands singes possède une silhouette bien à lui, un maintien bien à lui, un pelage bien à lui, d'une couleur et d'un dessin bien à lui, une face bien à lui, avec un ton, un teint, des expressions bien à lui. Ils sont tous, Peter s'en aperçoit, quelque chose à quoi il ne se serait pas attendu : un individu à la personnalité unique.

Bob le rejoint à la porte de l'enceinte, l'air inquiet, chamboulé. « Nous les vendons, murmure-t-il, mais pas pour une somme… »

Lemnon le chasse d'une main. « Fiche le camp ! Fiche le camp ! »

Ils retournent à la voiture. Peter en arrive rapidement à une entente avec le docteur. Il sera de retour dans une semaine ou deux, aussitôt qu'il pourra ; il doit prendre les dispositions nécessaires. Il promet, en guise d'acompte, de mettre un chèque de mille dollars à la poste. Lemnon, de son côté, accepte de préparer les papiers.

La voiture s'éloigne, et Peter jette par-dessus son épaule un regard par la vitre arrière. Lemnon arbore toujours un petit sourire suffisant dans lequel le triomphe se lit. Puis il se tourne vers Bob et son expression change. Bob est manifestement sur le point de se faire passer un bon savon. Peter se sent mal pour lui.

« Bonne visite ? » lui demande le chauffeur.

Peter se cale dans son siège, hébété. « C'était intéressant. » Il n'arrive pas à croire ce qu'il vient de faire. Que fera-t-il d'un chimpanzé à Ottawa ? Il habite dans un appartement, à cinq étages au-dessus du sol. Les autres résidants accepteront-ils la présence dans leur immeuble d'un grand singe encombrant ? Est-il même légal de posséder un chimpanzé au Canada ? Comment l'animal s'adaptera-t-il aux hivers canadiens ?

Il secoue la tête. Il y a à peine plus de six mois que Clara est morte. N'a-t-il pas lu quelque part que l'on devrait, lorsqu'on a subi une grande perte, attendre au moins un an avant d'apporter d'importants changements dans sa vie ? La douleur lui a-t-elle fait perdre tout bon sens ?

Il n'est qu'un idiot.

Revenu à l'hôtel, il ne parle à personne de ce qu'il a fait, ni aux Oklahomains ni à ses compatriotes canadiens. Pas plus qu'il n'en parle à qui que ce soit à son retour à Ottawa, le lendemain matin. Il passe cette première journée à la maison, entre le déni et l'incrédulité, pour finalement décider de mettre une croix sur tout cela. Mais il est traversé le jour suivant par une excellente idée : il achètera le grand singe, tout compte fait, et en fera don à un zoo. Il est à peu près certain que le Zoo de Toronto ne garde pas de chimpanzés, mais il y en a bien un autre – Calgary ? – qui sera prêt à prendre l'animal. Ce sera là un cadeau absurdement cher, mais il le fera au nom de Clara. Chaque sou en vaudra ainsi la peine. Voilà, l'affaire est réglée.

Il se réveille tôt le troisième matin. La tête sur l'oreiller, il fixe le plafond. Odo a plongé ses yeux brun rougeâtre dans son for intérieur, et Peter lui a dit : *Je vais revenir, promis.* Il ne lui a pas promis de l'abandonner dans un zoo, il lui a promis de s'occuper de lui.

Il faut qu'il le fasse. Et, nom d'un chien, il ignore pourquoi, mais il a *envie* de le faire.

Une fois prise la première et plus importante décision, toutes les autres vont de soi. Il envoie le chèque d'acompte au Dr Lemnon.

Il est évident qu'Odo et lui ne peuvent pas rester à Ottawa. En Oklahoma, c'est la science qui servait d'excuse pour garder le grand singe en cage. Au Canada, ce serait le climat. Les chimpanzés ont besoin d'une température plus chaude.

Il est bon de penser à nouveau pour deux. Est-ce pathétique ? Au lieu de se jeter dans les bras d'une autre femme alors qu'il est, comme on dit, sous le coup d'un deuil, à croire qu'il s'agit d'un combat de boxe, n'est-il pas en train de faire pire et de se jeter dans ceux d'un *animal de compagnie ?* Ce n'est pas ainsi qu'il le sent. Quel que soit le terme qu'on pourrait donner à leur relation, Odo n'est pas un animal de compagnie.

Peter n'avait jamais cru qu'il redéménagerait. Clara et lui n'en avaient jamais parlé, sauf que le froid ne les gênait pas, et leur intention était d'écouler leurs vieux jours à Ottawa.

Où iront-ils ?

En Floride. Beaucoup de Canadiens y migrent à la retraite, précisément dans le but de fuir les hivers du pays. Mais l'endroit ne lui dit rien du tout. Il n'a pas envie de vivre entre un centre commercial, un parcours de golf et une plage étouffante.

Le Portugal. Le mot illumine son esprit. Il est lui-même d'origine portugaise. Sa famille a émigré au Canada lorsqu'il avait deux ans. Clara et lui ont visité Lisbonne, une fois. Il a aimé les toits de tuiles des maisons, les jardins luxuriants, les collines, les rues au charme européen décrépit. La ville lui a donné l'impression d'une soirée de fin d'été, un mélange de lumière tamisée, de nostalgie et de léger ennui. Sauf que Lisbonne, comme Ottawa, n'est pas un endroit pour un grand singe. Il leur faut un coin paisible, avec beaucoup d'espace et peu de gens.

Il se rappelle que ses parents étaient originaires d'une région rurale – les Hautes Montagnes du Portugal. Un retour à ses racines ? Peut-être a-t-il même de la parenté éloignée là-bas.

La destination lui reste dans la tête. La première étape consiste à s'occuper de ce qui le rattache au Canada. Il réfléchit à la nature de ces amarres. À une certaine époque, elles étaient tout : sa femme, son fils, sa petite-fille, sa sœur à Toronto, les membres de sa famille élargie, ses amis, sa carrière – en un mot, sa vie. Mais maintenant, à part son fils, il n'est entouré que de vestiges matériels : un appartement plein d'affaires, une voiture, un pied-à-terre à Toronto, un bureau dans l'édifice de l'Ouest, sur la colline du parlement.

Son cœur bat d'excitation à l'idée de se débarrasser de tout cela. L'appartement lui est devenu insupportable, imprégné dans chacune de ses pièces de la souffrance de Clara. Sa voiture n'est qu'une voiture – même chose pour son studio de Toronto. Et son poste de sénateur est une sinécure.

La distance pourrait améliorer ses relations avec Ben. Il ne va pas passer le reste de son existence à attendre à Ottawa que son fils trouve plus de temps à lui consacrer. Sa sœur cadette, Teresa, mène sa propre vie à Toronto. Ils se parlent déjà fréquemment au téléphone, et il n'y a aucune raison que cela cesse.

Quant à Rachel, sa petite-fille, il la voit maintenant si peu, il reçoit si rarement de ses nouvelles, qu'il pourrait tout aussi bien vivre sur Mars. Peut-être sera-t-elle tentée de lui rendre visite un jour, appâtée par le charme de l'Europe ? C'est là un espoir légitime.

Il prend une profonde respiration. Il faut mettre fin à tout cela.

C'est avec une jubilation alarmante qu'il se met à se défaire des chaînes qui le retiennent, puisque c'est ainsi qu'il les conçoit à présent. Déjà, quand Clara et lui avaient déménagé de Toronto à Ottawa, ils s'étaient départis d'un grand nombre de possessions. Voilà que le reste part en une semaine endiablée. Leur appartement d'Ottawa – « *tellement* bien situé ! » sourit l'agent de toutes ses dents – trouve rapidement preneur, de même que son studio de Toronto. Les livres sont envoyés à une librairie d'occasion, les meubles et l'électroménager vendus, les vêtements donnés à une œuvre de bienfaisance, les papiers personnels remis aux Archives nationales, les bibelots et babioles tout simplement mis au rebut. Il règle toutes ses factures, ferme ses comptes et annule son abonnement au journal. Il obtient son visa pour le Portugal. Il effectue un virement dans une banque portugaise et prend les dispositions nécessaires à l'ouverture d'un nouveau compte. Ben l'aide consciencieusement, sans cesser de râler en se demandant pourquoi diable son père abandonne sa vie rangée pour partir.

Peter laisse donc tout derrière lui sans rien emporter d'autre qu'une valise remplie de vêtements, un album de photos de famille, du matériel de camping, un guide du Portugal ainsi qu'un dictionnaire anglais-portugais.

Il réserve leur vol. Il s'avère plus simple pour le grand singe et lui de faire le voyage directement des États-Unis au Portugal. Moins de frontières à traverser en possession d'un animal exotique. La compagnie aérienne lui dit qu'à condition qu'il ait une cage et que l'animal soit calme, elle est prête à assurer son transport. Il consulte un vétérinaire pour savoir comment mettre un chimpanzé sous sédatif.

Grâce à ses contacts, il trouve un acheteur pour sa voiture, et à l'endroit qu'il veut en plus, à New York. « Je la livrerai moi-même », dit-il par téléphone à l'homme de Brooklyn.

Il ne parle pas du petit détour qu'il fera par l'Oklahoma.

Il annule tous ses rendez-vous – avec les comités du Sénat, sa famille et ses amis, son médecin (il n'a pas un très bon cœur, mais ajoute à ses bagages une réserve de médicaments ainsi que le renouvellement de son ordonnance), tout le monde. À ceux à qui il ne veut pas parler en personne ni au téléphone, il écrit des lettres.

« Tu as suggéré que je me laisse vivre, dit-il au whip.

— Tu as vraiment pris mes paroles au sérieux. Pourquoi le Portugal ?

— La chaleur. Mes parents venaient de là. »

Le whip le regarde droit dans les yeux. « Peter, as-tu rencontré une autre femme ?

— Non. Pas du tout.

— Bon, si tu le dis.

— Comment aurais-je pu rencontrer une femme au Portugal quand je vis ici, à Ottawa ? » demande Peter. Mais plus il nie toute relation romantique, moins le whip a l'air de le croire.

Il ne parle d'Odo à personne, ni à sa famille ni à ses amis. Le grand singe reste un lumineux secret qu'il porte dans son cœur.

Il se trouve qu'il a bientôt rendez-vous chez le dentiste. Il passe sa dernière nuit au Canada dans un motel, et se fait nettoyer les dents le lendemain matin. Il dit au revoir à son dentiste et prend la route dans sa voiture.

Le trajet jusqu'en Oklahoma est une longue traversée de l'Ontario, du Michigan, de l'Ohio, de l'Indiana, de l'Illinois et du Missouri. Il ne veut pas trop se fatiguer, et le fait donc en cinq jours. Il appelle en chemin – d'un magasin du coin à Lansing, dans le Michigan, d'un café-restaurant de Lebanon au Missouri – l'Institut de recherche sur les primates pour s'assurer qu'on sache qu'il arrivera bientôt. Il parle à la jeune femme qui a dit à Lemnon qu'il y avait quelqu'un pour lui au téléphone, celle qui a détourné l'attention du chercheur et lui a ainsi donné la chance de visiter l'enceinte des chimpanzés. Elle lui assure que tout est prêt.

Après une dernière nuit à Tulsa, Peter prend la direction de l'IRP, où il arrive en milieu de matinée. Il gare la voiture et marche tranquillement jusqu'à l'étang. Sur l'île principale, deux personnes sont en train de donner ce qui semble être une leçon de langage des signes à un chimpanzé. Un groupe de trois grands singes paresse au centre, à même le sol. Bob est assis parmi eux, il s'occupe d'une des bêtes, dont il inspecte l'épaule. Peter l'appelle et lui fait signe de la main. Bob lui renvoie son salut, se lève et se dirige vers une barque tirée sur la berge. Le grand singe le suit. L'animal bondit sans difficulté dans la barque et se perche sur un banc. Bob pousse la barque et se met à ramer pour rejoindre l'autre rive.

C'est au milieu de l'étang, au moment où vire l'embarcation, que le chimpanzé à qui Bob bloquait la vue aperçoit Peter. Il pousse un cri comme un hibou, une sorte de ululement, mais très puissant, en martelant le banc du poing. Peter cligne des yeux. *Est-ce ?...* Oui, c'est lui. Odo est plus corpulent que dans son souvenir. De la taille d'un gros chien, mais plus large.

Il saute de l'embarcation avant qu'elle n'atteigne le rivage, fait un bond au sol et file dans les airs en direction de Peter. Celui-ci n'a pas le temps de réagir. Le grand singe lui percute la poitrine tout en l'enveloppant de ses bras. Peter tombe à la renverse, pour atterrir inélégamment sur les fesses et se retrouver étendu sur le dos. Il sent contre le côté de son visage les lèvres charnues et mouillées, les dents dures et lisses. Il est assailli !

Le rire de Bob lui parvient. « Ça alors, il s'est pris d'affection pour vous, pas de doute là-dessus. Tout doux, Odo, tout doux. Est-ce que ça va ? »

Peter ne peut répondre. Il tremble de la tête aux pieds. Mais il ne ressent toutefois aucune douleur.

Odo ne l'a pas mordu. Le grand singe est descendu de sur lui pour se placer juste à côté, collé à son épaule. Il se met à lui jouer dans les cheveux.

Bob s'agenouille tout près. « Ça va ? redemande-t-il.

— O-o-oui, je crois », répond Peter. Il s'assoit lentement. Il regarde autour de lui, les yeux ronds, dépassé, hors d'haleine. L'étrange face noire, le corps épais, poilu, l'animal chaud et entier, littéralement, lui souffle dans le cou – sans barreaux qui les séparent, sans rien pour le protéger, pour assurer sa sécurité. Il n'ose pas repousser le chimpanzé. Il reste tout simplement assis là, alerte et paralysé, le regard hésitant.

« Qu'est-ce qu'il fait ? » demande-t-il enfin. Le grand singe lui nettoie la tête du bout des doigts.

« Votre toilette, répond Bob. C'est là une importante partie de la vie sociale des chimpanzés. Je fais ta toilette, tu fais ma toilette. C'est ainsi qu'ils vivent en bons termes. Et ça les débarrasse des tiques et des puces. Ça les tient propres.

— Que devrais-je faire ?

— Rien. Ou vous pouvez le toiletter vous aussi, si vous voulez. »

Un genou, juste là. Peter y porte une main tremblante, en caresse quelques poils.

« Tenez, je vais vous montrer », dit Bob.

Il s'assoit par terre et commence, avec assurance, à toiletter le dos du chimpanzé. Il passe à rebrousse-poil le bord de la main dans son pelage, exposant les racines et la peau nue. Il trouve, après deux ou trois fois, une bonne plaque sur laquelle il se met à l'œuvre de l'autre main, grattant et enlevant pellicules, petites poussières et autres saletés. C'est somme toute une activité laborieuse qui exige qu'on s'y investisse. Bob semble avoir oublié que Peter est là.

Ce dernier reprend peu à peu son sang-froid. Ce n'est pas désagréable, ce que la créature lui fait à la tête. Il sent des doigts doux sur son crâne.

Il regarde la face d'Odo. Le grand singe, en réponse, tourne aussitôt les yeux vers lui. Ils ont la face et le visage à une vingtaine de centimètres de distance, leurs regards soudés l'un à l'autre. Odo ulule légèrement, son souffle rebondissant sur son visage, puis il déplie la lèvre inférieure et révèle une rangée de grosses dents. Peter se tend.

« Il vous sourit », dit Bob.

C'est seulement à ce moment que le jeune homme, si doué pour lire les émotions du grand singe, comprend celles de Peter. Il lui met une main sur l'épaule.

« Il ne vous fera pas de mal, monsieur. Il vous aime bien. S'il ne vous aimait pas, il s'en irait.

— Je suis désolé de vous avoir mis dans le pétrin la dernière fois.

— Ne vous en faites pas pour ça. Ça valait le coup. Cet endroit est horrible. Où que vous alliez, Odo et vous, ça ne peut qu'être mieux qu'ici.

— Et Lemnon, il est dans les parages ?

— Non. Il sera de retour après déjeuner. »

Coup de chance. Bob donne à Peter, dans les quelques heures qui suivent, un cours accéléré sur Odo. Il lui enseigne ce qu'il y a à savoir sur les sons et les expressions faciales des chimpanzés. Peter acquiert des connaissances sur les ululements et les grognements, les aboiements et les cris, les lèvres qui font la moue, se pincent et claquent, sur les nombreux rôles que joue le halètement. Odo peut être aussi bruyant que le Krakatoa, aussi silencieux que la lumière du soleil. Il ne maîtrise aucunement le langage des signes, mais comprend un peu l'anglais. Et pour lui, comme chez les humains, ton, gestes et langage corporel sont très porteurs de sens. Les mains du grand singe parlent elles aussi, tout comme sa posture et le sens de son poil, et Peter doit être à l'écoute de ce qu'ils ont à dire. Un baiser et un câlin ne sont rien de plus que cela, un baiser et un câlin, à apprécier et à rendre si l'on veut, du moins le câlin. La meilleure mine d'Odo est celle où il ouvre juste un peu la gueule, dans une attitude détendue ; elle peut être suivie d'un des grands plaisirs qu'offre le langage des chimpanzés, le rire, un halètement presque insonore, des yeux brillants, la gaieté s'exprimant sans rien des *HA HA HA* grinçants du rire humain.

« C'est un langage à part entière, dit Bob en parlant de la communication des chimpanzés.

— Je ne suis pas très doué pour les langues étrangères, songe Peter à voix haute.

— Ne vous en faites pas. Vous le comprendrez. Il va s'en assurer. »

Il est propre, dit Bob, il faut juste que le pot soit à la vue. Les chimpanzés sont incapables de se retenir très longtemps. Il fournit à Peter quatre pots à distribuer ici et là sur le territoire du grand singe.

La cage censée servir au transport de l'animal et de nid la nuit ne rentre pas dans la voiture. Ils la démontent et la rangent dans le coffre. Odo voyagera sur le siège avant.

Peter, à un moment donné, va aux toilettes. Il s'assoit sur le couvercle, la tête entre les mains. Les débuts de la paternité ressemblaient-ils à cela ? Il ne se rappelle pas avoir jamais été aussi dépassé. De revenir à la maison avec bébé Ben avait été une expérience vertigineuse. Clara et lui n'avaient aucune idée de ce qu'il fallait faire – n'en est-il pas ainsi de tous les jeunes parents ? Mais tout s'était bien passé. Ils avaient élevé Ben en lui prodiguant amour et attention. Ils n'avaient pas peur de lui. Peter voudrait tant que Clara soit là. *Qu'est-ce que je fais ici ?* se dit-il. *C'est dingue.*

Bob et lui vont faire une promenade avec Odo, au grand plaisir de l'animal. Il cherche des baies, grimpe aux arbres, demande (en grognant, les bras levés, comme un enfant) à ce que Peter le porte. Ce dernier l'exauce, titubant et trébuchant jusqu'à ce qu'il soit prêt à s'effondrer. De la façon dont Odo se cramponne à lui des bras et des pattes, il a l'impression d'avoir une pieuvre de cinquante kilos sur le dos.

« Je peux, si vous voulez, vous donner son collier et sa laisse de six mètres, mais c'est inutile, dit Bob. S'il est dans un arbre, il vous hissera tout simplement comme un yo-yo. Et si, pour une raison quelconque, vous êtes à cheval, il hissera le cheval aussi. Les chimpanzés sont incroyablement forts.

— Comment puis-je faire dans ce cas pour le maîtriser ? »

Bob réfléchit quelques secondes avant de répondre. « Je ne veux pas me mêler de votre vie personnelle, monsieur, mais êtes-vous marié ?

— Je l'étais, répond sobrement Peter.

— Et comment maîtrisiez-vous votre femme ? »

Maîtriser Clara ? « Ce n'est pas là quelque chose que je faisais.

— Exactement. Vous aviez de bons rapports. Et quand ce n'était pas le cas, vous vous disputiez et essayiez de résoudre le problème. Même chose ici. Il n'y a pas grand-chose que vous puissiez faire pour le maîtriser. Il va tout bonnement falloir que vous résolviez le problème. Odo aime bien les figues. Calmez-le avec des figues. »

Durant cet échange, le chimpanzé fouine dans un buisson. Il en ressort et s'assoit juste à côté de Peter, sur son pied. Avec effronterie, a-t-il l'impression, Peter tend la main pour lui tapoter la tête.

« Il faut que vous soyez plus physique », lui dit Bob. Il s'accroupit devant le chimpanzé. « Odo, on chatouille, on chatouille ? » dit-il, les yeux grands ouverts. Il se met à chatouiller les flancs du grand singe. Ils se mettent bientôt à se rouler tous les deux frénétiquement au sol, Bob riant, Odo ululant et hurlant de joie.

« À votre tour, à votre tour ! » crie Bob. C'est, l'instant d'après, Peter qui se jette en tous sens avec l'animal. Le grand singe est en effet doté d'une force herculéenne. Il soulève à quelques reprises le sénateur des bras et des jambes et l'envoie s'écraser par terre.

La bagarre terminée, Peter se relève en chancelant. Il est débraillé, il lui manque une chaussure, sa chemise a perdu deux boutons, la poche avant en est déchirée et il est couvert d'herbe, de petites branches et de taches de terre. Un épisode si puéril que c'en est embarrassant, inapproprié pour un homme de soixante-deux ans – et tout à fait exaltant. Il sent sa peur du grand singe se dissiper.

Bob le regarde. « Tout va bien aller », dit-il.

Peter sourit en hochant de la tête. Il rejette laisse et collier.

Lemnon fait son apparition, il y a la transaction à conclure. Peter lui donne la traite bancaire, que le chercheur inspecte attentivement. Il lui remet en échange divers papiers. L'un des formulaires affirme que lui, Peter Tovy, est le propriétaire légal d'un chimpanzé mâle, *Pan troglodytes*, du nom d'Odo. Le formulaire est authentifié par un avocat d'Oklahoma City. Il y en a un autre qui provient d'un vétérinaire spécialisé en animaux sauvages ; il indique que le grand singe est en parfaite santé et garantit que tous ses vaccins sont à jour. Il y a aussi un permis d'exportation du U.S. Fish and Wildlife Service. Tous les documents ont l'air officiel qui convient et portent signatures et empreintes en relief. « Bon, je suppose que tout y est », dit Peter. Lemnon et lui ne se serrent pas la main, et il s'éloigne sans un mot.

Bob place une serviette pliée sur le siège passager. Il se penche pour serrer Odo dans ses bras. Puis il se redresse et lui fait signe de monter dans la voiture.

Le grand singe s'exécute sans hésitation et se met à son aise sur le siège.

Bob lui prend la main, qu'il porte à son visage. « Au revoir, Odo », dit-il, la voix cassée.

Peter prend place sur le siège du conducteur et démarre le moteur. « Est-ce que nous devrions lui mettre sa ceinture de sécurité ? demande-t-il.

— Pourquoi pas ? » répond Bob. Il s'étire, passe la ceinture autour de la taille d'Odo et la boucle. Mais la sangle d'épaule est trop haute, et l'animal l'a en travers de la face. Bob la lui place derrière la tête. De cette manière, elle ne gêne pas le chimpanzé.

Peter sent une panique mijoter en lui. *Je ne peux pas faire ça. Je devrais simplement tout annuler.* Il baisse sa vitre et agite la main. « Au revoir, Bob. Merci encore. Vous avez été d'une aide fantastique. »

Le trajet pour quitter Oklahoma City prend plus de temps que pour y aller. Il roule à une vitesse modérée, question de ne pas alarmer Odo. Et alors qu'entre Ottawa et Oklahoma City il a sauté d'une colonie humaine à l'autre – Toronto, Detroit, Indianapolis, Saint Louis, Tulsa –, il évite sur le chemin de New York le plus de centres urbains qu'il peut, encore une fois pour épargner le grand singe.

Il aurait envie de dormir dans un lit décent, de prendre une bonne douche, mais il est à peu près certain qu'aucun propriétaire d'hôtel ne louerait de chambre à un couple à cinquante pour cent simiesque. La première nuit, il quitte la route et arrête la voiture à proximité d'une ferme à l'abandon. Il assemble la cage, sans trop savoir où la mettre. Sur le toit du véhicule ? Dépassant du coffre ? Un peu à l'écart, pour donner au grand singe un territoire « à lui » ? Il finit par la placer, la porte entrebâillée, près de la voiture et laisse la vitre du côté passager baissée. Il donne une couverture à l'animal, puis se couche sur la banquette arrière. La nuit tombe, Odo entre et sort, faisant un bruit considérable, bondit à quelques reprises sur la banquette, où il atterrit pratiquement sur Peter, puis s'installe sur le plancher de la voiture, à côté de lui. Le grand singe ne ronfle pas, mais respire fort. Peter dort mal, non seulement parce qu'il est ouvertement dérangé par la créature, mais aussi en raison des inquiétudes qui le rongent. C'est là un gros et puissant animal, que rien ne peut contenir ni maîtriser. *Dans quoi me suis-je embarqué ?*

Les nuits suivantes, ils dorment au bord d'un champ, au bout d'un cul-de-sac, dans n'importe quel endroit tranquille et isolé.

Peter, un soir, examine de plus près les papiers que Lemnon lui a remis. Parmi ceux-ci se trouve un rapport qui présente un survol de la vie d'Odo. Le grand singe a été « capturé en très bas âge, à l'état sauvage, en Afrique ». Aucune mention n'est faite du bénévole du Peace Corps, il est seulement dit que le chimpanzé a par la suite passé quelque temps à la NASA, dans un endroit du nom d'Holloman Aerospace Medical Center, à Alamogordo, au Nouveau-Mexique. Il est ensuite parti au Yerkes National Primate Research Center, à Atlanta, en Géorgie, puis au Lemsip (Laboratory for Experimental Medecine and Surgery in Primates), à Tuxedo, dans l'État de New

York, avant d'être envoyé à l'Institut de recherche sur les primates. Quelle odyssée ! Pas étonnant que Bob l'ait qualifié de vrai nomade.

Peter s'attarde sur certains mots : « médical », « biologie », « laboratoire », « recherche »... Et surtout, « médecine et chirurgie expérimentales ». *Expérimentales ?* Odo a fait la navette d'un Auschwitz médical à l'autre, et ce, après avoir été arraché à sa mère lorsqu'il était bébé. Peter se demande ce qui a bien pu advenir de celle-ci. Plus tôt dans la journée, en faisant la toilette du chimpanzé, il a remarqué un tatouage sur sa poitrine. Ce n'est que sur cette partie du corps qu'on peut voir la peau foncée sous l'épais pelage, et c'est là, dans le coin supérieur droit, qu'il a découvert deux chiffres plissés – le nombre 65 –, inscrits sur cet inacceptable papier.

Il se tourne vers Odo. « Qu'est-ce qu'on t'a fait ? »

Il s'approche pour le toiletter.

Un après-midi, dans le luxuriant État du Kentucky, après avoir fait le plein, il conduit la voiture jusqu'au bout de l'aire de récréation, derrière la station d'essence, afin qu'ils puissent manger. Odo descend du véhicule et grimpe dans un arbre. Sur le coup, Peter est soulagé : le grand singe est proche et peu visible. Sauf qu'il n'arrive plus à le faire redescendre. Il craint qu'Odo ne gagne un autre arbre, puis un autre, puis qu'il s'en aille. Mais l'animal reste où il est. Il se contente de regarder la forêt à l'orée de laquelle il est suspendu. Il semble ivre de bonheur dans un tel paradis de feuilles vertes. Un chimpanzé à flot dans une mer de verdure.

Peter attend. Le temps passe. Il n'a rien à lire et n'a pas envie d'écouter la radio. Il fait une sieste sur la banquette arrière. Il pense à Clara, à son fils désenchanté, à la vie qu'il laisse derrière lui. Il marche jusqu'à la station-service pour aller acheter de l'eau et quelque chose à manger. Il s'assoit et contemple l'aménagement du commerce, le bâtiment principal dont les couleurs autrefois vives sont aujourd'hui passées, l'étendue d'asphalte, les allées et venues des voitures, des camions et des gens, l'aire de récréation, la lisière des bois, l'arbre dans lequel Odo s'est confortablement installé, puis il s'assoit et observe le chimpanzé.

Il n'y a que les enfants qui le remarquent dans son arbre. Pendant que les adultes vont aux toilettes, mettent du carburant dans leur voiture et font manger leur famille, eux regardent alentour. Ils font de grands sourires. Certains pointent l'animal du doigt pour attirer sur lui l'attention de leurs parents. Un regard aveugle, lancé au hasard, est tout ce qu'ils obtiennent. Ils font au revoir à Odo de la main au moment où s'éloigne leur voiture.

Cinq heures plus tard, alors que le jour tire à sa fin, Peter a toujours les yeux levés sur le chimpanzé. Ce n'est pas qu'Odo l'ignore. Quand il n'est pas distrait par l'activité de la station-service, il baisse en fait le regard sur lui avec le même intérêt dégagé dont fait preuve Peter en levant les yeux dans sa direction.

L'air se rafraîchit un peu au crépuscule, mais le grand singe ne redescend toujours pas. Peter ouvre le coffre de la voiture et en sort son sac de couchage ainsi que la couverture de l'animal, qui approuve d'un grognement. Il s'approche de l'arbre et tient la couverture au-dessus de sa tête. Odo tend la main pour s'en saisir. Il remonte dans l'arbre et s'enveloppe douillettement.

Peter lui laisse au pied de l'arbre des fruits, des tranches de pain tartinées de beurre d'arachide, une bouteille d'eau. L'obscurité tombe et il va se coucher dans la voiture. Il est exténué. Il craint qu'Odo ne s'enfuie durant la nuit ou, pire, qu'il n'attaque quelqu'un. Mais avant de s'endormir, il prend conscience avec plaisir d'une dernière chose : c'est sans doute la première fois depuis son enfance africaine que le grand singe dort sous les étoiles.

Les fruits et les tranches de pain ont disparu au matin, et la cruche est à moitié vide. Odo redescend de son arbre au moment où Peter émerge de la voiture. Le grand singe lève les bras vers lui. Peter s'assoit par terre, où ils s'étreignent et se font mutuellement leur toilette. Il donne à l'animal du lait au chocolat et des sandwichs aux œufs en guise de déjeuner.

Le même scénario se répète dans deux autres stations-service, où le chimpanzé élit domicile dans un arbre. À deux reprises, Peter doit appeler la compagnie aérienne dans le but de modifier leurs réservations, moyennant chaque fois des frais.

Le jour, alors qu'ils traversent les États-Unis, Peter se surprend à tourner la tête à intervalles réguliers pour lancer un regard à son passager, à tout coup sidéré d'être en voiture avec un chimpanzé. Et il sent qu'Odo, par ailleurs captivé par le paysage qui défile, fait la même chose ; il tourne la tête à intervalles réguliers pour lui lancer un regard, à tout coup sidéré d'être en voiture avec un humain. Et c'est ainsi que dans le perpétuel état d'émerveillement et de stupéfaction qu'ils partagent (et de peur, un peu), ils progressent jusqu'à New York.

Peter commence à être nerveux alors qu'ils approchent de la métropole. Il craint que Lemnon ne l'ait trompé, qu'on ne l'arrête à JFK et qu'Odo ne soit emporté.

Le grand singe regarde la ville d'un air ahuri, la mâchoire pendante, sans cligner des yeux. Sur une rue secondaire, en chemin vers l'aéroport, Peter arrête la voiture. Le moment difficile est venu. Il doit injecter au chimpanzé un puissant sédatif du nom de Sernalyn, prescrit par le vétérinaire. Odo s'en prendra-t-il à lui en représailles ?

« Regarde ! » dit-il en pointant du doigt au loin. Odo regarde. Peter lui plante la seringue dans le bras. C'est à peine si l'animal semble remarquer la piqûre, et quelques minutes plus tard il a perdu connaissance. À l'aéroport, vu la nature de sa cargaison, on autorise le sénateur à entrer dans une aire spéciale où il peut décharger le grand singe. Il assemble la cage et, avec un effort considérable, hisse le corps mou d'Odo sur une couverture placée au fond. Il s'attarde, les doigts accrochés aux barreaux de métal. Et si le chimpanzé ne se réveillait pas ? Que ferait-il ?

La cage est placée sur un chariot qu'on pousse à l'intérieur du labyrinthe qu'est JFK. Peter est accompagné d'un garde de sécurité. Le douanier passe tous ses papiers en revue, vérifie son billet d'avion, puis on emmène Odo. On dit à Peter que, si le capitaine est d'accord, il lui sera possible de descendre dans la soute, en cours de vol, afin de s'assurer que tout va bien.

Il repart à toute vitesse. Il s'arrête dans un lave-auto, nettoie la voiture à l'intérieur comme à l'extérieur, se rend à Brooklyn. L'acheteur potentiel se révèle être un homme difficile qui exagère le moindre défaut du véhicule sans prendre en compte aucune de ses qualités. Mais Peter n'a pas pratiqué la politique durant près de vingt ans pour rien. Il écoute l'homme sans dire un mot, puis énonce à nouveau le prix sur lequel ils s'étaient entendus. Quand l'homme se remet à chipoter, il dit : « Très bien, alors. Je vais vendre à l'autre acheteur. » Puis il remonte dans la voiture et démarre.

L'homme s'avance à la fenêtre. « Quel autre acheteur ? demande-t-il.

— Un autre acheteur m'a appelé juste après que j'ai accepté de vous vendre la voiture. J'ai dit non, parce que je m'étais déjà engagé auprès de vous. Mais c'est tout à mon avantage si vous n'en voulez pas. J'en obtiendrai plus ainsi. » Il met le véhicule en marche arrière et commence à reculer dans l'allée.

L'homme lui fait signe de la main. « Attendez, attendez ! Je la prends », crie-t-il. Il règle rapidement.

Peter hèle un taxi et retourne à l'aéroport. Il harcèle la compagnie aérienne de ses inquiétudes pour Odo. On lui assure que, non, on n'oubliera pas de charger le grand singe à bord de l'avion, et que, oui, on le mettra dans la soute du haut, qui est chauffée et pressurisée, et que, non, personne n'a signalé qu'il remuait, et que, oui, tout indique qu'il est en vie, et que, non, Peter ne peut pas le voir tout de suite, et que, oui, on demandera s'il peut aller le voir aussitôt que l'avion aura atteint son altitude de croisière.

Le capitaine, après une heure de vol, lui donne la permission, et Peter se dirige vers l'arrière de l'appareil. Il pénètre dans la soute supérieure par une porte étroite. La lumière est allumée. Il repère immédiatement la cage, attachée à la paroi par des sangles, à l'écart des bagages de première classe. Il se hâte vers elle. Il est soulagé de voir que la poitrine d'Odo monte et descend avec régularité. Il passe la main entre les barreaux et sent son corps chaud. Il entrerait bien dans la cage lui faire sa toilette, sauf que la compagnie aérienne a ajouté son propre cadenas à la porte.

À part pour utiliser les toilettes de temps en temps ou aller manger, Peter reste à côté de la cage pendant toute la durée du vol. Sa présence n'a pas l'air de déranger les agents de bord. Le vétérinaire lui a dit qu'il était impossible pour un chimpanzé de faire une surdose de Sernalyn. Il fait donc deux autres injections à Odo durant le voyage. Il déteste devoir le faire, sauf qu'il ne veut pas non plus que le grand singe se réveille dans un endroit aussi insolite et bruyant. Il pourrait paniquer.

Ça suffit, pense Peter. Il promet de ne jamais plus soumettre Odo à de telles épreuves. Le grand singe mérite mieux.

Une agente de bord entre dans la soute une demi-heure avant le moment prévu de l'atterrissage. Il doit regagner son siège, dit-elle à Peter. Il fait ce qu'on lui dit, et s'endort peu après.

Quand l'avion, tôt en matinée, touche terre dans une secousse à l'aéroport Portela de Lisbonne, il regarde par la fenêtre, un peu dans la brume, et c'est lui qui sent la panique le gagner rapidement. Son cœur bondit dans sa poitrine. Il a peine à respirer. *Tout ceci est une erreur. Je vais tout simplement faire demi-tour.* Mais Odo, lui ? Il doit bien y avoir un zoo à Lisbonne. Il pourrait y abandonner le grand singe dans sa cage, à l'entrée ; un animal trouvé, un poupon laissé pour compte.

Tous les autres passagers ont ramassé leurs bagages et sont repartis depuis une heure, et lui attend toujours dans la salle des arrivées. Il passe la plus grande partie de ce temps-là à pleurer en silence dans une cabine des toilettes, près du carrousel. Si seulement Clara était avec lui ! Elle le calmerait. Quoique, si elle était là, il ne serait pas dans cette situation ridicule.

Un homme en uniforme finit par le trouver. « *O senhor é o homem com o macaco ?* » demande-t-il.

Peter le fixe en silence.

« *Macaco ?* » dit l'homme, et il fait comme s'il se grattait les aisselles en poussant des *hou hou hou.*

« Oui, oui ! » acquiesce Peter.

Ils franchissent des portes sécurisées, l'homme s'entretenant aimablement avec lui en portugais. Peter hoche la tête, même s'il ne comprend pas un traître mot. À partir des conversations que ses parents avaient jadis, la sonorité du portugais lui revient, un chuchotement mélancolique et mal articulé.

La cage est posée sur un chariot à bagages, au milieu d'un hangar. Quelques employés de l'aéroport se tiennent autour. Le cœur de Peter fait de nouveau un bond dans sa poitrine, mais de joie cette fois. C'est avec un visible intérêt que les hommes parlent du *macaco*. Odo n'a toujours pas repris connaissance. Les hommes posent des questions à Peter, qui ne peut que secouer la tête d'un air contrit.

« *Ele não fala português* », dit le gardien qui l'a amené.

Le langage des signes prend la relève.

« *O que o senhor vai fazer com ele ?* dit un autre homme en agitant une main devant lui, paume vers le haut.

— Je m'en vais dans les Hautes Montagnes du Portugal », répond Peter. Il trace du doigt un rectangle dans les airs et répète « Portugal » en en pointant le coin supérieur droit.

« *Ah, as Altas Montanhas de Portugal,* dit l'homme. *Lá em cima com os rinocerontes.* »

Les autres rient. Peter fait oui de la tête, bien qu'il ne sache pas ce qui les amuse. *Rinocerontes ?*

Leurs obligations professionnelles les appellent enfin. On examine son passeport, puis on le vise ; on signe les papiers d'Odo, qu'on estampille et qu'on sépare ensuite, une pile pour Peter, une pour les douanes. Voilà. Un homme s'appuie contre le chariot à bagages, prêt à pousser. L'étranger et son *macaco* sont maintenant libres de partir.

Peter blêmit. Dans la frénésie des deux dernières semaines, il y a un détail dont il a omis de s'occuper : le moyen par lequel le grand singe et lui feront le trajet de Lisbonne aux Hautes Montagnes du Portugal. Il leur faut une voiture, sauf qu'il n'a pris aucune disposition pour en acheter une.

Il lève les paumes devant lui. *Arrêtez.* « Je dois acheter une voiture. » Il agite les poings de haut en bas, pour faire comme s'il avait les mains sur un volant.

« *Um carro ?*

— Oui. Où puis-je en acheter une ? » Il se frotte le pouce et l'index.

« *O senhor quer comprar um carro ?* »

Comprar – cela lui semble correct.

« Oui, oui, *comprar um carro*, où ? »

L'homme fait signe à un autre de venir et ils discutent. Ils écrivent quelque chose sur un bout de papier qu'ils donnent à Peter. *Citroën*, est-il écrit, avec une adresse. Peter sait ce que signifie *citron* en français. Il espère qu'il ne s'agit pas là d'un présage.

« Près d'ici, près d'ici ? demande-t-il avec les doigts.

— *Sim, é muito perto. Táxi.* »

Il pointe un doigt vers lui, puis pointe au loin et de nouveau vers lui. « Je fais un aller-retour.

— *Sim, sim.* » Les hommes font oui de la tête.

Il s'éloigne d'un pas rapide. Il a apporté une somme substantielle d'argent canadien et américain, en plus de ses chèques de voyage. Et il a sa carte de crédit, pour encore plus de sûreté. Il convertit ses dollars en escudos et saute dans un taxi.

Le concessionnaire Citroën n'est pas très loin de l'aéroport. Les voitures y sont de curieuses choses rondelettes. Il y en a une qui a de jolies lignes, mais elle est chère et trop grosse pour ses besoins. Il opte finalement pour un modèle très simple, un machin gris qu'on dirait fait de boîtes de thon. Pas la moindre fioriture, pas de radio, de climatisation, d'accoudoirs, de transmission automatique. Les vitres ne se baissent même pas. Les fenêtres sont séparées en deux à l'horizontale, la moitié inférieure s'entrouvre sur une charnière de façon à reposer sur la moitié supérieure, comme un rabat, et est maintenue par une pince. Pas de toit rigide non plus, ni de vitre arrière, qu'une pièce de tissu robuste qu'on peut détacher et rouler, pourvue d'une fenêtre de plastique transparent flexible. Peter ouvre et referme une des portières. La voiture lui paraît bringuebalante et rudimentaire, mais le vendeur exprime un grand enthousiasme à son égard, la portant aux nues de ses mains. Peter s'interroge sur le nom, qui n'a rien d'un nom, ce n'est qu'un code alphanumérique : 2 CV. Il préférerait une voiture américaine. Mais il lui faut un véhicule tout de suite, avant qu'Odo ne se réveille.

Il interrompt le vendeur d'un signe de la tête – il va la prendre. L'homme se fend d'un sourire et le guide vers son bureau. On inspecte son permis de conduire international, on remplit des documents, on prend son argent, on appelle la société émettrice de sa carte de crédit.

Il revient à l'aéroport une heure plus tard, une plaque d'immatriculation temporaire collée à l'aide de ruban adhésif à l'intérieur de la lunette arrière. La transmission laisse entendre des bruits métalliques, le levier de vitesse sort directement du tableau de bord, le moteur est bruyant, la suspension déglinguée. Il se gare et retourne au hangar.

Odo dort toujours. Peter et l'employé de l'aéroport poussent la cage jusqu'à la voiture. Ils transfèrent le grand singe sur la banquette arrière. C'est là qu'un problème survient. La cage, même pliée, n'entre pas dans le tout petit coffre de la 2 CV. Impossible aussi de l'attacher au toit souple. Il faut s'en défaire. Peter n'en est pas mécontent. Cette chose-là est un fardeau et, du reste, le chimpanzé ne l'a pas utilisée du tout. L'homme de l'aéroport accepte de s'en charger.

Peter vérifie une dernière fois qu'il n'a rien oublié. Il a son passeport et ses papiers, il a sorti la carte du Portugal, ses bagages sont entassés dans le coffre, le grand singe est sur la banquette arrière – il est prêt à partir. Seulement il est épuisé, il a faim et soif. Il reprend son aplomb.

« À quelle distance sont les *Altas Montanhas de Portugal ?* demande-t-il.

— *Para as Altas Montanhas de Portugal ? Cerca de dez horas* », répond l'homme.

Peter utilise ses doigts pour s'assurer d'avoir bien compris. Dix doigts. Dix heures. L'homme fait oui de la tête. Peter soupire.

Il consulte la carte. Il décide, comme il l'a fait aux États-Unis, d'éviter les grandes villes. Ce qui veut dire qu'il doit s'éloigner de la côte et couper par l'intérieur. Il y a, passé une ville du nom d'Alhandra, un pont qui enjambe le Tage. Après quoi la carte annonce des agglomérations tellement petites qu'elles ont droit au symbole cartographique le plus minimal qui soit, un minuscule cercle noir, blanc au milieu.

Quelques heures plus tard, après une brève halte dans un endroit du nom de Porto Alto où il s'arrête pour boire et manger dans un café et acheter des provisions, il a du mal à garder les yeux ouverts. Puis il arrive à Ponte de Sor. C'est une ville agréablement animée. Peter regarde un hôtel avec envie ; il serait heureux de s'y arrêter. Mais il poursuit plutôt sa route. De retour dans la campagne, il emprunte une route secondaire peu fréquentée et se gare près d'une oliveraie. La voiture lui apparaît comme une bulle grise qu'on s'apprête à souffler dans le paysage. Il laisse de la nourriture à côté d'Odo. Il songe à étendre son sac de couchage sur les deux sièges, mais il y a trop d'espace entre les deux. Ils ne s'inclinent pas du tout non plus. Peter inspecte le sol à côté du véhicule. Trop rocailleux. Il passe finalement à l'arrière et dépose non sans effort le lourd chimpanzé sur le plancher. Il se couche sur la banquette en position fœtale, et a tôt fait de sombrer dans le sommeil.

À son réveil, tard dans l'après-midi, Odo est assis juste à côté de sa tête, pratiquement dessus. Il regarde alentour. Sans doute se demande-t-il quel nouveau tour les humains lui ont joué. Où est-il ? Où sont passés les gros bâtiments ? Peter sent contre sa tête la chaleur de l'animal. Il est encore fatigué, mais l'angoisse lui donne un coup de fouet. Le chimpanzé sera-t-il en colère, se montrera-t-il agressif ? Dans un tel cas, il lui serait impossible de lui échapper. Il se redresse lentement.

Odo l'étreint des deux bras. Peter l'étreint à son tour. Ils restent ainsi imbriqués durant plusieurs secondes. Peter donne au grand singe de l'eau à boire, puis des pommes, du pain, du fromage et du jambon à manger. Tout disparaît rapidement, par grosses bouchées.

Il remarque un groupe d'hommes au loin, qui marchent dans leur direction sur la route. Ils portent des pelles et des sarcloirs sur l'épaule. Peter reprend sa place sur le siège conducteur. Odo saute à côté de lui sur le siège passager. Il démarre. L'animal pousse un petit cri en entendant le grondement du moteur, mais reste immobile. Peter fait faire demi-tour au véhicule et le ramène sur la route.

Comme la plupart des immigrants, ses parents ont quitté les Hautes Montagnes du Portugal où ils vivaient dans la misère, déterminés à ce que leurs enfants connaissent une vie meilleure au Canada. Ils ont tourné le dos à leurs origines comme s'ils étanchaient le sang d'une blessure. Ils ont, à Toronto, délibérément évité les autres immigrants portugais. Ils ont fait des efforts pour bien apprendre l'anglais et n'ont transmis à leur fils et à leur fille ni leur langue maternelle ni leur culture. Ils les ont plutôt encouragés à élargir leurs horizons, et se sont réjouis quand tous deux ont épousé quelqu'un qui n'était pas Portugais.

Il n'y a que dans leurs dernières années, une fois le succès de leur ingénierie identitaire avéré, que ses parents se sont quelque peu laissés aller et que sa sœur Teresa et lui ont eu droit, à l'occasion, à un aperçu de leur ancienne vie. Cela leur était présenté sous forme de brèves histoires, étayées par des photos de famille. Quelques noms remontaient, une vague géographie s'esquissait, centrée autour d'un seul toponyme : Tuizelo. C'est de là qu'étaient originaires ses parents, et c'est là qu'Odo et lui s'installeront.

Mais il ne connaît rien du pays. Il est canadien jusqu'au bout des ongles. Tandis qu'ils roulent dans la lumière du jour qui va s'estompant, il remarque à quel point le paysage est beau, à quel point le monde rural est animé. Il y a partout des bêtes et de la volaille, des ruches et des vignes, des champs labourés et de petits bois soignés. Il voit des gens qui transportent du bois de chauffage sur leur dos, des ânes qui transportent des paniers chargés sur le leur.

La nuit les arrête et les envoie se coucher. Peter s'installe sur l'étroite banquette arrière. Une heure plus tard, il a vaguement conscience qu'Odo sort de la voiture, mais il est trop assommé par le sommeil pour aller s'assurer que tout va bien.

Il trouve au matin le singe qui dort sur le dessus du véhicule, sur le toit de toile. Il ne le réveille pas. Il lit son guide. Il y apprend que le drôle d'arbre qu'il n'arrête pas de voir – dense, aux branches fortes, le tronc d'un brun foncé sauf aux endroits où la précieuse écorce a été enlevée – est un chêne-liège. Les parties qui ont été dénudées luisent d'un riche brun rougeâtre. Peter jure qu'il ne boira plus, à partir de maintenant, que du vin provenant de bouteilles à bouchon de liège.

Wisigoths, Francs, Romains, Maures – tous sont venus ici. Certains se sont contentés de tout casser et de repartir. D'autres sont restés assez longtemps pour construire un pont ou un château. Puis Peter découvre, dans un encadré, cette « anomalie faunique du nord du Portugal » : le rhinocéros ibérique. Est-ce de lui que parlait l'homme à l'aéroport ? Cette relique biologique, descendant du rhinocéros laineux des débuts de l'ère glaciaire, a existé au Portugal par poches de plus en plus petites jusqu'aux temps modernes, la mort du dernier spécimen connu ayant été confirmée en 1641. Robuste et féroce en apparence, mais généralement inoffensif – un herbivore, après tout, difficile à mettre en colère et pardonnant facilement –, le rhinocéros ibérique est tombé en décalage avec l'époque, incapable de s'adapter à l'espace toujours plus restreint qui lui était accordé, et c'est ainsi qu'il a disparu, quoiqu'il arrive encore de nos jours qu'on prétende en avoir aperçu un de temps à autre. Le roi du Portugal Manuel Ier en a offert un en cadeau au pape Léon X, en 1515. Le guide contient une reproduction de la gravure sur bois que Dürer en a réalisée, « ne portant, incorrectement, qu'une seule corne ». Peter regarde l'image. L'animal y paraît grandiose, ancien, improbable, attrayant.

Odo se réveille alors qu'il est en train de préparer le déjeuner sur le réchaud de camping. Quand le grand singe s'assoit, et plus encore quand il se met debout sur le toit de la voiture pour admirer les environs, Peter est de nouveau frappé par sa situation. Il lui serait insupportable d'être seul ici, en terre étrangère, il mourrait de solitude. Mais grâce à son étrange compagnon, la solitude est conjurée. Et il en est profondément reconnaissant. Il ne peut néanmoins ignorer l'autre sentiment qui le trouble à l'instant même, et qui, sent-il, est en train de lui liquéfier les entrailles : la peur. Il ne saurait en expliquer la manifestation soudaine. Jamais il n'a été sujet à des attaques de panique, mais peut-être est-ce ainsi qu'on se sent. La peur fond à travers lui, dilate le moindre de ses pores, lui accélère le souffle, le lui raccourcit. Odo descend de la voiture, s'avance tranquillement à quatre pattes vers lui, les yeux sur le réchaud, dans des dispositions amicales, et la peur se dissipe.

Ils reprennent la route après le déjeuner. Ils passent dans des villages aux maisons de pierre, aux rues pavées, aux chiens endormis, aux ânes observateurs. Des lieux de tranquillité, où il y a seulement quelques hommes et femmes vêtus de noir et tous assez âgés. Peter a l'impression que, dans ces communautés, l'avenir arrive comme la nuit, en silence et sans surprise, chaque génération en tout point semblable à celle qui la précède et qui la suit, ne faisant que diminuer en nombre de l'une à l'autre.

Ils atteignent – selon la carte – les Hautes Montagnes du Portugal en début d'après-midi. L'air est plus frais. Peter est perplexe. Où sont les montagnes ? Il ne s'attendait pas à des Alpes aux sommets enneigés s'élançant vers le ciel, mais pas non plus à une savane aride et vallonnée, aux forêts cachées dans des vallées, sans sommets nulle part. Odo et lui traversent des plaines aux énormes rochers gris, répartis à une certaine distance les uns des autres dans la prairie. Certains dépasseraient le deuxième niveau d'une maison. Peut-être pourraient-ils, pour un homme debout à côté, avoir quelque chose de montagneux, mais ce serait là forcer un peu. Le chimpanzé est aussi intrigué que Peter par ces rochers.

Tuizelo apparaît au bout d'une route sinueuse, à la lisière d'une forêt, dans une vallée. Les rues pavées, étroites et pentues, serpentent jusqu'à une place pas très grande, au centre de laquelle murmure une humble fontaine. D'un côté de la place, il y a une église, et de l'autre, un café qui a aussi l'air de tenir lieu de petite épicerie et de boulangerie. Les deux institutions, chacune exerçant ses activités propres, sont situées entre de modestes maisons de pierre aux balcons de bois. Il n'y a de grands que les nombreux potagers, aussi grands que des champs, et bien entretenus. Ici et là, partout, des poules, des chèvres, des moutons, des chiens qui paressent.

D'emblée, Peter est frappé par la quiétude et l'isolement du village. Dire que ses parents venaient d'ici. Il y est lui-même venu au monde, en fait. Il arrive à peine à y croire. L'écart qui sépare ces lieux de la maison dans laquelle il a grandi, à Cabbagetown, au cœur de Toronto, semble incommensurable. Il n'a aucun souvenir de Tuizelo. Ses parents en sont partis quand il était tout petit. Il va quand même donner une chance à l'endroit.

« Nous sommes arrivés », annonce-t-il. Odo regarde autour, impassible.

Ils mangent des sandwichs, boivent de l'eau. Peter remarque un modeste attroupement dans un potager. Il s'étire pour prendre le dictionnaire. Il s'entraîne à quelques reprises à prononcer la même phrase.

« Ne bouge pas, dit-il au grand singe. Reste dans la voiture. » Odo est assis tellement bas sur le siège qu'il est à peine visible de l'extérieur.

Peter sort du véhicule et fait signe au groupe de la main. Les gens lui rendent son salut. Un homme lui crie bonjour. Il franchit le petit portail et les rejoint. Tous les villageois s'avancent pour lui serrer la main, un sourire au visage.

« *Olá* », dit-il à chacun. Puis, la cérémonie terminée, il récite timidement sa phrase. « *Eu quero uma casa, por favor* », dit-il lentement. *Je voudrais une maison, s'il vous plaît.*

« *Uma casa ? Por uma noite ?* dit quelqu'un.

— *Não*, répond-il en feuilletant le dictionnaire, *uma casa por… viver.* » *Non, une maison dans laquelle habiter.*

« *Aqui, em Tuizelo ?* dit quelqu'un d'autre, ses traits ridés s'élargissant de surprise.

— *Sim*, répond Peter, *uma casa aqui em Tuizelo por viver.* » *Oui, une maison dans laquelle habiter ici, à Tuizelo.* On voit que l'immigration n'est pas quelque chose qu'on connaît dans le coin.

« *Meu Deus ! O que é aquela coisa ?* » s'exclame une femme. Peter devine que l'horreur dans son ton n'a rien à voir avec le fait qu'il ait demandé à vivre dans le village. Elle regarde derrière lui. Il se retourne. En effet, Odo a grimpé sur le toit de la voiture et les observe.

Le groupe laisse échapper divers bruits de surprise et de peur. Un des hommes saisit son sarcloir, qu'il brandit dans les airs.

« Non, non, il est amical », dit Peter, les paumes devant lui pour apaiser les villageois. Il cherche dans le dictionnaire.

« *Ele é… amigável ! Amigável !* »

Il répète quelques fois le mot en essayant de tenir compte de l'accent tonique, de bien prononcer. Il recule jusqu'à la voiture. Le groupe reste figé. Odo a déjà trop attiré l'attention. Il y a deux hommes au café qui ont les yeux fixés sur lui, ainsi qu'une femme sur son seuil, et une autre sur un balcon.

Peter avait espéré intégrer Odo *en douceur* dans la vie du village, mais c'était bête, cette idée. Il n'y a pas de degré à la stupéfaction.

« *Amigável ! Amigável !* » répète-t-il à tous.

Il fait signe à Odo d'approcher. Celui-ci se laisse glisser en bas de la voiture et marche avec lui sur les jointures jusque dans le potager. Le grand singe décide toutefois de ne pas passer par le portail, et bondit plutôt sur le mur de pierre. Peter est debout à côté de lui et lui caresse une patte.

« *Um macaco*, dit-il au groupe afin de leur expliquer ce qu'ils ont sous les yeux. *Um macaco amigável.* » *Un grand singe amical.*

Les gens les dévisagent tandis qu'ils restent là à attendre, Odo et lui. La femme qui la première a remarqué l'animal est aussi la première à se détendre un peu. « *E ele mora com o senhor ?* » demande-t-elle à Peter. Son ton est ouvert, rempli d'émerveillement.

« *Sim* », répond Peter, sans cependant savoir ce que « *mora* » veut dire.

Un des villageois décide qu'il en a assez. Il se retourne pour s'en aller. Son voisin tend la main, mais trébuche en même temps. En tentant de reprendre son équilibre, il tire avec une certaine force sur la manche du premier. Celui-ci, déséquilibré à son tour, pousse un cri, lance un bras en arrière pour se dégager et s'éloigne, vexé. Odo perçoit aussitôt la tension et se dresse sur ses pattes pour suivre des yeux l'homme qui s'éloigne. Debout sur le mur, il domine l'attroupement dans le jardin. Peter sent l'appréhension de tous. « Tout va bien, murmure-t-il au grand singe en le tirant par une main, tout va bien. » Il est nerveux. Pourrait-ce être suffisant pour qu'un grand singe perde le contrôle de soi ?

Odo ne perd pas le contrôle. Il se rassoit avec quelques *hou hou* inquisiteurs et haut perchés. Ce son fait naître quelques sourires sur les visages des gens, rassurés qu'ils sont peut-être par la confirmation d'un stéréotype – les grands singes font vraiment *hou hou hou.*

« *De onde é que ele vem ? O que é que faz ?* demande la même femme.

— *Sim, sim,* répond Peter, encore une fois sans savoir à quoi. *Eu quero uma casa em Tuizelo por viver com macaco amigável.* »

D'autres villageois ont maintenant fait leur apparition. Ils se rassemblent à une distance respectueuse. Ils suscitent autant la curiosité d'Odo que lui la leur. Le chimpanzé pivote sur le mur pour regarder, prendre part, commenter de quelques doux *aarrrhhh* et *hou*.

« *Uma casa ?...* » répète Peter tout en caressant le grand singe.

L'attroupement dans le jardin se penche enfin sur sa demande. Ils se parlent entre eux, et Peter peut entendre le mot « *casa* » qu'on répète à travers ce qui semble être des noms. La conversation s'étend quand une femme se tourne pour en interpeller une autre debout près de la voiture. La villageoise répond, et une deuxième conversation naît bientôt plus loin là-bas. Il s'échange de-ci de-là des volées verbales entre les gens autour de la voiture et ceux dans le potager. La raison pour laquelle ils ne se réunissent pas est toute simple : il y a entre eux le portail, qu'un grand singe garde telle une sentinelle.

Peter se dit qu'il devrait peut-être préciser sa demande. Une maison à l'orée du village serait idéale. Il regarde dans le dictionnaire.

« *Uma casa... nas bordas de Tuizelo... nas proximidades* », lance-t-il, adressant plus ou moins sa requête à la première femme qui a dit quelque chose sur Odo, mais dans l'intention que tout le monde puisse entendre.

La discussion reprend, jusqu'à ce que la femme en question, qui a bien voulu jouer pour lui le rôle d'interlocutrice principale, lui en annonce le résultat. « *Temos uma casa que provavelmente vai servir para si e o seu macaco.* »

Il ne comprend rien sauf « *uma casa* » et « *seu macaco* ».

Une maison et *votre grand singe*. Il fait oui de la tête.

La femme sourit et, d'un air qui en dit long, regarde vers le portail. Peter traverse aussitôt et donne à Odo un petit coup de coude pour qu'il descende du mur de pierre. Le chimpanzé se laisse tomber au sol, à côté de lui. Ils font quelques pas vers la voiture. Le groupe dans le jardin s'avance en direction du portail, celui autour de la voiture se disperse. Peter se retourne vers la femme, pointe un doigt de différents côtés. Elle lui indique la droite, vers le haut du village. C'est donc par là que Peter va. Odo, par bonheur, reste à ses côtés. La femme les suit à une distance prudente. Les villageois s'égaillent sur leur passage, tout comme les poules et les chiens. Mais humains et animaux, à l'exception des poules, se mettent bientôt à suivre eux aussi les nouveaux venus. Peter se retourne régulièrement pour s'assurer qu'ils vont dans la bonne direction. La femme, qui mène les villageois à une quinzaine de pas derrière, hoche la tête pour lui confirmer que oui ou le redirige de la main. Et c'est ainsi qu'en guidant le groupe, alors qu'en fait ils le suivent, Peter et Odo traversent le village. Le chimpanzé chemine gentiment à quatre pattes à ses côtés, malgré le puissant attrait qu'exercent sur lui les poules et les chiens.

Ils émergent du village. La rue pavée laisse place à un chemin de terre. Ils passent, après un tournant, par-dessus un ruisseau peu profond. Les arbres sont de plus en plus épars, le plateau commence à être visible. La femme crie peu après et montre du doigt. Ils sont arrivés à la maison.

Elle ressemble à plusieurs autres qu'on retrouve dans le village. C'est une petite structure de pierre à deux étages, en forme de L, nantie d'un mur à portail qui complète les deux autres côtés de la lettre de manière à former une cour clôturée. La femme invite Peter à entrer dans cette dernière, tout en restant elle-même de l'autre côté du portail, avec ses compagnons. Elle lui fait voir qu'on peut atteindre le premier étage par un escalier de pierre extérieur. Puis elle pointe Odo, ainsi qu'une porte au rez-de-chaussée. Peter ouvre ; il n'y a pas de verrou, juste un loquet. Il n'est pas heureux de ce qu'il découvre. En plus d'être remplie de quantité d'affaires, la pièce est sale, tout y est couvert de poussière. Il aperçoit ensuite un anneau fixé au mur, remarque que la porte qu'il vient d'ouvrir se divise en deux à l'horizontale, et c'est là qu'il saisit. L'étage ici est un enclos, une étable, un parc à bétail. Il a vu beaucoup de maisons du genre sur la route, mais c'est seulement maintenant qu'il comprend comment elles sont faites. Les animaux – moutons, chèvres, cochons, poules, ânes – vivent sous leurs propriétaires, qui les gardent ainsi en sûreté près d'eux tout en profitant l'hiver de la chaleur qu'ils produisent. C'est ce qui explique aussi l'escalier extérieur. Peter referme la porte.

« *Macaco*, dit la femme d'un ton aimable, de l'autre côté du mur de pierre.

— *Não* », répond Peter en secouant la tête. Il montre le haut des escaliers du doigt.

Les gens opinent du chef. Le *macaco* de l'étranger souhaite vivre à l'étage ? Il a le goût du luxe ?

Peter et Odo gravissent l'escalier de pierre. Le palier, en bois et pourvu d'un toit, est assez grand pour être qualifié de balcon. Peter ouvre la porte. Elle non plus ne comporte aucun verrou. Il ne semble pas y avoir de problème de cambriolage à Tuizelo.

L'étage lui plaît plus. C'est rustique, mais cela fera l'affaire. Un plancher de pierre (facile à nettoyer), peu de meubles (moins de choses à briser). Les murs sont très épais, inégalement recouverts de blanc de chaux, ondulés par endroits, mais propres ; ils ressemblent à ce qui pourrait être une carte des Hautes Montagnes du Portugal. La division du logement est simple. La porte s'ouvre sur la pièce principale, où il y a une table en bois et quatre chaises, quelques tablettes fabriquées à même le mur, un poêle à bois en fer forgé. D'un côté de cette pièce, qui forme le haut du L, séparée par un mur qui va seulement jusqu'au milieu, se trouve la cuisine. Celle-ci est équipée d'un grand évier, d'une cuisinière au propane, d'un comptoir et d'autres tablettes. À l'autre bout du salon, par une embrasure sans porte, Peter découvre le bas du L, deux chambres à coucher contiguës. La première contient un placard avec, sur la porte, un grand miroir moucheté par l'âge. Il y a dans la chambre du bout un lit dont le matelas a connu des jours meilleurs, une petite table de chevet, une commode, ainsi qu'une salle de bains rudimentaire munie d'un lavabo et d'une cuvette poussiéreuse dans laquelle il n'y a pas d'eau. Pas de baignoire ni de douche.

Peter retourne au salon, balayant du regard le bas des murs. Il examine le plafond dans chaque pièce.

Aucune prise de courant où que ce soit ni aucun luminaire. Puis il confirme, dans la cuisine, ce qu'il croyait *ne pas* avoir vu ; en effet, pas de réfrigérateur. La maison n'a pas l'électricité. Et pas de prise de téléphone non plus. Il soupire. Il ouvre le robinet de la cuisine. Aucun jet d'eau pour venir troubler le silence. Deux des fenêtres sont cassées. Tout est enduit de poussière et de crasse. Il est submergé par une vague de fatigue. Du Sénat canadien, dans une capitale où il était entouré de toutes les commodités du monde moderne, à cette habitation de l'âge des cavernes aux confins de nulle part. Du confort de la famille et des amis à un lieu où il est un étranger et ne parle pas la langue.

C'est Odo qui le sauve de son effondrement émotionnel imminent. Le grand singe se réjouit manifestement de leur nouveau meublé. Il agite la tête, lâche des ululements excités en courant d'un bout à l'autre du logement. C'est, Peter en prend conscience, la première habitation qu'il voit en dehors des cages dans lesquelles il a passé toute sa vie adulte. Tellement plus grand et ouvert que ce qu'il a connu. Et mieux que les voitures dans lesquelles il habite depuis une semaine. Peut-être pensait-il avoir troqué une vie dans une cage suspendue contre une vie dans une cage sur roues. Pour un grand singe en captivité, c'est le Ritz, cette maison.

Et c'est bien éclairé, quand on y pense : il y a des fenêtres à chaque mur. Le soleil sera leur lampe. Il y a un certain charme aussi – et des économies à faire – dans l'idée de s'éclairer à l'aide de chandelles et de lanternes. Et s'il y a de la tuyauterie, c'est qu'il a dû y avoir autrefois l'eau courante, laquelle peut sans doute être rétablie.

Peter s'approche d'une des fenêtres donnant sur la cour. Il l'ouvre. Les villageois attendent patiemment de l'autre côté du mur. Il leur fait signe de la main en souriant. Comment dit-on « bien » en portugais ? Il consulte son dictionnaire. « *A casa é boa – muito boa !* » crie-t-il.

Les villageois sourient à leur tour et applaudissent.

Odo rejoint Peter à la fenêtre. Dans une grande excitation, il redit la même chose, mais dans son langage à lui, ce qui, à ses oreilles et à celles des gens en bas, se traduit par un cri terrible. Les villageois sursautent.

« *Macaco... macaco...* » – Peter cherche le mot – « *macaco... é feliz !* »

Les gens se remettent à applaudir, ce qui met Odo encore plus en joie. Il pousse, dans sa jubilation de primate, un autre cri – et se jette par la fenêtre. Peter, alarmé, s'y penche, les mains tendues. Il regarde en bas. Pas de grand singe. Les villageois lâchent des *ah* et des *oh* de surprise, et de légère inquiétude, aussi. Ils lèvent les yeux.

Peter dévale les escaliers pour les rejoindre. Odo s'est agrippé aux tuiles du toit de schiste pour, en se donnant une poussée contre les pierres du mur, grimper sur le dessus de la maison. Perché sur le faîte, il regarde avec un immense plaisir les humains en contrebas, le village, les arbres à proximité, le vaste monde autour de lui.

C'est le moment de régler certaines questions avec les villageois. Peter se présente à leur dirigeante. Elle s'appelle Amélia Duarte ; il peut, lui dit-elle, l'appeler Dona Amélia. Le sénateur lui fait comprendre qu'il serait heureux de vivre dans cette maison. (*La maison de qui ?* se questionne-t-il. *Qu'est-il arrivé à ceux qui y vivaient ?*) Il s'informe, dans un portugais massacré, des fenêtres et de la plomberie, et demande s'il est possible de faire nettoyer l'endroit. En réponse à tout cela, Dona Amélia fait vigoureusement oui de la tête. Elle lui fait bien savoir qu'on s'occupera de tout. Elle tourne et retourne la main. *Amanhã, amanhã.* Et combien ? Même chose : *demain, demain.*

À tous, Peter dit : « *Obrigado, obrigado, obrigado.* » Les cris d'Odo font écho à sa gratitude. Une fois serrée la main de tout le monde, les villageois finissent par s'en aller, les yeux sur le toit de la maison.

Odo est assis dans ce que Peter reconnaît déjà comme une position de détente : pieds écartés, avant-bras sur les genoux, mains qui pendent entre les jambes, tout yeux, tout oreilles. Les villageois partis, le grand singe affichant son plaisir à être là où il est, le sénateur repart récupérer la voiture à pied. « Je reviens », crie-t-il à Odo.

De retour à la maison, il défait leurs quelques bagages. Puis il prépare à souper de bonne heure à l'aide de l'équipement de camping. Il lui faut pour cela trouver un seau et marcher jusqu'à la fontaine du village afin d'aller chercher de l'eau.

Il appelle peu après le grand singe. Odo ne se manifeste pas, et il va donc à la fenêtre. C'est là que la tête du chimpanzé surgit à sa vue, à l'envers. L'animal est accroché dehors, au mur de la maison.

« Le souper est prêt », dit Peter en lui montrant le chaudron dans lequel il a fait bouillir des œufs et des pommes de terre.

Ils mangent dans un silence méditatif. Puis Odo ressort d'un bond par la fenêtre.

Se méfiant du vieux matelas qu'il y a sur le lit, Peter installe son matelas de camping et son sac de couchage sur la table du salon.

Et puis voilà, il n'a rien à faire. Après trois semaines – ou était-ce toute une vie ? – d'activité incessante, il n'a rien à faire. Une très longue phrase, ancrée à des noms concrets, avec d'innombrables subordonnées, quantité d'adjectifs et d'adverbes, d'audacieuses conjonctions qui sont venues la relancer dans de nouvelles directions – en plus d'interludes inattendus –, s'est terminée avec un point final étonnamment silencieux. Durant une heure à peu près, assis dehors, sur le palier en haut de l'escalier, à siroter un café, las, un peu soulagé, un peu inquiet, Peter le contemple, ce point final. Qu'apportera la prochaine phrase ?

Il s'installe sur la table dans son sac de couchage. Odo reste sur le toit jusqu'à ce que l'obscurité tombe, puis revient à l'intérieur par la fenêtre, sa silhouette découpée dans le clair de lune. Il grogne de plaisir en découvrant qu'il a le matelas de la chambre à coucher juste pour lui. La maison est bientôt plongée dans le silence. Peter s'endort en s'imaginant Clara couchée à côté de lui. « Je voudrais que tu sois là, lui chuchote-t-il. Je crois qu'elle te plairait, cette maison. Nous l'arrangerions vraiment bien, avec des tas de plantes et de fleurs. Je t'aime. Bonne nuit. »

Au matin, une délégation se tient devant la maison, l'équipe de *demain*, avec à sa tête Dona Amélia. Armés de seaux, de serpillières et de torchons, de marteaux, de clés à molette et de détermination, ils sont venus remettre les lieux en état. Ils se mettent au travail, faisant non de la tête en le chassant quand Peter essaie d'aider. Il faut en outre qu'il fasse quelque chose de son grand singe. Cela les rend nerveux de le savoir aux alentours.

C'est ainsi qu'Odo et lui vont faire une promenade. Tous les yeux, humains et animaux, se tournent vers eux pour ne plus les lâcher. Mais le regard n'est pas hostile, pas du tout ; il s'accompagne dans chaque cas d'une salutation. Peter s'émerveille une fois de plus devant les potagers. Navets, pommes de terre, courgettes, gourdes, tomates, oignons, choux, choux-fleurs, choux frisés, betteraves, laitues, poireaux, poivrons, haricots verts, carottes, petits champs de seigle et de maïs – c'est de l'industrie artisanale, et à grande échelle. Le chimpanzé extirpe une tête de laitue d'un des jardins et la mange. Peter frappe dans ses mains pour l'appeler. Le grand singe a faim. Et lui aussi.

Ils se tiennent devant le café du village. La terrasse est déserte. Peter ne veut pas prendre le risque d'entrer – mais il pourrait sûrement être servi dehors ? Il consulte le dictionnaire, puis se plante près d'une table. L'homme derrière le comptoir sort, les yeux ronds et à l'affût, mais l'air affable.

« *Como posso servi-lo ?* demande-t-il.

— *Dois sanduíches de queijo, por favor, e um café com leite*, prononce Peter.

— *Claro que sim, imediatamente* », répond l'homme. Quoique avec méfiance, il essuie la table la plus près d'eux, ce que Peter perçoit comme une invitation à s'asseoir.

« *Muito obrigado*, dit-il.

— *Ao seu serviço* », répond l'homme en retournant dans le café.

Peter s'assoit. Il s'attend à ce qu'Odo reste assis par terre à côté de lui, mais le grand singe a les yeux rivés à sa chaise de métal. L'animal grimpe sur celle à côté. De là il inspecte le sol, fait balancer la chaise, donne des claques sur les accoudoirs, explore, de manière générale, ce que peut faire cette drôle de chose, à quoi elle sert. Peter jette un œil dans le café. Les clients à l'intérieur les regardent. Et les gens dehors commencent à se rassembler en un large cercle. « Du calme, du calme », marmonne-t-il à Odo.

Il s'approche de l'animal et fait quelques gestes de toilettage. Mais le grand singe ne semble aucunement en détresse ni nerveux. Au contraire, il est de bonne humeur, comme l'attestent son expression radieuse et sa curiosité pleine de vitalité. Ce sont les gens autour qui, pour ainsi dire, ont l'air d'avoir besoin d'un toilettage social.

« *Olá, bom dia* », lance Peter.

Il reçoit quelques salutations en retour.

« *De onde é o senhor ?* demande un homme.

— Du Canada », répond-il.

Murmures d'approbation. Il y a beaucoup d'immigrants portugais au Canada. C'est un bon pays.

« *E o que está a fazer com um macaco ?* » demande une femme.

Qu'est-ce qu'il fait avec un grand singe ? C'est une question à laquelle il ne saurait répondre, ni en anglais ni en portugais.

« *Eu vive com ele* », répond-il simplement. *Je vis avec lui.* C'est tout ce qu'il trouve à dire.

Leur commande arrive. Avec la vigilance d'un torero, l'homme place les deux assiettes et le café du côté de la table le plus éloigné d'Odo.

Le grand singe grogne bruyamment et tend la main pour s'emparer des deux sandwichs au fromage, qu'il dévore en un instant, à l'amusement des villageois. Peter sourit lui aussi. Il regarde le serveur.

« *Outro dois sanduíches, por favor* », demande-t-il. Il se souvient que le café fait également office d'épicerie. « *E, para o macaco, dez…* » Il trace de ses mains une forme allongée, qu'il épluche.

« *Dez bananas ?* » demande l'homme.

Ah, c'est le même mot. « *Sim, dez bananas, por favor.*

— *Como desejar.* »

Si le fait qu'Odo ait mangé les deux sandwichs a amusé les villageois, sa réaction devant les bananes les égaie encore plus. Peter pensait acheter là une réserve qui leur durerait quelques jours. Mais non. Le chimpanzé, en voyant les fruits, grogne d'un air extasié et se met à tout manger, faisant voler les pelures, et il aurait mangé aussi les nouveaux sandwichs qui viennent de leur être servis si Peter ne s'était pas dépêché de mettre la main sur l'un des deux. Pour faire descendre tout cela, Odo avale le café de Peter après y avoir trempé le doigt afin d'en éprouver la température. Après avoir léché la tasse jusqu'à ce qu'il n'y reste plus une goutte, il laisse celle-ci pendre à sa bouche, jouant avec elle avec sa langue et ses lèvres comme s'il s'agissait d'une grosse menthe.

Les villageois rient et sourient. Il est drôle, le *macaco* de l'étranger ! Peter est ravi. Odo est en train de les gagner à sa cause.

Au paroxysme de la gaieté, dans un geste qui, sent le sénateur, vise à montrer qu'il prend lui-même pleinement part à la détente sociale générale, Odo se met debout sur sa chaise, saisit la tasse dans sa main et, avec une force prodigieuse, la lance sur le sol. La tasse éclate en mille morceaux.

Les villageois se figent. Peter lève vers le serveur une main rassurante. « *Desculpe*, dit-il.

— *Não há problema.* » Puis à l'intention d'une plus grande audience, il ajoute : « *Macaco amigável é feliz, muito feliz.* »

Amigável et *feliz* – mais légèrement explosif. Peter paie, ajoutant un coquet pourboire, puis Odo et lui s'en vont, la foule s'ouvrant prudemment devant eux.

À leur retour, la maison à l'orée du village est transformée. Les fenêtres sont réparées ; la plomberie fonctionne ; la cuisinière au gaz est munie d'un nouveau réservoir ; chaque surface a été nettoyée en profondeur ; chaudrons, poêlons, vaisselle et coutellerie – usés, écaillés, mal assortis, mais parfaitement fonctionnels – sont empilés sur les tablettes de la cuisine ; il y a un matelas neuf sur le lit, avec des draps propres, deux couvertures de laine et des serviettes pliées dessus ; Dona Amélia est en train de mettre sur la table du salon un vase débordant de fleurs aux couleurs vives.

Peter porte une main à son cœur. « *Muito obrigado*, dit-il.

— *De nada* », répond Dona Amélia.

L'embarras mutuel qu'ils ont à négocier le coût des choses est rapidement expédié. Peter se frotte le pouce et l'index, puis pointe le réservoir, les ustensiles de cuisine, la chambre à coucher. Il cherche le mot « loyer » – qui en est un bizarre : *aluguer*. Dona Amélia propose des sommes avec une apparente nervosité, et dans chaque cas Peter est convaincu qu'elle se trompe d'un facteur de trois ou de quatre. Si peu ? Il accepte sur-le-champ. Elle lui fait comprendre qu'elle serait prête à faire sa lessive et à venir faire le ménage de la maison une fois par semaine. Il hésite. Il n'y a pas grand-chose à nettoyer – et que fera-t-il d'autre de son temps ? Mais il y pense à deux fois. Elle lui servira ainsi de lien avec le reste du village. Plus important encore, elle sera le lien d'Odo, l'ambassadrice du grand singe. Il se dit aussi que les villageois de Tuizelo ne doivent pas être très fortunés. En employant Dona Amélia, il injectera un peu plus d'argent dans l'économie locale.

« *Sim, sim*, lui dit-il. Quanto ?

— *Amanhã, amanhã* », dit-elle en souriant.

Le prochain point à l'ordre du jour, maintenant. Il a certaines choses à organiser pour Odo et lui. Il lui faut faire immatriculer la voiture, formellement ouvrir un compte bancaire et prendre des dispositions pour que des virements réguliers lui soient faits du Canada. Où est la banque la plus près ?

« Bragança, répond Dona Amélia.

— Téléphone ? lui demande Peter. *Aqui ?*

— *Café*, répond-elle. Senhor Álvaro. »

Elle lui donne le numéro.

Bragança est à une heure de route à peu près. Que devrait-il redouter le plus : d'emmener le grand singe dans un centre urbain ou de le laisser seul ici ? Il faut qu'il s'occupe de ces corvées administratives. Et que ce soit dans la ville ou dans le village, il n'a aucune emprise réelle sur Odo. Peu importe ce qu'il fait, il doit compter sur la coopération du chimpanzé. Il peut seulement espérer qu'il ne s'éloignera pas de la maison et ne s'attirera pas de problèmes.

Dona Amélia et sa troupe d'assistants s'en vont.

« Reste, reste. Je reviens bientôt », dit Peter à Odo, qui, pour l'instant, joue avec une fissure dans le plancher de pierre.

Il quitte la maison, fermant la porte même s'il sait que l'animal peut facilement l'ouvrir. Il monte dans la voiture et s'éloigne. Il voit, dans le rétroviseur, le grand singe grimper sur le toit.

À Bragança, il fait des réserves – bougies, lanternes, kérosène, savon, nourriture, dont du lait en carton qui n'a pas à être réfrigéré, divers produits personnels et ménagers – et règle ses affaires à la banque. La plaque d'immatriculation, il la recevra par courrier, au café.

Du bureau de poste de Bragança, il fait deux appels au Canada. Ben se dit heureux que son père soit arrivé sans encombre. « Quel est ton numéro ? demande-t-il.

— Il n'y a pas le téléphone, répond Peter, mais je peux te donner le numéro du café du village. Tu peux y laisser un message et je te rappellerai.

— Qu'est-ce que tu veux dire, il n'y a pas le téléphone ?

— Je veux dire exactement ça. Il n'y a pas de téléphone dans la maison. Mais il y en a un au café. Prends le numéro en note.

— Est-ce que tu as l'eau courante ?

— Ouais. Elle est froide, mais ça fonctionne.

— Génial. Et l'électricité ?

— Eh bien, pour tout dire, non.

— Tu es sérieux ?

— Oui. »

Une pause. Peter sent que Ben attend des explications, des justifications, un plaidoyer. Il n'offre rien de tout cela. Son fils poursuit donc dans la même veine. « Et les routes – elles sont goudronnées ?

— Pavées, en fait. Comment va le travail ? Rachel ? Et ce bon vieil Ottawa ?

— Pourquoi fais-tu ça, papa ? Qu'est-ce que tu fais là-bas ?

— C'est un bel endroit. Tes grands-parents venaient d'ici. »

Ils mettent fin à l'appel avec la grâce de ceux qui apprennent à danser sur des échasses. Ils promettent de se reparler bientôt, et la perspective de cette conversation future vient les sauver de celle qu'ils sont en train d'avoir.

La conversation qu'il a avec sa sœur, Teresa, est plus pétillante.

« De quoi a l'air le village ? demande-t-elle. Tu t'y sens chez toi ?

— Non, je ne parle pas la langue. Mais c'est tranquille, rural, vieux – agréablement exotique.

— As-tu découvert la maison familiale ?

— Non, je m'installe à peine. Et je n'avais même pas trois ans quand je suis parti. Je ne pense pas que ça fasse grand différence pour moi d'être né dans telle ou telle maison. C'est juste une maison.

— D'accord, monsieur Sentimentalité. Et les nombreux cousins depuis longtemps perdus de vue ?

— Ils sont toujours tapis à attendre de fondre sur moi.

— Je crois que ça aiderait Ben si tu faisais un peu plus de battage autour de l'endroit. Tu sais, dis-lui que tu arroses l'arbre généalogique, que tu t'occupes de ses racines. Ton départ soudain l'a laissé complètement désarçonné.

— Je ferai plus d'efforts.

— Et comment te sens-tu, pour Clara ? demande-t-elle d'une voix douce.

— Je lui parle dans ma tête. C'est là qu'elle vit, maintenant.

— Tu t'occupes de toi ? Comment va le cœur ?

— Il bat.

— Heureuse d'entendre ça. »

Quand Peter revient à Tuizelo, Odo est toujours sur le toit. Il hurle haut et fort en apercevant la voiture et se coule au sol. Après quantité de *hou hou* de salutations, il traîne quelques sacs de provisions jusqu'à la maison, marchant debout en se balançant d'un côté à l'autre. Il veut rendre service, mais les sacs se fendent et leur contenu s'éparpille. Peter ramasse tout et rentre.

Il arrange la cuisine. Il met la table du salon dans un coin plus agréable, et fait la même chose avec le lit dans la chambre à coucher. Odo, pendant tout ce temps, le regarde sans émettre un son. Peter est un peu nerveux. Il lui faut encore s'habituer au regard du grand singe. Un regard qui balaie tout autour comme le faisceau d'un phare, venant éblouir l'homme alors qu'il flotte sur l'eau. Le regard d'Odo est un seuil au-delà duquel Peter ne voit pas. Il se demande à quoi le grand singe pense, en quels termes. Odo se pose peut-être des questions analogues à son sujet. Le chimpanzé le voit peut-être lui aussi comme un seuil. Mais il en doute. Il est plus probable qu'il soit une curiosité pour l'animal, une bizarrerie du monde naturel, un grand singe habillé, qui tourne autour du chimpanzé normal, attiré comme par hypnose.

Voilà. Tout est à sa place. Peter jette un coup d'œil à la ronde. Il sent, encore une fois, qu'il est arrivé à la fin d'une phrase. Il se fait du mauvais sang. Il regarde par la fenêtre. On est en fin d'après-midi et le temps a l'air d'être en train de se gâter. Tant pis.

« Allons explorer », dit-il à Odo. Il attrape le sac à dos et ils sortent. Peter ne veut pas avoir à faire face à l'attention tenace des villageois, et c'est pourquoi ils bifurquent dans le haut de la route, en direction du plateau, jusqu'à ce qu'ils trouvent un sentier qui les amène à la forêt. Odo avance à quatre pattes, d'une démarche lourde, mais décontractée, la tête si basse que, vu de derrière, on dirait qu'il n'en a pas. Une fois qu'ils sont dans la forêt, il s'enthousiasme pour les grands chênes et les châtaigniers, les bouquets de tilleuls, de hêtres et de peupliers, les pins, les très nombreux arbustes et buissons, les explosions de fougères. Il file devant à toute allure.

Peter va d'un pas régulier, le doublant souvent pendant qu'il flâne. Puis le grand singe reprend sa course et se dépêche de le dépasser. Chaque fois, Peter remarque qu'Odo le touche au passage, une claque derrière la jambe, rien de violent ni d'agressif, il s'agit plutôt d'une vérification. *Bien, bien, tu es là.* Il se remet ensuite à traîner, et Peter reprend les devants. Peter, en d'autres mots, traverse la forêt au pas de marche, tandis que pour Odo, c'est comme s'il avançait d'une liane à l'autre.

Le chimpanzé cherche de la nourriture. Bob, de l'IRP, avait averti Peter que l'animal saisirait la moindre occasion de dévaliser le garde-manger de la nature de ses pousses, fleurs, fruits sauvages et insectes, tout ce qu'il y a de comestible, en gros.

Il se met à pleuvoir. Peter trouve un gros pin sous lequel il se réfugie. L'arbre ne le protège pas parfaitement, mais peu importe, il a apporté un poncho imperméable. Il l'enfile et s'assoit sur le lit d'aiguilles, le dos contre le tronc. Il attend qu'Odo parvienne à sa hauteur. Il l'appelle en le voyant courir sur le sentier. Le grand singe freine et le regarde. Il n'a jamais vu de poncho, ne comprend pas où le corps de son compagnon a bien pu passer. « Viens, viens », dit Peter. L'animal se pose sur son derrière juste un peu plus loin. Même si la pluie n'a pas l'air de le déranger, Peter sort un deuxième poncho de son sac à dos. Celui qu'il porte se soulève dans son geste. Odo sourit de toutes ses dents. *Oh, voilà le reste de ta personne !* Il vient vite se mettre à côté de lui. Peter lui met le poncho au-dessus de la tête. Ils ne sont plus que deux visages désincarnés qui scrutent les environs. Les arbres au-dessus s'élèvent en cône, comme un tipi, l'espace cassé, fracturé par les branches. Les pins sentent fort. Ils restent assis à observer la pluie qui tombe, ainsi que tout ce qui s'ensuit : les gouttes d'eau qui se gonflent au bout des aiguilles de pin, avant de tomber comme pensivement, la formation des flaques, avec les rivières qui les relient, l'étouffement de tout son autre que le crépitement de la pluie, la création d'un monde de vert et de brun, humide et tamisé. Un sanglier qui passe au trot devant eux vient les surprendre. Ils se contentent d'écouter le silence de la forêt, qui vit et respire.

Ils rentrent à la quasi-obscurité. Peter trouve des allumettes et allume une bougie. Il fait, avant d'aller se coucher, un feu dans le poêle. Il le règle pour qu'il brûle lentement.

Il se réveille tôt le lendemain. Durant la nuit, Odo a rôdé autour du matelas désormais occupé dans la chambre à coucher, puis s'est éloigné ; le grand singe préfère dormir seul, et Peter en est reconnaissant. Il se met à sa recherche et finit par le trouver en haut du placard, dans la chambre à côté de la sienne, dormant à poings fermés dans un nid fait de serviettes et de certains de ses vêtements, une main entre les jambes, l'autre sous la tête.

Peter va dans la cuisine. Il met un gros chaudron d'eau à bouillir. Il a découvert la veille une cuve de métal d'environ un mètre carré, aux bords pas très hauts, au fond rainuré. La clé d'une bonne hygiène dans une maison sans baignoire. Quand l'eau est chaude, il se rase, puis se met debout dans la cuve pour se laver. L'eau éclabousse le plancher de pierre. Il va lui falloir un peu de pratique avant d'arriver à pouvoir bien se laver à l'éponge là-dedans. Il s'essuie, s'habille, nettoie. Le déjeuner, maintenant. De l'eau pour le café. Du gruau, c'est peut-être quelque chose qu'Odo aimerait ? Il verse du lait et des flocons d'avoine dans un autre chaudron qu'il place sur la cuisinière.

Il se retourne pour aller chercher le café moulu et sursaute en voyant le chimpanzé dans l'entrée de la cuisine. Depuis combien de temps est-il accroupi là à l'observer ? Le grand singe ne fait aucun bruit en se déplaçant. Ses os ne craquent pas, et il n'a ni griffes ni sabots qui cliquettent. Il va falloir que Peter s'habitue à cela aussi, à l'ubiquité d'Odo dans la maison. Pas que cela le dérange, réalise-t-il. Il préfère de loin la présence du chimpanzé à sa propre intimité.

« Bonjour », dit-il.

Le grand singe monte sur le comptoir et s'assoit juste à côté de la cuisinière, sans peur du feu. L'eau du café n'a aucun intérêt pour lui. C'est sur le chaudron de gruau que toute son attention se porte. Peter baisse le feu quand le mélange commence à bouillir et le brasse à l'aide d'une cuillère de bois. La gueule du chimpanzé se crispe. Il tend la main et s'empare de la cuillère. Il se met à son tour à brasser avec soin, sans faire gicler le gruau ni renverser le chaudron. La cuillère tourne et tourne, les ingrédients qui tourbillonnent, tombent et retombent. « Tu t'en sors bien », lui murmure Peter en hochant la tête. Ce sont de gros flocons d'avoine pas cuits. Odo et lui passent les quinze minutes suivantes à observer le gruau épaissir, fascinés par la chimie qui s'opère dans la nourriture. Les seize minutes suivantes, en fait. Étant un cuisinier dilettante et en mal d'inspiration, Peter s'en tient précisément aux directives et chronomètre la cuisson. Il ajoute des noix émincées et des raisins secs, tandis qu'Odo le regarde fixement tel un apprenti émerveillé de voir le magicien révéler les ingrédients qui entrent dans la composition de la potion magique. Il continue de brasser, patient, inlassable. Ce n'est que lorsque Peter éteint le brûleur et met le couvercle sur le chaudron afin de laisser refroidir la mixture qu'il montre des signes d'impatience. Les lois de la thermodynamique lui pèsent.

Peter met la table. Une banane pour lui, huit pour Odo. Deux cafés au lait, un sucre chacun. Deux bols de gruau. Une cuillère pour lui, une main pour Odo.

Le repas descend très bien. Un délicieux festin, à vous en lécher les doigts en grognant de plaisir. Odo regarde le bol de son compagnon. Peter le serre contre sa poitrine. Il mettra plus d'avoine demain. Il nettoie, range bols et chaudron.

Il va chercher sa montre dans la chambre à coucher. Il n'est même pas encore huit heures. Il jette un regard à la table du salon. Pas de rapport à lire, pas de lettre à écrire, aucune paperasse d'aucune sorte. Pas de réunions à organiser ni auxquelles assister, pas de priorités à établir, pas de détails à résoudre. Pas d'appels à passer ni à recevoir, personne à voir. Pas d'horaire, de programme, de plan. Il n'y a – pour un travailleur – pas la moindre chose à faire.

Pourquoi dans ce cas garder l'heure ? Il détache sa montre. Hier déjà, il a remarqué à quel point le monde lui-même donne l'heure. Les oiseaux annoncent l'aube et le crépuscule. Les insectes leur font chorus – les bruits stridents des cigales, entre autres, pareils à une perceuse de dentiste, le son des criquets, semblable au chant des grenouilles. La cloche de l'église divise obligeamment le jour, elle aussi. Et la Terre elle-même, enfin, tourne comme une horloge, avec à chaque quadrant une lumière particulière. La concordance de ces nombreuses aiguilles des heures est approximative, mais que gagne Peter au tic-tac sévère et désapprobateur d'une aiguille des minutes ? Senhor Álvaro, au café, peut être le gardien de ses minutes s'il a besoin d'elles. Il met sa montre sur la table.

Il regarde Odo. Le grand singe vient à lui. Peter s'assoit sur le plancher et se lance dans sa toilette. Odo, en réponse, lui nettoie les cheveux du bout des doigts, cueille les boules de duvet de son cardigan, tire sur les boutons de sa chemise, touche tout ce qui se nettoie du bout des doigts. Peter se souvient que Bob lui avait suggéré de s'émietter une feuille sèche sur la tête, pour ainsi donner au grand singe un défi de toilettage.

La toilette déroute Peter. Le grand singe est à la fois si étranger et si proche : à son image – sans l'être. Il y a, en outre, la chaleur vitale qu'il dégage et que, de si près, il peut sentir, les battements de son cœur qui lui parviennent au bout des doigts. Il est envoûté.

Son esprit, alors qu'il épouille le pelage d'Odo pour le débarrasser des graines, teignes, saleté et petits bouts de peau morte, erre néanmoins dans le passé. Mais celui-ci a vite fait de l'ennuyer. À l'exception de ce qui touche Clara, Ben et Rachel, son passé est révolu, bouclé, et ne vaut pas d'être passé au tamis. Sa vie a toujours été une série de hasards. Non qu'il n'ait pas travaillé fort à chacune des occasions qui se sont présentées, mais il n'a jamais eu de but d'ensemble qui aurait englobé tout cela. Il était passablement satisfait de son travail d'avocat dans un cabinet, mais a quitté le navire quand la possibilité de faire de la politique lui a été offerte. Il préférait les gens à la paperasse. Le succès électoral correspondait, plus exactement, à de la chance électorale, car il a vu nombre de candidats de talent connaître l'échec et de candidats médiocres réussir, au gré des tendances politiques du jour. Il a lui-même connu un bon parcours – dix-neuf ans à la Chambre, huit élections remportées –, et a été très attentif aux besoins de ses électeurs. Puis on l'a catapulté à l'étage, au Sénat, où il a œuvré de bonne foi au sein de différents comités, indifférent à l'agitation déclenchée par les manchettes dans la Chambre basse. Jamais il ne s'était imaginé, quand il était jeune, qu'il passerait sa vie en politique. Mais tout cela a été balayé. Ce qu'il a fait hier n'a plus aucune importance aujourd'hui – sauf la fois où il a eu, il y a tant d'années, l'audace d'inviter Clara à sortir. Et quant à demain, hormis quelques modestes espoirs, il n'a rien de prévu.

Bon, dans ce cas, si passé et avenir n'offrent plus aucun attrait, pourquoi ne pas rester assis sur le plancher à faire la toilette d'un chimpanzé et à se faire faire la sienne en retour ? Son esprit revient au moment présent, à la tâche en cours, à l'énigme au bout de ses doigts.

« Alors, hier au café, pourquoi as-tu lancé cette tasse par terre ? demande-t-il à Odo tandis qu'il s'affaire sur son épaule.

— Aaaoouuhhhhh », répond l'animal dans un son rond, sa gueule grande ouverte qui se referme lentement.

Que peut bien signifier *aaaoouuhhhhh* dans le langage d'un chimpanzé ? Peter réfléchit à diverses possibilités :

J'ai cassé la tasse pour faire rire les gens encore plus.

J'ai cassé la tasse pour que les gens arrêtent de rire.

J'ai cassé la tasse parce que j'étais heureux et excité.

J'ai cassé la tasse parce que j'étais nerveux et mécontent.

J'ai cassé la tasse parce qu'un homme a enlevé son chapeau.

J'ai cassé la tasse à cause de la forme d'un nuage dans le ciel.

J'ai cassé la tasse parce que je voulais du gruau.
Je ne sais pas pourquoi j'ai cassé la tasse.
J'ai cassé la tasse parce que quaquaquaqua.

Curieux. Ils ont tous les deux un cerveau et des yeux. Un langage, une culture. Pourtant, le grand singe fait quelque chose d'aussi simple que de lancer une tasse par terre, et voilà que l'homme est décontenancé. Ses outils de compréhension – le joug de l'évident rapport de cause à effet, un bagage de connaissances, l'usage du langage, l'intuition – ne jettent pas un très grand éclairage sur le comportement de l'animal. Pour expliquer pourquoi Odo fait ce qu'il fait, Peter n'a que la conjecture et la spéculation.

Est-ce que cela l'embête que le grand singe soit essentiellement inconnaissable ? Non, pas du tout. Il y a quelque chose à gagner dans le mystère, un perpétuel étonnement. Que ce soit ou non l'intention du grand singe de l'étonner, il ne sait pas – ne peut pas savoir –, mais quand on gagne quelque chose, on gagne quelque chose. Il accepte avec gratitude. Ce qu'il gagne se présente sans qu'il s'y attende. Voici quelques exemples :

Odo le fixe du regard.

Odo le soulève.

Odo s'installe sur le siège de la voiture.

Odo examine une feuille verte.

Odo s'assoit après avoir dormi sur le toit de la voiture.

Odo prend une assiette et la met sur la table.

Odo tourne la page d'un magazine.

Odo s'appuie au mur de la cour, parfaitement immobile.

Odo court à quatre pattes.

Odo ouvre une noix à l'aide d'une pierre.

Odo tourne la tête.

L'esprit de Peter fait chaque fois un *clic*, à la manière d'un appareil photo, et une image indélébile s'enregistre dans sa mémoire. Les mouvements d'Odo sont fluides et précis, d'une ampleur et d'une force exactement adaptées à ses desseins. C'est sans la moindre gêne qu'ils sont exécutés. Odo ne donne pas l'impression de réfléchir quand il fait quelque chose, il le fait, c'est tout. Quel sens y a-t-il à cela ? Pourquoi le fait de penser – marque de l'être humain – nous rend-il maladroits ? Quand on y songe, les mouvements du chimpanzé ont toutefois un équivalent humain : un grand acteur qui offre une grande performance. La même économie de moyens, le même formidable effet. Sauf que le jeu d'acteur résulte d'une formation rigoureuse, c'est un artifice atteint par l'homme à force de travail acharné. Odo, lui, agit – *est* – facilement et naturellement.

Je devrais l'imiter, médite Peter.

Odo *ressent* – il en est certain. La première soirée qu'ils ont passée au village, par exemple, Peter était assis dehors, sur le palier. Le grand singe était en bas, dans la cour, où il examinait le mur de pierre. Peter est entré se faire un café. Il faut croire qu'Odo ne l'a pas vu s'en aller. Il n'a fallu que quelques secondes pour qu'il gravisse l'escalier à toute vitesse et surgisse par la porte en cherchant son compagnon des yeux, un *hou* interrogateur aux lèvres.

« Je suis ici, je suis ici », a dit Peter.

Odo a grogné de satisfaction – une vague d'émotion qui s'est propagée jusqu'à lui.

Et même chose hier, durant leur marche en forêt, la façon dont le chimpanzé courait sur le sentier, à sa recherche, clairement poussé par le besoin qu'il avait de le trouver.

Tel serait donc l'état émotionnel du grand singe. De cet état émotionnel semblent découler certaines pensées pratiques : *Où es-tu ? Où es-tu donc passé ? Comment te trouver ?*

Pour quelle raison Odo désire sa présence, la sienne en particulier, il l'ignore. C'est là un autre de ses mystères.

J'aime ta compagnie parce que tu me fais rire.

J'aime ta compagnie parce que tu me prends au sérieux.

J'aime ta compagnie parce que tu me rends heureux.

J'aime ta compagnie parce que tu me soulages de mon anxiété.

J'aime ta compagnie parce que tu ne portes pas de chapeau.

J'aime ta compagnie à cause de la forme d'un nuage dans le ciel.

J'aime ta compagnie parce que tu me donnes du gruau.

Je ne sais pas pourquoi j'aime ta compagnie.

J'aime ta compagnie parce que quaquaquaqua.

Odo remue, arrachant Peter à l'hypnose du toilettage. Il se secoue. Depuis combien de temps sont-ils ainsi sur le plancher ? Difficile à dire, puisqu'il ne porte pas sa montre.

« Allons voir Senhor Álvaro. »

Ils marchent jusqu'à l'établissement de ce dernier. Peter ne veut pas seulement un café, il veut aussi organiser des livraisons régulières de vivres. Odo et lui s'assoient sur la terrasse. Senhor Álvaro sort, et Peter commande deux cafés. Quand ceux-ci leur sont apportés, il se lève et dit au commerçant : « *Posso... falar... com senhor um momento ?* »

Bien sûr que vous pouvez me parler un moment, lui répond d'un hochement de tête le propriétaire du café. À la surprise de Peter, Senhor Álvaro tire une chaise et s'assoit à la table. Il se rassoit lui aussi. Les voici tous les trois. Ils pourraient, si Odo sortait un jeu de cartes, faire une partie de poker.

Sa langue a beau être hésitante, son message est facile à saisir. Il arrange avec Senhor Álvaro des livraisons hebdomadaires d'oranges, de noix, de raisins secs et, surtout, de figues et de bananes. Le propriétaire du café lui fait comprendre que, en saison, il n'aura aucun problème à se procurer des pommes, des poires, des cerises, des baies et des châtaignes auprès des autres villageois, ainsi que toutes sortes de légumes. Les œufs et le poulet, si son *macaco* les aime, sont offerts tout au long de l'année, tout comme la saucisse locale. La petite épicerie a toujours des conserves et de la morue salée, ainsi que du pain, du riz, des pommes de terre, des fromages de la région ou de plus loin au sud, et d'autres produits laitiers.

« *Vamos ver do que é que ele gosta ?* » dit Senhor Álvaro. Il se lève, pour bientôt ressortir du café avec une assiette. Il y a dedans un morceau de fromage blanc, mou, sur lequel on a coulé un filet de miel. Senhor Álvaro la pose devant le grand singe. Un grognement, une main velue qui le happe – le fromage au miel a disparu.

Senhor Álvaro apporte ensuite une grosse tranche de pain de seigle sur laquelle il a vidé une boîte de thon, avec l'huile et tout.

Même chose. En un instant. Des grognements plus forts encore.

Senhor Álvaro, pour finir, s'essaie avec du yogourt aux fraises. Le délice ne disparaît pas aussi vite que le reste, mais seulement parce qu'il est d'une consistance gélatineuse et que le contenant de plastique fait obstacle. Il n'en est pas moins vidé, léché, englouti en un rien de temps.

« *O seu macaco não vai morrer de fome* », conclut Senhor Álvaro.

Peter consulte le dictionnaire. Non, en effet, son grand singe ne mourra pas de faim.

Vorace, donc – mais pas égoïste. C'est là quelque chose qu'il sait déjà. Les adorables fleurs qu'avait si gracieusement laissées Dona Amélia sur la table ? Odo, avant de les dévorer, lui avait tendu un lys blanc.

Ils retournent à la maison, mais le jour les appelle. Peter remplit le sac à dos et ils repartent, à destination du plateau ce coup-ci. Une fois arrivés, ils quittent la route et se retrouvent en pleine nature. Ils entrent dans un environnement qui, techniquement, est aussi sauvage que les jungles d'Amazonie. Sauf que le sol en est clairsemé, appauvri, et que l'air est sec. La vie s'avance ici d'un pas prudent. Il y a, dans les plis du terrain trop peu profonds pour abriter des forêts, une végétation épaisse et épineuse – ajoncs, bruyère et autres choses du genre. Homme et chimpanzé doivent, pour la traverser, se frayer un chemin dans des sillons labyrinthiques, alors que dans la savane, au milieu des Hautes Montagnes du Portugal elles-mêmes, seule une herbe dorée abonde, sur des kilomètres et des kilomètres, et ils marchent sans difficulté.

C'est une terre plus uniforme que le ciel. Une terre où l'on est directement en contact avec les conditions météorologiques, parce qu'il ne s'y passe rien d'autre.

Les drôles de rochers qu'ils ont remarqués sur le chemin de Tuizelo ressortent, à la fois littéralement et dans l'effet qu'ils produisent sur eux. Ils s'étendent à perte de vue. Ils font tous de trois à cinq fois la hauteur d'un individu moyen. Il faut une bonne quarantaine de pas pour en contourner un. Ils s'élèvent, allongés comme des obélisques, ou sont posés là, ramassés comme des boules de pâte géologique. Tous se tiennent seuls, sans rochers de plus petite taille autour, sans intermédiaires indésirables. Il n'y a que de gros rochers, de l'herbe courte et rêche. Peter s'interroge sur l'origine des premiers. Les déjections figées d'anciens volcans ? Mais comme il est étrange qu'ils soient éparpillés de la sorte, comme si un volcan pouvait lancer de gros morceaux de lave de la même manière qu'un fermier lance des graines au sol, en prenant soin de les distribuer bien également. Il est plus probable qu'ils soient dus à un glacier qui aurait tout broyé, en déduit Peter. Qu'ils aient été roulés sous un glacier, voilà qui pourrait peut-être expliquer leurs surfaces raboteuses.

Le plateau lui plaît beaucoup. C'est un espace ouvert à couper le souffle, qui vous enivre et vous exalte. Peter pense que Clara aurait apprécié. Ils y auraient fait de bonnes randonnées. Il y a de cela des années, quand Ben était petit, ils allaient tous les étés faire du camping dans le parc Algonquin. Le paysage y était on ne peut plus différent d'ici, sauf que l'effet qu'il créait était comparable, un bain de lumière, de silence et de solitude.

Un troupeau de moutons surgit de nulle part, craintif, mais chargeant quand même telle une armée d'envahisseurs. Le bataillon d'ovins s'ouvre devant eux en les voyant, surtout Odo, et les contourne en gardant ses distances. Durant quelques minutes, les moutons se transforment en un orchestre amateur jouant du seul instrument qu'il connaît : la cloche. Un chef distrait s'avance à grandes enjambées, heureux de tomber sur de la compagnie. Il se lance dans une longue conversation, sans se soucier le moins du monde que Peter ne parle pas sa langue et qu'il soit accompagné d'un gros chimpanzé. Puis, après avoir taillé une bonne bavette, il les quitte pour rattraper son troupeau, qui a disparu aussi solennellement qu'il était apparu. Silence et solitude reviennent.

Ils tombent sur un ruisseau, un bruyant bébé fluvial, emmailloté d'herbe et de granit. Le ruisseau babille et glougloute comme s'il venait tout juste de se réveiller. Ils le traversent et le laissent derrière eux, puis ses clapotis s'évanouissent. Silence et solitude reviennent encore une fois.

Odo est absorbé par les rochers. C'est avec un grand intérêt qu'il les renifle, pour ensuite lancer plusieurs regards vifs autour. Son nez aurait-il dit quelque chose à ses yeux ?

Peter préfère marcher entre les rochers, au milieu, à une distance qui lui donne une certaine perspective. Odo obéit à une tout autre impulsion. Le grand singe va de l'un à l'autre en ligne droite, comme s'il reliait les points d'un vaste dessin. Il sent un rocher, le contourne, le contemple, puis le délaisse au profit du suivant, droit devant. Ce dernier peut être à proximité ou non, à un angle de déviation obtus ou aigu. Le chimpanzé fait son choix avec assurance. Peter n'a rien contre cette façon de se promener ainsi au hasard sur le plateau. Chaque rocher offre ses propres proportions artistiques, sa propre texture, sa propre civilisation de lichen. Peter se questionne seulement sur le manque de diversité dans l'approche. Pourquoi ne pas se diriger vers les espaces ouverts, entre les écueils ? Le capitaine du navire ne souffre pas la suggestion. À la différence de la forêt, où chacun jouit de sa liberté, sur le plateau le grand singe invective Peter pour qu'il reste près de lui, grognant et renâclant de mécontentement s'il s'éloigne. Il règle docilement son pas sur le sien.

Après avoir reniflé un rocher de manière particulièrement intense, Odo décide de le conquérir. Il l'escalade sans effort par un côté. Peter est perplexe.

« Hé, pourquoi celui-là ? lance-t-il. Qu'est-ce qu'il a de spécial ? »

Le rocher ne semble pas différent d'un autre, ou paraît offrir les mêmes différences banales qu'ils ont tous les uns par rapport aux autres. Odo baisse les yeux sur Peter. Il appelle doucement. Peter se résout à essayer de grimper lui aussi. La prouesse est plus délicate dans son cas. Il n'a pas la force du grand singe. Et même si le rocher ne semble pas très haut, vu du sol, il se met, après avoir gravi quelques mètres, à avoir peur de tomber. Mais il ne tombe pas. Les nombreuses marques et fissures dans le rocher assurent sa sécurité. Une fois qu'il est à sa portée, Odo l'attrape par l'épaule et l'aide à monter.

Peter gagne le milieu du rocher en s'aidant des pieds et des mains. Il s'assoit et attend que son cœur arrête de lui marteler la poitrine. Odo se comporte à la manière de la vigie d'un navire, balayant l'horizon lointain tout en inspectant les environs plus immédiats. Peter voit, à son excitation, que cette activité le captive. Est-ce la hauteur, le fait qu'il n'y ait rien pour lui bloquer la vue ? Un souvenir de son enfance africaine a-t-il été éveillé ? Ou cherche-t-il quelque chose de précis, un signal venu de la terre, tout au loin ? Peter ne sait pas. Il s'installe, le temps que cela dure, repensant aux escapades de l'animal dans les arbres du Kentucky. Il admire la vue, regarde les nuages, sent le vent, étudie les variations de la lumière. Il se livre, puisqu'il a apporté le réchaud de camping, à quelques tâches domestiques simples – faire du café, des macaronis au fromage. Ils passent un moment agréable, une heure à peu près, sur le dessus du rocher.

La descente s'avère beaucoup plus pénible pour Peter que l'ascension. Odo, lui, le sac à dos dans la gueule, regagne le sol comme si de rien n'était.

À leur retour à la maison, Peter est exténué. Le chimpanzé confectionne son nid. C'est quelque chose qui se fait rapidement, avec désinvolture, que ce soit pour une sieste ou pour la nuit. Cela n'exige pas plus d'efforts qu'il n'en faut pour entortiller une couverture ou une serviette, dans laquelle sont, quand c'est un nid pour la nuit, jetées quelques affaires. Ce soir, Odo ajoute l'une des chemises de Peter ainsi que les bottes qu'il a portées toute la journée. Et l'animal ne dort pas toujours au même endroit. Il a dormi jusqu'à maintenant au-dessus du placard, sur le plancher à côté du lit de Peter, sur la commode, sur la table du salon, sur deux chaises collées ensemble, sur le comptoir de la cuisine. Il est en ce moment en train de faire son nid sur la table du salon.

Ils se couchent tous les deux de bonne heure.

Le lendemain à l'aube, Peter se dirige vers la cuisine sur la pointe des pieds pour aller se faire un café. Il s'installe avec sa tasse fumante devant Odo, qu'il regarde dormir, et attend.

Le temps passe, comme des nuages dans le ciel. Semaines et mois filent comme une seule et même journée. L'été se fond à l'automne, l'hiver cède la place au printemps, différentes minutes d'une même heure.

Ses liens avec le Canada se relâchent. Peter entre un matin dans le café, et Senhor Álvaro lui tend un papier. Le message ne consiste jamais en rien de plus qu'un nom, habituellement celui de Ben ou de Teresa.

Mais c'est cette fois celui du whip. Il va jusqu'au téléphone au bout du comptoir et appelle au Canada.

« Ce n'est pas trop tôt, dit le whip. J'ai laissé trois messages dans la dernière semaine.

— Ah oui ? Désolé, je ne les ai pas reçus.

— Ça ne fait rien. Et alors, le Portugal ? » La distance fait crépiter sa voix. Un feu lointain par une nuit sombre.

« Bien. Il fait bon vivre ici en avril. »

La ligne se fait tout à coup nettement plus claire, comme un murmure chaud et pressant. « Eh bien, comme tu sais, les sondages ne vont pas bien pour nous.

— Ah bon ?

— Ouais. Peter, il faut que je sois franc. Le travail le plus productif d'un sénateur peut très bien se faire loin de la Chambre haute, mais on s'attend quand même à ce qu'un sénateur y siège au moins à l'occasion.

— Tu as raison.

— Il y a plus de neuf mois que tu n'es pas venu.

— Vrai.

— Et tu n'as rien fait du tout à titre de sénateur.

— Non. Rien de productif ni rien d'autre.

— Tu t'es tout simplement volatilisé. Sauf que ton nom est toujours inscrit au tableau du Sénat. Et… » – le whip s'éclaircit la gorge – « tu vis avec, euh, un singe.

— Un chimpanzé, en fait.

— L'histoire a circulé. On en a parlé dans les journaux. Écoute, je sais que ç'a été très dur avec

Clara. Crois-moi, je compatis à tout ce que tu as traversé. Mais en même temps, que tu gères un zoo dans le nord du Portugal est difficile à justifier auprès des contribuables canadiens qui paient ton salaire de sénateur.

— Je suis tout à fait d'accord. C'est scandaleux.

— C'est devenu quelque peu problématique. La direction du parti n'est pas très contente.

— Je démissionne officiellement du Sénat du Canada.

— C'est la bonne chose à faire – à moins que tu ne veuilles revenir, bien sûr.

— Non. Je rembourserai aussi le salaire qu'on m'a versé depuis que je suis parti d'Ottawa. Je n'y ai même pas touché. Je vis de mes économies. Et j'aurai droit à ma pension, maintenant.

— Encore mieux. Est-ce que je peux avoir tout ça par écrit ? »

Deux jours plus tard, il y a un autre message pour lui au café : Teresa.

« Tu as démissionné. J'ai lu ça dans les journaux. Pourquoi ne veux-tu pas revenir au Canada ? Tu me manques. Reviens. » Il y a de la chaleur dans le ton de sa voix, c'est celui d'une sœur. Elle lui manque aussi ; il s'ennuie des conversations qu'ils avaient, pas si lointaines, et de leurs dîners, à l'époque où il vivait à Toronto.

Mais il n'a jamais envisagé sérieusement de retourner au Canada depuis qu'Odo et lui se sont établis à Tuizelo. Les membres de sa propre espèce font à présent naître en lui un sentiment de lassitude. Ils sont trop bruyants, trop irritables, trop arrogants, trop peu fiables. Il préfère de beaucoup l'intense silence qu'il y a dans la présence d'Odo, la lenteur méditative qu'il met dans tout ce qu'il fait, la profonde simplicité de ses moyens et de ses buts. Même si cela veut dire que son humanité lui est lancée au visage chaque fois qu'il est en compagnie du chimpanzé, la hâte inconsidérée de ses actions, l'inextricable fouillis de ses moyens et de ses buts. Et cela en dépit du fait qu'Odo, presque chaque jour, l'entraîne à l'extérieur dans le but de rencontrer d'autres membres de son espèce. Le chimpanzé est d'une insatiable sociabilité.

« Oh, je ne sais pas.

— J'ai une amie célibataire. Elle est belle, très gentille. As-tu pensé à ça, à donner une autre chance à l'amour et à la famille ? »

Il n'y a pas pensé, non. Son cœur en cela est épuisé, il ne peut plus aimer une personne en particulier. Il a aimé Clara de toutes les fibres de son être, mais il ne lui reste plus rien. Ou c'est plutôt qu'il a appris à vivre avec son absence, et qu'il ne désire aucunement la combler ; ce serait comme la perdre une seconde fois. Il préférerait être bon envers tous, un amour moins personnel, mais touchant plus de gens. Quant au désir physique, sa libido a fini de l'induire en tentation. Il conçoit ses érections comme les derniers boutons de son adolescence ; après des années de tripotage, tout cela a fini par disparaître, et il n'est plus tourmenté par le désir charnel. Il se souvient du *comment* du sexe, mais pas du *pourquoi*.

« Je ne suis plus là dans ma vie, depuis la mort de Clara, dit-il. Je ne peux…

— C'est ton chimpanzé, c'est ça ? » Il ne répond rien.

« À quoi vous vous occupez, toute la journée ? demande-t-elle.

— Nous allons faire des promenades. Nous luttons parfois. Nous nous contentons surtout d'être ensemble.

— Tu fais de la *lutte* avec lui ? Comme avec un enfant ?

— Oh, Ben n'a jamais été aussi fort, Dieu merci. J'en ressors couvert de bleus.

— Mais, Peter, c'est quoi, le but dans tout ça ? Marcher, faire de la lutte, être ensemble ?

— Je ne sais pas. C'est » – c'est quoi ? – « intéressant.

— *Intéressant ?*

— Oui. Dévorant, en fait.

— Tu es amoureux de lui, dit Teresa. Tu es amoureux de ton grand singe et il a pris toute la place dans ta vie. » Elle n'est pas en train de le critiquer ni de l'attaquer – mais il y a quelque chose de légèrement tranchant dans la remarque.

Peter réfléchit à ce qu'elle vient de dire. Amoureux d'Odo, lui ? C'est, dans un tel cas, un amour astreignant qui exige qu'il soit en tout temps attentif et vigilant. Est-ce que cela le dérange ? Pas du tout. Peut-être s'agit-il donc d'amour. Un drôle d'amour, alors. Un amour qui lui fait perdre tout privilège. Il possède langage, connaissance, il sait comment attacher un lacet – et puis ? Que de simples tours de passe-passe.

Un amour teinté de peur, encore et toujours. Parce qu'Odo est beaucoup plus fort que lui. Parce qu'Odo lui est étranger. Parce qu'Odo est inconnaissable. Une minuscule parcelle de peur, qui ne peut être supprimée, sans pour autant être un handicap ni même une grande source d'inquiétude. Jamais Peter ne ressent de crainte ou d'angoisse avec le chimpanzé, jamais rien qui *persiste* à ce point. Il en va plutôt ainsi : le grand singe apparaît sans le moindre son, sorti de nulle part, dirait-on, et parmi les émotions qu'il ressent – surprise, émerveillement, plaisir, joie –, il y a un frémissement de peur. Il ne peut rien y faire, sauf attendre que ce frémissement s'estompe. C'est là quelque chose qu'il a appris, traiter la peur comme une émotion puissante, mais circonstancielle. Il n'en éprouve que lorsqu'il le doit. Et jamais Odo, malgré le fait qu'il puisse être envahissant, ne lui a donné de véritable raison d'avoir peur.

Et s'il s'agit d'amour, alors cela sous-entend une quelconque *rencontre*. Ce n'est pas le brouillage de la frontière entre homme et animal qu'une telle rencontre suggère qui étonne Peter. Il y a longtemps qu'il l'a accepté, ce brouillage. Ce n'est pas non plus la légère *ascension*, limitée, d'Odo vers son statut prétendument supérieur. Le fait qu'Odo ait appris à faire du gruau, qu'il se plaise à feuilleter un magazine, qu'il réponde de manière appropriée à quelque chose que son compagnon dit, voilà qui confirme seulement un trope bien connu dans l'industrie du divertissement : les grands singes peuvent singer – à notre amusement superficiel. Non, ce qui étonne Peter, c'est sa propre *régression* vers le statut présumé inférieur du chimpanzé. Car c'est ce qui s'est produit. Tandis que le grand singe en est venu à maîtriser l'élémentaire tour humain qu'est la préparation du gruau, Peter a quant à lui acquis la difficile habileté animale qui consiste à ne rien faire. Il a appris à se désenchaîner du cours du temps, à contempler le temps lui-même. C'est, à sa connaissance, à cela qu'Odo passe le plus clair de ses heures : être dans le temps, comme on s'assoit près d'une rivière pour regarder l'eau qui coule. C'est quelque chose de difficile à apprendre que de simplement rester assis là et de se laisser *être*. Il avait, au début, fortement envie de distractions. Il s'évadait dans ses souvenirs, rejouant les mêmes vieux films dans sa tête, préoccupé par ses regrets, désirant ardemment son bonheur perdu. Mais il a de plus en plus de facilité à être dans l'état de paix éclairé de celui qui est assis près d'une rivière. C'est donc là la véritable surprise : non pas qu'Odo cherche à être comme lui, mais que lui cherche à être comme Odo.

Teresa a raison. Odo *a* pris toute la place dans sa vie. Elle veut parler du nettoyage et des soins. Mais il y a beaucoup plus que cela. Il a été touché par la grâce du grand singe, et il ne lui est plus possible de redevenir un être humain comme les autres. De l'amour, donc.

« Je crois, Teresa, qu'on est tous à la recherche de ces moments où les choses ont un sens. Ici, en exil, j'en trouve tout le temps, de ces moments, chaque jour.

— Avec ton chimpanzé ?

— Oui. Il m'arrive de croire qu'Odo *respire* le temps, il inspire, expire, inspire, expire. Je m'assois à côté de lui et l'observe qui tisse une couverture d'heures et de minutes. Et alors que nous sommes sur le dessus d'un rocher à regarder le coucher du soleil, il fait un geste de la main, juste quelque chose en l'air, et je jure qu'il travaille un angle, lisse la surface d'une sculpture dont je ne peux pas voir la forme. Sauf que ça ne me fait rien. Je suis en présence d'un tisseur de temps, d'un créateur d'espace. Ça me suffit. »

Il y a un long silence à l'autre bout du fil. « Je ne sais pas quoi dire, grand frère, dit enfin Teresa. Tu es un adulte, tu passes tes journées avec un grand singe. C'est peut-être de soutien psychologique que tu as besoin, pas d'une copine. »

Ce n'est guère plus facile avec Ben. « Quand est-ce que tu reviens ? » demande-t-il avec insistance.

Se pourrait-il que son fils, au-delà de sa contrariété, exprime le fait qu'il a besoin de lui à la maison ? « Ceci est chez moi, répond Peter. Ceci est chez moi. Pourquoi ne viens-tu pas me voir ?

— Quand j'en trouverai le temps. »

Peter ne parle jamais d'Odo. Ben, lorsqu'il a appris son existence, a piqué une colère glaciale. Puis, il a agi comme si son père était sorti du placard et qu'il valait mieux ne pas poser de questions de peur que ne soient révélés des détails immondes.

Sa petite-fille, Rachel, s'avère contre toute attente la plus gentille. Les choses vont bien entre eux, malgré l'éloignement. La distance autorise la jeune fille à lui confier ses secrets d'adolescente. Pour elle, il *est* son grand-père gai, et du même ton sur lequel elle s'extasie sur des garçons, elle s'informe, en retenant son souffle, d'Odo et de leur cohabitation. Elle voudrait lui rendre visite afin de rencontrer son petit ami poilu, sauf qu'il y a l'école, et le camp, et que le Portugal, c'est très loin de Vancouver, et que sa mère, qui n'est jamais vraiment mentionnée, n'est pas très chaude pour la laisser partir.

À l'exception d'Odo, il est seul.

Il s'inscrit à des clubs de livres et à différents périodiques. Il demande à sa sœur de lui poster des boîtes de bouquins d'occasion en édition de poche – des trucs colorés, à l'intrigue prenante – ainsi que de vieux magazines. Odo est un aussi grand lecteur que lui. L'arrivée d'un nouveau *National Geographic* est accueillie bruyamment par des ululements et des claques au sol. Le chimpanzé feuillette lentement le magazine, examinant chaque image. Les cartes et encarts dépliants constituent une source d'intérêt particulière.

L'un des livres favoris d'Odo, découvert dans les premiers temps de leur cohabitation, est l'album de photos de famille. Peter lui fait plaisir et repasse avec lui les années de son enfance et du début de son âge adulte, retraçant à son intention l'histoire de la famille Tovy au Canada, de ses membres grandissant et vieillissant, lui parlant des nouveaux venus, de leurs amis, des occasions spéciales que les clichés ramènent à sa mémoire. Quand Peter atteint un certain âge, Odo le reconnaît avec un halètement de surprise. Il tapote énergiquement la photo d'un doigt noir et lève les yeux vers lui. Quand Peter tourne les pages, remontant ainsi dans les années, et indique des versions de plus en plus jeunes de lui-même, plus mince, aux cheveux plus foncés, à la peau plus ferme, photographié en couleurs et puis, plus loin dans le temps, en noir et blanc, le chimpanzé regarde très intensément. Un bond à la fois, ils en arrivent à la plus ancienne photo, prise à Lisbonne avant que sa famille ne parte pour le Canada alors qu'il avait deux ans. Le portrait lui donne l'impression d'être d'un autre siècle. Odo le regarde d'un air surpris, les yeux qui clignent tellement il n'arrive pas à y croire.

Les quelques autres photos contenues dans ces premières pages montrent des gens du temps de la jeunesse des parents de Peter au Portugal. La plus grande, qui occupe une page entière, est une photo de groupe prise à l'extérieur, les personnes qu'on y voit se tenant avec raideur devant un mur blanchi à la chaux. Peter ne peut identifier presque aucun des membres de sa parenté. Ses parents ont déjà dû lui dire qui ils étaient, mais il a oublié. Ils remontent à une époque si lointaine qu'il a du mal à imaginer qu'ils ont vraiment vécu. Odo semble partager son doute, avec toutefois un plus grand désir de croire.

Le chimpanzé ouvre à nouveau l'album une semaine plus tard. Peter s'attend à ce qu'il reconnaisse la photo de Lisbonne, mais il la regarde avec une expression neutre. Ce n'est qu'en refaisant le parcours à rebours dans le temps, une photo après l'autre, qu'il reconnaît encore une fois Peter bambin. Puis il l'oublie encore lorsqu'ils regardent l'album la fois d'après. Odo est un être du moment présent, prend conscience Peter. De la rivière du temps, il ne se préoccupe ni des sources ni du delta.

Revisiter ainsi sa vie est une activité qui laisse à Peter une impression aigre-douce. Il en est enlisé dans la nostalgie. Certaines des photos provoquent des accès de mémoire qui l'accablent. Un soir, à la vue d'un cliché d'une jeune Clara tenant bébé Ben, il se met à pleurer. Ben est tout petit, rouge, plissé. Clara a l'air épuisé, mais aux anges. La main la plus minuscule qui soit est agrippée à son petit doigt. Odo le regarde, déconcerté, inquiet. Il pose l'album et le serre dans ses bras. Peter se secoue au bout d'un moment. Pourquoi pleure-t-il ? À quoi cela sert-il ? À rien. Cela ne fait qu'entraver la lucidité. Il rouvre l'album et fixe intensément la même photo de Ben et de Clara. Il résiste au doux attrait de la tristesse. Il se concentre plutôt sur la réalité, simple et énorme, de l'amour qu'il ressent pour eux.

Il se met à tenir un journal. Il y consigne les tentatives de comprendre Odo auxquelles il se livre, les habitudes et les excentricités de la créature, son mystère général. Il note également de nouvelles expressions portugaises qu'il apprend. Il y inclut enfin des réflexions sur sa vie dans le village, sur la vie qu'il a menée, la somme de tout cela.

Il prend l'habitude de s'asseoir sur le plancher, dos au mur, sur l'une des couvertures de laine qu'il a achetées. Il lit sur le sol, écrit, fait la toilette d'Odo qui lui rend la pareille, parfois la sieste, ou reste simplement assis là, à ne rien faire du tout. Il lui est pénible de s'asseoir et de se lever, mais il se dit que c'est un bon exercice pour un homme de son âge. Odo est presque tout le temps à son côté, légèrement pressé contre lui, à s'occuper de ses affaires de grand singe – ou à se mêler des siennes.

Le chimpanzé réorganise la maison. La coutellerie, sur le comptoir de la cuisine, est alignée, exposée, les couteaux avec les couteaux, les fourchettes avec les fourchettes, et ainsi de suite. Tasses et bols sont placés sur le comptoir, à l'envers, contre le mur. Pareil pour d'autres objets encore : leur place n'est pas en hauteur sur des étagères ni cachés dans des tiroirs, mais à portée de main, disposés au pied du mur dans le cas des livres et des magazines, ou de-ci de-là sur le plancher.

Peter remet les choses où elles vont – c'est un homme ordonné –, mais tout de suite Odo les replace comme il faut, à la manière simiesque. Peter réfléchit à la situation. Il remet ses chaussures là où il les garde habituellement, à côté de la porte, et l'étui de ses lunettes de lecture dans le tiroir, puis change quelques magazines de place le long du mur. Mais Odo prend derrière lui les chaussures et les rapporte sur la même dalle de pierre où il les a mises plus tôt, puis remet l'étui à lunettes sur la dalle qui lui a été attribuée, les magazines à l'endroit choisi le long du mur. *Tiens donc !* pense Peter. Ce n'est pas du désordre. C'est plutôt une autre sorte d'ordre. Le plancher gagne ainsi en intérêt. Peter cesse de s'accrocher à son sens du rangement. Tout cela fait partie de la vie à hauteur de chimpanzé.

Il lui faut fréquemment rapporter certaines choses au rez-de-chaussée. Censée servir à l'hébergement et aux soins des animaux, d'entrepôt où l'on garde l'outillage dont on a besoin pour vivre de la terre, la pièce est à présent remplie jusqu'au plafond de vieilleries de tous âges, les villageois souffrant, d'une génération à l'autre, de la maladie qui consiste à ne rien jeter. Odo adore l'étable. C'est un coffre au trésor qui nourrit constamment sa curiosité.

Et plus loin, il y a le village, un lieu offrant à Odo mille sources d'intérêt. Les pavés, par exemple. Les jardinières. Les nombreux murs de pierre, pouvant tous être facilement escaladés. Les arbres. Les toits qui communiquent, ce qu'Odo affectionne tout particulièrement. Peter craint que cela déplaise aux villageois d'avoir un grand singe suivant son petit train-train sur le toit de leur maison, mais la plupart d'entre eux ne le remarquent même pas, et ceux qui le remarquent le regardent en souriant. Et puis Odo se déplace d'un pied sûr et leste – il ne fait pas de bruit quand il se promène, ne fait pas bouger les tuiles. Son toit favori est celui de la vieille église, d'où il a une vue superbe. Lorsqu'il est là-haut, il arrive à Peter d'entrer dans le bâtiment. C'est un humble lieu de culte aux murs dénudés, doté d'un autel semblable à n'importe quel autre, d'un vilain crucifix noirci par le temps puis, passé le dernier banc à l'autre bout de l'allée, d'une tablette portant à chaque extrémité un vase de fleurs, lieu de prière obligé destiné à quelque saint poussiéreux de la chrétienté. Peter n'a pas le moindre intérêt pour la religion organisée. Un survol de deux minutes à sa première visite, et il était satisfait. Mais la petite église est un lieu paisible, et elle présente le même avantage que le café : on peut s'y asseoir convenablement. Il s'installe d'habitude sur un banc près d'une fenêtre d'où il peut voir le tuyau de la gouttière dont se servira Odo pour redescendre du toit. Il n'est jamais entré dans l'église avec le chimpanzé, ne voulant pas prendre ce risque.

Mais ce sont surtout les gens qui, dans le village, intéressent Odo. Ils ont perdu leur méfiance. Il est particulièrement bien disposé à l'égard des femmes. Était-ce une bénévole du Peace Corps qui l'a ramené d'Afrique ? Une technicienne de laboratoire lui a-t-elle, dans ses premières années, fait une impression favorable ? Ou est-ce une simple question de biologie ? Peu importe quelle en est la raison, il est toujours ouvert aux femmes. Résultat, les veuves du village qui, au début, reculaient devant lui en se renfrognant lui sont maintenant sincèrement dévouées. Odo réagit à chacune avec amabilité, en faisant des bruits et des grimaces qui les encouragent et les font parler encore plus. Les petites femmes voûtées et vêtues de noir et l'animal voûté au pelage noir sont parfaitement assortis. De loin, il serait excusable de les confondre.

En général, les femmes – en fait, tous les villageois – engagent d'abord avec Odo des conversations pleines de verve ; puis, tournées vers Peter, elles lui adressent la parole dans le langage le plus simple, le plus enfantin qui soit, d'une voix plus forte, exagérant leurs gestes et leurs expressions, comme s'il était l'idiot du village. Après tout, il ne *fala* pas portugais.

Dona Amélia devient la plus proche disciple d'Odo. Il n'est bientôt plus nécessaire à Peter et au chimpanzé de quitter la maison quand elle vient faire le ménage. C'est le contraire, en fait : sa visite hebdomadaire est un événement pour lequel Odo est heureux de rester, et Peter peut ainsi sortir faire des courses. Dès qu'elle arrive, le grand singe se met à la suivre et ne la lâche plus pendant qu'elle va et vient dans la maison pour accomplir ses menues tâches, qui prennent de plus en plus de temps, sans toutefois coûter plus cher à Peter. Il a la maison la plus immaculée, aseptisée même, de Tuizelo, quoique les choses y soient bizarrement disposées, Dona Amélia respectant le curieux sens de l'ordre du chimpanzé. Elle ne cesse, tout en travaillant, de bavarder avec l'animal dans un portugais mélodieux.

Elle dit à Peter qu'Odo est « *um verdadeiro presente para a aldeia* » – un véritable cadeau pour le village.

Peter fait ses propres observations sur Tuizelo. Senhor Álvaro y est le villageois le plus riche ; à titre de commerçant, c'est lui qui gagne le mieux sa vie. Suivent ensuite les villageois qui possèdent et cultivent des terres. Puis les bergers propriétaires de troupeaux, et enfin les ouvriers, qui ne possèdent rien, sinon peut-être leur maison, et travaillent pour ceux qui ont du travail à leur donner. Ce sont eux les plus pauvres du village, mais aussi les plus libres. Chaque échelon de cette hiérarchie est peuplé des membres de la famille, jeunes et vieux, qui tous travaillent dans une certaine mesure, selon leurs capacités. Le prêtre, un homme gentil du nom de père Elói, se distingue du fait qu'il ne possède rien, mais traite avec tout le monde. Il touche à tous les échelons. Les villageois de Tuizelo sont, dans l'ensemble, économiquement pauvres, même si cela ne se voit pas tout de suite. À divers égards, ils vivent en autarcie, ils font pousser les légumes et élèvent les animaux qu'ils mangent, fabriquent et réparent leurs vêtements et leurs meubles. Le troc – de biens et de services – est toujours une pratique courante.

Peter est témoin d'une étrange tradition locale qu'il n'a jamais vue nulle part ailleurs. C'est d'abord dans des funérailles qu'il la remarque, tandis que la procession traverse le village en direction de l'église : un certain nombre des parents et amis du défunt marche à reculons. Ce semble être là une expression de chagrin. Le long de la rue, sur la place, dans les escaliers, à rebours ils vont, leurs visages graves penchés vers l'avant tandis qu'ils ruminent leur peine. Ils tournent fréquemment la tête pour lancer un regard par-dessus leur épaule et s'orienter, mais les autres les aident aussi en leur tendant une main. Peter est intrigué par la coutume, il s'informe. Ni Dona Amélia ni personne n'a l'air d'en connaître l'origine pas plus que la raison exacte pour laquelle on la pratique.

L'endroit de prédilection du chimpanzé, au village, est le café. Les villageois s'habituent à les voir, Peter et lui, assis à une table à l'extérieur, à déguster des *cafés com muito leite*.

Ils se tiennent, par une journée de pluie, devant l'établissement. Ils reviennent tout juste d'une grande promenade. Ils sont tous deux transis. Des flaques se sont formées sur les tables et les chaises dehors. Peter hésite. Senhor Álvaro est au comptoir. Il les aperçoit et lève la main pour leur faire signe d'entrer.

Ils s'installent dans un coin de la pièce. L'établissement est typique en son genre. Des soucoupes sont empilées sur le comptoir, chacune avec sa petite cuillère et son sachet de sucre, prêtes à recevoir une tasse de café. Les tablettes derrière sont garnies de bouteilles de vin et de liqueur. Il y a devant le comptoir des tables rondes et les chaises de métal qui les accompagnent. La télévision règne sur la pièce, toujours allumée, mais le volume, par bonheur, est assez bas.

Odo, à la surprise de Peter, n'est pas captivé par la télévision. Il observe bien les petits hommes qui courent après le minuscule ballon blanc ou, encore mieux, les couples qui se regardent avec beaucoup d'intensité – le chimpanzé préfère les feuilletons au sport –, mais jamais très longtemps. La pièce chaude et les vraies personnes qui s'y trouvent sont d'un plus grand intérêt pour lui. La télévision est ainsi détrônée, les clients regardant Odo, Odo regardant les clients. C'est pendant ce temps que les regards de Peter et de Senhor Álvaro se croisent. Ils sourient. Peter lève deux doigts afin de commander comme d'habitude. Senhor Álvaro hoche la tête. Et c'est à partir de ce moment qu'Odo et lui deviennent des habitués du café, même pour ce qui est de la place où ils s'assoient.

Ils vont souvent faire de longues randonnées. Jamais Odo ne redemande à être porté, comme il l'a fait une fois en Oklahoma. Son énergie est maintenant inépuisable. Mais il continue toutefois, régulièrement, à trouver refuge dans les arbres, se perchant en hauteur sur une branche. Peter ne peut qu'attendre patiemment en bas. Comme ils ne font vraiment pas de bruit dans la forêt – sauf quand ils trouvent des clairières de mousse spongieuse, qui se prêtent à leurs joyeuses mêlées –, ils aperçoivent des blaireaux, des loutres, des belettes, des hérissons, des genettes, des sangliers, des lièvres et des lapins, des perdrix, des hiboux, des corneilles, des ibis, des geais, des hirondelles, des colombes et des pigeons, d'autres oiseaux ; une fois, ils entrevoient un lynx effarouché, une autre fois, un loup ibérique rare. À chaque occasion, Peter croit qu'Odo va se mettre aux trousses de la bête, une poursuite fracassante à travers la broussaille, mais il reste plutôt là sans bouger, le regard fixe. Malgré la richesse bien apparente de la forêt, tous deux préfèrent explorer le plateau découvert.

Un après-midi, en revenant d'une promenade, ils tombent sur deux chiens près d'un ruisseau, juste à la sortie du village. Le village est plein de cabots timides. Les deux chiens sont en train de boire. Odo les observe avec fascination, sans la moindre peur. Ils n'ont pas l'air en mauvaise santé, quoiqu'ils soient maigres. Ils se tendent en remarquant l'homme et le chimpanzé. Odo fait doucement *hou hou* et s'approche d'eux. Les chiens se ramassent, le poil se dresse sur leur dos. Peter n'aime pas cela, sauf qu'ils ne sont pas particulièrement gros, et il connaît la force du grand singe. Un affrontement violent ne serait quand même pas beau à voir. Les chiens se retournent et déguerpissent avant qu'il n'arrive quoi que ce soit.

Quelques jours plus tard, Peter est assis sur une chaise en haut de l'escalier, sur le palier, lorsqu'il aperçoit deux museaux pointer à travers le portail. Les deux mêmes chiens. Odo est à côté de lui, appuyé contre le mur. Il les voit, lui aussi. Tout de suite il descend dans la cour pour aller leur ouvrir le portail. Les chiens s'écartent. Le grand singe les interpelle calmement et s'accroupit. Les chiens finissent par s'avancer dans la cour. Odo est ravi. Par à-coups, avec des *hou* et des gémissements, la distance qui sépare le chimpanzé des deux chiens commence à diminuer, jusqu'à ce qu'Odo touche d'une main le dos du plus gros des visiteurs, un bâtard noir. Le grand singe se met à lui faire sa toilette. Peter soupçonne qu'il y a tout un toilettage à faire sur ces bêtes qui passent leur vie dehors. Le chien noir est à plat ventre, nerveux, mais soumis, Odo s'activant avec précaution dans sa fourrure, à partir de la base de la queue.

Peter entre dans la maison. Quand il regarde par la fenêtre de la cuisine, quelques minutes plus tard, le chien s'est couché sur le dos, exposant ainsi son ventre. Odo se tient à demi dressé au-dessus de lui, le poil hérissé, montrant les dents, sa main planant comme des griffes au-dessus de l'abdomen du chien. Ce dernier gémit, sans quitter la main velue des yeux. Peter s'alarme. Le chimpanzé a un air terrifiant. *Qu'est-ce qui se passe ?* Il y a un moment à peine, Odo rassurait amicalement et consciencieusement le chien nerveux. Voilà que la bête s'est roulée sur le dos, son ventre mou exposé, faisant en fait savoir au grand singe qu'il a si lamentablement peur qu'il ne défendra même pas sa vie. Peter se rend à la fenêtre du salon. *Que devrais-je faire ? Que devrais-je faire ?* Il s'imagine Odo qui étripe le chien. Outre ce que le pauvre animal pourrait ressentir, qu'en serait-il des villageois ? C'est une chose que de pousser un hurlement et de casser une tasse à l'occasion, de vagabonder sur les toits – mais éventrer un chien en est une autre. Les chiens du village ne sont pas dorlotés comme le sont les animaux de compagnie nord-américains, mais il n'en reste pas moins qu'ils ont des propriétaires qui, avec un certain détachement, s'occupent d'eux et les nourrissent de restes de table. Au moment de passer devant la deuxième fenêtre du salon, il voit tressaillir les pattes arrière, que la bête tient en l'air. Le chien est pris de convulsions au sol. Peter gagne la porte et bondit sur le palier, un cri dans la gorge. Mais quelque chose le pousse à regarder encore un instant. Le tableau change. Il laisse retomber sa main tendue. Odo est en train de chatouiller le chien. La bête tremble en poussant des rires canins, le grand singe riant avec lui.

D'autres chiens commencent à venir après cela. Il y en a, à la fin, une meute d'environ douze. Jamais Peter ne les nourrit ; mais chaque matin ils s'avancent pourtant furtivement dans la cour, où ils attendent en silence, sans qu'un geignement ne monte d'eux. Quand Odo apparaît à une fenêtre ou sur le palier, c'est étrange à dire, mais ils deviennent à la fois plus stables et plus excités. Il arrive au chimpanzé de se joindre à eux, mais parfois aussi de les ignorer. L'attention retient les chiens ; et quand elle manque, ils finissent par s'en aller pour revenir le lendemain matin avec, sur la face, des expressions pleines d'espoir.

Les interactions entre le grand singe et les chiens varient grandement. Ils se prélassent par moments sur les pierres chaudes de la cour, les yeux clos, avec pour seul mouvement celui de leur respiration, pour seul bruit un reniflement de temps à autre. Puis Odo lève un bras, donne une petite tape à un de ses compagnons en laissant voir ses dents du bas dans un rictus. Ou il se lève et se donne en spectacle, paradant ici et là debout sur ses pattes, il donne des claques et tape du pied au sol, soufflant, ululant, grognant. Petites tapes, rictus et spectacle indiquent une seule et même chose : c'est l'heure de jouer ! Le jeu, c'est Odo qui pourchasse les chiens, les chiens qui pourchassent Odo ou, comme c'est le plus souvent le cas, tout le monde qui pourchasse tout le monde. Une explosion à la fois gaie et brutale, avec les chiens qui courent, tournent, roulent et se tordent, bondissent et détalent d'un pas sautillant alors qu'Odo esquive ou charge, fond sur eux ou freine, saute sur les murs et y file, le tout accompagné d'un assourdissant tumulte d'aboiements canins et de cris de primate. Le grand singe est exceptionnellement agile. Il n'y a aucun recoin d'où il ne parvient à s'enfuir, aucun chien qu'il ne peut envoyer au tapis. En l'observant, Peter se rend compte que l'animal se retient vraiment quand ils font de la lutte. Si le chimpanzé jouait avec lui comme il joue avec les chiens, il finirait à l'hôpital. Le plaisir dure jusqu'à ce qu'Odo s'écroule, à bout de souffle. Les chiens, haletant et dégoulinant de bave, font de même.

Peter note avec intérêt les places que prennent les animaux pour se reposer. C'est chaque fois une configuration différente. Il y a presque toujours un chien qui dort la tête posée sur Odo, tandis que les autres restent à proximité, empilés les uns sur les autres, comme ceci ou cela. Le chimpanzé lève par moments les yeux sur Peter et avance les lèvres en entonnoir avec un *hou* insonore, comme il l'a fait à leur première rencontre, pour le saluer sans réveiller ses compagnons.

Mais aussi distrayants qu'ils soient, les jeux auxquels Odo se livre avec les chiens ont parfois de quoi hérisser le poil, littéralement. On sent tout le temps une tension, un trouble qui naît facilement. C'est d'abord pour battre en retraite que les chiens font des cabrioles. Peter se demande pourquoi ils reviennent toujours.

Un jour que les animaux sont couchés de-ci de-là sous le doux soleil portugais, sans avoir l'air de se soucier de rien au monde, une véritable tempête éclate, avec force aboiements et gémissements. Odo est au centre de l'agitation. Il se donne en spectacle, mais pas pour jouer cette fois. Dans un *wraaaa* terrifiant qui lui dévoile les dents, il se jette sur un des chiens qui l'a mystérieusement froissé. Le pauvre a droit à toute une raclée. Les gifles sèches et les coups qui l'atteignent résonnent dans toute la cour. Il gémit à faire pitié, d'un son aigu. Mais ces demandes de miséricorde sont pratiquement enterrées par le rugissement d'Odo et par les autres chiens, qui observent la scène avec une angoisse fébrile, geignent et hurlent, tressautent et sautent brusquement en tournant sur eux-mêmes, la queue bien serrée entre les pattes.

Peter regarde du palier, pétrifié. La pensée le traverse : et si Odo avait un jour quelque chose à lui reprocher ?

Puis la tempête retombe. Après une puissante dernière gifle, Odo écarte le chien de devant lui et s'éloigne, le dos tourné à la bête assaillie. Le chien est couché sur le ventre, il tremble perceptiblement. Les autres se taisent, même s'ils continuent à regarder, le poil hérissé, les yeux exorbités. La respiration d'Odo ralentit, et les tremblements du chien se font intermittents. Peter croit l'incident clos, il croit que chacune des bêtes s'en ira à présent lécher ses plaies réelles ou imaginaires. Mais il se passe alors une chose curieuse. Le chien battu se redresse douloureusement. Ventre au sol, il rampe jusqu'à Odo et se met à gémir faiblement. Il ne s'arrête pas avant que le chimpanzé, sans tourner la tête, tende une main pour le toucher. Puis, quand le grand singe retire sa main, il se remet à geindre. Odo le retouche. Il se retourne au bout d'un certain temps et s'approche, puis se met à toiletter le chien. Celui-ci roule sur le côté avec des gémissements plus légers. Les deux mains d'Odo sont à l'œuvre sur tout son corps. Une fois qu'il a fini un des côtés, le chimpanzé le soulève et le retourne délicatement pour faire sa toilette de l'autre. Il se couche ensuite près de lui, et ils s'endorment tous les deux.

Le lendemain matin, cette même bête, qui paraît exténuée, débraillée, se traîne jusque dans la cour en boitant. Plus surprenant encore, quand Odo se joint aux chiens, il s'affale à côté d'elle, comme s'il n'était rien arrivé de fâcheux la veille. Puis, dans les dix jours qui suivent, ils sont toujours ensemble, qu'ils se reposent ou qu'ils jouent.

Peter s'aperçoit que c'est ainsi que tous les conflits entre Odo et les chiens prennent fin, toute tension mise au jour et puis purgée, après quoi plus rien ne reste, plus rien ne subsiste. Les animaux vivent dans une sorte d'amnésie émotionnelle centrée sur le moment présent. Tumulte et agitation sont pareils à des nuages d'orage, ils éclatent spectaculairement, mais ont tôt fait de s'épuiser et cèdent alors la place au ciel bleu, le ciel bleu de tous les instants.

Les chiens ont beau trembler devant le chimpanzé, ils reviennent chaque jour. En est-il autrement pour lui ? Il n'a plus peur d'Odo de manière aussi perceptible. Mais n'empêche que le grand singe prend de la place dans une pièce. Il ne peut être ignoré. Il arrive encore que le cœur de Peter s'accélère à sa vue. Mais pas de peur, ce n'est plus le nom qu'il donnerait à cette émotion. C'est plutôt une sorte de conscience angoissante, qui ne lui donne pas envie de fuir la présence du grand singe, mais au contraire d'y répondre, car Odo répond toujours à sa présence. Après tout, à sa connaissance, c'est invariablement parce qu'il se trouve lui-même dans une pièce qu'Odo s'y manifeste. Et rien de ce qu'il peut être en train de faire quand Odo entre n'investit sa conscience comme d'avoir à s'occuper du chimpanzé. Toujours, il y a ce regard qui l'absorbe. Toujours, sans usure, il y a l'émerveillement.

Voilà, ne sait-il pas maintenant pourquoi les chiens reviennent chaque jour ? Y a-t-il quoi que ce soit d'autre pour captiver à ce point leur esprit, leur être ? Non, rien. C'est ainsi qu'ils reprennent tous les matins le chemin de la maison – et que tous les matins Peter est heureux de se réveiller pas trop loin d'Odo.

Les chiens ont des puces, qu'ils transmettent à Odo. Peter se sert d'un peigne fin pour se débarrasser de la vermine et des œufs. Puis, quand Peter en attrape à son tour, c'est Odo qui finit par avoir le défi de toilettage dont il se languissait.

Quelques semaines plus tard, ils reviennent d'une promenade dans les champs de rochers. Il fait un temps agréable, la campagne est d'une exubérance discrète dans son verdoiement printanier, mais Peter est fatigué et il lui tarde de se reposer. Il voudrait bien un café. Ils se dirigent vers l'établissement de Senhor Álvaro. Peter s'assoit avec lassitude. Quand son café arrive, il se met à le siroter. Odo reste tranquillement assis.

Peter regarde à l'extérieur – et c'est comme si un des carreaux de verre givré avait volé en éclats, il voit en toute netteté ce qu'il y a dehors. Il n'en croit pas ses yeux. Ben, son fils, Ben, est debout sur la place, il vient juste de descendre d'une voiture.

Les émotions se bousculent en lui. Stupéfaction, inquiétude – quelque chose qui ne va pas ? –, mais surtout une joie pure et simple de parent. Son fils, son fils est venu ! Il y a presque deux ans qu'il ne l'a pas vu.

Il se lève et se précipite dehors. « Ben ! » appelle-t-il.

Ben se retourne et voit son père. « Surprise ! » dit-il, et il le prend dans ses bras. Il est lui aussi visiblement heureux. « J'ai deux semaines de congé – j'ai décidé de venir voir ce que tu faisais de bon dans ce trou perdu.

— Tu m'as tellement manqué », dit Peter en souriant. Son fils lui paraît d'une jeunesse et d'une vigueur éblouissantes.

« Bon Dieu ! » Ben s'écarte, un air de panique sur le visage.

Peter se retourne. C'est Odo, qui vient rapidement vers eux en marchant sur les jointures, la face pétillante de curiosité. C'est à croire que Ben va faire volte-face et se mettre à courir.

« Tout va bien. Il ne te fera pas de mal. Il vient juste dire bonjour. Odo, voici mon fils, Ben. »

Odo s'approche, le renifle, lui tapote la jambe. Ben est craintif, cela se voit.

« Bienvenue à Tuizelo, dit Peter.

— Ils vous arrachent le visage avec les dents, dit Ben. J'ai lu quelque chose là-dessus.

— Pas celui-là. »

Peter, pendant les dix jours qui suivent, partage sa vie avec son fils. Ils parlent, font des balades. Ils se raccommodent indirectement, expiant la distance d'hier par des gestes de proximité attentionnés. Durant tout ce temps-là, Ben a peur d'Odo, il a peur d'être attaqué. Il surprend une fois son père en train de lutter avec lui, cirque turbulent, démesuré. Peter voudrait que son fils se joigne à eux, mais non – il reste à l'écart, l'air tendu.

Un matin, alors qu'ils nettoient après le déjeuner, Odo surgit derrière eux dans la cuisine, un livre à la main.

« Qu'est-ce que tu as là ? » lui demande Peter.

Odo lui donne le livre. C'est un vieux livre cartonné en portugais, un roman policier d'Agatha Christie, à la couverture criarde, aux pages jaunes et défraîchies. Le titre est *Encontro com a morte.*

« On traduirait ça par *Rencontre avec un mort ?* demande Ben.

— Ou *Rencontre avec la mort ?* Je ne sais pas trop », répond Peter. Il vérifie la page des droits d'auteur, où est donné le titre en anglais. « Ah. C'est *Appointment with Death, Rendez-vous avec la mort.* Peut-être que nous devrions le lire, histoire de perfectionner notre portugais.

— Pourquoi pas ? dit Ben. Toi d'abord. »

Peter va chercher le dictionnaire et ils s'installent tous les trois sur le plancher, le père et le grand singe à leur aise, en tout confort, le fils moins, avec plus de prudence. Peter lit les premiers paragraphes à voix haute, exerçant non seulement sa compréhension, mais aussi sa prononciation :

> *« Compreendes que ela tem de ser morta, não compreendes ? »*
>
> *A pergunta flutuou no ar tranquilo da noite, parecendo pairar por um momento até se afastar na escuridão, na direção do Mar Morto.*
>
> *Hercule Poirot deteve-se um minuto com a mão no fecho da janela. Franziu o sobrolho e fechou-a num gesto decidido, impedindo assim a entrada do nocivo ar noturno.*

Hercule Poirot crescera a acreditar que o melhor era deixar o ar exterior lá fora, e que o ar noturno era especialmente perigoso para a saúde.

Odo est enchanté. Il a les yeux rivés à la page, aux lèvres de Peter. Qu'est-ce qui plaît ainsi au grand singe ? Son accent marqué ? La nouveauté d'un discours plus long, énoncé d'une voix modulée, au lieu des monosyllabes du parler habituel ? Peu importe ce que c'est, Odo reste assis sans bouger, il écoute attentivement pendant que Peter lit à haute voix, collé à lui. Peter sent que Ben est pareillement intrigué, peut-être par le portugais lui aussi, mais sans doute plus par l'interaction entre son père et le chimpanzé.

Il lit trois pages avant d'abandonner.

« Alors, c'est comment ? demande Ben.

— Je comprends le principal, mais devine tout ça à travers la brume. » Peter se tourne vers Odo. « Où as-tu trouvé ce livre ? »

Odo pointe la fenêtre du doigt. Jetant un coup d'œil dehors, Peter voit une valise ouverte dans la cour. Il en devine la provenance : le rez-de-chaussée, où il y a tout le bric-à-brac. Ben et lui descendent, Odo à leur suite. Le chimpanzé a une affection particulière pour les valises qu'il déniche, leur mystère, ce qu'elles révèlent quand elles s'ouvrent – le plus souvent des draps et de vieux vêtements. Celle-ci, cependant, s'avère à première vue contenir un étrange assortiment d'objets. Peter et Ben y remettent, une chose à la fois, le contenu qu'Odo a éparpillé tout autour : un carré de tissu rouge, d'anciennes pièces de monnaie, une fourchette et un couteau, quelques outils, un jouet en bois, un miroir de poche, deux dés, une bougie, trois cartes à jouer, une robe noire, une flûte, une coquille d'huître. Et une enveloppe, aussi, fermée sans être scellée. Elle semble vide, mais Peter l'ouvre quand même, juste pour être sûr. Il est dérouté d'y découvrir quelques poils noirs et épais. Il y touche – raides et secs. Il jurerait que ce sont ceux d'Odo. « À quoi tu joues ? » demande-t-il au grand singe.

Il s'apprête à refermer la valise quand Ben dit : « Attends, il y a ça qui t'a échappé. »

Il lui remet une feuille de papier. Il n'y a pas grand-chose dessus, seulement quatre lignes rédigées à la main, d'une écriture noire et plutôt carrée :

Rafael Miguel Santos Castro, 83 anos, da aldeia de Tuizelo, as Altas Montanhas de Portugal

Peter regarde les mots d'un air surpris. La mémoire est rafraîchie, les faits reviennent avec hésitation, des liens sont établis, jusqu'à ce qu'un souvenir se précise subitement : Rafael Miguel Santos Castro – *le frère de grand-papa Batista ?* Il y a une date en haut à droite. *1 Janeiro, 1939.* La chronologie semble à peu près correcte, il serait ainsi mort à l'âge de quatre-vingt-trois ans. *Departamento de Patologia, Hospital São Francisco, Bragança,* indique l'en-tête. Peter frissonne. Après Clara, il ne veut plus jamais entendre parler d'autopsie. Ses yeux ne peuvent néanmoins s'empêcher de lire les deux lignes écrites en dessous des renseignements de base concernant Rafael Castro :

Encontrei nele, com meus próprios olhos,
um chimpanzé e um pequeno filhote de urso.

Les mots sont facilement reconnaissables : *J'ai trouvé en lui, vus de mes propres yeux, un chimpanzé et un petit ourson.* Il y a au bas une signature à demi lisible ainsi qu'un sceau officiel sur lequel est clairement inscrit le nom du pathologiste : Dr Eusebio Lozora.

« Qu'est-ce que ça dit ? demande Ben.

— Ça dit... » La voix de Peter s'estompe alors qu'il ouvre encore une fois l'enveloppe afin de frotter les poils noirs entre ses doigts. Il jette à nouveau un regard au contenu de la valise. Quelle histoire cette valise cherche-t-elle à raconter ? Qu'est-ce que le rapport d'autopsie de son grand-oncle Rafael – si c'est bien ce que c'est – fait dans la maison ? Peter n'a pas mené d'enquête sur la maison familiale. La découverte du lien ténu qu'il a avec le village générerait bruit et attention, ce dont il n'a aucune envie. Il ne se sent aucunement comme un autochtone qui serait revenu dans son pays natal. Tout comme Odo, plus pertinemment, il est heureux de vivre dans le moment présent, et le moment présent n'a pas d'ancienne adresse. Mais voilà qu'il se demande s'il se pourrait qu'il vive dans la maison familiale ? Pourrait-ce être là ce qui explique sa disponibilité et l'état d'abandon dans lequel elle était ?

« Eh bien ? l'encourage Ben.

— Excuse-moi. Ça semble être une sorte de rapport d'autopsie. Ce médecin prétend – comment pourrais-je dire ça ? – être tombé sur un chimpanzé et un ourson dans le corps d'un homme. C'est ce que ça dit. Regarde, c'est le même mot : *um chimpanzé*.

— *Quoi ?* » Ben lance à Odo un regard incrédule. « Il s'agit manifestement d'une métaphore, une expression portugaise que je ne comprends pas.

— Manifestement.

— Ce qu'il y a d'étrange, aussi, c'est le nom du défunt. C'est peut-être là une énigme à laquelle Dona Amélia pourra répondre. Allez, montons la valise à l'étage.

— Je m'en occupe. Ne te fatigue pas. »

Ils se dirigent vers la maison de Dona Amélia. Peter apporte l'album de photos de famille, qu'Odo veut bien transporter. Dona Amélia est chez elle. Elle salue les deux hommes avec un calme bienveillant, sourit au grand singe.

« *Minha casa – a casa de quem ?* lui demande Peter.

— *Batista Reinaldo Santos Castro*, répond-elle. *Mas ele morreu há muito tempo. E a sua família* » – elle fait un geste ample du revers de la main, accompagné d'un bref soufflement – « *mudou-se para longe. As pessoas vão-se embora e nunca mais voltan.* »

Batista Santos Castro – c'est bien ça, alors. Inopinément et sans aucun effort, le locataire de passage a trouvé la maison dans laquelle il est né.

« Qu'est-ce qu'elle a dit ? murmure Ben.

— Elle a dit que l'homme qui vivait dans la maison est mort il y a longtemps, et que sa famille... Je n'ai pas compris ses mots exacts, mais son geste était plutôt clair... Que sa famille est partie, s'en est allée, qu'elle a abandonné le village, quelque chose comme ça. Que les gens partent et qu'ils ne reviennent jamais. » Il se tourne de nouveau vers Dona Amélia. « *E seu irmão ?* » ajoute-t-il. *Et son frère ?*

« *O seu irmão ?* » Dona Amélia semble tout à coup montrer plus d'intérêt. « *O seu irmão Rafael Miguel era o pai do anjo na igreja. O papá ! O papá !* » insiste-t-elle. *Son frère est le père de l'ange dans l'église. Le papa ! Le papa !*

L'ange dans l'église ? Peter n'a aucune idée de quoi elle parle, mais il n'y a pour l'instant que le lien familial qui l'intéresse. Il prend l'album de photos des mains d'Odo et l'ouvre, prêt à jeter son anonymat par la fenêtre.

« *Batista Santos Castro – sim ?* » dit-il en désignant un homme sur la première photo, celle du groupe.

Dona Amélia paraît sidérée qu'il ait en sa possession une photo de Batista. « *Sim !* » dit-elle en écarquillant les yeux. Elle s'empare de l'album et dévore la photo des yeux. « Rafael ! » s'exclame-t-elle en indiquant un autre homme. Puis elle indique encore quelqu'un d'autre. « *E sua esposa, Maria.* » C'est là qu'elle a le souffle coupé. « *É ele ! O menino d'ouro ! Outra foto dele !* » s'écrie-t-elle. *C'est lui ! L'Enfant doré ! Une autre photo de lui !* Elle montre un jeune enfant, une tache sépia, mouchetée, qui jette un coup d'œil de derrière sa mère. Jamais Peter n'a vu Dona Amélia aussi agitée.

« *Batista – meu… avô* », confesse-t-il. Il pointe Ben du doigt, sauf qu'il ne sait pas comment dire « arrière-grand-père » en portugais.

« *O menino d'ouro !* » crie presque Dona Amélia. Elle se moque éperdument que Batista soit son grand-père et l'arrière-grand-père de son fils. Elle l'agrippe par la manche et l'entraîne avec elle. Ils prennent la direction de l'église. *L'ange dans l'église*, dit-elle. Son excitation se répand par contagion sur le chemin. D'autres villageois, surtout des femmes, se joignent à eux. Ils arrivent à l'église en un troupeau, dans une bourrasque de portugais parlé à toute vitesse. Odo a l'air de se réjouir de la commotion, à laquelle il prend part en ululant de bonheur.

« Qu'est-ce qui se passe ? demande Ben.

— Je ne sais pas trop », répond Peter.

Ils entrent et prennent à gauche dans l'allée, du côté opposé à l'autel. Dona Amélia les emmène devant le petit lieu de prière érigé au fond de l'église, sur le mur nord. Devant la tablette aux bouts de laquelle sont posés des vases de fleurs se trouve une longue jardinière à trois niveaux, remplie de sable. Le sable est piqué de cierges fins, quelques-uns en train de brûler, la plupart déjà consumés. Tout ce qu'il pourrait y avoir d'ordre dans l'agencement est perturbé par des dizaines et des dizaines de bouts de papier qui recouvrent la tablette et le plancher, certains roulés, d'autres soigneusement pliés en carré. Peter ne s'est jamais, dans ses visites précédentes, suffisamment approché pour voir ces vieux papiers épars. Une photo encadrée est fixée au mur, juste au-dessus du milieu de la tablette, le portrait en noir et blanc d'un petit garçon. Un beau petit garçon. Qui regarde droit devant lui d'un air sérieux. Il a des yeux étranges, d'une pâleur telle qu'ils s'harmonisent, dans le clair-obscur de l'image, au mur blanc à l'arrière-fond. La photo semble très vieille. Un jeune enfant du temps jadis.

Dona Amélia ouvre l'album. « *É ele ! É ele !* » répète-t-elle. Elle montre l'enfant au mur et l'enfant dans l'album. Peter regarde, examine, il compare bien les yeux aux yeux, le menton au menton, l'expression à l'expression. Oui, elle a raison ; ce sont bel et bien les mêmes. « *Sim* », dit-il en hochant la tête, décontenancé. Des murmures d'étonnement montent de la foule. On se prend l'album des mains, on le fait circuler, tout le monde cherchant à confirmer soi-même. Dona Amélia rayonne de ravissement – mais garde quand même un œil alerte sur l'album.

Elle s'en ressaisit fermement au bout de quelques minutes. « *Pronto, já chega ! Tenho que ir buscar o Padre Elói.* » *Bon, ça suffit. Il faut que j'aille chercher le père Elói.* Elle repart précipitamment.

Peter se faufile entre les gens afin de s'approcher de la photo au mur. L'Enfant doré. Encore une fois, sa mémoire est ravivée. Des histoires que ses parents racontaient. Il fouille dans son esprit, mais ses réminiscences sont pareilles aux dernières feuilles d'automne, soufflées, dispersées. Il n'y a rien sur quoi avoir prise, juste la vague mémoire d'un souvenir perdu.

Il se demande soudain : *Où est Odo ?* Il aperçoit son fils en marge de l'attroupement de villageois, puis le chimpanzé à l'autre bout de l'église. Il se dégage, et Ben et lui vont rejoindre l'animal. Il grogne, les yeux levés. Peter suit son regard. Odo fixe le crucifix de bois qui se dresse derrière l'autel. On dirait qu'il veut grimper sur ce dernier, exactement le genre de scène que Peter a toujours redoutée dans l'église. Dona Amélia, Dieu merci, revient à ce moment-là, l'air agité, accompagnée du père Elói, et elle se hâte vers eux. Son excitation distrait Odo.

Le prêtre les invite à passer à la sacristie. Il dépose un épais dossier sur une table ronde et leur fait signe de s'asseoir. Peter n'a eu avec l'homme que des relations cordiales, sans jamais sentir que le prêtre tentait de l'attirer parmi les rangs des fidèles. Il prend place, et Ben aussi. Odo se met sur le rebord d'une fenêtre, d'où il les observe. Sa silhouette se découpe dans la lumière du jour, et Peter ne peut lire son expression.

Le père Elói ouvre le dossier et étend quantité de papiers sur la table – des documents dactylographiés ou écrits à la main, ainsi qu'un grand nombre de lettres. « Bragança, Lisboa, Roma », dit-il en pointant certains des en-têtes du doigt. Les explications viennent patiemment, car Peter doit souvent consulter le dictionnaire. Dona Amélia est par moments saisie d'émotion, les larmes lui montent aux yeux, puis elle rit et sourit. Le prêtre est d'une intensité plus posée. Ben reste aussi immobile et silencieux qu'une statue.

Lorsqu'ils ressortent de l'église, c'est pour aller directement au café.

« Bon Dieu, et moi qui pensais que la vie de village portugais serait monotone, dit Ben en sirotant son expresso. De quoi s'agit-il ? »

Peter est troublé. « Eh bien, pour commencer, nous avons trouvé la maison familiale.

— Tu rigoles ? C'est où ?

— Il se trouve que c'est la maison dans laquelle je vis.

— *Vraiment ?*

— Il fallait bien qu'on m'en donne une qui est vide, et celle-là l'est depuis le départ de notre famille. On ne l'a jamais vendue.

— Quand même, il y a d'autres maisons vides. Quelle extraordinaire coïncidence.

— Mais écoute, Dona Amélia et le père Elói m'ont également raconté une histoire.

— Quelque chose à propos d'un petit garçon, il y a longtemps, ça, j'ai compris.

— Oui, c'est arrivé en 1904. Le garçon avait cinq ans, c'était le neveu de grand-papa Batista, le neveu de ton arrière-grand-père. Il se trouvait à l'extérieur du village avec son père – mon grand-oncle Rafael –, qui donnait un coup de main sur la ferme d'un ami. Puis, l'instant d'après, le garçon s'est retrouvé à des kilomètres, sur le bord de la route, sans vie. Les villageois disent que ses blessures correspondaient exactement à celles du Christ sur la croix : poignets cassés, chevilles cassées, profonde entaille au flanc, ecchymoses et lacérations. L'histoire s'est répandue, comme quoi un ange était venu le chercher dans le champ afin de l'emmener à Dieu, mais l'enfant lui avait échappé par accident, de là ses blessures.

— Tu as dit qu'il avait été retrouvé au bord de la route ?

— Oui.

— J'ai plus l'impression qu'il s'est fait renverser par une voiture.

— Pour tout dire, une voiture est apparue deux jours plus tard à Tuizelo, la toute première qu'on voyait dans la région.

— Voilà.

— Certains villageois ont tout de suite cru qu'il y avait un lien entre le véhicule et la mort du garçon. L'histoire a rapidement pris de telles proportions dans la région que tout a été documenté. Mais il n'y avait aucune preuve. Et comment le petit garçon, qui se trouvait à côté de son père, s'était-il l'instant d'après retrouvé devant une voiture, à des kilomètres plus loin ?

— Il doit y avoir une explication.

— Eh bien, ici, on y a vu une intervention divine. Que ça ait été fait directement de la main de Dieu ou au moyen de cette drôle de machine, alors fraîchement apparue, le Tout-Puissant était derrière. Et l'histoire ne s'arrête pas là. *O que é dourado deve ser substituído pelo que é dourado.*

— Qu'est-ce que ça veut dire ?

— C'est une expression locale. *Que ce qui est doré soit remplacé par ce qui est doré.* On dit que Dieu était désolé que l'ange ait laissé échapper le garçon et qu'Il lui a pour cette raison donné des pouvoirs spéciaux. Il paraît qu'il y a un certain nombre de femmes stériles qui ont prié l'enfant et qui sont peu après tombées enceintes. Dona Amélia jure que ç'a été son cas. C'est une légende dans les parages. Et ce n'est pas tout. Il y a des procédures en cours pour que l'enfant soit déclaré *vénérable* par Rome, et grâce à toutes les histoires de fertilité qui lui sont attribuées, on dit qu'il a de bonnes chances.

— Ah oui ? Un de nos oncles est un saint et tu vis avec un grand singe – c'est toute une famille que nous avons là.

— Pas saint, vénérable, deux crans en dessous.

— Désolé, il semble que je distingue mal mes vénérables de mes saints.

— La mort du petit garçon a, paraît-il, mis tout le village sens dessus dessous. La pauvreté est une plante indigène, ici.

» Tout le monde la cultive, tout le monde en mange. Puis cet enfant a vu le jour, et c'était comme la richesse incarnée. Tout le monde l'aimait. On l'appelait l'Enfant doré. Quand il est mort, m'a raconté le père Elói, on dit que les jours sont devenus gris et que toutes les couleurs ont été drainées du village.

— Oui, bien sûr. Ça ne peut être qu'incroyablement bouleversant, la mort d'un petit garçon.

— En même temps, on parle de lui comme s'il était toujours en vie. Il les rend toujours heureux. Tu as vu Dona Amélia – elle ne l'a même pas rencontré, jamais.

— Et quel est exactement notre lien avec ce garçon, déjà ?

— C'était le cousin de ma mère – donc mon cousin au deuxième degré, ou mon petit-cousin, je ne suis pas certain. Il est de la famille, en tout cas. Rafael et sa femme, Maria, ont eu leur fils très tard, et ma mère était donc plus vieille que lui. Elle était adolescente quand il est né – et papa aussi. Ce qui fait que mes deux parents l'ont connu. C'est pour ça que Dona Amélia est devenue tout excitée. Je me souviens vaguement aussi d'une histoire qu'ils m'ont racontée quand j'étais jeune, sur la mort d'un enfant de la famille. Ils la commençaient, mais sans jamais la finir – comme une terrible histoire de guerre. Ils s'arrêtaient toujours à un point précis. Je crois qu'ils ont quitté le village avant qu'on l'ait fait *renaître*, pour ainsi dire. Je soupçonne qu'ils n'ont jamais rien su de tout ça.

— Ou c'est qu'ils ne tenaient pas à y croire.

— Possible. Comme la mère du garçon. Il semble que le père et elle aient eu des points de vue divergents ; le père croyait aux pouvoirs de son fils, la mère non.

— C'est triste, cette histoire, dit Ben. Et le chimpanzé dans le corps ?

— Je ne sais pas. Ils n'en ont pas parlé. »

Odo est assis sur une chaise à côté d'eux, un café dans les mains, regardant par la fenêtre.

« Le tien est là, en tout cas, qui déguste son cappuccino comme un vrai Européen. »

À leur retour à la maison, Peter va de pièce en pièce en se demandant s'il en aura une impression différente. Les souvenirs suinteront-ils désormais des murs ? Entendra-t-il le trottinement de minuscules pieds nus sur le plancher ? De jeunes parents apparaîtront-ils, avec dans les bras un petit enfant au futur encore nimbé de mystère ?

Non. Ce n'est pas chez lui. Son chez-soi, c'est son histoire avec Odo.

Ce soir-là, au cours d'un repas tout simple, Ben et lui repassent encore une fois l'album de photos en revue en essayant de comprendre l'étrange rapport d'autopsie du Dr Lozora sur Rafael Miguel Santos Castro. Ben secoue la tête de confusion.

Le lendemain après-midi, ils traversent la place pavée jusqu'à la petite église. Le jour est aussi doux qu'une caresse. Ils retournent au lieu de prière éclairé à la chandelle, et à la photo de l'enfant aux yeux clairs. Ben grommelle quelque chose sur son lien de parenté avec la « royauté religieuse ». Ils s'avancent jusqu'à un banc à l'avant et s'y assoient.

Puis, Ben a soudainement l'air surpris. « Papa ! » dit-il en pointant le crucifix du doigt.

« Quoi ?

— La croix, là – on dirait un chimpanzé ! Je suis sérieux. Regarde le visage, les bras, les jambes. »

Peter étudie le crucifix. « Tu as raison. On dirait, oui.

— C'est dingue. *C'est quoi le truc, avec tous ces grands singes ?* » Ben regarde nerveusement autour. « Où est le tien, d'ailleurs ?

— Là-bas, répond son père. Arrête de t'inquiéter. »

Comme ils sortent de l'église, Peter se tourne vers son fils. « Ben, tu m'as posé une question. Je ne sais pas quel est le truc, avec tous ces grands singes. Tout ce que je sais, c'est qu'Odo comble ma vie. Il m'apporte de la joie. »

Odo fait un large sourire, lève les mains, applaudit à quelques reprises, produisant un bruit étouffé comme s'il voulait discrètement attirer leur attention. Père et fils le regardent tous les deux, figés sur place.

« C'est tout un état de grâce », dit Ben.

Ils déambulent jusqu'à la maison, mais tout de suite Odo manifeste le désir de partir en promenade. Ben décide de ne pas y aller. « Je vais flâner dans le village, continuer à renouer avec mes ancêtres », dit-il. Il faut un moment à Peter pour se rendre compte qu'il n'y a pas d'ironie dans ce qu'il vient de dire. Il se joindrait volontiers à son fils, sauf qu'il est loyal à Odo ; il dit donc au revoir à Ben de la main, attrape son sac à dos et suit le chimpanzé.

Odo prend la route des rochers. Ils traversent comme d'habitude la savane en silence. Peter traîne derrière, sans trop porter attention à ce qui l'entoure. L'animal s'arrête brusquement. Il se met debout sur ses pattes arrière et renifle, les yeux fixés sur un rocher droit devant. Il y a un oiseau perché dessus qui les regarde. Le poil d'Odo se dresse sur son corps jusqu'à être parfaitement hérissé. Le grand singe se balance d'un côté à l'autre. Quand il se remet à quatre pattes, c'est pour tressauter de haut en bas sur ses bras, dans une grande excitation, bien qu'il soit étrangement silencieux. Puis il s'élance à toute allure vers le rocher. En un clin d'œil, il en a atteint le sommet par petits bonds. L'oiseau s'est depuis longtemps envolé. Peter est médusé. Qu'est-ce qui l'a excité de la sorte chez le volatile ?

Il se dit qu'il va rester là et laisser Odo s'amuser sur le rocher. Il ne demanderait pas mieux que de s'étendre et de faire une sieste. Mais Odo se retourne et lui fait signe de la main de son perchoir. Il s'attend visiblement à ce que Peter obtempère. Ce dernier marche vers le rocher. Rendu à sa base, il se prépare mentalement à grimper, prenant quelques profondes respirations. Puis quand il se sent prêt, il lève les yeux.

Il sursaute en voyant Odo directement au-dessus de lui, accroché à l'envers au roc. L'animal le fixe intensément de ses yeux brun rougeâtre en lui faisant signe de venir, ses longs doigts foncés s'enroulant et se déroulant rythmiquement d'une façon que Peter trouve hypnotique. Ses lèvres en entonnoir émettent en même temps des *hou hou hou* silencieux, mais urgents. Le chimpanzé n'a jamais rien fait de tel, ni dans les champs de rochers ni nulle part ailleurs. D'être aussi impérativement appelé par le grand singe, d'en être reconnu avec une telle force – Peter en est bouleversé. Il se sent comme s'il venait de sortir de la non-existence. Il est un être individuel, un être unique, un être à qui il a été demandé de *grimper*. Il tend, revigoré, la main vers la première prise. Quoique pleine de trous et d'aspérités, la paroi du rocher est assez verticale, et il doit fournir un effort considérable pour hisser son corps fourbu. Le grand singe recule au fur et à mesure qu'il grimpe. Ils atteignent ensemble le sommet, et Peter s'assoit lourdement, cherchant son souffle et couvert de sueur. Il ne se sent pas bien. Son cœur fait des bonds dans sa poitrine.

Odo et lui sont côte à côte, leurs corps se touchent. Peter regarde du côté d'où il est venu. L'escarpement est abrupt. Il regarde de l'autre côté, dans la direction à laquelle le chimpanzé fait face. La vue est la même que toujours, sans que la familiarité ne lui enlève quoi que ce soit : une immense savane s'étendant jusqu'à l'horizon, recouverte d'une herbe d'un jaune doré, ponctuée de rochers noirs, un panorama d'une beauté dépouillée, sauf pour ce qui est du ciel, qui se déploie dans toute sa splendeur de fin d'après-midi. Le volume d'air au-dessus d'eux est phénoménal. Le soleil et les nuages blancs y jouent les uns contre les autres. L'abondante lumière est d'une indicible magnificence.

Peter se tourne vers Odo. Il s'attend à ce que le grand singe ait le regard planté en l'air, au loin. Mais non. Odo regarde en bas, à proximité. Il est dans une excitation folle, tout en se contenant étrangement, sans bruits haletants et animés, sans gestes effrénés. Il n'y a que sa tête qui s'agite de haut en bas. Le grand singe se penche vers l'avant pour voir au pied du rocher. Peter ne voit pas ce qu'il regarde. Il passe près de ne même pas se donner la peine de le découvrir – il a besoin de se reposer. Il se couche néanmoins sur le ventre et s'avance petit à petit, en s'assurant d'avoir une bonne prise. Il pourrait se blesser gravement s'il tombait d'une telle hauteur. Il jette un œil par-dessus le bord du rocher pour voir ce qui attire ainsi l'attention d'Odo en bas.

Si ce qu'il voit ne lui fait pas lâcher un cri de surprise, c'est qu'il n'ose faire aucun son. Ses yeux par contre restent braqués sans cligner, sa respiration se calme. Il comprend maintenant la stratégie qu'utilise toujours Odo pour avancer dans les champs de rochers, pourquoi il va d'un rocher à l'autre en ligne droite plutôt que de se promener à découvert, pourquoi il grimpe et observe, pourquoi il demande à son maladroit compagnon humain de rester proche.

Odo cherchait, et voilà qu'il a trouvé.

Peter fixe le rhinocéros ibérique debout au pied du rocher. Il a l'impression de regarder un galion du haut des airs, le corps massif et tout en courbes, les deux cornes qui se dressent comme des mâts, la queue battant comme un drapeau. L'animal ne se rend pas compte qu'on l'épie.

Peter et Odo se regardent. Ils reconnaissent leur stupéfaction mutuelle, l'homme avec un sourire ahuri, le chimpanzé en avançant les lèvres en entonnoir, puis en esquissant un large sourire qui lui découvre les dents du bas.

Le rhinocéros fouette l'air de sa queue, roule légèrement la tête de temps en temps.

Peter essaie d'en estimer la taille. Il fait peut-être trois mètres de longueur. Une bête robuste, fortement charpentée. La peau grise qui paraît dure. Une grosse tête au front qui descend longuement. Les cornes aussi facilement reconnaissables que l'aileron d'un requin. Les yeux humides, étonnamment délicats, avec de longs cils.

Le rhinocéros se gratte contre le roc. Il baisse la tête et hume l'herbe, mais n'en mange pas. Ses oreilles remuent. Puis, il s'en va avec un grognement. Le sol tremble. Malgré son poids, l'animal se déplace d'un bon train, se dirigeant droit sur un autre rocher, puis un autre, et encore un autre, jusqu'à ce qu'il disparaisse.

Il faut un bon moment avant que Peter et Odo ne fassent un geste, non pas par crainte du rhinocéros, mais parce qu'ils ne veulent rien perdre de ce qu'ils viennent de voir, et que bouger risquerait d'entraîner l'oubli. Le ciel est un incendie de bleus, de rouges et d'orangers. Peter s'aperçoit qu'il pleure en silence.

Il finit par se ramener d'une poussée sur le dessus du rocher. C'est un effort que de s'asseoir. Son cœur bat à tout rompre. Il reste assis, les yeux fermés, la tête basse, essayant de respirer régulièrement. Jamais il n'a eu de pires brûlures d'estomac. Il geint.

À son étonnement confus, Odo se retourne pour l'étreindre, un long bras qui lui enserre le dos, le soutient, l'autre qui enlace ses genoux relevés, où sont posés ses bras. Une étreinte ferme, complète. Peter y trouve du réconfort et s'y laisse aller. Le corps de l'animal est chaud. Il pose une main tremblante sur son avant-bras velu. Il sent la respiration du chimpanzé sur le côté de son visage. Il redresse la tête et ouvre les paupières pour jeter un regard oblique à son ami. Odo a les yeux fixés sur lui. *Pff, pff, pff*, font avec douceur les souffles du grand singe contre son visage. Peter se débat un peu, non pas pour se dégager, mais dans un geste involontaire.

Il arrête de bouger, sans vie, son cœur obstrué jusqu'à ce que l'immobilité le gagne. Odo reste sans rien faire durant plusieurs minutes, puis s'écarte, le couchant avec précaution sur le rocher. Le chimpanzé regarde son corps et tousse plaintivement. Il reste à peu près une demi-heure à son côté.

Le grand singe se lève alors et se laisse tomber du rocher, amortissant à peine sa descente des pieds et des mains. Il va, au sol, se placer au grand jour. Il s'arrête et lance un regard en direction du rocher derrière lui.

Puis il se retourne, et part en courant vers le rhinocéros ibérique.

TABLE

Cet ouvrage a été imprimé par
CPI BUSSIÈRE
pour le compte des Éditions Grasset
en juin 2016

Mise en pages PCA
44400 – Rezé

PAPIER À BASE DE FIBRES CERTIFIÉES

Grasset s'engage pour l'environnement en réduisant l'empreinte carbone de ses livres. Celle de cet exemplaire est de :
950 g éq. CO_2
Rendez-vous sur www.grasset-durable.fr

N° d'édition : 19474 – N° d'impression : 2023627
Dépôt légal : septembre 2016
Imprimé en France